U0116094

清华大学百年校庆
TSINGHUA UNIVERSITY
CENTENARY CELEBRATION

固本求源创新
顶天立地树人

——清华大学工程力学系发展历程

清华大学航天航空学院编辑组　编

清华大学出版社
北京

内 容 简 介

　　本书介绍工程力学系的历史沿革和现状：教学科研机构，教职工队伍，教学工作（本科生、研究生），教学研究项目和成果获奖、推广应用，实验室工作，历届系主任和系友中的院士简介；总结工程力学研究班创办和工程力学系建立发展工作的成果和经验；介绍工程力学系建立以来部分国家级教学成果、科学技术、自然科学和发明奖项目，部分系友的学习经历和工作成就；众多教师和历届学生学习和工作成就的回忆与感悟文章。本书最后展示了珍贵历史照片，历年在工程力学系工作的教职员工名单和50多年来历届本科生、硕士生、博士生名单资料。

图书在版编目（CIP）数据

固本求源创新　顶天立地树人：清华大学工程力学系发展历程/清华大学航天航空学院编辑组编.--北京：清华大学出版社，2011.4
ISBN 978-7-302-25179-8

Ⅰ．①固…　Ⅱ．①清…　Ⅲ．①清华大学－校史　Ⅳ．①G649.281

中国版本图书馆 CIP 数据核字（2011）第 049725 号

责任编辑：佟丽霞
责任校对：刘玉霞
责任印制：王秀菊
出版发行：清华大学出版社　　　　　　　地　　　址：北京清华大学学研大厦 A 座
　　　　　http://www.tup.com.cn　　　　邮　　　编：100084
　　　　社　总　机：010-62770175　　　邮　　　购：010-62786544
　　　　投稿与读者服务：010-62776969,c-service@tup.tsinghua.edu.cn
　　　　质　量　反　馈：010-62772015,zhiliang@tup.tsinghua.edu.cn
印　装　者：北京嘉实印刷有限公司
经　　销：全国新华书店
开　　本：185×260　印　张：20.75　字　数：499 千字
版　　次：2011 年 4 月第 1 版　　印　　次：2011 年 4 月第 1 次印刷
印　　数：1～1000
定　　价：69.00 元

产品编号：042280-01

　　1957 年清华大学建立工程力学研究班,1958 年成立工程力学数学系,后更名为工程力学系。半个多世纪以来,在钱学森、郭永怀、钱伟长、张维等大师的关怀、支持和亲身参与下,历经几代清华人的辛勤耕耘,裨益于杜庆华、黄克智、过增元、杨卫等著名学者的精心创建,在全体师生员工的共同努力下,在广大校友的鼎力支持下,工程力学系构建了固体力学、流体力学、动力学与一般力学和工程热物理,以及生物力学等主要学科方向,形成了团结协作、富有创新精神的学术团队,成为凝练力学学科的平台,创新力学科研的基地,培养力学人才的摇篮,在学科建设、人才培养、科学研究、师资队伍建设诸方面都取得了可喜的成就,为国家重要行业和领域培养了大批骨干人才,其中许多已成为中国力学界、工程热物理界的栋梁,在国际上颇具影响。

　　2004 年,学校顺应国家航天航空工业发展的形势和建设综合性、研究型大学的需要,将工程力学系整体并入航天航空学院。师生们在从事力学研究的同时,更紧密地与航天航空工程结合,技术科学的使命更加明确。在国家的航天航空工程中,提出了许多新的重大力学问题,机遇与挑战同在,航天航空与力学并存,并为力学学科的发展开辟了更广阔的时空舞台。

　　2011 年是清华大学建校一百周年,为总结工程力学系在人才培养、科学研究和学科建设诸方面的成果与经验,坚持科学发展观,为今后在培养高质量创新型人才和参与国家重大科研项目,为发展力学和热物理学科,谱写新的辉煌篇章努力奋斗,我们联系了工程力学系的许多教师和毕业生、历届系主任和有关领导,总结分析工程力学系五十多年来的发展历程,征集到大量的总结报告和回忆文章,其中有工程力学研究班创办和工程力学系建立发展的工作总结、国家级教学和科研项目获奖成果介绍、部分系友的学习经历和工作成就汇报,以及大量教师和历届学生的学习、工作、回忆和感悟文章,汇集成书作为献给清华大学百年校庆的系列丛书之一。

　　书名冠为"固本求源创新　顶天立地树人——清华大学工程力学系发展历程"。固本言之注重理论基础,求源谓之追溯知识源泉,这固和源又隐喻着力学学科的固体和流体两个主要专业;基础是创新的动力,创新是大学的灵魂,创新又是学科发展之动力、人才培养之目标。顶天意指学科建设和科学探索的国际前沿性,立地意指解决国民经济和国防建设的重大工程和科学问题;诚信为人、严谨为学、立德树人,则是学校人才培养工作的根本宗旨。闻其书名,观其翔实,可谓名副其实。本书记录了几代清华人在力学学科建设和力学教学领域中的 50 多年奋斗历程,他们不仅奠定了极其坚实的学术基础,而且铺垫了厚重而又独特的精神和文化底蕴;不仅对力学系,乃至对航天航空学院而言,都是永恒的财富。今天,我们传承这笔财富,并将其融入世界一流学科的建设之中,使学科建设生机勃勃,充满活力。

在本书的编撰过程中,得到了原校党委常务副书记庄丽君教授的大力支持,得到清华大学出版社编辑的热心帮助,马方超同学参与了部分辅助工作,对于向本书赐稿的领导、老师和校友们,在此表示衷心的感谢!

最后,借用杨卫院士为清华百年校庆题词作为本文的结语:"百年学府,百舸争流,百科协力,百誉永固"。

编　者

2011 年 2 月

目录

三　部分获奖项目介绍　　　　　　　　　　　　　　　　　　91

四　部分系友的学习经历和工作成就　　　　　　　　　　121

五   回忆和感悟   **161**

钱学森先生 1997 年 9 月 30 日　致辞

　　1997 年,时值工程力学研究班和工程力学系建立 40 周年之际,钱学森先生于 9 月 30 日为我系致辞写道:

　　工程力学系:

　　你们 9 月 15 日信及建系 40 周年活动筹委会信都收到。

　　回忆过去,展望未来,我这个已脱离力学工作多年的人,也想到许多,谨陈述如下,这也算是我对工程力学系建系 40 周年的祝贺。

　　在 20 世纪初,工程设计开始重视理论计算分析,这也是因为新工程技术发展较快,原先主要靠经验的办法跟不上时代了。这就产生了国外所谓应用力学这门学问,它包括流体力学、气动力学、水动力学、弹性力学等;为的是探索新设计、新结构。但当时主要因为计算工具落后,至多只是电动机械式计算器,所以应用力学只能探索发展新途径,具体设计还得靠实验验证。

　　到了 60 年代,能进行快速计算的芯片电子计算机已出现,引起了计算能力的一场革命。到现在每秒能进行万亿次浮点的机器已出现。随着力学计算能力的提高,用力学理论解决设计问题成为主要途径,而试验手段成为次要的了。由此展望 21 世纪,力学加电子计算机将成为工程新设计的主要手段,就连工程型号研制也只用电子计算机加形象显示。都是虚的,不是实的,所以称为"虚拟型号研制"(virtual prototyping)。最后就是实物生产了。

　　回顾一个世纪,工程力学走过了从工程设计的辅助手段到中心主要手段,不是唱配角而是唱主角了。清华大学工程力学系要跟上时代呵!

2

钱伟长先生 2005 年 10 月 9 日　寄语

寄语第一届力学研究班聚会

寄语第一届力学研究班的不复年轻的同学们：

清华大学工程力学研究班的历史功绩是不可磨灭的，将载入我国近代力学事业发展史的史册。

愿你们继续发扬优良的学术传统，总结经验，继往开来，言传身教，提携后进，把我国的力学发展水平提高到一个新高度！

第一届力学研究班班主任　

2005-10-9

朱光亚　题词

人才是科技进步和经济发展最重要的资源

祝贺清华大学工程力学系和力学研究班创建四十周年

朱光亚 一九九七年 十月十九日

全国政协副主席、中国工程院院长朱光亚题词

张　维　题词

贺工程力学系
建系四十周年

理论联系实际
培养世纪人才

张维　一九九八·三·六
北京

中国科协副主席、中国科学院院士、工程院院士、清华大学教授张维题词

路甬祥　题词

院校合作的硕果
力学人才的摇篮

贺清华力学班暨
工程力学系四十周年

路甬祥题
九七年十月

中国科学院
地址：中国·北京三里河路五十二号　邮政编码：一零零八六四
电话：六八五九七二八九　传真：六八五一二四五八

钱令希　题词

清华大学工程力学系四十年来
发展壮大，推动了我国力学学科
的建设，培养了大批优秀人才祝
在二十一纪为科教兴国更创佳绩
建功立业

钱令希　一九九八年，大连

中国科学院院士、大连理工大学教授钱令希题词

郑哲敏 题词

欣值清华大学工程力学系成立四十周年、谨此表示热烈祝贺

数十年来工程力学系全体师生员工，在前一辈力学家指引下，辛勤劳动、耕耘不息，为发展我国力学事业培养了一批批优秀人才，科研上也取得令人瞩目的成就。

郑哲敏敬贺

一九九七年十二月十四日

中国科学院院士、原中国科学院力学研究所所长郑哲敏题词

王永志　题词

工程力学系成立与工程力学研究班创办五十年来，秉承清华大学"自强不息，厚德载物"的校训和严谨、勤奋、求实、创新的学风，教学和科研取得了突出的成就，为力学与热物理学科的发展做出了杰出的贡献，为祖国的建设培养了大量的优秀人才。望力学系再接再厉，取得更大的成就！

王永志

二〇〇八年三月二十日

中国工程院院士、清华大学航天航空学院院长王永志题词

工程力学系的历史沿革与现状

（一）历史沿革

1957年年初，为了适应经济与国防建设的需要，培养新兴科学技术中有关力学及计算数学方面的专业人才，在钱学森先生的倡导下，成立了工程力学研究班，钱伟长教授为首任班主任，郭永怀教授和杜庆华教授为副班主任。工程力学研究班共办了3届，毕业生325人，其中大多数成为我国力学学科教学和科研的骨干力量。

为了满足日益发展的国防与国民经济对力学人才的需求和高校对高质量力学教师的要求，1958年7月3日，清华大学1957—1958年度第七次校务行政扩大会议决议，成立工程力学数学系。设立流体力学、固体力学和计算数学三个专业，相应建立了三个专业教研组，学制为六年。

工程力学数学系是以数学、物理、力学等基础学科为基础，研究技术科学理论，又与生产实践相结合，解决工程设计提出的问题，培养有社会主义觉悟、又红又专的力学和计算数学人才。

1960年5月，学校考虑到技术科学的共同性质、促进航空航天项目的进展，又将动力机械系的工程热物理专业调整到工程力学数学系（注：工程热物理专业的前身为1955年成立于动力系的工业热工专业。1957年春学校决定停办工业热工专业，并改为成立面向军工服务的热物理专业，代号410。1958年2月热物理教研组在动力系馆正式成立）。1961年根据国家的需要成立了固体力学专业一般力学专门化。这时的工程力学数学系有四个专业和一个专门化；有五个专业教研组即610,620,630,640与650教研组和六个实验室。后来取消了代号，相应地称为流体力学、固体力学、计算数学、工程热物理和一般力学五个教研组。

"文革"期间，从1969年起先后分别将计算数学调整到计算机科学与技术系和应用数学系；一般力学调整到精密仪器系，工程力学数学系改名为工程力学系。直到1978年，一般力学又调回到工程力学系。在1972—1976年期间，先后招收了5届工农兵学员共计363人。

1977年恢复高考招生制度。工程力学系流体力学、固体力学和工程热物理专业恢复招收本科生，学制五年。同年开始规模招收硕士研究生，学制2～3年。

1980年固体力学、流体力学专业开始招收博士研究生。

1982年基础课委员会中的理论力学和材料力学两个教研组与工程力学系合并，从此工程力学系又承担起全校力学课程的教学任务。

1983年为更好地开展科学研究工作，成立了工程力学研究所；工程热物理专业与热能工程系联合成立热能工程与工程热物理研究所。

1985年从科学发展和社会需要出发，将流体力学和固体力学专业合并为工程力学专业。

为进一步适应国民经济发展的需要和高科技对力学人才的要求,从 1990 年起,确定在本科招生中,力学系的专业改写为工程力学(工程力学与计算机应用)及工程热物理(热科学、热能技术与控制)两个专业。主要培养力学及其相关的工程设计、新技术开发以及高新技术相结合的工程力学,工程热物理和计算机应用人才。

到 1991 年,全系设有七个教研组、包括六个研究室的工程力学研究所、地震波勘探开发研究所,以及装备了现代化设备的十个实验室和计算机室。固体力学、工程热物理被评为全国重点学科。

1993 年破坏力学实验室成为国家教委开放研究实验室。

1996 年力学学科被首批批准按一级学科行使学位授予权。

1998 年全面实行本科-硕士统筹培养计划,当年力学系有 41 名同学纳入本硕贯通培养计划。工程热物理专业获得动力工程及工程热物理一级学科博士学位授予权(与热能系共建)。

1999 年逸夫技术科学楼建成,工程力学系迁入,教学和实验条件获得了极大改善;实行了系管教学,将教研组改为研究所,相继成立了固体力学、流体力学、工程热物理、工程动力学研究所。国家教委开放研究实验室"破坏力学实验室"更名为"破坏力学教育部重点实验室",2009 年更名为"应用力学实验室"。在全国首批百篇优秀博士论文的评选中,力学系有两篇博士论文入选。

2001 年在教育部重点学科的评估工作中,固体力学列一级学科(力学)第一,流体力学列二级学科第一、一级学科第六,工程热物理专业(与热能系共建)列一级学科(动力工程及工程热物理)第一。与华南理工大学和北京工业大学三校联合组建"传热强化与过程节能教育部重点实验室"。

2002 年增设国防定向的飞行器设计与工程专业,招收 21 名国防定向生;

2003 年与热能系共建"煤的清洁燃烧技术教育部重点实验室"。

2003 年成立了"传热与能源利用北京市重点实验室"。

1. 航天航空学院的成立

为适应我国对航天航空领域高素质人才培养和战略高技术发展的迫切需求,进一步集成并发挥我校多学科综合优势,以整体性、高水平的航天航空科学技术研究为结合点,全面带动各相关学科的建设和发展,经过长期酝酿和精心筹备,2004 年 5 月 18 日,航天航空学院(简称航院)成立,恢复航空航天系,工程力学系从机械工程学院划转航天航空学院,清华大学宇航技术中心挂靠航院管理。

航空航天系设飞行器设计研究所,人机与环境工程研究所,推进与动力技术研究所和空天信息技术研究所;工程力学系下设 4 个研究所,分别是固体力学研究所、流体力学研究所、工程动力学研究所、工程热物理研究所。工程力学系的本科生招生与培养改为"工程力学与航天航空工程"。

清华大学宇航技术研究中心(以下简称"宇航中心")于 1998 年 9 月成立。学校赋予宇航中心的任务是:开展航天技术、空间技术包括小卫星、深空探测器、航天器的研究开发,逐步成为我国宇航技术研究开发的重要基地和学术中心。

十多年来,宇航中心通过有效整合学校相关院系的资源,成功地组织实施了"清华-1"微小卫星、"纳星-1"纳型卫星、"临近空间网络"原理实验系统等重要工程项目,参与了"绕月探测"、"载人航天"等重大专项及若干重大装备型号研制工作,在 LDPC 编码、电子侦察、星座通信、航天员医学监护等部分关键技术上取得了重要突破,锻炼了一支由年轻学术带头人/骨干、工程师组成的研究队伍,建立了固定资产超过 3000 万元的研究基地,初步具备了承接并组织实施航天航空领域较大型工程项目的能力,呈现出了较为强劲的发展势头。

2006 年成立生物力学与医学工程研究所。

2007 年 11 月 19 日,经校务会议讨论,决定将清华大学航天航空学院的航空航天系更名为航空宇航工程系,简称航空系。工程动力学研究所行政体制划入航空宇航工程系,学科建设依托力学学科。

航院依托航天航空的大背景制订了全院统一的教学计划。现在学院拥有力学一级博士学位授予权(下设固体力学、流体力学、动力学与控制、飞行器力学与工程方向)和动力工程及工程热物理一级学科博士学位授予权(下设工程热物理方向),以及力学、动力工程及工程热物理和航空宇航科学与技术一级学科硕士学位授予权;拥有力学、动力工程及工程热物理两个博士后科研流动站。其中固体力学、流体力学、工程热物理三个二级学科均为国家重点学科。2006 年全国一级学科评估,航院力学学科以 99 分高居力学学科榜首,动力工程及工程热物理(与热能系合建)名列该学科第二。

<h3 style="text-align:center">工程力学系历届系主任、系(院)党委(总支)书记名单</h3>

年　份	系主任	年　份	书　记
1958—1977	张　维	1958—1963.7	解沛基
1978—1985.9	王和祥	1963.08—1966.7	李德鲁(代)
1985.10—1988.9	朱文浩	1966.08—1975.8	解沛基
1988.10—1992.2	余寿文	1975.09—1982.7	李恩元
1992.2—1997.4	岑章志	1982.08—1988.12	李德鲁
1997.5—2004.5	杨　卫	1989.01—1994.1	叶宏开
2004.6 至今	郑泉水	1994.02—1994.11	吴翘哲
		1994.12—2001.9	程保荣
		2001.10—2004.5	梁新刚
		2004 至今	庄　茁

附录 1　工程力学研究班

工程力学研究班创建于 1957 年。根据我国"十二年科学技术发展远景规划",在著名科学家钱学森教授等倡导下,经国务院决定由高教部与中国科学院在清华大学建立工程力学研究班,分两个组:流体力学、固体力学。

办班初期地点在中国科学院植物研究所院内(动物园正门的西边),于 1957 年下半年迁至清华大学诚斋。

工程力学研究班每年约招 120 人。培养目标是:培养具有社会主义觉悟,掌握力学理论基础和试验技术,有解决工程实际中力学问题能力的力学工作者;学制为两年至两年半。

生源有三个方面:①在职的高等院校的教师;②工厂及企业部门的在职技术干部;

③高等工业院校的四年级的学生。担任工程力学研究班教学任务工作的是由中国科学院和清华大学选派的一些研究员及大学的教师。

工程力学研究班学员毕业后第①、②两部分人员回原单位,第③部分的学生由国家统一分配到全国各地高等学校和科学研究院所。其中绝大多数已成为我国力学学科教学和科研的骨干力量。

清华大学附设工程力学研究班班务会议委员有:

钱学森 钱伟长 张 维 郭永怀 杜庆华

先后三届的班主任分别是:

第一届 钱伟长(班主任,1957 年) 杜庆华(副班主任)

第二届 郭永怀(班主任,1958 年) 杜庆华(副班主任,1958 年)

第三届 郭永怀(班主任) 杜庆华(副班主任)

清华大学附设工程力学研究班招生人数及时间

第一届 1957 年 2 月 127 人

第二届 1958 年 9 月 64 人

第三届 1959 年 11 月 134 人

附录 2 基础课委员会力学教研组

1951 年 9 月 24 日校务委员会通过成立 16 个教研组,力学教研组是其中之一,主任张维教授。1952 年在编人员有杜庆华教授、张福范、万嘉鑫副教授,讲师 5 人,助教 37 人。1953 年校务会议确定各系及公共教研组教学秘书,其中邵敏为力学教研组教学秘书,庞家驹为公共教研组教学秘书,参加教学研究和协助教务长处理有关公共教研组教学工作。1953 年 6 月校务行政会议决定,力学教研组改设为理论力学教研组和材料力学教研组,分别由万嘉鑫和杜庆华任主任。

1959 年清华大学成立基础课委员会,主任委员李寿慈,副主任委员刘绍唐,另有委员 11 人,下属普通物理、数学、化学、理论力学、材料力学和俄文教研组。同年暑假成立基础课教师培训班,从各系抽调大学生入班,其中理论力学培训班 11 人,材料力学培训班 13 人。

1965 年年底,理论力学教研组主任为钟一谔副教授和罗远祥副教授,副教授还有万嘉鑫,讲师 14 人,助教 17 人,实验室工作人员 2 人。材料力学教研组主任为张福范教授,教授有钱伟长,副教授方萃长,讲师 20 人,助教 15 人,材力实验室工作人员 12 人。两个教研组联合办公室有工作人员 3 人。

“文革”期间理论力学和材料力学教研组广大教师绝大多数分散到各系各专业进行教学工作。1977 年全国恢复高校招生考试制度后,基础课也相应恢复。1978 年两教研组合并为力学教研组,主任由郑思樑担任,教授有钱伟长、张福范二人,副教授 4 人,讲师 29 人,助教 29 人。

1981—1982 年度第十七次校长工作会议决定基础课力学教研组并入工程力学系。

2. 工程力学系的教学科研机构

1958 年成立工程力学数学系,设立流体力学、固体力学和计算数学三个专业,相应建立三个专业教研组。

1959 年,将动力机械系的工程热物理专业调整到工程力学数学系;1961 年,根据国家需要成立了固体力学专业一般力学专门化,这时的工程力学数学系有四个专业和一个专门化,分别叫:610,620,630,640和650,后来取消代号称为:流体力学教研组、固体力学教研组、计算数学教研组、工程热物理教研组和一般力学教研组。

1970年起,先后将计算数学调整到计算机科学与技术系和基础课数学教研组,一般力学调整到精密仪器系,工程力学数学系改称为工程力学系。

1978年一般力学调回工程力学系。

1982年基础课委员会中的理论力学和材料力学两个教研组与工程力学系合并,从此工程力学系承担起全校力学课程的教学任务。

1985年从科学发展和社会需要出发,将流体力学和固体力学专业合并为工程力学专业。

从1990年起,力学系的本科招生专业改为:工程力学(工程力学与计算机应用)及工程热物理两个专业。到1993年,全系设有六个教研组,分别是:弹塑性及计算力学教研组、材料力学教研组、流体工程教研组、流体力学教研组、工程热物理教研组和理论力学教研组。

1999年,实行了系管教学,将教研组改为研究所,成立了固体力学、流体力学、工程热物理和工程动力学研究所。

3. 航天航空学院的教学科研机构

2004年5月18日,航天航空学院成立,下有工程力学系和航空航天系(后更名为航空宇航工程系),宇航中心挂靠航院管理,后来又成立航空技术中心。

2006年成立生物力学与医学工程研究所。

目前航天航空学院设工程力学系、航空宇航工程系和航空技术中心,宇航中心挂靠管理。

工程力学系下设:固体力学研究所、流体力学研究所、工程热物理研究所和生物力学与医学工程研究所。

航空宇航工程系下设:工程动力学研究所、飞行器设计研究所、人机与环境工程研究所,推进与动力技术研究所和空天信息研究所。

(二)教职队伍

1958年力学系初建阶段是由学校基础教学部以及各系(土木系、动力机械系、机械系等)抽调部分教师,从历届力学研究班毕业生中以及提前毕业的学生中补充了部分教师组成基本教师队伍。后来陆续从本系毕业生中选拔留校,并注意吸收国内学者和归国留学人员形成现在的老中青结合的优秀师资队伍。

截至2011年1月,航天航空学院事业编制人员111人,其中教学科研系列87人,工程实验系列17人,教育职员5人,工人2人。在岗教授、研究员41人,其中院士3人,博士生导师41人;副教授和副研究员38人;讲师、助理研究员8人。高级工程师8人,高级实验师2人,工程师和实验师7人,高级技师1人。兼职教授30人,在站博士后30人,非事业编制合同制人员26人。

航天航空学院航空宇航工程系中有相当大的一部分在岗教师参与了力学和工程热物理博士点建设,包括教授和研究员9人,副教授和副研究人10人,高级工程师2人,讲师、助理研究员 3 人, 高级实验师 1 人。

另外, 宇航中心现有全职在编人员 12 人, 副高人员 6 人, 博士、博士后留校教师 5 人; 双聘教授 2 人; 兼职教授 4 人; 博士后研究人员 5 人以及跨院系合作人员多人。

历年教授聘任名单

年 份	姓 名
1956—1965	钱学森　钱伟长　张　维　杜庆华　赵访熊　张福范
1977	
1978	黄克智
1979	
1980	王和祥　钟一谔　万嘉鑌　罗远祥
1981	
1982	
1983	王照林
1984	戴福隆　郑兆昌　沈孟育　过增元
1985	张兆顺　徐秉业　谢志成　周力行　席葆树
1986	
1987	蒋智翔　余寿文　官　飞　王勖成　吴明德
1988	傅维镳　朱之墀　陆明万　何衍宗　贾书惠　朱文浩
1989	杨　卫　姚振汉　郑思樑　张如一　黄　炎
1990	范钦珊　薛明德　杨宗发　董亚民
1991	陈　熙　李方泽　岑章志
1992	沈　熊　顾毓沁　刘宝琛　傅承诵　刘先龙　林文漪　杨慧珠　王　正　王　烈　傅正泰
1993	钟国成　王学芳　丁文镜　苏铭德　李德葆　章光华　周春田　孙庆平　李　旭　蔡敏学　苗日新　符　松　郑泉水
1994	金观昌　赵文华　朱德忠　邵　敏　刘信声　丁占鳌　朱克勤
1995	任文敏　许宏庆　周辛庚　胡桅林　李万琼　王保国　程保荣　朱祖成
1996	樊友三　刘秋生　何积范　吴建基　吴翘哲　沈观林
1997	孙学伟　李志信　戴诗亮　薛克宗　谢大吉　张怀瑾　李　苹　方岱宁　王　波
1998	张　健　王希麟　刘馥清　蔡乾煌
1999	李俊峰　梁新刚　宋耀祖　吴子牛
2000	庄　苗　施惠基　琚诒光
2001	冯西桥　黄东涛　孙镇华　朴　英
2002	任革学　谢惠民　张冠忠
2003	刘应华　崔桂香　张　雄　汤荣铭　李路明
2004	殷雅俊　何　枫
2005	郑钢铁　张　兴　钟北京　李喜德
2006	陈　民　任玉新
2007	陆秋海　许春晓
2008	王浩文　郑丽丽　姚学锋　王天舒
2009	陈常青　方　菲　刘　彬　周　明
2010	岑　松　邱信明

注: 以上按照清华大学聘任教授时间。

聘请了院士、著名科学家和国内知名专家学者担任兼职教授。

一
工
程
力
学
系
的
历
史
沿
革
与
现
状

曾受聘的兼职与双聘教授名单（不完全统计）

姓　名	单　位	职　称	兼职时间
卞荫贵	中科院力学所	研究员	1983.8—1986.6
李沛滋	中科院声学所	科学院院士	1985.8—1997.8
张涵信	中国空气动力学研究中心	科学院院士	1987.7—2005.3
王西铭	国家海洋环境预报中心	研究员	1989.1—1991.1
马俊如	国家科委高技司	研究员	1991.9—1993.8
曲广吉	航空航天部501所	高工	1992.3—1998.4
张恩仲	哈尔滨锅炉厂	高工	1992.9—1995.12
孙恒虎	中国矿业大学	教授	1993.9—1997.8
罗学富	中国海洋石油科技开发公司	教授	1994.2—1996.1
洪景丰	中国核动力研究设计院	研究员	1994.9—1998.8
戴根华	中科院声学所	研究员	1996.9—1998.8
童秉纲	中国科技大学北京研究生院	科学院院士	1998.4—2003.5
凌国灿	中科院力学所	研究员	1999.5—2000.4
庄逢甘	中国航天科技集团科学技术委员会	两院院士	2000.6—2006.6
崔尔杰	中国航天空气动力技术研究院	科学院院士	2002.6—2008.5
高玉臣	北方交通大学	科学院院士	2003.4—2005.10
周　远	中国科学院理化技术研究所	科学院院士	2004.5—2007.4
刘兴洲	中国航天科工集团三院三十一所	工程院院士	2004.5—2007.4
庄逢辰	总装备部装备指挥技术学院	科学院院士	2004.5—2007.4
陈一坚	中航一集团第一飞机设计研究院	工程院院士	2004.5—2007.4
杜善义	哈尔滨工业大学	科学院院士	2004.10—2007.9
马兴瑞	中国航天科技集团公司	教授	2004.10—2007.9
孙　聪	中航一集团沈阳飞机设计研究所	研究员	2005.4—2008.3
白以龙	中科院力学所	科学院院士	2005.6至今
武　哲	北京航空航天大学	教授	2005.12—2008.11
葛昌纯	北京科技大学	科学院院士	2006.6—2009.5
李　天	中航一集团沈阳飞机设计研究所	科学院院士	2006.11—2009.10
薛海中	中国电子科技集团公司27所	研究员	2007.3—2010.2
乙晓光	空军指挥学院	研究员	2007.3—2010.2
辛　毅	总装科技委	研究员	2007.3—2010.2
张乃通	哈尔滨工业大学	工程院院士	2007.7—2010.6
叶培建	中国空间技术研究院	科学院院士	2007.7—2010.6
俞梦孙	航空医学工程研究中心	工程院院士	2008.3—2011.2
由俊生	空军航空医学研究所	高级工程师	2008.5—2011.4
于　全	总参第六十一研究所	工程院院士	2008.7—2011.6
周国泰	总后勤部军需物资油料部	工程院院士	2008.12—2011.11
刘行伟	空军装备研究院装备总体论证所	高级工程师	2009.4—2012.3
赵　煦	空军某试验基地	工程院院士	2009.12—2012.11
刘尔琦	航天科工集团三院	研究员	2009.12—2012.11
钱永刚	解放军某研究所	高级工程师	2009.12—2012.11

（三）教学

1．本科教学

自 1960 年有第一届毕业生开始到 2010 年，航天航空学院（力学系）已为国家培养了 4289 名本科大学生（其中"文革"前入学的为 1501 名，"文革"中入学的为 440 名，"文革"后入学的为 2348 名）和 193 名进修班结业学员（均为"文革"中入学）。他们在国家建设的不同岗位上为祖国做出了贡献。

"文革"前入学的历届本科毕业生人数统计

毕业年届（专业）	60	61	62	63	64	65	66	67	68	69	70	71	小计
流体力学			36	25	23	24	41	35	30	25			236
固体力学			44	45	38	43	74	48	30	31			353
一般力学					12				23	22	136	128	321
计算数学	26		24	36	45	52	44	44	30	30			331
工程热物理			26	27	41	34	41	32	29	27			257
小 计	**26**	**0**	**130**	**133**	**159**	**153**	**200**	**159**	**142**	**135**	**136**	**128**	**1501**

"文革"期间入学的历届毕业生人数统计

毕业年届（专业）	75	76	77	78	79	80	小计
流体机械（610）			30	45	35	34	144
机械强度与振动	34		34	88	33	30	219
热工技术				40	37		77
小 计	**34**		**64**	**173**	**105**	**64**	**440**

注：工农兵学员（三年半学制）。

1982—1997 年获学士学位的历届毕业生人数统计

专业毕业年届	82	83	84	85	86	87	88	89	90	91	92	93	94	95	96	97	小计
流体力学	25		33	33	28	28	29	29									
固体力学	31	2	33	32	31	28	26	32									
工程力学									59	59	58	55	35	54	17	58	875
工程热物理		34	35	29	29	29	26	31	29	31	29	28	29	30	0	39	428
小 计	**56**	**36**	**101**	**94**	**88**	**85**	**81**	**92**	**88**	**90**	**87**	**83**	**64**	**84**	**77**	**97**	**1303**

注：另有结业生 5 人，按大专（三年制）毕业生 4 人。

1998—2007 年获学士学位的历届毕业生人数统计

毕业年届专业	1998		1999		2000		2001	2002	2003	2004	2005	2006	2007	小计
	93 级	94 级	93 级	94 级	95 级	96 级								
工程力学	24	27	27	31	27	54	46	46	50	45	47	31	37	492
工程热物理	18	14	12	22	8	28	24	24						150
热能与动力工程									24	26	22	19	20	111
飞行器设计与工程											21	19	40
小计	42	41	39	53	35	82	70	70	74	71	69	71	76	793
补行毕业			3				6	8	4	2	3	1	27
总计授学位书	**42**	**41**	**39**	**53**	**120**		**70**	**76**	**82**	**75**	**71**	**74**	**77**	**820**

注：从 1994 年开始本科实行本硕 6 年贯通培养，部分优秀学生本科学习 4 年。从 1997 年招生开始，本科生学制改为 4 年。

2008—2010 年获学士学位的历届毕业生人数统计

毕业年届专业	2008	2009	2010			小计
工程力学与航天航空工程	75	76	82			233
补行毕业	1	0	2			3
总计授学位书	**76**	**65**	**84**			**225**

进修班（一年半或一年学制）毕业名单

毕业年届（专业）	72	74	76	77	78	小计
工业射流进修班	43	21	30			94
等离子技术进修班				34	29	63
气动进修班					36	36
小计	**43**	**21**	**30**	**34**	**65**	**193**

随着 2004 年 5 月 18 日工程力学系整体进入航天航空学院后，工程力学系原教学和人才培养纳入了航天航空学院规划。全院每年招收本科生约 90 人，本科人才培养由原来的工程力学专业、热能与动力工程专业、飞行器设计与工程专业转变成工程力学与航天航空工程专业。经航院学术委员会讨论决定，在 2004 年的招生、培养计划中，航院的本科生实行"一进一出"，即工程力学与航天航空工程为航院的招生专业和毕业专业。原工程力学、热能与动力工程和飞行器设计与工程专业归入该专业下的学科方向。

航院学术委员会制订了新的工程力学与航天航空工程专业教学计划，目的是加强通识教育基础上的宽口径专业教育，培养厚基础、宽口径的复合型人才。航院的本科培养目标是使毕业生具有航空宇航科学与技术、力学、动力工程及工程热物理领域的理论基础，基本掌握所学领域的专门知识；具有工程综合能力、创新意识、团队精神和社会责任感、具有较强的口头和书面交流能力、具有继续进行科学研究和探索的能力、了解所学技术领域的有关管理和政策等知识、了解社会发展的历史、文化、哲学和艺术等。

为了达到这一目标，教学计划强调理工结合，重视数理基础及外语能力，在注重打好力学基础的同时，强调教学实践环节及工程训练，并注重与航空航天的结合。为适应航空航天技术发展的趋势，增加了自动控制类课程。全院制定了统一的教学平台，在低年级时侧重公共基础课的培养，在高年级时则形成不同的侧重方向，其目的是使我院培养的学生能适应宽口径的专业背景及具有很强的专业适应性。

2009 年，"钱学森力学班"即工程力学专业，首次面向全国招生 29 名（含二次招生 6人）。清华大学钱学森力学班的创办旨在秉承钱学森先生对创新性人才的探索，并纳入清华大学拔尖创新人才培养计划——"清华学堂计划"。

钱学森力学班的培养目标是探索高质量人才的国际化创新培养模式，建立高水平的国际化培养体系，设立专门的课程系统，采取因材施教的个性化教学方式，营造热爱科学的学术氛围，激发学生的学习兴趣，厚植学生的数学、力学基础，强化学生的创造力，力求使之具备成为力学领域顶尖人才或相关科学技术领域领军人才的潜力。

航天航空学院为全校开设了《材料力学》、《理论力学》、《基础力学系列实验》基础课，还为其他系开设了流体力学等课程。

航天航空学院开设的机械学院平台课、学院平台课、实验平台课、专业课、专业选修课及全校公共选修课共约 70 门。其中专业基础与专业选修课约 40 门，按各专业方向，主要的专业基础与专业选修课如下。

为全校开设基础课

信息类基础课	力学与材料类课程	热学与流体类课程	测量检测与控制工程基础
信号与系统	材料力学	工程热学	基础力学系列实验（必修）力学实验技术
FORTRAN 语言程序设计	理论力学	传热学	热物理量测技术
		流体力学	飞行器基础实验

学院平台课及为全校开设的选修课程

学院平台课	航院开设的全校性选修课	航院选修课
飞行器结构力学	航空概论	力学概论
推进原理与技术	航天概论	现代航天航空技术概论
空气动力学	生物世界中的流体力学	高超音速空气动力学
航天器动力学	非牛顿流体力学	有限元数值模拟与虚拟工程
	自动化中的气动技术	航天中的奇思妙想
	"三航"通信理论基础	探寻流体力学大师的足迹
	能源结构技术经济分析	燃烧过程的化学动力学分析
	月球旅馆工程	力学生物学——生命科学中的力学视野
	细胞与分子力学	新概念卫星设计
	流固耦合及其控制实验技术	

工程力学与航天航空工程专业课

工程力学方向课	热能与动力工程方向课	航天航空工程方向课
弹性力学	燃烧学	航天器总体设计
振动理论基础	新概念热学	航空器总体设计
计算力学基础	粘性流体力学	自动控制理论（1）
粘性流体力学	热物理数值计算	弹性力学基础及有限元

工程力学与航天航空工程专业选修课

工程力学方向选修课	热能与动力工程方向选修课	航天航空工程方向选修课
振动量测	燃烧技术	飞行器结构设计
断裂力学	辐射换热	飞行力学基础
塑性力学	火箭发动机	飞行控制原理
计算流体力学	传热设备与技术	振动理论基础
固体力学实验技术	热物理测量实验	火箭发动机
先进实验流体力学测试技术及应用	飞行器热控制与能源管理	航空发动机
		可靠性工程
		航天器姿态控制系统
		航空器飞行控制系统
		飞行器热控制与能源管理
		飞行动力学与飞行控制

工程力学与航天航空工程专业任选课

工程力学方向任选课	热能与动力工程方向任选课	航天航空工程方向任选课
复合材料力学	能源工程	振动量测
振动模态分析	航空发动机	系统工程
飞行力学基础	燃烧污染与控制	最优化理论与最优设计
航空发动机		空间飞行器的科学与工程应用

航院对教学、教材建设一贯非常重视,教学效果近年来在全校一直名列前茅。在精品课建设、精品教材建设、教材编写等方面取得了突出的成绩。截至 2010 年 12 月底,共有 5 门课程入选国家(2003—2007)、市级(2003—2007)精品课程,9 本教材被评为精品教材。

精品课

序号	课程	负责人	入选类别与时间			
			国家级	时间	市级	时间
1	材料力学	施惠基 殷雅俊	·	2003	·	2003
2	理论力学	李俊峰	·	2004		2003
3	弹性力学	杨 卫 冯西桥	·	2004		2004
4	计算力学	刘应华 牛莉莎			·	2006
5	流体力学	符 松	·			2007

精品教材

教 材 名 称	作 者	出版单位	入选时间
应用力学	范钦珊	中央广播电视大学出版社	2002
理解航天(译著)	李俊峰	清华大学出版社	2007
理论力学	李俊峰	清华大学出版社 Springer	2004
工程力学(Ⅰ、Ⅱ)	范钦珊	高等教育出版社	2005
有限单元法	王勖成	清华大学出版社	2005
弹性理论基础(第 2 版)	陆明万	清华大学出版社	2005
工程断裂与损伤	庄 苗	机械工业出版社	2006
材料力学	范钦珊	清华大学出版社	2008
实验力学	戴福隆、沈观林、谢惠民主编	清华大学出版社	2010

获得省部级以上奖的教材(不完全统计)

获奖教材名称	主 编	出版社	评选时间	颁奖单位	获奖名称	获奖等级
应用力学	范钦珊	中央广播电视大学出版社	2002	教育部	2002 年全国普通高等学校优秀教材	一等奖
理论力学(第四版)	罗远祥等	高等教育出版社	1998	教育部	1998 年教育部科技进步奖	省(市、部、委)级三等奖

获奖教材名称	主　编	出版社	评选时间	颁奖单位	获奖名称	获奖等级
工程振动测试与分析	李方泽、刘馥清、王正	高等教育出版社	1996	国家教委	第三届高等学校优秀教材评选	省（市、部、委）级二等奖
材料力学	谢志成、陈季筠、王瑞五参编	清华大学出版社	1996	国家教委	第三届高等学校优秀教材评选	省（市、部、委）级二等奖
弹性理论基础	陆明万、罗学富	清华大学出版社	1996	国家教委	第三届高等学校优秀教材评选	省（市、部、委）级二等奖
材料力学试题库(CAI)	范钦珊、刘鸿文(浙大)	高等教育出版社	1996	国家教委	第三届高等学校优秀教材评选	省（市、部、委）级二等奖
板壳理论	黄克智、夏之熙、薛明德、任文敏	清华大学出版社	1992	国家教委	第二届高等学校优秀教材评选	国家级优秀奖
机械振动上册	郑兆昌、庞家驹、何积范等	机械工业出版社	1987	机械工业部	机械委优秀教材评选	一等奖

获得省部级以上的教学成果奖（不完全统计）

成果名称	主要完成人姓名	主要完成单位	获奖时间	获奖名称	评定等级
坚持改革创新 创建高水平国家基础课程力学教学基地	范钦珊、李俊峰、庄茁、殷雅俊、陆秋海	清华大学航空航天学院	2009	国家级教学成果奖	一等
新生研讨课建设与发展——新生与名师互动的研究型教学实践	朱克勤（第三完成人）	联合完成	2009	国家级教学成果奖	二等
建立中国工程教育专业认证制度的研究与实践	余寿文（第六完成人）	联合完成	2009	国家级教学成果奖	二等
新世纪工程力学课程教学资源库建设	范钦珊、李绯、殷雅俊、倪如慧、李斌	清华大学力学系	2004	北京高等教育教学成果奖	一等
理论力学课程体系改革与实践	李俊峰、张雄、陆明万、高云峰、陆秋海	清华大学力学系	2004	北京高等教育教学成果奖	二等
坚持高标准，创建新体系	范钦珊、王波、薛克宗、孙振华、殷雅俊	清华大学力学系	2001	国家级教学成果	二等
坚持高标准，创建新体系	范钦珊、王波、薛克宗、孙振华、殷雅俊	清华大学力学系	2001	北京市级教学成果	一等
材料力学课程改革与创新	蒋智翔、范钦珊、张小墙	清华大学力学系	1989	国家级教学成果	优秀

名师奖获得者

姓　　名	获奖级别	年　　届
范钦珊	国家级教学名师奖获得者	2003，首届
李俊峰	北京市教学名师奖获得者	2007

其他奖项和课程建设情况：

(1) 2007 年获得国家级力学实验教学示范中心；

(2) 2008 年获得国家级教学团队；

(3) 2009 年获第七届周培源生力学竞赛团体赛特等奖；

(4) "流体力学(英)"课程(符松)入选 2009 年度教育部双语教学示范课程建设项目。

2. 研究生培养

1957 年中国科学院和清华大学联合设立了工程力学研究班，学制两年。研究班不但成为工程力学系的先导，而且开启了力学系研究生培养之路。共有三届毕业生，325 人，其中大多数成为我国力学学科科研和教学的学术带头人，为学科的发展做出了突出贡献。

1966 年以前共培养研究生 40 人，分设固体力学、工程热物理、计算数学等专业，指导教师有钱伟长、张维、赵访熊、杜庆华、王补宣、黄克智等教授。

自 1978 年至今(截至 2011 年 2 月)共授予博士学位 593 人，硕士学位 1482 人。目前在读研究生 498 人，其中博士生 255 人，硕士生 166 人(含法国留学生 2 人)，工程硕士生 77 人。近年来航院每年研究生招生人数在 100 人左右，其中工学硕士生数略有下降，博士生数稳步上升。2007 年，我院首次录取了航天工程硕士生费俊龙、聂海胜、翟志刚等 13 名现役航天员，他们均已获得工程硕士学位。另外，我院首次录取了航空工程硕士生 24 名。

培养模式不断优化、教学体系不断完善

1986 年工程力学系制订了全校第一个博士生培养方案并不断完善。2004 年，参照国际一流大学的办学模式，航院完成了博士生课程体系的全面改革和规划。新课程体系在深度、广度及与本科教学衔接方面做了大幅度调整，在深化专业课程的同时，还增列了辅修课程的要求。对博士生的培养计划、选题报告、资格考试、学术论文的发表和最终学术报告等关键培养环节制订高标准的要求和规定，并鼓励研究生积极参加国内外学术会议等各种形式的学术交流活动。固体力学研究所 1978 年创建的每周一次的学术讨论班至今已坚持了 32 年，2003 年"非典"期间，黄克智院士为了不间断学术讨论，在荒岛的石桌上指导研究生的论文工作。目前全院的各个研究所和研究小组都不同规模地开设了学术讨论班。讨论班经常邀请国内外知名学者前来讲学，增进了研究生与大师的直接交流与思想碰撞，对研究生的成长和创新思维大有益处。

目前航院共开设研究生课程 50 余门，教学评估结果在全校一直名列前茅，以 2007 年春季学期为例，航院整体教学水平处于全校前五名。每个学期，航院都有评分位于全校前 5% 的研究生课程。2007 年和 2008 年，朱克勤教授负责的"高等流体力学"、薛明德与郑泉水教授负责的"张量分析"和岑松副教授负责的"弹塑性力学"等三门研究生课获"清华大学精品课程"荣誉称号。

工程热物理研究所过增元院士等多位老师倡导参与式教学方法,极大地提高了研究生学习的积极性和热情,使研究生课程的教学效果显著提高。固体力学研究所杨卫等老师探索并实践了高水平创新性博士生的培养模式,在如何提高博士生培养质量方面总结了很好的经验,固体力学的8篇全国优秀博士论文就是这种探索的成果。

近年航院获得教学成果奖名单

获奖年份	内　　容	获　奖　人	获　奖　等　级
2005	高水平创新性博士生培养模式与实践	杨 卫、余寿文、徐秉业、郑泉水、黄克智	国家级教学成果奖二等奖及2004年北京高等教育教学成果奖市级一等奖
2001	参与式教学——研究生创新教学的有效途径	过增元、梁新刚、李志信、胡桅林、顾毓沁	北京市教育教学成果(高等教育)市级一等奖
1996	第七届全国优秀科技图书奖	过增元	二等奖
1996	湖北建行奖教金	黄克智过增元	一等奖二等奖
1995	香港柏宁顿(中国)教育基金会首界"孺子牛金球奖"	黄克智	杰出奖
1993	《固体力学重点学科建设与高水平博士生规模培养》	黄克智、张维、杜庆华、戴福隆、郑兆昌	国家级特等奖
1992	《板壳理论》	黄克智、夏之熙薛明德、任文敏	国家级教材优秀奖
1992	《有限单元法基本原理与数值方法》	王勖成、邵 敏	教委教材二等奖
1992	《燃烧学》	傅维镳	教委教材二等奖

　　同时,航院十分注重研究生培养的实践环节。从1990年开辟第一个研究生社会实践基地——山东滨州以来(后成为第一个校级研究生社会实践基地),航院陆续开辟了门头沟、昌平、平谷、鞍山、中船重工集团702研究所(无锡)、解放军5719工厂(四川)等实践基地。经过积极建设,这些基地大部分成为校研究生社会实践基地。成立航院后有更多的研究生前往"三航"核心部门进行专业实践。通过暑期社会实践,研究生们受教育,长才干,学以致用做贡献,受到基地单位的热烈欢迎和高度评价。同时,研究生对国家重点单位的认同感越来越高,毕业后前往西部和国家重点单位就业的同学呈明显增多趋势。

　　2007年,研究生和本科生共同参与的航空创新实践基地正式成立,实践基地鼓励学生自行设计制作微、小型无人飞行器。组织参加了两届全国空中机器人大赛和两届全国航空航天模型科技实践锦标赛,获得一个冠军,两个二等奖。

　　近年来,航院研究生的学位论文的水平稳步提高。2003—2009年的七年中,我院共获得校级优秀博士论文30篇,校级优秀硕士论文20篇。从1999年开始评选全国百篇优秀博士论文以来,航院共获得13篇优秀博士论文(见下表),其中固体力学学科11篇,工程热物理学科2篇。这在全国的力学相关院校中是最为突出的。

全国优秀博士论文获得者名单

序号	年份	姓名	导师	论 文 名 称	专业/学科
1	1999	谭鸿来	杨 卫	材料断裂过程的宏微观研究	固体力学
2	1999	冯西桥	余寿文	脆性材料的细观损伤理论和损伤结构的安定分析	固体力学
3	2000	刘应华	徐秉业	结构极限与安定分析的数值方法研究及其工程应用	固体力学
4	2001	朱 廷	杨 卫	铁电陶瓷的电致失效力学	固体力学
5	2002	杜丹旭	郑泉水	多相材料有效性质的理论研究	固体力学
6	2003	杨 春	过增元	深过冷液态金属比热的分子动力学模拟及实验研究	工程热物理
7	2004	姜汉卿	黄克智	应变梯度塑性理论断裂和大变形的研究	力学
8	2005	刘 哲	郑泉水	碳纳米管若干力学问题的研究	力学
9	2006	冯 雪	黄克智	铁磁材料本构关系的理论和实验研究	力学
10	2008	王立峰	郑泉水	碳纳米管及相关纳米结构的力学性质研究	力学
11	2009	裴永茂	方岱宁	铁磁智能材料力磁耦合行为研究	力学
12	2010	吴 坚	黄克智	基于原子势的碳纳米管有限变形壳体理论	力学
13	2010	陈 群	过增元	对流传递过程的不可逆性及其优化	工程热物理

　　航院毕业研究生已经在许多国家重点行业和领域施展着才华。在他们中产生了张涵信、吴有生、何友声、高金吉、高玉臣、杨卫、范本尧等中国科学院和中国工程院院士,中国人民解放军63820部队副司令员桂业伟少将,我国第一颗整星出口尼日利亚的总设计师周志成研究员等一大批杰出系友。

　　为适应社会的需求,航院将在保持优良传统的基础上探索创新人才的培养之路,为国家培养输送更多栋梁之才。

（四）科学研究

1. 概述

　　科学研究工作基本上可分四个阶段:第一阶段是从1958年建立工程力学数学系至1966年"文革"阶段。这个阶段是以我国航空、航天工程中的力学、数学和热物理等问题为主进行科学研究;第二阶段是1966年至1977年,这阶段科学研究工作受到很大的干扰和冲击,但在解决工程实际问题中取得部分应用性科研成果;第三阶段是1977年至1998年,这阶段面向各行各业的力学与热物理问题,无论在基础理论研究还是在应用科学研究方面都取得了一批高水平科学研究成果;第四阶段从1999年开始,在兼顾面向各领域的力学与热物理问题研究的同时,航空航天方面的研究逐步受到重视。

2. 科研项目

　　科研项目主要来自国家自然科学基金委、教育部、科技部、国家发改委、总装备部、国防科工委、航天科技集团、航天科工集团、航空一集团、航空二集团等,以及横向协作项目和国际合作项目。

　　1992年,傅维镳教授、周力行教授获国家级攀登计划项目,固体力学学科点"八五"期间主持承担一项国家重大项目,承担多项重点项目,并参加长江三峡水轮机研究重大项目。

　　1994年杨卫教授获首届国家杰出青年基金,1995年郑泉水教授获国家杰出青年基金,

一 工程力学系的历史沿革与现状

23

同时获霍英东青年教师基金和霍英东青年教师奖；符松教授获国家教委资助年轻教师基金，同时获基金委优秀中青年人才专项基金，并于 1997 年获国家杰出青年基金。

1996 年黄克智教授和符松教授分别获曹光彪基础研究基金。

1999 年在过增元院士主持下，"航天技术和信息技术中的微细尺度传热"申请获得了国家自然科学基金委重大项目的支持，并且支持了"航天技术中的特殊传热问题研究"课题的研究。

2000 年，作为首席科学家之一，过增元院士主持了"973"项目"高效节能的关键科学问题"，李志信、宋耀祖教授负责了"传递过程强化与控制的新理论"的研究工作。该项目提出了传热强化场协同理论，并设计发展了系列强化换热管。2006 年该项目继续获得 973 项目的支持。"宏微观固体力学与复杂结构的虚拟/智能化设计"获得清华大学"建设世界一流大学"(985)校重点项目支持，批准支持经费 1500 万元。

2000 年 6 月 28 日，"清华一号"微小卫星顺利升空并正确进入 700 千米太阳同步轨道。29 日凌晨，卫星首次飞临北京上空，在卫星从地平线升起的瞬间，我校"清华一号"地面站成功实现对"清华一号"卫星的信号捕获，随即顺利进行了最小系统测试、软件上载、姿态调控，以及收发信号、照相机载荷、GPS 接收机等测试工作。"清华一号"微小卫星是自 1998 年 10 月起，清华大学派出的 10 名教师组成的专业技术队伍赴英国萨瑞大学学习现代微小卫星技术，并与英方人员共同进行设计研制的。

2001—2004 年，宇航中心在国家有关科研计划和学校 985、211 建设计划的支持下，研制了我国首颗飞行质量小于 25 千克的"纳星一号"纳型卫星，同时研制了 S 波段纳星卫星测控通信地面站，安装架设在中央主楼。2004 年 4 月"纳星一号"成功搭载发射，通过宇航中心地面站，我校独立完成了对"纳星一号"的全部测控、实验任务。"纳星一号"纳型卫星及地面站是一次成功的创新，达到当代国际先进水平。

2002 年"微纳米材料的力学和智能材料的力学"获得国家自然科学基金委创新群体项目支持(2002—2004 年)，2005 年获得二期(2005—2007 年)的继续资助。

2005 年，航天航空学院主持的清华大学"十五"、"211 工程"、"微小型飞行器的测控与实验平台"项目启动，力学系承担了"小型飞行器空气动力学实验平台"、"微小飞行器推进的真空试验与测控平台"和"卫星姿态动力学与控制半实物仿真平台"三个课题，总计经费 445 万元。

2006 年航天航空学院主持的 985 二期建设项目启动，力学系获得的配套经费超过千万，利用这些经费的支持，购买了先进的并行计算机，购置了比较齐全的数值模拟软件，目前正在建设微/纳米力学与细胞力学测试平台、环境力学测量平台、电-磁-热-力多场耦合加载与耦合测量平台、航空航天材料制备与表征平台、dSPACE 实时控制台、流体力学旋转运动实验台、纳米薄膜热物性测试平台等先进的实验系统与设备。

2007 年，航天航空学院科研经费突破 5000 万元，航空航天与国防项目经费突破 1000 万元，新增国家自然科学基金数全校第一，经费超过 1000 万元。其中力学系可研经费达到 3591 万元。

2009 年科研经费突破 7000 万元，单项科研合同金额达到 3000 万元。

2010 年科研经费超过 8000 万元。

自国家自然科学基金委员会成立以来，我系获得的重点项目有 24 项，杰出青年基金 8 项。2001 年固体力学获得我校第一个国家自然科学基金委优秀创新群体支持，并于 2004 年获得延续资助。

1998 年以来历年新增的国家自然科学基金项目

年　　度	1998	1999	2000	2001	2002	2003	2004	2005	2006	2007	2008	2009	2010
项目数	17	16	18	15	16	17	17	24	24	24	22	23	26
合同额(万元)	475	241	113	368	957	616	366	711	877	1148	1245	1110	994

1998 年以来历年新增的"863"项目

年　　度	1998	1999	2000	2001	2002	2003	2004	2005	2006	2007	2008	2009
项目数		3	9	3	4	0	2	2	7	11	2	1
合同额(万元)		142	228	122	1600	0	50	80	1190	465	118	50

1998 年以来历年新增的"973"子课题

年　　度	1998	1999	2000	2001	2002	2003	2004	2005	2006	2007	2008	2009	2010
项目数		3	2	0	2	1	3	1	1	2	0	2	1
合同额(万元)		685	432	0	225	100	857	10	350	830	0	331	30

3．科研成果

（1）学术论文

自 1994 年以来，航院在 SCI 上收录论文的论文逐年增长。除了数量上的增长之外，在高水平学术期刊（如 J. Mechanics Phy. Solids、J Fluid Mech.、Phy. Rev. B、J. Appl. Phy.、Int. J. Heat Mass Transfer 等）上发表的学术论文也在不断增加，引用率也在不断增加。

1994 年以来被 SCI 收录的论文数

年度	1994	1995	1996	1997	1998	1999	2000	2001	2002	2003	2004	2005	2006	2007	2008	2009
论文数	23	19	30	45	41	61	84	93	118	147	144	161	181	146	193	204

（2）科研成果及获奖

1978—2010 年登记科研成果 166 项，绝大部分通过了鉴定。共获科研成果奖励 269 项，其中国家级奖 37 项，部委、省市级奖 156 项，各种专项奖 79 项。

国家级奖励项目

奖励级别	项目名称	获奖人	奖励年份
国家自然科学二等奖	电磁固体的变形与断裂	方岱宁、刘彬、黄克智	2010
国家技术发明二等奖	高效利用反应热副产工业蒸汽的热法磷酸生产技术	宋耀祖、张冠忠	2008
国家自然科学二等奖	离散型多相湍流和湍流燃烧的基础研究和数值模拟	周力行	2007
国家自然科学二等奖	铁电陶瓷的力电耦合失效与本构关系	杨卫、方岱宁 等	2005
国家科技进步二等奖	压力管道安全检测与评价技术研究	刘应华、徐秉业等	2005
国家自然科学二等奖	张量函数表示理论与材料本构方程不变性研究	郑泉水、黄克智	2004

奖励级别	项目名称	获奖人	奖励年份
国家科技进步二等奖	基于场协同理论的传热强化技术及其应用研究	过增元、李志信 等	2004
国家科技进步二等奖	海洋平台结构检测维修、安全评定与实时监测系统	程保荣 等	2003
国家科技进步二等奖	压力容器极限与安定性分析及体积型缺陷安全评估工程方法研究	徐秉业、岑章志 等	2001
国家自然科学四等奖	煤燃烧特性的宏观通用规律研究	傅维镳 等	1999
国家科技进步二等奖	中国正常人体惯性参数测定和统计	胡德贵 等	1998
国家科技进步三等奖	多体充液柔性复杂系统稳定性与大幅晃动非线性动力学研究	王照林、李俊峰 等	1997
国家技术发明三等奖	高灵敏度高温全息云纹光栅	戴福隆、谢惠民 等	1997
国家自然科学三等奖	固体材料的宏细观本构理论与断裂	杨卫 等	1995
国家自然科学三等奖	热流体工程中的热阻力、绕流、热驱动和热稳定	过增元 等	1995
国家发明四等奖	双一次风通道通用煤粉主燃烧器	傅维镳 等	1995
国家科技进步三等奖	光谱法连续测量瞬态温度的装置	赵文华 等	1995
国家发明三等奖	变能等离子喷涂厚陶瓷涂层技术	张冠忠 等	1992
国家发明四等奖	SCD双差动声光频移二维激光多普勒测速仪	沈熊 等	1992
国家科技进步二等奖	叶轮机叶片颤振研究	沈孟育 等	1992
国家级星火二等奖	华丰系列高效采暖炉	蔡敏学 等	1992
国家级星火四等奖	水泥回转窑带火焰稳定器的喷煤管	吴学曾 等	1992
国家科技进步一等奖	离心通风机内流理论及设计计算系统的应用研究	沈天耀	1991
国家自然科学三等奖	热等离子条件下颗粒的传热与阻力	陈熙	1991
国家发明四等奖	测光高温下材料力学性能的光学装置	金观昌 等	1990
国家发明二等奖	大速差同向或旋转射流火焰稳定方法及其通用煤粉燃烧器	傅维镳 等	1990
国家发明四等奖	用云纹干涉法中的闪耀衍射及试栅的制配工艺	傅承诵 等	1989
国家科技进步二等奖	人工心脏瓣膜性能体外试验技术与装置	席葆树 等	1987
国家自然科学三等奖	裂纹扩展过程与断裂准则	黄克智 等	1987
国家发明四等奖	旋启式水阻可控缓闭止回阀	王学芳 等	1987
国家发明三等奖	引射式平焰烧嘴	吴学曾 等	1987
国家科技进步三等奖	10—19小氮肥造气鼓风机	沈天耀 等	1985
国家发明四等奖	共振搅拌反应器	戴诗亮 等	1984
国家科委发明三等奖	三维应力分析的全息光弹性材料和实验技术	戴福隆 等	1981—1982
国家科委发明三等奖	层叠式气源发生器	蔡敏学 等	1981—1982
国家自然科学二等奖	广义变分原理的研究	钱伟长 等	1981—1982
国家科委发明四等奖	交流偏量式气桥双张检测器	蔡敏学 等	1978—1980

部分专项奖

奖励年份	奖 励 人	奖 励 名 称
2010	邱信明	教育部新世纪优秀人才支持计划
2009	邱信明	学术新人奖
2009	冯　雪	教育部新世纪优秀人才支持计划
2008	何良菊	霍英东青年教师基金
2008	宋耀祖	第四届全国发明创业奖
2008	刘　彬	教育部新世纪优秀人才支持计划
2007	宋耀祖、张冠忠	第二届全国杰出专利工程技术奖
2007	岑　松	新世纪优秀人才支持计划
2006	薛明德、李东风、黄克智	Sam Y. Zamrik Literature Award by 美国机械工程师协会压力容器与管道分会与国际压力容器技术协会
2006	岑　松	"霍英东教育基金会第十届高等院校青年教师奖"研究类二等奖
2006	季葆华	北京市科委评选的"科技新星"
2006	王连泽	中国环境科学学会第六届优秀环境科技工作者奖
2005	过增元	ASME ICMM 会议颁发的 Lifetime Contribution Award in the Field of Microscale Heat and Mass Transfer
2004	杜庆华	何梁何利基金科学与技术进步奖
2004	吴子牛	第八届中国青年科技奖
2004	张　雄	新世纪优秀人才支持计划
2004	刘应华	新世纪优秀人才支持计划
2003	刘应华	第七届茅以升北京青年科技奖提名奖
2002	杨　卫	2002年全国"五一"劳动奖状、奖章
2002	杨　卫	2002年"首都"劳动奖章
2001	黄克智	何梁何利基金科学与技术进步奖
2001	过增元	国家高科技研究发展计划做出突出贡献先进个人
2001	任建勋	国家高科技研究发展计划做出贡献先进个人
2001	李俊峰	茅以升科学技术奖北京青年科技奖提名奖
2001	李俊峰	教育部青年教师奖
1998	符　松	第四届中国青年科学家奖提名奖
1997	薛明德	美国机械工程师学会（ASME）设置的 Robert J. Mcgrattan 著作奖1996年度杰出论文奖
1997	符　松	第五届中国青年科技奖
1997	符　松	全国优秀留学回国人员奖
1997	符　松	中国人民解放军图书奖
1997	符　松	中国力学学会青年科技奖
1997	杨　卫	北京市科技明星称号
1996	张　维	中国工程科技奖
1996	郑泉水	第三届中国青年科学家奖
1996	徐秉业 等	国家八五科技攻关星火科技成果奖
1995	傅维镳 等	中国专利发明创造金奖
1995	郑泉水	杰出论文奖
1995	黄克智	首届"孺子牛金球奖"杰出奖

奖励年份	奖 励 人	奖 励 名 称
1994	杨 卫	第二届中国青年科学家奖
	李荣先	第六届中国新技术新产品博览会金奖
1993	流体力学实验室	第一届周培源(tsi)奖用金全能一等奖
1991	傅维镳 等	中国专利发明创造优秀奖
1990	席葆树	全国高等院校科技工作先进者
1987	傅维镳	全国第三届发明展览会金牌奖
1983	张维 等	中国出版工作者协会全国优秀科技图书一等奖
1981	范钦珊	中国出版工作者协会优秀科技图书奖

近年来历年获得的专利情况

年 度	1998	1999	2000	2001	2002	2003	2004	2005	2006	2007	2008	2009	2010
发明专利	0	1	1	1	1	6	7	1	3	11	14	16	15
实用专利	0	1	3	5	2	2	2	3	6	5	1	2
总 计	**0**	**2**	**4**	**6**	**3**	**8**	**9**	**4**	**9**	**16**	**15**	**18**	**17**

（3）科技成果的推广应用

工程力学系科技成果多以软件、高科技产品等形式得到推广应用，例如，模态综合技术理论及应用的计算机程序，ADINAQKQ 结构—热力分析有限元通用程序，层叠式气源发生器，人工心脏瓣膜性能检测技术和装置，大速差同向射流稳定技术及其燃烧器，大型电子玻璃熔窑模拟技术，地下低温热源开发利用技术以及获国家星火奖的高技术产品等都得到推广应用，取得了很大的经济效益。"管壳式换热器强度设计规范"领先国际同类规范 15 年，上千企业采用；热法磷酸余热回收技术已向国内 16 个企业进行了技术转让，在新建的 28 套装置上采用，近三年利用本发明技术投产的项目新增产值已超过 5.13 亿元，年新增的上交利税已达 7309 万元，年节支 3939 万元。依据传热强化场协同理论设计研发了系列换热器，年产值超过 1 亿元，利税超过 1000 万元，高效换热设备的应用已超过 600 家，产生了良好的节能效果。

（4）国内外学术活动

力学系各研究所常年坚持定期的学术讨论会，发扬学术民主，固体力学的破坏力学方向常年坚持每周讨论，其他研究所的学术活动也日益频繁。

从 1989 年以来的 18 年间由我系主持或参与主持的在校内召开的国际会议有 25 次，参加国内召开的国际会议 535 次，我系有 20 人在国际理论与应用力学联合会、国际材料学会、国际燃烧学会等十多个国际学术组织中，担任领导工作。还有一些教授担任国际著名期刊的编委或顾问。

18 年来参加国内学术会议 800 余次。

进入 21 世纪以来，国际学术交流日益频繁，我们已经与一批国际一流大学的学者建立了比较密切的合作与交流，这些大学包括美国哈佛大学、UIUC、布朗大学、英国剑桥大学、帝国理工学院、法国多科性技术学院、巴黎矿业学院、德国马普金属研究所、日本东京大学、东京工业大学等、东北大学、俄罗斯莫斯科国立大学、航空学院等、韩国汉城大学、KAIST等、澳大利亚悉尼大学等。与东京大学、韩国的首尔国立大学在航空航天方面建立起定期的交流、与日本京都大学、首尔国立大学在能源方面建立起了定期的学术交流机制,与新加坡南洋理工大学建立起了双边的交流机制,加入了 AOTULE(Asian-Oceanic Top University League on Engineering),定期参加学术交流活动。

(5) 国际合作

从 1987 年开始国际合作项目迅速增加,共执行国际合作项目 140 余项,先后与日本 SMC 株式会社建立"清华大学 SMC 气动技术研究中心"(1994.4)、与日本 IHI 株式会社建立"清华大学 IHI 研究中心"(2001.9)、与美国通用电气公司(GE)发动机公司建立"清华-通用电气推进与动力技术研究中心"、与日本大金工业株式会社建立了联合"清华-大金 R&D 中心"(2003.10),并且积极参加了中欧框架协议合作和日本等方面的合作。利用日本新能源产业技术综合开发机构的资助,与日本九州大学合作,在北京昌平和甘肃建立了风能发电的示范基地。

(五) 实验室

我院现在拥有"应用力学"教育部重点实验室,参与了"热科学与动力工程"教育部重点实验室和"传热与能源利用"北京市重点实验室的建设,代管校强度与振动中心实验室。

强度与振动中心实验室利用世界银行贷款于 1986 年正式建立,面向全国开放,为教学科研做出了应有的贡献,并取得了良好的社会效益。

经过 211 和 985 计划项目的支持,力学系的实验设备有了显著的提高,目前拥有价值超过 20 万元的设备 45 台(件),金额达 2347 万元。固定资产与 1998 年相比增加近 30 倍,达到 5500 多万元。

(六) 工程力学系历届系主任简介

工程力学系历届系主任简介

张　维(1958—1977 年任系主任)　　王和祥(1978—1985 年任系主任)　　朱文浩(1985—1988 年任系主任)

余寿文(1988—1992 年任系主任)

岑章志(1992—1997 年任系主任)

杨　卫(1997—2004 年任系主任)

郑泉水(2004 年至今任系主任)

张　维(1958—1977 年任系主任)

1913 年生,北京市人。1933 年毕业于唐山交通大学,英国帝国理工学院硕士,德国柏林高等工业大学工程博士(Dr.-Ing)。1947 年聘为清华大学教授,1958 年任清华大学工程力学系系主任。中国科学院和中国工程院两院院士,瑞典皇家工程科学院外籍院士,德国工程师学会、国际桥梁与结构工程学会高级会员,我国著名力学家、教育家。曾任世界工程组织联合会副主席,联合国教科文组织执行局委员,中国科协副主席、书记处书记,全国政协科技委副主任,国务院学位委员会委员,国家教委科技委主任,欧美同学会、中国发明学会、中国教育国际交流学会副会长,中国力学学会、中国土木工程学会副理事长,中国老教授协会、茅以升科技教育基金会会长,清华大学副校长,校学术委员会主任,校务委员会副主任,深圳大学校长等职。

从事工程力学、弹塑性力学、板壳理论及结构工程特别是圆环壳、弯管的强度、屈曲、振动及其工程应用、核电站管道系统、快中子增殖堆主钠池的结构完整性与安全评价等教学与研究工作。运用解析法、半解析数值法、数值计算、力学试验等方法对具有较强工程背景的结构进行强度、稳定性分析。还从事"美国及欧洲主要国家的高等工程教育发展史"的研究。

曾获世界工程组织联合会"工程教育优秀奖章"、联邦德国洪堡基金会洪堡奖章及大十字勋章、中国工程院科学技术奖、中国工程科学院高等教育学会及国家级优秀教学成果特等奖、国家教委科技进步一等奖等。发表论文百余篇,著作译著多部。

1955 年当选为中国科学院院士(学部委员)。

王和祥(1978—1985 年任系主任)

1927 年 10 月生于北京,1950 年毕业于北京大学土木系,1952 年清华大学土木系助教,讲师,系教学秘书,力学研究班总支书记,办公室主任。1957 年在前苏联莫斯科土建学院研究生及原列宁格勒工学院物理系进修教师。1960 年清华大学工程力学数学系讲师,副教授,副系主任,一般力学教研组主任,系党委副书记。1970 年清华大学精密仪器系陀螺及导航仪器教研组主任,党支部书记。1978—1985 年清华大学工程力学系主任,系党委副书记,曾任中国力学学会理事及教育委员会主任委员。1990 年离休。

曾讲授自动调节原理,现代控制理论,振动理论及随机振动等课程。指导硕士研究生。合译出版《土学及土力学》,合编出版《现代控制理论基础》等书籍。

曾领导及从事渔轮罗经、静电陀螺、静电陀螺稳定平台及磁浮转子样机的研制工作及鱼雷动力学的分析工作。

在随机振动在时域中的分析及其他领域中曾发表十余篇论文。获得国家突出贡献特别津贴及中国力学学会荣誉会员称号。

朱文浩(1985—1988 年任系主任)

1933 年 1 月生于上海。1955 年毕业于清华大学动力机械系热能动力装置专业,同年留校工作,做学生政治辅导员,任动力系团总支书记,直至 1960 年。在此期间和其他教师一起筹建了工业热工专业,后改为热物理专业。

1960—1964 年在前苏联莫斯科动力学院热物理专业读研究生,获副博士学位。留苏期间曾任莫斯科动力学院中国留学研究生党支部书记,动力学院中国留学生党总支书记。

回国后在清华大学工程力学系任教师,讲授工程热力学、统计热力学等大学生及研究生课程,建立低温真空等离子体实验室,从事低温等离子体热物性及测量技术的研究,指导硕士研究生。出版《统计物理学基础》(朱文浩,顾毓沁)等著作及译著。任高教部热物理专业委员会副主任。1985—1988 年任工程力学系主任。1988—1989 年在德国斯图加特大学做访问学者。1988 年任教授。1991 年被评为对国家有突出贡献的专家,享受国务院特殊津贴。1991 年任清华大学图书馆馆长。1996 年退休。

余寿文(1988—1992 年任系主任)

1939 年 5 月出生于福建,1955—1958 年 9 月上海同济大学结构系工业与民用建筑专业本科,1960 年清华大学工程力学研究班固体力学专业研究生毕业。联邦德国洪堡奖学金获得者,1985—1987 在联邦德国 Darmstadt 工业大学力学研究所任客籍研究员。历任清华大学工程力学系助教、副教授、教授。

现兼任中国工程教育认证专家委员会常务副主任,中国工程院教育委员会委员,中国高等教育研究会副理事长,中国高等工程教育研究会副理事长,中国高等教育学会常务理事,国际断裂大会(ICF)执委,国际断裂大会(ICF)荣誉会员。*Int. J. Damage Mechanics* 顾问编委，*J. Composite Structures* 编委，《机械强度》副主编，《力学学报》编委，《中国学术期刊杂志电子版》顾问编委。

曾任清华大学工程力学系主任（1988—1992），清华大学教务长（1992—1994），副校长（1992—1999），研究生院院长（1994—1999），清华大学学位委员会副主席（1999—2007），中国力学学会副理事长（1990—1998），国际断裂大会（ICF）副主席（2001—2005），《固体力学学报》及 *Acta Mechanica Solida Sinica* 主编（1999—2007）。

长期从事断裂力学、损伤力学、信息与智能材料的力学、细观力学、微接触力学、高等工程教育等的研究与教学。合作完成专著《弹塑性断裂力学》、《损伤力学》、《弹性理论》、《准脆性材料细观损伤力学》等五本，在期刊和学术会议发表论文 380 余篇和工程教育研究论文 50 余篇。曾获得国家自然科学奖三等奖（1987，1995），国家教委科技进步一等奖（1988，1995），国家教委科技进步二等奖（1986），中国高校自然科学奖二等奖（2001，2002），中国高校自然科学奖一等奖（2007），国家优秀教学成果二等奖（2006）等奖励。

岑章志（1992—1997 年任系主任）

1946 年生于上海市，1963 年 9 月至 1968 年 12 月清华大学工程力学数学系一般力学专业，1978 年 10 月至 1981 年 3 月清华大学工程力学系固体力学专业硕士，1981 年 6 月至 1984 年 12 月清华大学工程力学系固体力学专业博士。1981 年硕士毕业后留校任教当教师至今。1991 年担任教授。1992—1997 年任工程力学系系主任，1997 年 1 月任校长助理，1998 年 4 月任校总会计师，2001 年 4 月任副校长，2007 年 12 月起任校务委员会副主任。

1989 年 3 月至 1990 年 7 月应意大利外交部国际合作司邀请在米兰工业大学合作研究，1992 年 10～12 月和 1999 年 7～8 月在奥地利 Innsbruck 大学合作研究，1997 年 7～10 月新加坡南洋理工大学访问教授。

曾任中国力学会理事，反应堆结构力学专业委员会、工程结构专业委员会成员，"工程力学"杂志常务编委，"压力容器"杂志编委。现任国际期刊"Computers, Material & Continua"Editors-in-chief。

主要从事有限元、边界元及其耦合方法等计算力学领域的研究，先后参加和负责国家自然科学基金重大项目和面上项目、国家科技攻关项目以及来自工业部门的研究项目多项，涉及海洋结构、压力容器、动力机械和岩土工程等问题的动力和强度分析、极限和安全分析、软化和稳定性分析。已发表学术论文 200 余篇，合作出版 2 本著作，曾获国家科技进步二等奖一项，部委科技进步奖 9 项。

杨 卫（1997—2004 年任系主任）

1954 年生于北京，1976 年西北工业大学锻压专业本科毕业，1981 年获清华大学工程力学系工学硕士，1984 年获美国 Brown 大学工学院博士学位。教授，中国科学院院士（2003 年）、第三世界科学院院士（2005 年）。

1978 年 5 月至 2004 年 8 月先后在清华大学机械工程系、工程力学系任教，1989 年 12 月晋升教授。1997—2004 年任清华大学工程力学系主任，2004 年 4 月至 2004 年 8 月担任清华大学航天航空学院常务副院长。1999—2004 年任教育部长江学者特聘教授。2004—2006 年任清华大学校学术委员会主任。2004 年 9 月至 2006 年 7 月担任国务院学位委员会办公室主任，教育部学位管理与研究生教育司司长。2006 年 8 月起担任浙江大学校长。

研究方向包括：宏微观破坏力学、结构完整性评价、材料的增强与增韧。获得科研奖励包括：1988 年研究项目《裂纹尖端奇异场与断裂准则》获得国家教委科技进步一等奖（第四获奖人），研究项目《固体材料的宏细观本构理论与断裂》于 1995 年获得国家自然科学三等奖（第一获奖人）。研究项目《铁电陶瓷的力电耦合失效与本构关系》于 2005 年获得国家自然科学二等奖（第一获奖人）。出版中英文学术著作 11 种，发表学术论文 300 余篇，其中收入 SCI 源期刊的论文逾百篇。

郑泉水（2004 年至今任系主任）

1961 年出生于江西，1982 年年初获江西工学院土建系学士、1985 年年底获湖南大学工程力学系硕士、1989 年年底获清华大学工程力学系博士学位。1982—1993 年任江西工业大学土建系助教、副教授、教授；1993 年后任清华大学工程力学系教授（教育部长江特聘教授 1999—2003 年）、2004 年至今担任清华工程力学系系主任、航天航空学院学术委员会主任；2007 年后兼任南昌大学和澳大利亚 Monash 大学教授。目前还兼任 Acta Mechanica Solida Sinica 和固体力学学报主编、IMA Journal of Applied Mathematics 副主编和其他 7 个 SCI 源期刊编委。

20 世纪 80 年代解决了理性力学领域多年未能解决的 Cauchy 平均转动问题。90 年代为张量函数表示理论的建立做出了主要贡献并获广泛应用，建立了新的细观力学方法（IDD 方法）。2000 年后致力于纳米力学和纳米多学科交叉研究，在十亿赫兹纳机械振荡器的首创成果产生了广泛的国际影响。获得中国青年科技奖（1990 年）、国际工程科学联合会杰出论文奖（首届，1994 年）、国家杰出青年科学基金（1995 年 A 类和 1998 年 C 类）、中国青年科学家奖（1996 年）、百、千、万人才工程第 1、2 层次（1997 年）、国家有突出贡献的中青年专家（1998 年）、教育部长江特聘教授（1999 年）、国家自然科学二等奖（2004 年，第一获奖人）等国内外学术奖励和荣誉。

（七）系友中的院士

张　维（1955）　　　　　钱伟长（1955）　　　　　钱学森（1957）

郭永怀（1957）

李敏华（1980）

郑哲敏（1981）

胡海昌（1981）

黄克智（1991）

张涵信（1991）

俞鸿儒（1991）

王永志（1994）

吴有生（1994）

谢友柏（1994）

何友声（1995）

杜庆华（1997）

过增元(1997)

冯士笮(1997)

高金吉(1999)

高玉臣(2001)

杨　卫(2003)

范本尧(2005)

李　天(2005)

戴　浩(2005)

张　维(1955)

见系主任简介。

钱伟长(1955)

1912年10月生,江苏无锡人。1935年毕业于清华大学物理系;1942年获加拿大多伦多大学应用数学系博士学位。1942—1946年任美国加州理工学院喷射推进研究所研究工程师。

1946年回国任清华大学教授,曾任清华大学力学教研组教授,清华大学第一届工程力学研究班班主任。

1952 年任清华大学教务长,1956 年任清华大学副校长,中国科学院力学研究所副所长;1982 年任上海工业大学校长,上海市应用数学和力学研究所所长。曾任国务院学位委员会学科评议组成员,国务院科学规划委员会委员,波兰科学院院士,中国力学学会副理事长,中国中文信息学会理事长,《应用数学和力学》期刊主编以及美国《应用数学进展》和《国际工程科学月刊》编委。是香港特别行政区基本法起草委员会委员,澳门特别行政区基本法起草委员会副主任委员,中国和平统一促进会执行会长,中国海外交流协会会长。第五届全国政协常务委员,六届、七届、八届、九届全国政协副主席。一届、四届全国人大代表。

长期从事力学及应用数学研究,1941 年提出"板壳内禀理论",其中非线性理论方程组被称为"钱伟长方程";1954 年提出的"圆薄板大扰度理论"是国际上首次成功应用系统摄动法处理非线性方程的工作,获得 1956 年国家自然科学二等奖;1979 年合作完成的"广义变分原理的研究"获得 1982 年国家自然科学二等奖。著有《弹性板壳的内禀理论》、《张力固定板的振动》、《变分法及有限元,广义变分原理》、《穿甲力学》,合著有《弹性力学》,发表论文 160 多篇。

1955 年当选为中国科学院院士(学部委员)。

钱学森(1957)

应用力学、航天技术和系统工程科学家。1911 年 12 月生于上海,1934 年毕业于上海交通大学,考取清华大学公费留学生。1936 年在美国麻省理工学院获硕士学位;1938 年获加州理工学院博士学位;1946 年起,任麻省理工学院航空系副教授,教授;1949 年任加州理工学院航空系教授;1955 年回国,曾任中国科学院力学研究所所长,中国科协主席,中国力学学会、中国自动化学会、中国系统工程学会、中国宇航学会理事长、名誉理事长等职;1956 年主持创办清华大学工程力学研究班;是第三届至第五届全国人大代表,第六届至第八届全国政协副主席。

他是我国杰出的力学家,工程控制论的创始人,为我国航空航天事业的发展做出了卓越的贡献。早年在应用力学和火箭、导弹技术的许多领域都做过开创性的工作。独立研究以及和冯·卡门合作研究提出的许多理论,为应用力学、航空工程和火箭导弹技术的发展奠定了基础。回国后长期担任火箭、导弹和卫星研制的技术领导职务,为创建和发展我国的导弹、航天事业做出了杰出贡献。在工程控制论、系统工程和系统科学、思维科学和人体科学以及马克思主义哲学等许多理论领域都进行过创造性的研究,做出了重大贡献。1956 年获中国科学院自然科学奖一等奖,1985 年获国家科技进步奖特等奖,1991 年被国务院、中央军委授予"国家杰出贡献科学家"荣誉称号和一级英模奖章。

主要著作:在空气动力学方面,发表《可压缩流体中的边界层》(与冯·卡门合作)、《跨声速流机翼》等 20 多篇论著;在壳体稳定方面,发表过《薄壳屈曲的一个理论》、《球壳在外压下的翘曲》(与冯·卡门合作)等;在火箭与喷气推进方面,发表过《火箭与喷气推进的研究》、《热核子动力学》等;还著有《物理力学讲义》、《论技术科学》、《星际航行概论》、《激光》等重要著作。

1957 年当选为中国科学院院士(学部委员),1994 年当选为中国工程院院士。

郭永怀（1957）

山东荣成人，1935 年毕业于北京大学，1939 年入西南联大做研究生，1945 年获美国加州理工学院博士学位，1946 年被聘为美国康奈尔大学航空工程研究生院教授。1956 年回国，曾任清华大学第二届、第三届工程力学研究班班主任。历任中国科学院力学研究所研究员、副所长，《力学学报》主编，是第二届、第三届全国人大代表，第二届全国政协委员。1946 年与钱学森共同指出在跨声速流场中，具有实际意义的是来流的上临界马赫数，而不是以往被重视的下临界马赫数。这项研究成果对航空技术中突破声障具有重要意义。1953 年前后在激波与边界层相互作用的研究中获出色成果，得出远场超声速流动与近场边界层相互作用的速度场和压力场的表达式（庞加莱-莱特希尔-郭永怀方法，亦称奇异摄动法）。

他是我国近代力学事业的组织者和奠基人之一，也是我国核武器研制单位的技术负责人之一，在力学基础研究，火箭发动机，导弹的研制和第一颗人造卫星的设计，核武器的结构力学，结构强度，压力分布的研究计算和指导核装置的静态力学，动态力学实验以及钝锥绕流，爆炸力学等方面，为我国核武器和导弹的研制工作做出巨大贡献。

与钱学森合撰论文《可压缩二维无旋亚声速和超声速混合流动和上临界马赫数》，还撰有论文《在中等雷诺数下绕平板的不可压缩粘性流动》。

1957 年当选为中国科学院院士（学部委员）。

李敏华（1980）

固体力学专家。女，1917 年出生，江苏苏州人。1940 年毕业于西南联合大学航空系。1945 年和 1948 年先后在美国麻省理工学院获硕士学位与博士学位，为该院工程学科的第一个女博士。曾在美国国家航空咨询委员会和布鲁克林理工学院任研究员。1954 年回国，任中国科学院力学研究所研究员，1957—1958 年给第一届、第二届工程力学研究班讲授塑性力学。

她主要研究散射光弹，非线性亚谐共振，塑性变形，弹性应力波，加筋板稳定性，弹性扭转问题应力分析解法，直接散斑和低周疲劳等。在塑性力学方面，得出了轴对称平面应力问题用塑性变形理论的简单的精确解。计算了三种硬化特性很不同的材料在不同载荷下的应力应变关系，提出了非常简单而精确度很高的近似解法，获得国家自然科学三等奖。以后，她又推广到平面应力问题和轴对称平面应变问题。还提出了圆轴和任意截面轴扭转问题的非正交曲线坐标的有限差分新解法，能很精确地算出轴在小凹槽处高应变集中区的应变。还进行了超载对低周疲劳寿命影响的研究工作。通过对铅合金圆孔薄板试件在一种疲劳载荷作用下的实验研究，得出超载 60％，疲劳寿命增加 3～4 倍的载荷范围，并观察到超载滑移线障碍主载滑移带的发展。

著作有：《硬化材料的轴对称塑性平面应力问题的研究》，发表了《变载荷圆轴扭转问题用非正交曲线坐标的新解法》等论文。

1980 年当选为中国科学院院士（学部委员）。

郑哲敏（1981）

中国现代力学家。生于 1924 年 10 月，山东省济南市人。1947 年毕业于清华大学，1952 年获美国加州理工学院博士学位，1955 年回国后在中国科学院力学所工作。曾任室主任，副所长，所长，1957—1958 年给工程力学研究班讲课。曾任中国力学学会副理事长，《力学学报》主编。

早年从事热应力、振动与水弹性力学、地震工程力学方面的研究,1952 年对输水管振动的分析曾为解决重要工程做出贡献,1960 年后致力于爆炸力学及其应用的研究,涉及爆炸成型、爆破、地下强爆炸、穿甲破甲、爆炸复合、瓦斯突出、水下沙土爆炸等问题。1964 年爆炸成型机理及应用获全国工业新产品展览一等奖,1982 年由于在流体弹塑性体模型及其应用方面的贡献获国家自然科学二等奖,1990 年"爆炸处理水下软基"获国家科技进步二等奖,1993 年获陈嘉庚技术科学奖,当选为美国国家工程科学院外籍院士。发表论文多篇。

1981 年当选为中国科学院院士(学部委员)。

1994 年被选聘为中国工程院院士。

胡海昌(1981)

现代固体力学家。1928 年 4 月生于浙江省杭州市。1950 年毕业于浙江大学土木工程系,1950 年秋起在中国科学院数学研究所力学研究室(后为力学研究所)工作。1957—1959 年在清华大学工程力学研究班讲课,1966 年起参加航天技术研究工作。1978 年起任北京大学兼职教授。1982 年创办并主编《振动与冲击》期刊。

1954 年在《物理学报》发表论文《论弹性体力学与受范性体力学中的一般变分原理》,提出固体力学中的三类变量广义变分原理。这一原理推广了最小势能原理,是用位移、应变和应力为自变函数的一种无条件变分原理。1955 年,日本学者鹫津久一郎(1921—1981)得到类似结果。他们的变分原理后来被称为胡-鹫津原理。撰写科学论文《横观各向同性弹性力学的空间问题》(1953)、《在均布及中心集中载荷作用下圆板的大挠度问题》(1954)、《广义变分原理在近似解中的合理应用》(1982)等多篇以及专著《弹性力学的变分原理及其应用》(1981)等。

1981 年当选为中国科学院院士(学部委员)。

黄克智(1991)

固体力学家,1927 年生于江西南昌。1947 年中正大学土木系毕业,1952 年清华大学土木工程系研究生毕业。1978 年至今任清华大学教授,俄罗斯科学院外籍院士(2003),曾任工程力学研究所所长,校学术委员会主任,中国力学学会副理事长,《力学学报》主编;现任国内 13 所大学兼职教授或名誉教授。

主要研究方向为:塑性力学:应变梯度塑性理论,相变材料(形状记忆合金,铁电材料)的本构模型;破坏理论:断裂力学,裂纹尖端场,陶瓷相变韧化;板壳理论:薄壳渐近理论,压力容器分析;近年从事微米与纳米力学的研究。

发表专著七部,学术论文 300 余篇。已培养出研究生 69 名(包括指导博士后 6 名),其中"文革"前 7 名,"文革"后博士 39 名,硕士 17 名,博士后 6 名,另有正在就读的博士生 7 名。

获 40 余项国际、国家、部市级奖励,其中包括:普通高等学校优秀教学成果国家级特等奖《固体力学重点学科建设与高水平博士生规模培养》(1993)、国家自然科学二等奖 2 项(2004,2005)、国家自然科学三等奖 2 项(1987,1995)、美国机械工程师学会压力容器技术杂志年度唯一杰出论文奖 2 次(1996 年 McGrattan 奖,2006 年 Zamrik 奖)、美国机械工程师学会 Melville 奖(2004 年全美 ASME 全部刊物系列全年唯一优秀论文奖——关于纳米力学)、获清华大学首届 2004—2005 年"突出贡献奖"、1993 年全国教育系统劳动模范,并授予

"优秀人民教师"奖章、1995年评为北京市劳动模范、2007年评为全国十大系列（教育系列）英才。

1991年当选为中国科学院院士（学部委员）。

张涵信（1991）

空气动力学家。1936年生于江苏沛县，1958年毕业于清华大学。1959年和1963年分别在清华大学工程力学研究班和中国科学院力学研究所完成研究生的第一和第二阶段的学习。历任清华大学讲师，中国空气动力研究与发展中心研究员，中国力学学会和中国空气动力学学会副理事长。用摄动法成功地解决了当时国际上难以解决的钝头体高超声速绕流及其熵层问题，发展了钝头细长体绕流的熵层理论，提出了高超声速流动中第二激波形成的条件。首次提出了判定三维流动分离的数学条件，并证明实际流动的分离线是极限流线，且周围的极限流线向它会聚，仅在边界层方程描述流动的情况下，分离线才可能是极限流线的包络；发现了三阶色散项和差分解在激波处出现波动的联系；提出了建立高分辨率差分格式的物理构思，并建立了无波动无自由参数的耗散（NND）差分算法。建立了云粒子侵蚀和真实气体实验模拟的相似准则。为航天飞行器研制开发了大量数值计算软件。

撰写出版《高超声速空气动力学》和《分离流动概论》等专著，他的关于三维分离流动特性研究获得1993年国家自然科学二等奖。

1991年当选为中国科学院院士（学部委员）。

俞鸿儒（1991）

气体动力学专家，1928年6月出生，江西广丰人。1946年考入同济大学数学系，1949年考入大连工学院机械系，1953年毕业留校任教。1957—1959年任清华大学第一届工程力学研究班辅导老师。1962年中科院力学研究所研究生毕业。历任中科院力学研究所研究员、副所长、高温气体动力学开放实验室学术委员会主任。

在国内首先开展激波管研究，建成高性能激波风洞和配套的瞬态测量系统。提出方案并参与实现对激波管流动和有关瞬态测量的关键难点的突破。开创了在航天器研制中广泛应用激波风洞的实验，为中国高超声速流实验开创出一条节省资金的独具特色的新途径，并促进了国内激波管事业的发展。提出了一种利用普通激波管产生完整爆炸波的构思，已成功地用于冲击伤试验装置中。提出并采用爆轰驱动新方法建成爆轰驱动激波风洞，为提高实验气流焓值开辟了一条新的途径。致力于将气体动力学原理和方法应用于改善和革新与气体流动有关的生产工艺研究。从20世纪五六十年代研制成功中国第一代激波风洞开始，到70年代建立的激波风洞实验室，为中国人造卫星、战略导弹和各种航天器提供了大量的设计数据，解决了大量的疑难问题。

1991年当选为中国科学院院士（学部委员）。

王永志（1994）

航天技术专家。1932年11月出生于辽宁省昌图县。1952年考入清华大学航空系（后并入北航），1961年毕业于莫斯科航空学院。现任清华大学航天航空学院院长，解放军总装备部研究员，国际宇航科学院院士，俄罗斯宇航科学院外籍院士。

曾在国防部五院一分院（七机部第一研究院）总体设计部工作，历任总体组设计组长、总体室主任，航天航空部第一研究院副院长、院长、研究员，1991年5月任航空航天部科技委副主任,1994年5月调原国防科工委(现总装备部)。

先后担任战略火箭副总设计师、三种新一代地地火箭总设计师、CZ-2E大推力捆绑式运载火箭等几种运载火箭的研制总指挥,1992年11月至今担任中国载人航天工程总设计师。2002年11月当选中共十六大代表。

他长期工作在我国国防建设和航天事业的第一线,为我国战略火箭、新一代地地战略和战术火箭以及运载火箭的研制做出了重要贡献,是我国载人航天工程的开拓者之一和学术技术带头人,作为技术总负责人,为实现我国载人航天的历史性突破做出了杰出的贡献。

曾获全国科学大会奖1项,国家科技进步特等奖2项、一等奖2项、三等奖1项,部委级和军队科技进步一、二等奖8项。是何梁何利技术科学奖、解放军专业技术重大贡献奖获得者,2003年获国家科学技术最高奖。

1994年当选首批中国工程院院士。

吴有生(1994)

水弹性力学与船舶力学专家。1942年4月生于甘肃兰州,1964年毕业于中国科学技术大学,1967年清华大学工程力学系研究生毕业,1984年于英国伦敦布鲁纳尔大学获博士学位。中国船舶科学研究中心研究员、名誉所长。

曾长期从事舰艇结构与设备抗水下爆炸与核空爆研究,在理论、实验、应用及冲击环境记录仪研制等方面做出了贡献,解决了舰船抗核加固及战效预估的关键技术。20世纪80年代以来从事船舶流固耦合动力学、振动噪声、新型船及极大型浮动结构的研究。创造性地把水动力学与结构力学融为一体,建立了三维水弹性力学理论,并在该船舶力学新领域的前沿进行了二维与三维、频域与时域、稳态与瞬态、线性与非线性的系统性研究,创导了船舶水弹性力学实验研究,为发展应用技术做出了贡献,成果已在国内外用于新船型的研制,有重要的科学与应用价值。同时,从事船舶科学技术发展战略研究。

1994年当选为中国工程院院士。

谢友柏(1994)

机械学设计及理论和摩擦学专家。1933年生于上海,1955年毕业于交通大学(上海),曾在清华大学工程力学研究班(1959—1962)进修。现任西安交通大学教授,博士生导师,西安交通大学国家教委润滑理论及转子轴承系统开放研究室主任,清华大学摩擦学国家重点实验室学术委员会主任,国务院学位委员会学科评议组成员。

在国际上首先与他的同事们提出转子轴承系统广义能量守恒原理,从理论和实验上证明可倾瓦轴承不是天然稳定的。首次在国内完成油膜刚度阻尼测量。发展了国外建立在简单系统上的摩擦学系统方法,提出摩擦学系统工程思想,构造理论和方法的框架,并在大型汽轮发电机组和高速透平机械转子轴承系统等的摩擦学设计和安全运行上,得到丰硕的理论及应用成果。在现代设计理论方面。科学地论证了创新设计过程的核心实际上是一个知识获取的过程,探讨了建立在分布资源环境基础上的现代设计理论和方法,发表论文百余篇。

获得全国科学大会奖,国家自然科学奖(四等),国家科学进步奖(二等)。

1994年当选为中国工程院院士。

何友声（1995）

流体力学与船舶流体力学专家。1931 年 7 月生于浙江宁波市。1952 年毕业于上海同济大学，1957 年 2 月—1958 年 8 月在清华大学工程力学研究班进修学习，兼任辅导教师。上海交通大学教授，曾任上海交大工程力学系主任，校党委书记。长期从事船舶原理、高速水动力学和出入水理论研究，在造船界首次提出"辛氏法端点修正"方法；在螺旋桨激振力，水翼兴波理论，气垫船原理等方面的研究取得创新意义的成果，拓宽了我国船舶原理的研究领域，为我国水翼水动力设计和改善船尾激振性能奠定了基础，使我国船舶的减振水平跃上新台阶。20 世纪 80 年代以来，在空泡流和水中兵器出入水的研究中取得了突破性进展，特别在解决水气干扰、燃气泡演化等关键难题上取得了重要成果，有力地支持了水下发射导弹和新型鱼雷的型号开发研究，为型号研制节省了可观的经费。近年来，又积极开展环境流体力学和河口水动力学研究，为上海市的经济发展、长江口的江河治理、国际航运中心的建设做出了贡献；同时，还开辟了高速水动力学研究领域。

1995 年当选为中国工程院院士。

杜庆华（1997）

固体力学专家。1919 年生于杭州，1940 年获上海交通大学学士学位，1948 年获斯坦福大学机械工程硕士学位，1949 年获哈佛大学航空工程硕士学位，1951 年获美国斯坦福大学工程力学博士学位。1952 年开始任清华大学教授，参与创办和领导工程力学研究班。杜庆华先生是我国力学教育的先驱者，也是我国著名的固体力学家。他在轻结构力学、工程弹塑性分析、机械结构强度与振动方面取得了丰硕的成果。他也是边界元法的国际知名学者，曾任首届国际边界元法组织科学执委，先后 10 次主持有关国际学术会议。其专著《材料力学》、《弹性力学》、《边界元法》等均在我国力学界产生较大影响，他主编的《工程力学手册》是我国第一部工程力学的大型工具书。先后发表论文 130 篇，其中学报文章 55 篇，指导 35 人完成博士论文。杜庆华先生曾先后获国家教委科技进步一等奖、二等奖和优秀教学成果国家特等奖，2004 年获何梁何利基金科学与技术进步奖。

1997 年当选为中国工程院院士。

过增元（1997）

工程热物理学家。1936 年 2 月生于江苏省无锡市。1959 年毕业于清华大学动力机械系。清华大学教授，曾任校研究生院院长，机械工程学院院长。工作近 50 年来，先后在热等离子体、热流体力学、微纳米尺度流动与传热、能源的高效利用与热学新概念等学科方向做出了创新成果，作为首席科学家曾主持国家自然科学基金重大项目"航天技术和信息器件中的微细尺度传热"和 973 项目"高效节能的关键科学问题"，教学中开创了"参与式教学法"，为工程热物理学科的建设做出了重大贡献。目前的研究方向：能源的高效利用和热学新概念；微纳米尺度流动与传热。

中国工程热物理学会常务理事，中国力学学会理事，国务院学位委员会动力工程和工程热物理学科评审组召集人，国际传热传质中心委员，国际传热大会常务理事和中国首席代表，美国机械工程师协会 Fellow，Microscale Thermophysical Engineering、International Journal of Multiphase Flow、Sciences in China 等国际学术刊物编委。

主要获奖：国家自然科学三等奖，1995 年；国家科学技术进步二等奖，2004 年；教育部自

41

然科学一等奖,2007 年;北京市高等教育教学一等奖,2001 年。ASME ICMM2005 Lifetime Contribution Award,2005 年。

专著 3 部,发表论文 300 余篇。

1997 年当选为中国科学院院士。

冯士筰(1997)

物理海洋和环境海洋学家。1937 年 3 月生于天津市,1962 年毕业于清华大学工程力学数学系。青岛海洋大学教授。我国风暴潮研究的开拓者之一。与合作者提出了超浅海风暴潮理论和数值预报模型;主持完成了国家"七五"和"八五"重点科技攻关风暴潮专题,为我国风暴潮数值预报的发展做出了突出贡献;撰写了专著《风暴潮导论》。其拉氏余流和长期物质输运研究已立足于国际研究的前沿,与合作者提出的新型长期输运方程式已被成功地应用于美国 Chesapeake 湾时均盐度场以及富营养化问题的模拟和预测;建立的斜压浅海环流方程组已成功地应用于渤海、黄海、东海环流的数值模拟和机制研究。

1997 年当选为中国科学院院士。

高金吉(1999)

设备诊断工程专家,主要从事设备故障诊断与自愈工程以及维修与安全保障信息化和智能化研究。1942 年 12 月生,辽宁本溪人。1966 年毕业于北京化工学院化工机械专业,1989 年至 1993 年在清华大学工程力学系固体力学专业学习,1993 年获工学博士学位。1988 年被评为国家级有突出贡献的中青年科技专家,1992 年获国务院政府津贴,1999 年当选为中国工程院院士(机械与运载工程学部),现任该学部副主任。

1988 年任中国石油辽阳石油化纤公司副总工程师,1991 年晋升为教授级高级工程师。2000 年始任北京化工大学教授、博士生导师,现任化工安全教育部工程研究中心主任,国家故障预防与监控基础研究实验室主任。兼任国家安全生产专家组石油化工组组长,中国设备管理协会副会长、设备诊断工程委员会主任委员,中国振动工程学会副理事长,中国机械工程学会流体工程分会副理事长,中国安全科学研究院高级顾问等职。2005 年被世界工程资产管理(WCEAM)大会聘认为国际筹划指导委员会委员,并担任第三届世界工程资产管理与智能维修(WCEAM-IMS2008)大会主席。

1999 年当选为中国工程院院士。

高玉臣(2001)

固体力学专家。生于 1937 年 5 月,吉林长春人。1960 年毕业于北京大学数力系,1966 年清华大学工程力学系研究生毕业。哈尔滨工程大学教授。主要研究方向为裂纹尖端场、复合材料细观力学及非线性连续力学。在裂纹尖端场方面,得到了理想塑性及幂硬化塑性材料中准静态扩展裂纹的一系列奇异解;发现了动态扩展裂纹的平面应变塑性场的奇异性必然伴有激波;发现了静止裂纹的理想弹塑性混合型裂尖场应包含弹性区;揭示了大变形弹性裂纹的扩张区及收缩区。在复合材料细观力学方面,建立了纤维复合材料的桥连模型及界面疲劳磨损模型。在非线性连续介质力学方面,提出两种弹性大变形本构关系,完成了大变形情况下应力张量的分解,解决了若干大变形奇异点问题。

2001 年当选为中国科学院院士。

杨　卫（2003）

见系主任简介。

范本尧（2005）

卫星总体技术专家。1935 年 8 月生于广东省汕头市,1958 年毕业于清华大学工程力学研究班。曾任通信卫星总设计师、中国宇航学会专业委员会副主任。现任导航卫星领域首席专家、导航卫星总设计师。

负责研制成功卫星再入防热结构,突破了卫星返回时的复杂防热技术。主持研制了我国第一代通信卫星,在卫星总体技术、结构优化设计和抗空间电磁干扰等方面做出了成绩。主持研制了我国新一代通信卫星,制订了全新的卫星方案,采用了多项先进技术,达到了国外同类卫星先进水平。主持研制成功我国新一代导航定位卫星,制订了利用两颗静止轨道卫星实现区域导航定位的卫星方案,充分体现了中国特色和自主创新。首次实现了"双星共位"运行。三十多年来主持研制了十多颗应用卫星,在解决重大工程技术问题上发挥了指导和决策作用,为我国卫星工程做出了重要贡献。获国家科技进步一等奖 2 项、三等奖 1 项、部级科技进步一、二、三等奖 6 项。

2005 年当选为中国工程院院士。

李　天（2005）

飞机空气动力学专家。1938 年 10 月生于吉林市。1963 年毕业于清华大学工程力学数学系流体力学专业。现任中国一航沈阳飞机设计研究所副总设计师、研究员,北京航空航天大学和中国航空研究院博士生导师。长期从事飞机空气动力研究和设计工作,在飞机空气动力学领域做出了重要贡献,创造性地解决了飞机研制过程中遇到的许多重大技术难题,并在工程设计中得到验证和应用,完善了我国飞机气动布局的设计方法,研究并设计了新一代综合高性能布局方案等。培养博士生 12 人,硕士生 21 人。

2005 年当选为中国科学院院士。

戴　浩（2005）

自动化网络专家。出生于江苏省阜宁县,1963 年开始在清华大学工程力学数学系读本科,1968 年毕业,1982 年获清华大学硕士学位。曾任某部第六十一研究所总工程师。现任某部第六十一研究所研究员。

担任某系统二期工程副总设计师,破析了网络软件 DECnet 的目的代码,发现并修改了程序中的致命错误;逆向编制链路层的专用协议文本,实现了国产微机与 DECnet 的互通。任该"自动化网三期工程"总设计师时,统一了该系统网络和应用的技术体制,在网络动态重组等方面有重大创新,建成了网络实体可信、用户行为可控等功能的专用网络。曾获全国计算机应用一等奖、国家科技进步一等奖。在工程实践的基础上,编写了专著,发表论文 50 余篇。

2005 年当选为中国工程院院士。

工程力学研究班创办和工程力学系建立发展

钱学森技术科学思想指导清华大学工程力学研究班的创建

清华大学工程力学系

（一）钱学森技术科学思想的形成

1934 年，钱学森毕业于上海交通大学机械系，同年考上清华大学留美公费。1935 年赴美留学，师从著名的冯·卡门教授，攻读航空工程博士学位。1937 年，冯·卡门教授曾应邀访问清华大学。他于"七七事变"前夕经由莫斯科安抵北平，7 月 9 日经南京转赴南昌，亲自检查我国的风洞建设。冯·卡门教授留华两周余，曾举行公开演讲两次，后经日本返回美国。钱学森获得学位后，先后任美国加州理工学院的副教授和教授。抗日战争胜利后，清华大学于 1946 年迁回北京。清华大学在北京重建后的航空工程系，由王德荣教授任系主任，并曾聘任钱学森、顾培慕、宁幌、陆士嘉、沈元、屠守锷、丁履德、王宏基等为该系专职教授（钱学森教授因在国外未能应聘到校）。清华大学档案馆至今保留着梅贻琦校长当年发给钱学森先生的聘书。

1955 年，经中国政府努力，钱学森先生辗转回国。时值中国科学院成立力学研究所，钱学森任所长。钱学森先生回国后，根据科学的性质，提出了"技术科学"这一科学领域的内涵，并在中国结合国情，大力倡导。"技术科学是关于技术的基本理论的科学。以人工自然为研究对象，以技术客体为认识目标，通过技术理论的建立与应用，绘出工程技术客体的有效设计和计算方法，为人类控制和改造自然提供理论。它是介于基础科学和应用科学的中间环节，它既是基础科学的特殊应用，又对应用科学有普遍指导作用"（见《辞海》（缩印本），1999 年版，第 810 页，上海辞书出版社）。辞海中对技术科学一词的上述定义，从方方面面映射出钱老对这一问题的阐述。1955 年冬，钱学森在北京理工大学做了"谈技术科学"的报告。他在报告中明确指出：应用力学或工程力学应属于技术科学，它应介于基础科学和工程技术之间，它的研究对象应是工程专业中共同性的和具有规律性的问题。

钱学森先生的上述思想，与力学史上著名的哥廷根学派的治学理念一脉相承。为此，可回顾一下钱学森与哥廷根学派的师承和渊源关系。哥廷根学派的祖师是 A. August Foephl。Foephl 本人是慕尼黑工业大学的工程力学教授。他不仅把两个儿子培养成为工程力学教授，而且把两个女儿也嫁给了两位工程力学教授。两位女婿中的一位便是后来成为哥廷根学派领袖人物的 Prandtl。Prandtl 学机械出身，他不仅具有丰富的工程知识，而且具有出色的数学才能。但他自认为是一个工程师，而不是数学家。1903 年，年仅 22 岁的 Prandtl 在第三次国际数学家大会上宣读了他的边界层理论。这项工作立即引起了国际知名数学家哥廷根大学数学系的系主任 Klein Felix 的注意，他认为 Prandtl 是一个有杰出才华的人。于是将其从汉诺威高等理工学院聘请到哥廷根大学任职。Prandtl 在哥廷根大学主持建立了应用数学力学研究所，并亲自出任研究所的领导人。在 Prandtl 的领导下，哥廷根大学应用数学力学研究所人才辈出，培养出了一大批力学大师。其中有一位便是钱学森的导师冯·卡门。冯·卡门是匈牙利人，早年毕业于布达佩斯高等理工学院机械系。美国的近代应用力学，是在冯·卡门从德国移居美国后才建立起来的。冯·卡门是美国近代应用力学的奠基人，他推动了 20 世纪 30 年代后期美国应用力学的迅猛发展。正是在这个背景下，钱学森来到美国留学，直接师从冯·卡门，自然受到冯·卡门乃至哥廷根学派治学风格的深刻影响。

（二）工程力学研究班的诞生

1954 年，国务院开始制定"十二年科学技术发展远景规划"。最初只有二三十人参与规划的制定，后来扩大到三百人，并划分成多个规划小组。1956 年 5 月，规划的制定工作顺利完成。该规划包含了 56 项，都是与国家工业发展密切相关的项目。周恩来总理看后，指出应增加与基础研究有关的内容。于是，规划中增添了第 57 项——天文、地理、生物、数学、物理、化学、力学等学科的发展规划。为推动规划的实施，成立了一系列领导小组。其中力学部分，由钱学森任小组组长，郭永怀和张维任副组长。小组紧张工作了一个多月，勾画出了发展力学的详细蓝图。但同时提出了一个紧迫的问题：谁来承担其中的具体工作。力学小组的专家们深感要发展力学学科，首要任务之一是培养一批人才。

解放前，我国的高等院校都没有力学专业。有些学工程的人到国外学习力学，如钱学森、张维、杜庆华、钱令希等。也有学物理出身的人转学力学，如郭永怀、钱伟长等。造成解放后初期从事力学工作的人极少。1952 年院系调整，是否应在清华大学设力学专业曾成为一个有争议的问题。一些力学工作者，如张维、陆士嘉、杜庆华、万嘉镶、张福范等，认为应该设力学专业。但当时的苏联专家不赞成，因为苏联的力学专业不是设在工科大学，而是设在综合性大学。于是，教育部只在北京大学成立了数学力学系，在清华大学和其他大学都没有面临力学人才短缺的困境，以钱学森为首的力学发展领导小组提出了两条建议：①在若干所大学设立力学专业。清华大学于 1958 年成立了工程力学数学系。但如当年招生，5 年后方能毕业，缓不济急。②从 1957—1958 年重点工科院校的毕业生、青年力学教师，以及部分相关科研院所的青年科技人员中，挑选优秀者，办工程力学研究班。

经国务院决定，由高教部与中国科学院在清华大学建立工程力学与自动化两个研究班（工程力学研究班办了三届，自动化进修班办了一届），该研究班由中科院力学所和清华大学联合承办，编制隶属清华大学。钱学森教授、郭永怀教授、钱伟长教授、钟士模教授参加建班的最初工作。中国科学院张劲夫副院长大力推动了这一工程科学高品位人才培育工作。钱学森教授为这两个班的第一主持人。钱学森先生根据在国外发展航空航天工程的特点及经验，深知在航空航天领域，培养从事技术科学的人才的重要性，亲自主持创办这两个研究班。力学研究班由钱伟长教授为首任班主任，郭永怀教授和杜庆华教授为副主任。钱学森先生同时主持的自动化进修班也是由中科院和高教部为贯彻科学规划而合办的，学制一年，班委由钟士模、陆元九、郎世俊等组成。其后由于"反右"运动,钱伟长教授不再主持力学班工作,由郭永怀教授接任力学研究班班主任。郭永怀教授继钱学森、钱伟长先生后主持力学研究班的工作,他每周一下午自中科院力学所至清华大学杜庆华教授家中讨论教学及论文工作。由于党组织和日常行政隶属清华,故由杜庆华教授抓日常工作。班址最初在西直门外的中科院植物所内,与北京动物园毗邻且相通。1957年秋季迁回清华大学校内。工程力学研究班分流体力学和固体力学两个专业。自1957年2月起每年招生约100人,学制2年。至1962年2月,力学研究班共办了三届,招收学生324人。

力学班的培养目标定位于高层次师资和研究人员。当时虽然没有言明是否给予学位,但事实上是准备按照苏联模式培养副博士的。所以要求各单位进行遴选,以利培养。工程力学研究班和自动化进修班培养了从事工程力学与自动化这一技术科学学科领域的研究与教学人才,因此学生的来源乃是选择大学本科将毕业的各工科的优秀学生和从事工程基础研究和教学有一定工作经验的研究人员和教师。生源来自三个方面:①高等院校工科四年级学生;②工厂及企业研发部门的在职科技人员;③在职的高等院校力学教师。毕业后②、③部分人员回原单位,①部分研究生统一分配到高等院校与科研院所。在听课、读书的基础上,根据当时的实际情况,分别完成"专题研究"和"研究论文"。许多著名教授参加了论文指导。参加指导学员工作的有中科院力学所钱学森教授、郭永怀教授、林同骥教授、李敏华教授,郑哲敏、卞荫贵等诸位教授也参加了指导工作。清华大学张维教授、杜庆华教授、夏震寰教授、杨式德教授也进行了论文指导工作。而后教育部发文正式将这三届培养的研究班学员认同为研究生毕业,虽然当时我国尚未实行学位制度。

工程力学研究班的学员们得以聆听力学大师们的教诲。钱学森先生亲自讲授"水动力学"和"宇航工程讲座"。他自己在跨、超音速流动、薄壳屈曲理论、工程控制理论这些分支领域做出了流体力学、固体力学、自动化与控制等学科的开创性成果的基础上,深感技术科学的重要性以及在航空、航天领域里的基础性,将工程力学研究班与自动化进修班作为在国内培养技术科学人才的"试点"。钱学森先生的渊博知识和深入浅出的讲解深深地感染了每一个学员。更重要的是,钱学森先生理论联系实际的治学思想和办学思想对研究班和学员产生了深远的影响。钱伟长先生讲授"应用数学"、"工程流体力学",钱伟长先生、杜庆华教授讲授"弹性理论",郭永怀教授讲授"流体力学概论"和"边界层理论",李敏华教授讲授"塑性力学",郑哲敏讲授"分析力学"、"应力和波",黄克智讲授"蠕变与热应力",潘良儒讲授"流体动力学",孙天风讲授"气体动力学",等等。工程力学研究班的党总支书记先由王和祥担任,后由于王赴苏联学习,由何友声担任。担任一到三届工程力学研究班秘书的有王和祥、徐承国(哈尔滨建工学院教师)、黄炎、董曾南、王勖成、余寿文和郑兆昌等。虽然每届研究班都分为固体和流体2个专业班,但它们有共同的基础课程,并互选对方的专业课程。何友声院士在回忆中写道:"班内的学习风气极好,植物园内书声朗朗。早晨锻炼时则通过内院跑进动物园,与狮象虎豹为伍。"

三届工程力学研究班培养的人才经过毕业近四十多年的工作考验,证明这一培养制度是成功的。以20世纪90年代中国力学学会第4、5届的理事会的常务理事的组成人员为例:20多位常务理事中有四分之一至三分之一的人员曾经是工程力学研究班的学生和教师。他们伴随着历史走过我国工程力学发展的四五十年的轨迹,各自在自己的教学、研究岗位上为我国工程力学的人才培养和科学研究做出了贡献。历史证明了钱学森先生这一具有预见性和战略性的眼光,为我国工程力学事业的发展,奠定了坚实的基础。它对力学学科的发展产生了深远的影响,其科学思想深远地影响了中国许多重点大学的工程力学系的建设与人才培养,也催生和抚育了清华大学于1958年正式成立工程力学数学系。工程力学研究班学员助教中俞鸿儒、朱伯芳等及学员张涵信、谢友柏等日后均为国内贡献较为突出的工程力学专家。讲师朱颐龄、阮孟光、张行等在当时力学教学上已颇有成就。而当时的助教学员如唐照千、林钟祥等对推动工程力学研究班亦做出重要贡献。

(三)工程力学研究班体现的钱学森技术科学教育思想

在工程力学研究班的创建过程中,反映了钱学森先生的下述思想。

1. 力学必须以工程为本

钱学森先生创建清华大学工程力学研究班的主要指导思想是:力学的高级人才要来自工程科学的各个领域。因此,力学研究班的学员全部来自各高校的工科各系、科研部门和厂矿企业,并强调研究内容要结合我国的重大工程问题。钱学森先生认为:要学好力学和搞好力学,让本科生学习一定的工程课程是很有必要的。力学研究班的学员来自不同的工程专业,正是这一指导思想的具体体现。工程力学研究班的创办过程中,积累了办学的经验。证明在工程专业本科学习的基础上,再进行工程力学的研究与学习,可以培养出从事工程力学研究与教学的高层次人才。从机械、造船、土木等工程专业选拔生源,这些生源具有坚实的数学、物理、力学的基础知识,又具有这些工程专业的实践训练。学习过工程设计的基础理论,并具有相应的工程部门实践训练。由这样的生源经过培养,有利于培养既具有坚实的基础理论又有一定的结合工程进行工程力学研究与教学的高层次人才。

2. 力学必须与其他技术科学学科相结合

钱学森先生在创建清华大学工程力学研究班时认为不能把工程力学研究孤立起来,与制导、控制相结合。这就是他提议同时成立工程力学和自动化两个研究班,而他愿意作为两个研究班的总负责人的原因。这一思想对工程力学在后来的两弹一星研究中起到重大影响,为我国航空航天事业的发展做出重大成绩起了推动作用。也是在这一思想下,一届力学班的成员参加了我国第一枚探空火箭的研制工作。

3. 力学教育应以上小课为主

钱学森先生建议工程力学的高层次、研究型人才教育应以上小课为主。为从物质条件上贯彻钱学森先生的这一建议,科学院当时在位于动物园的动物所和植物所中拨出一部分房子作为力学研究班的授课教室,这为以后高层次、研究型技术科学人才的素质教育提供了一个新的模式。

(四)钱学森先生关注清华大学工程力学系的发展

钱学森先生在随后的岁月里,对工程力学研究班的延续——清华大学工程力学系——的发展仍倾注了心血。以最近十年为例，尽管钱学森先生已入高龄，且脱离力学多年，但仍然对力学的教育和学科的发展方向十分关注。1991 年 11 月 1 日，我系刘清珺等 15 名博士研究生致信钱学森先生，信中提道"我们的成长过程，深受您的影响，如今又在您主持创立的力学系学习，虽然没有机会成为您的学生，但非常希望您能对我们的工作、学习和思想提出建议。您对科学发展的总体看法、对我国科技发展前景的预测、多年来的亲身经历和体会定将使我们受益终身。我们热切期待着您的回音。"钱学森先生于 1991 年 11 月 14 日回信中指出：

> 刘清珺同志：
>
> 您和郭延虎、刘少源、何东明、张明、朱先奎、郑珍平、居时胜、申连喜、徐军、冯西桥、陈夫尧、陈强、陈伟、陈刚 15 位工程力学博士生的来信收到了。您们要我对诸位的工作、学习和思想提出建议，这使我为难：①我脱离工程力学工作已 30 年了；②对清华大学工程力学系的现状不了解；③对您们的具体情况也不知道。但不写回信也不对，下面只讲一个问题，供诸位参考。
>
> 我想工程力学系是必须理论联系实际的；一方面是精深的力学理论；另一方面是工程实际亟待解决的问题。您们必须以理论去解决实际问题，要得到在生产第一线工作的工程师的欢迎。万万不可只发表论文，不解决问题，让工程师们觉得有你没有你一个样！
>
> 怎样做到理论联系实际？必须深入实际。但到了现场，实际就在眼前，你也可能抓不到问题的要害。原因何在？缺少分析洞察问题的能力！怎样培养分析洞察问题的能力？我认为最好的方法就是学习并掌握马克思主义哲学。
>
> 附上几篇我写的文字，供参阅。我只能做到这里，更多的问题我解决不了，诸位请问您们的导师吧。

1997 年，时值工程力学研究班和工程力学系建立 40 周年之际，钱学森先生于 9 月 30 日为我系致辞写道：

> 工程力学系：
>
> 您们 9 月 15 日信及建系 40 周年活动筹委会信都收到。
>
> 回忆过去，展望未来，我这个已脱离力学工作多年的人，也想到许多，谨陈述如下，这也算是我对工程力学系建系 40 周年的祝贺。
>
> 在 20 世纪初，工程设计开始重视理论计算分析，这也是因为新工程技术发展较快，原先主要靠经验的办法跟不上时代了。这就产生了国外所谓应用力学这门学问，它包括流体力学、气动力学、水动力学、弹性力学等；为的是探索新设计、新结构。但当时主要因为计算工具落后，至多只是电动机械式计算器，所以应用力学只能探索发展新途径，具体设计还得靠实验验证。
>
> 到了 60 年代，能进行快速计算的芯片电子计算机已出现，引起了计算能力的一场革命。到现在每秒能进行万亿次浮点的机器已出现。随着力学计算能力的提高，用力学理论解决设计问题成为主要途径，而试验手段成为次要的了。由此展望21 世纪，力学加电子计算机将成为工程新设计的主要手段，就连工程型号研制也只用电子计算机加形象显示。都是虚的，不是实的，所以称为"虚拟型号研制"

（virtual prototyping）。最后就是实物生产了。

回顾一个世纪，工程力学走过了从工程设计的辅助手段到中心主要手段，不是唱配角而是唱主角了。清华大学工程力学系要跟上时代呵！

这是对我系多么深切的期望和鞭策啊！在工程力学系创建 40 周年后，我系从礼堂区的旧电机馆迁至主楼前区的技术科学楼。在钱老诞辰九十周年之际，回顾钱老对清华大学工程力学研究班与工程力学系的教诲，在新的世纪的未来岁月里，工程力学系将会在钱老的期望中，以技术科学楼为基地，以技术科学为基础，为中华民族的振兴做出它应有的贡献。

注：本文引自《钱学森技术科学思想与力学》（庄蓬甘、郑哲敏主编，国防工业出版社，2001 年，59～63 页）。

历史的回顾

解沛基

（首任工程力学系党总支书记）

从 1958 年到 2008 年，工程力学数学系走过了建系到发展、壮大的光辉历程，在庆祝建系和创办工程力学研究班 50 周年的时候，作为当年主要负责创建力学系的老人，内心感到无比的欣慰，也因此引起对力学系历史的一些回顾。

1958 年 7 月，工程力学数学系（以下简称力学系）是在我国迫切要求发展科学事业，提出"向科学进军"的口号下建立的。在这之前，即 1957 年 2 月，清华大学和科学院根据国家"十二年科学技术发展远景规划"的要求，合办了工程力学研究班，共办了三届，也可以说他们是力学系的前身，他们的毕业生成了力学系两个力学专业师资的重要来源。在蒋南翔校长的精心规划下，清华大学先后成立了一批新兴科学科技专业，力学系是其中的一个，这些新专业的建立，对于清华大学的发展和提高发挥了极为重要的作用。

为了适应国家发展的迫切需要，力学系建系伊始，就设有流体力学、固体力学和计算数学三个专业，一年后又从动力机械系将工程热物理专业调入，1961 年在固体力学专业内成立了一般力学专门化。之后在 1972 年将计算数学教研组分别调整到计算机科学与技术系和基础课数学教研组，1982 年将基础课理论力学和材料力学两个教研组并入力学系（这两个教研组在力学系成立时帮助很大，并入后力学系师资力量得以加强），这是后话，在力学系建系期间系内设有前述四个专业、一个专门化。至于学生，两个力学专业在 1956 年已开始招生，建系后由工程物理系调回，其他两个专业也从各专业抽调了从一年级到三年级学生，加上建系后招收的一年级新生，我们共有了从一年级到三、四年级学生，七八百人，依靠学校的实力,低年级学生课程由基础课各教研组承担,质量不错,我们放心。但高年级的各门专业课和相应的教学环节却要我们积极准备,迅速上马,这给了我们很大的压力,因此真正迈开建系的第一步,是要千方百计组建一支高素质,有发展潜力的教师队伍。

当时我们系里有三位教授,首任系主任张维同志(兼副校长),赵访熊同志、杜庆华同志(力学研究班副班主任),还有一位当时在苏联进修,放弃了唾手可得的博士学位,应召回国参加力学系工作的黄克智同志,当时他是一位讲师。他们对力学系建设,特别是科研开展和青年教师、研究生的培养做出了很大的贡献,固体力学教研组所以发展较快和他们的功劳是分不开的。当时还从校内各有关教研组调来一些教师,但人数很少,也很年轻,有的还在国外进修,一时回不来,流体力学研究组由于校内没有类似的教研组,没有教师可抽调。我们从力学班第一届毕业生中提前抽调了一批,以后从各届力学班和本系各专业各届毕业生中陆续留下一批,我们派往国外进修的人员陆续回来,我们又努力吸收了几位国外留学回国人员,经过几年努力,总算逐步组成了一支以青年教师为主体的教师队伍。

我们也同样花费了很大精力抽调了几位力学班和各系应届毕业生组成了系的干部队伍,他们放弃了自己业务上的进取,努力支撑起了系的工作,这支队伍是从建系开始几年内逐步形成的而且主要是青年教师,有时开干部会,不大的会议室,稀稀拉拉也坐不满,看到别的系开干部会坐得满满当当的,心里真是很羡慕。这支队伍承担起要求我们的任务,担子是很重的。我们理解国家的要求,任务的紧迫,大家认识一致。我们提出两句话:"小人穿大衣服"说明我们的任务和要求,"在战斗中成长"说明队伍成长的方向,大家意气风发,奋力前进,这种精神状态今天想起来还觉得令人振奋,我们走过来了。

1961年年初由于工作需要,从计算数学应届毕业生中提前抽调10人赴国防科委工作,这是我们培养的第一批学生,他们走的时候,我们在大礼堂前广场上欢送,我还记得那是一个阳光灿烂的早上,我们心里也是阳光灿烂,经过辛勤的耕耘,我们终于享受到收获的喜悦,从那以后每年都有自己的毕业生。到1966年共毕业本科生800余人,包括工程力学研究班的毕业生,总数达到1100余人。教师队伍也得到长足的成长和扩充,据1965年统计,我们已经有了包括教授、副教授、讲师37人,教员1人,助教80人的教师队伍,在校学生已达1080人,研究生15人,力学系已具备了初步的规模。

建系时考虑的第二个问题是确定学生的培养目标、制订教学计划并组织实施。由于力学系的任务是要为国家的航天航空事业服务,因此建系初衷曾打算进行航天事业实战工作,以自己的力量,设计或制造一枚导弹。我们投入了不小的力量,也组织校内、校际间的各项合作,但由于种种原因未能如愿。学校领导决定,我们要加强基础、壮大自己适应将来发展的需要。我们认为办好力学系要承认力学学科的特点,力学也包括系内其他专业,是一门技术科学,它不同于纯理论学科,也不同于一般的工程专业,它应该既有深厚的理论基础,又要有相当的工程技术训练和实际工程思维能力,也就是说要有理工的密切结合,这种想法当时并不为所有人赞同,但我们坚持。其实清华的办学传统就有一条是提倡理工结合,是成功的经验。我们只是从专业的高度来加以强调,从力学系几十年发展情况来看,坚持这条指导思想是有作用的。

制订教学计划,我们缺乏经验,主要是参考苏联列宁格勒多科性工业大学的教学计划,我们增加了一些理论学习的强度。前几届毕业同学出去工作后回来反映,在校时学习扎实,基础宽厚,能适应工作发展的需要。"文革"后不少本科生毕业生纷纷报考研究生,回校深造,据了解力学系录取的研究生占毕业生中比例最高,这都说明我们培养学生的质量。

建系后所做的第三件事是实验室的建设。我们清楚实验室建设的重要性,一个没有实验室的专业是无法展开科研和教学工作的。当时学校拨给了一笔实验室建设的经费,但也只能购买、进口很少部分的实验设备和仪器,很多就是想买也买不到,只能靠自己动手,自力更生。我们组织了大批教师和高年级同学大搞实验室建设,我们还从流体力学三年级学生中抽出大约十人,专攻流体实验量测技术,参加实验室建设并作为专业方向培养,毕业后在这方面工作,据我们所知,目前他们中间有的人已成了这方面的专家。当时实验室建设是有所收获的。但因加上大炼钢铁等的影响,占用了学生太多时间,干扰了他们正常学习,但他们的热情是极其可贵的,他们不分昼夜,全力以赴,一心扑在工作上,希望早日建成实验室,当然后来为他们安排时间补上必需的课程,保证了教学质量。到1966年各教研组也终于陆续建立了必要的实验室。随着科学技术进步,这些设备恐怕大多已更新了,但在当时,还是保证了部分必要的教学实验和一些科研项目的需要。

到1966年可以说经过全系同志七八年的艰苦奋斗,力学系初具规模,并且积累了进一步发展的能量和活力,我们可以大踏步前进了,然而正当这时,我们遭遇了"文化大革命""十年动乱"的破坏。先是停课闹革命,后来大学还是要办的,开始招生了,然而办的却是不允许认真读书的大学,我想起两件小事。一件是1973年根据周恩来总理关于加强理论研究的指示,考虑到我们新留系的助教(当时称为新工人)理论基础较差,于是组织教师为他们开课补习,很基本的如弹性力学之类,他们也很欢迎,但开始不久,就被学校里掀起的"运动"扼杀了。另一件是1973年强二班一位同学,自己在念英文版 Timoshenko(铁木森柯)材料力学,

力学系建系时期的干部(摄于1961年)
后排左起:王和祥、龙连坤、王勖成、解沛基、张维、李庆扬
前排左起:张之立、王学芳、陈兆玲、李德鲁、杨淑方

有不懂的地方前来问我,这本书不过是离当时 30 多年前我念土木系二年级时材料力学的教材,而我们力学系的学生还只能在底下看,有的地方还不能理解,这样的教育能培养出什么样的人才?!但说明学生中还是有强烈的学习愿望的。当然和"文革"造成的全面破坏相比,这只是微不足道的区区小事,我现在写出来,只是想提醒我们的年轻朋友该如何珍惜现在的学习和教学环境。

　　"十年动乱"终于结束,我们迎来了改革开放、建设有中国特色社会主义的大好时机,力学系在过去积累的基础上终于喷薄而出,走上了迅猛发展的道路,并取得巨大的成就,我今年 86 岁了,离开力学系也已经三十多年,但力学系仍然牵动着我的感情,力学系的每一个进展都能使我动情,我也时常怀念当初共同团结战斗的同志们,怀念和他们在一起的日日夜夜,为了力学系的建设和发展,他们倾注了大量的精力和心血,我感谢他们。创业维艰,取得新的超越和突破更不容易,我们力学系正面临新的机遇和挑战,了解过去,有助于鼓励我们更加切实、精心地向前迈进,我期待着新的辉煌和胜利的喜悦。

奋斗五十年

黄克智

（工程力学系固体力学研究所教授，中国科学院院士）

1952年我在清华研究生毕业，分配到基础课力学教研组工作。正逢国家全面院系调整，清华作为多科性工业大学，扩大招生，需要补充大量的基础课力学师资。学校决定从当时土木、机械两系刚读完二年级的学生中抽调出30名学生作为新的力学师资，希望这些"青苗"经过短期培训，先完成力学辅导课的任务，将来再进一步培养成合格的大学教师。

当时我刚毕业，是一位新升的讲师，协助力学教研组主任杜庆华教授和秘书邵敏完成这项任务。我们采用的是苏联教育部的教材——伏龙科夫著的"理论力学"和别辽也夫著的"材料力学"。与英美教材相比，苏联教材的理论体系更为严密。内容也更多。在教研组的安排下，我负责给这些"青苗"讲课和辅导。我认为帮助他们接受新的知识并不太难，更难的是要学会，掌握正确的分析方法。例如：分析一个置于静止桌面上的重物施加给桌面的力，不少人根据"力的可传性"得到这个力等于重物的重量。为了这一个简单的问题，可以引起面红耳赤的争论。当时要求每一节课都要准备好详细的教案。这些青年教师满腔热情，经过教研组的集体培养，以后他们多数都成为富有教学经验的合格教授。1982年基础课力学教研组并入工程力学系，成为合并后工程力学系的一支重要力量。我至今还怀念着那一段当我们都年轻时，一起战斗、共同切磋的日日夜夜。

1955年作为新中国成立后我国第一批派往苏联进修的23名大学教师之一，我被派往莫斯科大学数学力学系进修，师从拉包特诺夫院士，从事薄壳和薄壁杆件理论及塑性蠕变理论的研究。在原定两年期限内经过刻苦钻研，取得较好成果，导师建议我再延长一年准备答辩苏联的博士学位。苏联当时的博士学位是非常难得的，在此之前，我国只有清华的高景德一人曾获此殊荣。经国内学校的同意和批准，我就更加夜以继日地努力为争取这个目标而奋斗。正当我已写完学位论文草稿，准备请人打字后提出答辩申请之际，国内在大跃进的形势下，解沛基同志代表学校电召我立即回国，参加组建清华大学我国第一个工程力学数学系的工作。当时导师和周围的同学都为我惋惜，连大使馆负责同志都提出愿意帮我向国内学校申请延缓一个月，等答辩完了再回国。但我还是谢绝了他们的好意，决定立即启程回国。连跟我在国内的家人都没有商量，背着两麻袋的科技资料，乘六天六夜火车回到了祖国，回到了清华大学。

建系之初，首要任务就是制订工程力学数学系的本科各专业的教学计划。当时强调力学与航空航天相结合，所以力学专业除了力学的主干课以外，也设置了一批与航空航天相结合的课程，例如：薄壁结构力学，传热学与热结构学，我负责开出这两门课。虽然与航空航天工程相结合的目标由于种种客观条件不够成熟,而未能实现,但是既重视理论,也重视试验和工程应用的指导思想没有变,我们力求通过力学的主干课程,给学生打下坚实的基础,包括基本概念与原理,运算能力和试验动手能力。

一场"文化大革命"带来巨大的干扰和挫折。当我们从农场回来后,发现我们的科学知识已大大落后了,新的文献都看不懂了。但我们不甘落后,下决心要把失去的宝贵时间补回来,我们要比平时付出更多来追赶。固体力学教研组杜庆华、王勖成、姚振汉等追赶有限元分析;张维、郑兆昌追赶动力学与振动;戴福隆、周辛庚追赶实验力学;我和余寿文等追赶断裂力学。同时我通过刻苦自学给固体力学中青年教师开出了"数理方程"、"张量分析"、"非线性连续介质力学"、"固体本构关系"等新课。从 1977 年开始,我和余寿文建立了一个学习讨论班,每周一次,坚持至今已 30 年。讨论班最初的目的是十几位同事交流学习断裂力学的心得,已发展成现在的国际、国内的学术交流论坛。参加的人数也由十几人发展到七八十人。这个讨论班在以后我们的研究生培养和中青年教师培养中也发挥了重要的作用。

清华大学固体力学学科是 1980 年建立的全国第一批博士点之一。经过"文革"以后的拨乱反正,工程力学系本科的教学逐渐走向正轨,质量不断提高,但是我们面临着培养大批高质量硕、博士研究生和一个能紧跟甚至超越世界科学前沿的强大的教师集体这样的双重的光荣而艰巨的任务。

20 世纪末,清华固体力学专业破坏理论老、中、青结合的学术梯队:
黄克智(左二)、余寿文(右二)、杨卫(左一)、郑泉水(右一)

为了迎接 21 世纪高级人才需求的挑战,在最早的三位博士生导师张维、杜庆华、黄克智辛勤耕耘的基础上,形成了三个层次的博士生导师队伍。郑兆昌、戴福隆、徐秉业、余寿文相继被批准为博士生导师。他们年富力强,构成了在振动力学、实验力学、塑性力学和破坏力学等学科方向的中坚指导力量。姚振汉和杨卫是提前上岗的博士生导师,以他们为代表的青年教师的崛起,成为学科跨世纪发展的栋梁。在 1980—1992 年第一阶段的 12 年中,我们精心设计并开出研究生专业课程 26 门,编著教科书 22 本(其中 4 种获国家级及国家教委优秀教材奖）。学科点中生长出破坏理论、计算固体力学、结构弹塑性分析、机械振动与流固耦合、实验固体力学5个方向。发挥各研究方向的探索积极性，制订出一套缜密的、针对三种生源（本校力学系生源、外校力学系生源、非力学系生源）和5个研究方向的多起点、多方向课程配置方案，并在全校率先制订了博士学位培养方案，认真抓好录取、培养方案制订、课程学习、开题报告、学科综合考试、中期考核、论文阶段成果汇报、答辩等一系列培养环节，抓紧对研究生的品德教育、科学作风教育、敬业教育和为祖国服务教育。在这第一阶段固体力学学科共授予博士学位55人，硕士学位197人，博士后出站6人，他们中不少人在学科的基础研究与面向国民经济主战场的任务中都起了重要的作用，例如，"七五"期间国家自然科学基金与固体力学有关的全部两项重大项目和机械强度与振动的重大项目（均验收为优秀），"七五"和"八五"期间结合与国民经济发展关系重大的航空航天、海洋工程、石油化工、新材料、微电子元件与封装、汽车等技术领域所出现的关键力学问题的研究，以及《核安全技术》中与固体力学有关的全部八项专题研究。有的研究生，例如戴耀、罗学富、朱延、杜丹旭等还直接是国家自然科学奖的获奖人。

博士生在获得学位以后在教育、科学研究和国民经济各条战线上发挥了重要的作用。据20世纪90年代初的统计，有30人以上在工作岗位上很快获得高级职称，有4人获得国务院学位委员会、国家教委联合授予"在工作中做出突出贡献的中国博士学位获得者"称号，在全国1988年和1990年两届青年科技奖共四名力学学科获奖者中，他们就占3名。固体力学学科在1987—1991年间出版学术专著6部，发表论文591篇，获得国家自然科学奖1项，国家发明奖2项，国家教委科技进步奖9项，其他部委技术进步奖6项。科研的高水平与高水平博士生培养相互促进，成果"固体力学重点学科建设与高水平博士生规模培养"1992年获得全国普通高等学校优秀教学成果特等奖。

2004年固体力学研究所"全家福"

1993年以后的第二阶段随着博士生导师队伍的不断扩大和年轻化，杨卫、郑泉水、方岱宁、施惠基、庄茁、冯西桥等新一代的崛起，进一步探索提高固体力学博士生培养水平的途径。在年轻导师的主持与清华大学研究生院的指导与大力支持下，经历了 20 多次不同规模的教学研讨会和调研会；完成了博士生课程体系的全面革新。加强了固体力学博士生专业课程最低要求的学分，普博生从调整前的 5 学分增为 15 学分以上（美国伊利诺伊大学为 24 学分），直博生从调整前的 17 学分增到 28 学分以上（美国麻省理工为 27 学分，伊利诺伊大学为 42 学分）。新课程体系在深度、广度和与本科教学衔接方面做了大幅度调整和全面规划。在深化力学专业课程的同时，还增列了辅修课程。除了对课程以外，对博士生的开题、资格考试和预答辩等关键培养环节也提出了更高标准的要求。对于博士生的论文选题要求"顶天"或"立地"——"顶天"是指要求研究学科前沿、热点和重要理论的问题，"立地"则指研究事关国计民生的重要工程难题。培养高水平、创造性、综合素质协调发展的博士生，还需要形成一种优良的学术文化和学术氛围。我们设置"宽、专、细"三个层次的学术讨论班。"宽"是指全研究所的讨论班，每周一次，30 年来从未间断；"专"是指不定期举行各个不同方向的讨论班的专题报告会；"细"则指各博士生导师与研究生的讨论会，一般也是每周一次。通过这些讨论班，博士生经常得到督促与训练，对博士生选题以及发展都产生了重要影响。作为讨论班的延拓和深化，开展国际间的实质合作和博士生导师们之间的密切合作，联合指导博士生，有助于博士生博采众长，进行交叉研究，产生创造性成果。实施从入学考试开始到课程学习、开题报告、中期考核、预答辩、答辩的严格规范的质量保证体系。开题报告要求博士生对选题背景和技术路线有全面和较深刻的了解。并已经取得相当于硕士水平的研究成果。建立了免试与淘汰相结合的资格考试制度，实行在博士论文答辩前三个月的预答辩制度，严格把关。力争在国际力学最具影响力的杂志上发表文章。注重培养博士生的全面素质，诚信为人，严谨为学。通过一系列改革措施和实践，导师们也经历了观念的更新——要追求卓越、质胜于量；要实施合理的淘汰，激励优秀；要拓宽加深基础，百年树人。

固体力学学科在 1999—2006 年期间有 8 篇博士论文获得全国优秀博士论文的奖励。上述第二阶段的"高水平创新性博士生培养模式与实践成果"获得 2006 年北京市优秀教学成果一等奖，教育部优秀教学成果二等奖。北京市教委组织的鉴定委员会一致认为"本项目在博士生培养改革方面取得了突破性进展，成果属国内首创，达到国际先进水平。本项目成果在全国同类学科或相关学科具有榜样和示范作用"。

当然，最根本的关键还在于建设一流的教师和博士生导师队伍。我们注意大力培养、引进有发展潜力的优秀青年教师。首先要发现他们，为他们创造一切学习和工作条件，甚至包括解决住房、经费、课题、招收学生等，把他们培养成才。当他们在学术上已具备一定实力而还不被人们所知时，更要为他们创造机会，让他们在学术上一展所长。从学科创始人张维院士开始，我们相信"青出于蓝而胜于蓝"的亘古不变的真理。老一辈的人都把自己所有的国内外学术职务尽量推荐年轻人去担任。经过半个世纪的努力我们的集体已经成长为在国际上占有一席之地的、团结向上、合作竞争的团队，年轻教师引领新学科的潮头已经成熟。我个人也随着这个集体的成长而不断取得进步。

纪念工程力学系成立五十周年

王和祥

（原工程力学系主任）

　　1956 年中央提出了"向科学进军"的号召，由科学院主持制定了"十二年科学技术发展远景规划"。规划中提出要发展原子能、导弹技术、自动控制等新兴科学技术。我当时从清华借调到科学院担任技术科学部党支部书记。亲眼看到敬爱的周恩来总理领导此项工作。他在规划中除关注新学科的发展外也强调基础学科的重要性，并对基础学科作了全面的安排。科学规划促使当时的清华校长蒋南翔在 1958 年建立了一系列新系，例如工程物理系、自动化系等，工程力学数学系也是其中之一。系主任由副校长张维教授兼任。解沛基同志任总支书记兼副系主任。

　　1957 年清华大学与科学院共同举办工程力学研究班与自动化进修班。分别由我校钱伟长教授及钟士模教授主持。著名的力学家钱学森、郭永怀及我校的张维、杜庆华教授都参加了力学研究班的领导与教学工作。我担任了第一任总支书记。力学研究班的建立是为了满足日益发展的国防与国民经济对力学干部的需求和高校对高质量力学教师的要求。当时全国只有北京大学设有数学力学系，主要培养理科的本科生，难于满足需要。力学班来自全国高校力学教研组的青年教师及科技部门的青年科技人员，还从清华及全国各高校工科毕业班选拔了一批优秀的学生。力学班一共办了三届，成果显著。毕业生大多数人成为力学界的著名人士，全国各个科研教学单位的学术带头人和业务骨干。力学班不但为新生的清华工程力学数学系提供了丰富的教学经验，更重要的是提供了许多干部和骨干教师，对于系的建立与发展起着关键的作用。

　　1958 年暑假，我在莫斯科土建学院读研究生已经一年。张维先生来到莫斯科参加苏联力学年会。当时他的主要工作是为新成立的工程力学与数学系进行调研与部署。

　　张先生告诉我，我已调入工程力学数学系，开学后须从这里转学到列宁格勒工学院（现名圣彼德堡工业大学）去。并且具体安排在物理系的机械强度与动力学教研组去学自动控制。并且解释说系内目前还没有人熟悉这门学科领域，而它对飞行器的控制是非常重要的。

张维先生与我校派出的留学生在莫斯科

1960年夏,我回国到工程力学数学系工作。这时候建系初期派出的研究生与进修生陆续归国。实验设施如振动实验室、高温蠕变实验室、两个低速风洞及一个小型超音速设备都已建成。发动机实验基地已经投入使用。空气动力学基地的大型超音速风洞也正在加紧建设中。系的科研方向为导弹工程。为了取得相关部门的支持,学校与七机部领导包括钱学森所长多次商谈,请求给予项目支持,使我系的工作纳入国家规划的一部分。与1958年的全民大炼钢铁的极端做法相反,对于有关两弹工程则采取了完全保密制度,排除了对任何外单位协作的一切可能性。此后工程力学数学系明确为理工科性质,并为国防及经济建设各个部门服务。系下设流体力学、固体力学、应用数学、工程热物理四个专业及一般力学专门化,相应由610～650共5个教研组领导。教学计划主要参考苏联列宁格勒工学院的有关专业制订。这时我被任命为副系主任。

1961系与教研组主要干部

为了使力学服务于国防与国民经济各部门,张维先生亲自带领各个教研组的骨干力量前往东北、上海等地空军海军各研究所参观并商谈合作。这些单位热情接待了我们,签订了一批飞机、潜艇及鱼雷方面的科研任务。固体力学教研组取得潜艇壳体强度与稳定方面的任务,工程热物理教研组取得鱼雷发动机方面的任务。一般力学教研组也取得了鱼雷运动与它的控制系统的任务。此外还商谈了学生实习及分配毕业生到这些单位等事项。

1964年以后,极"左"的政治运动干扰了系的正常秩序。先是清理苏修思想影响的运动,矛头指向留苏归国的教师,严重伤害了许多好同志。继之学校派出工作组整顿系的领导班子,说是犯了"重业务轻政治、重科研轻教学、重理论轻实践、重专家轻群众"的"错误",性质属于人民内部矛盾。运动的背景是当时中央派出了工作组到北京大学开展社教运动,搞得全国高校惶恐不安。时任高教部长的蒋南翔校长想创造一种由本单位自己搞社教的经验,以避免像北大这样的灾难降临。但不久那场"史无前例"的"文化大革命"到来了。全国教育系统的大灾难还是首当其冲地降临到头上。

"文化大革命"期间工程力学数学系受到严重破坏。经过了几经解散的威胁,终于存活下来。但是应用数学专业调离到了他系,一般力学教研组也合并到了精密仪器系。1978年"四人帮"倒台已经两年。清华大学第二任校长刘达同志来校。不久我从精密仪器系调回工程力学系任系主任。

副系主任是杜庆华教授。当时的系党委书记是李恩元同志。1982年李恩元同志调离清华后由李德鲁同志继任。

系党委会会议

十年的政治动乱使得教师长期业务荒疏,在拨乱反正的精神指导下补习业务成为当前急务。黄克智教授为全系的年轻教师开设了数理方程课程进行补课。他还在教研组内讲授了张量分析,连续介质力学等课程以提高教师业务水平。一般力学教师联合外系教师一起请科学院自动化所的研究员们系统地介绍了最优控制与最优估价的现代控制理论。

十年来许多新兴学科与新技术兴起。教师们迅速地寻找到新的学科发展方向并努力赶超先进水平。固体力学的断裂力学、激光应力量测实验技术、工程热物理的低温等离子体以及由于数字计算机飞速发展而兴起的计算力学与计算流体力学就是其中突出例子。

在我担任系主任的七年中,在刘达以及其后的高景德校长的正确领导下,在没有任何政治干扰的大环境下,力学系迎来历史上最好的时光。各项工作都得到恢复与飞速发展。

没有了应用数学专业,系正式定名为工程力学系。明确了工程力学与工程热物理都是属于技术科学。它带有理科性质,但是属于工科。培养的大学生毕业时获工学士学位。为了纠正过去专业培养目标过窄的偏向,扩宽了培养目标。设立工程力学与工程热物理两个专业。工程力学专业下设固体力学、流体力学、动力学与振动三个专门化。自1978年重新开始招收研究生以来,我系陆续设立了固体力学、流体力学、一般力学及工程热物理四个博士点。固体力学、流体力学、一般力学、实验力学及工程热物理五个硕士点。研究生数量之多在学校中位居前列。

1982年力学系与原基础课委员会领导下的理论力学及材料力学教研组实现了合并。这样一来合并后的工程力学系除了培养两个专业的任务外,又承担为全校各个有关的理论力学、材料力学及原有的工程流体力学三门技术基础课的任务。后者每年为100多个班近4000名学生授课。这项任务质量的保持与提高,受到极大的重视。实践证明这种教学组织的机制更有助于力学基础课质量的提高与青年教师的成长。

1983年成立了工程力学研究所,副校长张维教授兼任首任所长;并与热能系联合成立了工程热物理研究所。工程力学研究所的成立推动了科学研究与研究生的培养工作。"文革"后的科研除了继续为军工服务外,更广泛开展到为国民经济各部门及其他领域服务。如压力容器分析及设计、离心机及发电机组转子的振动、燃烧传热及等离子体热物理、生物力学以及气动技术等诸方面均做出了不少成绩。理论、实验、计算并重，方式方法百花齐放没有框框。还成立了受学校委托管理的"强度与振动中心"。它接受了世界银行贷款，更增添了新的仪器设备，为校内外科研教学及开发服务。

　　1980年我曾随刘达校长及高景德副校长领导的清华大学代表团访问了美国数所著名大学及公司，之后邀请了在我国台湾中科院的张捷迁院士为兼职教授，开始了我系的对外交流。为了提高教师素质，先后派遣了十余名中年骨干教师分赴美国、德国、日本进行长达一年以上的进修与学术交流，使他们接触到国际前沿的科技水平。他们绝大多数都按期归国成为该门学科的学术带头人。当时留学归国的年轻人还不多见，但我们都认识到力学系的未来将依赖这些留学归来以及那些我国自己培养的优秀年轻人。

清华代表团访美

蒋南翔部长接见我系兼任教授、在我国台湾中研院工作的张捷迁院士夫妇

　　弹指一挥间，50年过去了。我们这些力学工作者深知工程力学能够服务于国防与国民经济各部门，但是最具挑战的领域还是航天与航空。经过多年的期盼与争取，在有关部门的大力支持下，年轻的清华大学航天航空学院成立已经四年了。希望今天重温这段历史有助于将来学院的辉煌。

工程力学（研究班）系五十年的回忆

余寿文

（工程力学研究班第二届学员，曾任工程力学系系主任）

清华大学工程力学系成立至今已迄 50 周年。由钱学森先生主持清华大学与中国科学院合办的清华大学工程力学研究班也五十多年了。我从 1958 年 7 月进入工程力学研究班（第二届）学习，毕业后留校任助教，并于 1960—1961 年曾担任工程力学研究班教学秘书；1988—1992 年年初任工程力学系系主任。50 年来作为研究班学员和工程力学系教师，一直工作在工程力学的园地。回首 50 年，写下一些印象深刻的事情和历史的过程或许可使今后有所借鉴。

（一）工程力学研究班的回顾

由国务院决定，高教部与中国科学院在清华大学建立了工程力学研究班（办了三届，招收学员 324 人）和自动化进修班（办了一届），钱学森先生为这两个研究班的第一主持人，先后由钱伟长教授和郭永怀教授担任工程力学研究班班主任。

三届工程力学研究班培养的 300 多人的毕业生，经过四十多年的工作实践，证明研究班的举办是成功的。它为我国培养了一大批早期的工程力学骨干人才。例如在 20 世纪 90 年代，经过毕业后 30 多年的教学与科研的历练，在中国力学学会两届常务理事会的 20 多位常务理事中，分别有约四分之一至三分之一的成员是当年工程力学研究班的学生和年轻助教。其中助教俞鸿儒、朱仁芳及学员范本尧、张涵信、谢友柏五人日后成为中国科学院中国工程院的院士。而由钱学森先生倡导的办学思想深远地影响了我国许多重要大学的工程力学系的建设与人才培养，也催生与抚育了清华大学于 1958 年成立的工程力学系。这里引用六七年前笔者参加的关于工程力学班办学过程的思考的文章（见参考文献），我想以下几点是重要的：

其一，钱学森先生的"技术科学"思想指导了工程力学研究班的创建。1955 年冬，钱学森先生在北京理工大学做了"谈技术科学"的报告。他指出：应用力学或工程力学应属于技术科学，它介于基础科学和工程技术之间。它的研究对象是工程专业中共同性和具有规律性的问题。他提出技术科学工作者要掌握三个方面的工具：工程分析的数学方法；工程问题的科学基础；工程设计的原理和实践。他从长期研究并取得开创性成就的跨、超声速流动、薄壳屈曲、工程控制论等方面体会到"技术科学"的重要性，并以工程力学研究班和自动化研究班作为在国内培养技术科学人才的试点。因此，工程力学研究班的学员全部来自各高等学校的工科系(如机械、土木、造船等)以及工程科研部门和厂矿企业。并强调研究的内容要结合我国重大的工程问题。工程力学研究班按这样的指导思想来设置课程和选择研究题目。可见,一个办学单位的培养目标和达到这一目标的办学指导思想的正确与否,是办学成功与否的关键。

其二,课程的设置与主讲教师的遴选按钱学森先生的"技术科学"指导思想来安排,也可以说这两个研究班是他回国以后的"技术科学"人才培养的"试点班"。他亲自讲授"水动力学"和"宇航工程"(讲座);其他任课的著名教授如钱伟长先生讲授"应用数学",杜庆华先生讲授"弹性理论",郭永怀先生讲授"流体力学概论"和"边界层理论",李敏华先生讲授"塑性理论",郑哲敏先生讲授"分析力学"、"应力和波",黄克智先生讲授"蠕变与热应力",潘良儒先生讲授"流体动力学",孙天风先生讲授"气体动力学"。这样的教师阵容在当时的北京应该说是超一流的。同时还请了清华大学老师主讲"数学物理方程"和英语等其他课程。研究班注重体育锻炼,设立了体操、滑冰等体育课程,专门为学员购买了相应的体育器材。

其三,学员的遴选要求比较严格。力学班的培养目标定位于高层次师资和研究人员,虽然当时未明言是否给予学位(当时国内尚未实行学位制度),但事实上是按照当时苏联培养副博士的模式要求的。学员与助教的来源是通过各单位遴选的。学员是选择各重点大学将毕业的工科优秀学生和从事工程基础研究和教学有一定经验的研究人员和优秀的年轻教师,生源来自以下几方面:①高等学校工科四年级的优秀的学生;②工厂与研发部门的优秀在职科技人员;③在职的高等院校有培养前途的年轻教师。毕业后②、③两部分回原单位,①部分的研究生统一分配到高等院校与科研院所。在大班听课,小班讨论课和读书的基础上,分别完成"研究论文"和"专题研究"。许多著名教授和中国科学院学部委员(后称院士)都参加了论文与专题的指导。论文与专题结合当时(1958—1962年)我国航空、土木、水利、机械等重要工程的固体力学与流体力学问题进行,尔后教育部发文正式将这三届培养的力学研究班学员认同为"研究生毕业"。

工程力学研究班三届办学的成绩,也说明了让工程力学系专业的本科生学习一定的工程基础与设计的必要性。说明了吸引优秀的有志于工程力学的工程专业学位生,经过两年左右的学习与研究,能够培养出适应我国需要的从事工程力学教学和研究开发的骨干人才。

(二)工程力学系在八九十年代的几件事

20世纪80年代初,基础课部的材料力学教研组和理论力学教研组(均含实验室)与工程力学系共同组建新的工程力学系。前者有80多位教职工,后者有100多位教职工。人们说两个体量相当的单位要组合,有很大的难度。经历了五六年的磨合期,渐渐地走向比较正常运转的态势。我了解到这期间有一些理念上的进步与人员融合方面的原因。

其一是研究对象和学生分配与就业的渠道发生了重要的变化,办学也要适应这一变化:原工程力学数学系主要面向航空与航天工程等国防工程,1966年前不少毕业生走向相关的专业研究所与设计院。但1970年以后,新组建的国防科工委已将清华大学的工程力学系排除在其培养学生系统之外。至20世纪80年代后期,学校科研体制有了比较重大的改革,不少单位推广课题组责任制。当时工程力学系真正体现了"技术科学"类的特点,1990年,科研协作单位已遍布各个相关部门，从当时的一机部至八机部等共有十三个部、委、局、办与工程力学系有科研协作关系，连公安部的消防局也有防火与阻燃的工程热物理专业协作项目。不久，工程力学系的科研经费总额便进入了全校的除核能院、微电子所、精仪系、计算机系等大系之后的前列位置，用当时的比喻说："吃百家饭"，也迎来了科研项目与毕业生去向多样化的时代。

其二，对教师的要求应具有多样性，对从事专业教学和研究的教师与对从事全校技术基础课教学的教师的要求应该有其共同点：要热爱学生、教书育人，教学上精益求精，科研与教学相结合。但两支队伍要求的具体尺度要有区别，特别是不能用专业教师科研要求的质与量的同一尺度去要求基础课的老师，对两支队伍承担教学任务的要求是有区别的。要掌握这个标准的平衡点不是一件容易的事。好在力学基础课的老师们，在钱伟长、张福范、万嘉镶和钟一锷等老师带领下，有一批中年教师在力学变分原理、计算力学、板壳理论、转子动力学、断裂力学与实验力学等方面的研究，已在国内外有了重要的影响。因此十几年的共事互补，两支队伍的相互融合进入了比较和谐的氛围。

其三，对教授岗位的设置与系级评审过程的变化，相对合理地发扬了学术民主，也提升了教授们治学与办学的责任感。在改革开放的初期，计划管理的影响还相当强。在学术评价上，系行政仍然掌握了相当大的决定权。随着改革的深入，在20世纪80年代末至90年代初，教授与副教授岗位的设置，要求系行政征求教研组意见后，仍由系务会决定；而职称评审委员会，则扩大为所有现职教授参加，每人一票，使科学术评价相对公正与公开。实践后证明，后遗症较少。将工作岗位设置的行政管理与学术评价的教授参与之间，实现了某种平衡，适应了当时教学研究管理的要求。

以上概述了我担任工程力学系系主任(1988.7—1992.2)三件影响较大的认识和工作上的变化，一是提供保存当时进程的一个历史记载，其间的前因后果，或者可以从历史发展的过程为未来的发展给出一些参考。

工程力学研究班与工程力学系经历了50(余)年的进程，作为与这个进程有相平行经历的一位研究班学员和教师，作为一个教学管理工作者，看到50年螺旋性上升的风云变幻，清华大学又在2004年复建了航天航空学院，工程力学系又进入了一个新的阶段。回首往事，或许将对今后工程力学系和航天航空学院的发展有可参考之处：工程力学的技术科学性质、基础研究与应用研究相得益彰的构架和对人才的多样性的要求，是值得思考的历史经验；而办学最重要的是"育才"，"十年树木，百年树人"。祝工程力学系的今后几十年，有更加璀璨的未来，民族的振兴呼唤更多创新骨干人才的成长！

注：本文部分材料引自《钱学森技术科学思想与力学》。庄蓬甘、郑哲敏主编，国防工业出版社，2001年，59～63页。

力学研究班的一些回忆

张涵信

（工程力学研究班第一届学员，中国空气动力学研究中心，中国科学院院士）

在清华大学文、史学科发展历程中，引为自豪和值得称道的是国学研究院。它成立于1925年，有梁启超、王国维、陈寅恪、赵元任、李济五位通晓中西的知名教师，他们具有中西融合的学风，即一方面吸收输入外来的学说；另一方面不忘本民族的地位，带有鲜明的学术特色。虽然只毕业了三届学员，但开阔了新国学之路。与此相似，在清华理工学科发展进程中，我觉得值得称赞和自豪的是工程力学研究班（下面简称力学班），它创办于1957年，有钱学森、钱伟长、郭永怀、张维、杜庆华五位通晓中西力学的知名教授，他们了解，近代力学一方面具有基础研究的特色；另一方面大量存在于工程应用中，从而开创了近代力学办学之路。虽然也只毕业了三届学员，但对以后力学人才的培养和力学事业的发展有重大影响。从1957年到现在，已经50年了，力学班的很多事情已经模糊，但有若干记忆，仍深刻地留在心中。

1. 钱学森先生率领我们走技术科学发展之路

力学班是在力学学科作为自然科学基础学科已经相对成熟，而航空和航天等工程领域又大量出现需要解决的力学问题的背景之下产生的。为了适应这种学科发展的新形势，钱学森提出了技术科学思想。提出要用自然科学的理论和方法，解决工程上存在的力学问题。这一方面可满足工程的需要，形成新的应用学科；另一方面，可以提炼出基础问题，发展基础学科。早在力学班成立前，在清华大学礼堂，我就听过钱学森的技术科学的报告。力学班成立后，在老科学馆又听过钱先生的讲解。力学班就是根据这一思想成立的。力学班从工程学科中已经毕业工作的、刚毕业和尚未毕业的大学生中选拔学员。在教学中强调严格的"通才"的力学训练。不论什么专业的，都要学习固体力学和流体力学两门主课。讲究实际应用，像学习应用数学，学习专业力学。在毕业阶段，强调结合工程问题作毕业论文。我记得有风力发电、火箭钻探等课题。我是从水利系出来的，搞的是大坝上高速水流掺气课题。钱学森先生身体力行，他讲授的水动力学，是如何做技术科学研究的示范。在大学水利系时，我学过水力学和流体力学，当时觉得流体力学太空，没有应用，水力学实用，但经验系数太多。钱老的水动力学，从流体力学的基本理论出发，讲解如何运用到水轮机上，如何应用到泥沙问题、明渠问题、气蚀问题及水文预报问题上。这些内容都是他提出来的新理论和新方法，使我们大开眼界。当时这种力学的办学道路是独创的，国内已有的是苏联"数学力学"模式。从力学班创办后的50年的实践中，证明这种道路是正确的。现在国内各大学的力学，都与工程相结合，走的是技术科学道路。

2. 郭永怀先生教育我们如何搞研究

彬彬有礼的郭永怀先生，对力学工作十分严肃认真。他甚至连 Supersonic 是翻译成超声速还是超音速，Euler 的名字为什么翻译成欧拉等都讲究。他主张读经典著作，他说这 Prandtl 的时代是流体力学的丰收期。Prandtl 本人是个大权威，有学识有经验，书写得全面深刻，因此应该学习他的"流体力学概论"。后来我跟他做研究生，他告诉我，气体力学应该学 Oswatisch 的，理论物理应该学习 Landau 的，这些都有经典的味道。最使我难忘的是他一次又生气、又宽容和动情的谈话。情况是这样的：力学班三届，正值清华搞教育革命，有些同志通过向空中扔十字架用库达—儒可夫斯基定理不好解释，就认为这个定理不对了；通过观察荷叶上的水滴可自由运动，就说 NS 方程的边界条件是不对的；通过当时设计部门说，飞机的阻力现在还不能用边界层理论算，就认为边界层理论没用。他们请郭先生来，本想请郭先生同意他们的观点，和他们一起搞教育革命。我当时已经留校工作，作为旁听参加这次见面会。不料郭先生又生气又宽容地说：我常想，一个新发现，要推翻什么东西，应该有以下工作。第一，要经过慎重的思考，你们说的问题，没有经过慎重的思考，只看到了表皮现象，就做结论。第二，要有真正的胆识，敢于做研究。你们对荷叶上的水滴运动，敢于做深入的研究吗？边界层理论是一个伟大的发现，你们说没有用，像是很有胆量，但不是科学的胆识。第三，要有毅力，可以提出问题，研究问题，要有非搞清楚不算完的毅力，你们不是这样，是凭一时的热情冲动。会后我们私下议论，郭先生讲如何做研究，讲得真好。这也是促使我跟他做研究生的一个原因。

3. 钱伟长先生教导我们应该具备怎样的研究精神

我在上高中时，就开始崇拜钱先生。当时报纸上发表的"迷人的师生关系"，使我对钱先生充满了敬仰。到清华后，他给北京高校的教师讲"应用数学"，在第二教室楼，我作为旁听生也去了，先在后边听，近视眼看不清，逐渐向前移几排，后来干脆就坐在第一排。我是清华的，占位子方便，这样钱先生就看到了我。后来到力学班，他讲应用数学，我又坐在第一排。钱先生说，现在你成了正式生了，就做我的课代表吧！就这样，在钱先生的心目中，他的应用数学的课代表就是我。我对钱先生讲的话，也格外的牢记。在钱先生正式出版的《应用数学》引言里，他讲了这个事实。钱先生讲课时常说，搞力学研究，一定要独立思考，自由思索。别人做过的研究，经过了别人的独立思考，你再重复没有意义，这要成为一个科学工作者的习惯。他又讲，要多看国内外发表的文献，因为从文献中可以看出世界研究的潮流，例如 40 年代，人们关心超声速飞行，如何跨过声速就是潮流。郭永怀搞跨声速研究，我搞薄壁结构就是适应这个潮流。但不幸的是，钱先生倡导的这些精神，被说成是反党言论，是从文献缝里找研究题目。1984 年，钱伟长先生应钱学森之邀，到我工作的基地指导工作和讲学，在基地住了十多天，每天我都陪着他。我们谈到上述他倡导的精神，他问我，你知道陈寅恪吗（当时我确实不知道），这种精神是他提出的，适用于文史研究，也适用于自然科学研究，我不过发挥了一下。不读文献能搞研究吗？这些都被扭曲了。他又说，不管这些吧，你就按这种精神干吧！

以上是我的一些回忆。几位先生的一些话可能不是原话，但大意是准确的。

67

从阳光和风雨中走过来的工程热物理专业

过增元

（工程热物理研究所教授，中国科学院院士）

我于 1953 年进入清华大学动力机械系热力发电专业学习。在 1958 年一个周末的早晨，410 专业筹备组成员金德年找我和吕江清谈话，征求我们的意见，愿不愿意提前毕业并调入新成立的 410 专业工作。蒋南翔校长 1955 年去苏联考察后，决定在清华大学建立若干个与军工有关的新专业，热物理专业是吴仲华先生和王补宣先生 1957 年考察苏联列宁格勒工学院和莫斯科动力学院等校回国后创建的，代号为 410，研究方向为原子能反应堆和火箭发动机燃烧。这在当时称为尖端技术（现在称高技术）。在 20 世纪 50 年代，从事涉及军工的保密专业，是大多数学子梦寐以求的事情，而对于 1953 年因肺上有钙化点未能进入留苏预备班，1955 年调入工程物理专业后三个月又因要进行腰椎手术，仍调回原专业（从热八三班降为热九三班）的我，能有机会进入保密专业，更是求之不得的事情。因此，我和吕江清随即放下课程学习和课程设计，投入到建设新专业的科研工作。第一个任务是在朱文浩领导下建造和试验电磁泵，那时年轻气盛，什么事情都是自己动手做，包括电磁泵变压器芯的不锈钢片都是用手剪而成。

热物理专业创建之初，在时任党支部书记陈兆玲的带领下，经历了一段阳光璀璨的时期。①1958 年 7 月，作为新专业的建设，学校拨给了 100 万元专款（相当于今天的 5000 万—8000 万元）。当时，我们很多青年教师，由于没有经验，不知道如何花这一笔极为可观的经费，只会买一些图书，又不宜浪费，致使绝大部分经费，在并入工程力学数学系后，交给系里使用了；②生物馆的二至四层全部为 410 专业使用，可是除了作为专用教室、办公室、苏联专家办公和会议室，以及少量的实验室用房，我们这些由热五、热七、热八、热九各级抽调出来的年轻教师，真不知如何利用这么多的实验室面积，后来因为长期未充分利用而逐步被学校收回，实在可惜！③之所以说这是阳光时期，还因为我们这些年轻教师和高年级学生在从事科研工作时具有高昂的激情和勇气。例如，在清河后八家进行液氧-煤油火箭发动机试验台的安装和运行，这时正值国家三年困难时期，大学生粮食定量减少，伙食荤腥油水很少，可是同学们在与帐篷为伍的野外日以继夜地攻关，由于是"土法"上马，液氧徒手灌注时有很大危险，然而在老师和同学共同努力下，克服了一个又一个的困难，终于成功地实现了液氧-煤油发动机的点火。又如，我还跟朱文浩、林文贵带领几名学生去南口参加了当年学校的重点项目——实验反应堆（806 项目）的热工设计，虽然以前没有这方面的经历，但在吕应中等人的指导下，加上我们自己的努力，完成了有关任务。在 1960 年，学校希望工程力学数学系从事两弹一星方面的工作，决定把热物理专业并入工程力学数学系，代码由 410 改为 640。

在这个充满阳光的时期,大家意气风发,干劲十足,但由于缺乏学术带领人,科研和教学工作没有总体规划,在前进的路上深感迷茫,因此系领导和专业的老师们都盼望着 1957 年派往苏联进修的周力行早日归来。

1961 年年底,周力行在苏联列宁格勒工学院热物理专业获得了副博士学位,由于热物理专业比较重视基础研究并具有技术科学的特点,他回国后担任了热物理教研室主任,让大家感觉到有主心骨了。与此同时,由于体制方面的原因,国家不让高校从事涉及军工的科研项目,因此系主任张维和其他领导决定工程力学数学系今后的定位是以军事工业或尖端技术为背景,加强力学与热物理的基础研究,这就是钱学森提出的技术科学的特点。因此,周力行和教研组领导采取了三方面措施,他为年轻教师补基础,讲授流体力学和燃烧学;选择年轻教师按研究生培养,自己也培养研究生;他在钱学森的启发下,还提出了两相燃烧和两相传热的重点研究方向,从此,专业走上了有明确目标的教学与科研稳定发展的道路。这为"文革"后的快速发展奠定了基础。

但是,好景不长,自 1965 年起进入了社会主义教育时期,学校派工作组到工程力学数学系进行整风,把教师们理论联系实际不够等缺点提高到所谓"三脱离",即脱离政治、脱离群众、脱离实践,进行批判。而到了"文化大革命"时,更是上纲到"教师多数是资产阶级知识分子"。工宣队还提出要解散工程力学数学系。所有这些,实际上是对技术科学性质的专业的全面否定。

"文化大革命"结束后,特别是十一届三中全会以后,迎来了全国的科技事业的春天,力学系各专业都面临着重新确定科研方向的问题。时任工程热物理教研室主任的我和大家一起在多方面调查研究的基础上,确定了三个方向可供选择,一是振动燃烧,二是热管,三是热等离子体,它们都具有广泛的工程背景,同时也有很多基础问题需要研究。后来因为前两个方向条件不成熟,从而主要从事热等离子体技术及其应用的研究。当时曾有几年的时间全教研组有 80% 人员都从事这个方向,并取得了不少成果。

20 世纪 80 年代,傅维镳任教研室主任以后,工程热物理专业从此走上了兴旺发展的快车道。在科研方面,除了继续发展热等离子研究外,他还组织队伍重新回归工程热物理的主流研究方向,即燃烧(如煤粉燃烧、湍流燃烧、大速差燃烧室等)和传热(电子器件冷却、热交换器、热流体等)。在教学方面,按技术科学的特点重新修订了教学计划,开设了不少新课。那个时期,自 1979 年吴仲华、史绍熙、王补宣、陈学俊等前辈创建中国工程热物理学会以来,工程热物理学科变成了热门,50 年代全国只有清华和中国科技大学两个学校有工程热物理专业,到了 80 年代初一下增加到 8 个学校都设置热物理专业。在国内、系内、专业内大好形势的推动下,我系工程热物理专业自 20 世纪 90 年代以来取得了丰硕的成果,单就获得的国家三大奖而言,有:①傅维镳等人获国家技术发明二等奖(1990)(大速差射流火焰稳定煤粉燃烧器);②陈熙等人获国家自然科学三等奖(1991)(热等离子体条件下颗粒传热与阻力);③张冠忠等人获国家技术发明三等奖(1992)(高能等离子陶瓷涂层喷涂技术);④过增元等人获国家自然科学三等奖(1995)(热流体工程中的热阻力和热绕流);⑤赵文华等人获国家科技进步三等奖(1995)(光谱法连续测量瞬态温度装置);⑥傅维镳等人获国家技术发明四等奖(1995)(通用煤粉主燃烧器);⑦傅维镳等人获国家自然科学四等奖(1999)(煤粉燃烧的宏观通用规律);⑧过增元等人获国家科技进步二等奖(2004)(基于场协同理论的传热强化技术)；⑨周力行等人获国家自然科学二等奖(2007)(多相湍流燃烧的基础研究和数值模拟)。共获得国家三大奖项共九项。

对于24人的专业教研室(现改为研究所)，能获得九项国家三大奖是很不容易的，从以下数据可以说明这一点。从1983年到2007年年底，清华作为第一完成单位(完成人)全校获国家科技三大奖共243项，其中国家自然科学奖30项，国家技术发明奖94项，国家科学技术进步奖119项，我校理工科教师人数约为2400。这样，全校理工科教师人均获国家科技三大奖的项数为0.101，而工程热物理专业人均获国家科技三大奖的项数为0.375，也就是说，工程热物理专业人均获奖项数为全校平均值的3.7倍。还有，全校理工科教师人均获国家自然科学奖0.0125，工程热物理专业教师人均获国家自然科学奖0.167，即工程热物理专业人均获奖数为全校平均值的13.36倍。也就是说，热物理专业教师人数为1%，而获奖总数占3.7%，获自然科学奖占全校的13.36%，这样高的人均获奖数，从全校来看至少是不多见的吧，我想，这种现象不是偶然的，其原因是：

(1) 工程热物理专业属于钱学森先生提出的技术科学性质的专业，即既要能够从工程实践中凝练出科学问题，并加以研究解决，从而发展原创性技术和在工程中的广泛应用，因此能取得国家科技进步奖和国家技术发明奖；又要能从事以多个工程为背景的基本规律研究，以推动学科本身的发展，因此能获得国家自然科学奖。正是因为技术科学性质的专业的研究对象涉及工程、技术与基础研究三个领域，且重视它们之间的联系，才能导致获奖总数较多。

(2) 与其他的专业相比，工程热物理专业的成长发展过程中不仅有阳光，还经历了更多的风雨。由于工程热物理专业与热能系的各专业属同一个一级学科，学校领导理所当然地总是认为把它并入热能工程系为好。第一次是在"文革"刚刚结束时，当时是由朱文浩代表我们专业与热能系领导协商合并事宜，后因工程热物理专业并入热能系后的独立性得不到保证而作罢，学校也未坚持——这次算是和风细雨吧。

1996年，全国本科专业目录调整，80年代由热能工程转为工程热物理专业的某些高校纷纷倒戈，认为设立热物理专业没有必要，从而导致它在本科专业目录中被取消。这样的形势又催化了学校领导把我们并入热能系的想法。时值全校用房调整，力学系要从旧电机馆搬出，迁入逸夫技术科学楼，而在用房设计中学校有关部门不让我们专业进入逸夫技术科学楼，而要让我们搬入与热能系共用的土木馆，一年多的反映都无结果，这意味着并入热能系的前兆，而且不可逆转。对我们工程热物理专业来说，这无疑是一场新的风雨的来临。在搬迁的前夕，不得已我们只能直接向学校最高领导反映，详细阐述了热物理专业发展的历程、工程热物理专业的特点和已取得的成果，终于获得了学校领导的认同，让工程热物理专业保留其技术科学特点而仍留在工程力学系。更应感谢的是学校还亲自出面以强有力的措施，把已分给材料系的面积，要回来给我们。工程热物理专业在逸夫技术科学楼中的实验室如此分散和凌乱的现实，就是这一历史事件的见证。

"风雨"的另一种形式，那就是每当学校有经费(世界银行贷款、211项目、985项目等)支持各专业的学科建设时，基本上没有我们专业的份，这是因为，支持热能领域的经费都到热能系去了，支持力学领域或力学系的经费，我们则不是正统。因此，我们的科研经费只能靠竞争从外部获取(自然科学基金、863项目、973项目等)。然而，正是这些"风雨"，使我们经常有危机感从而导致具有不断奋斗的精神；正是这些"风雨"，使我们这个弱势群体知道内部团结的重要性,从而有较强的内聚力。因此要感谢这些"风雨",没有它们,就没有生命力旺盛的工程热物理专业。

2004 年学校根据国家和学校布局的需要,成立了航天航空学院,给力学系也给工程热物理专业带来了为国防工业服务和推动学科发展的新的机遇。与此同时,由于各方面资源的分散和不足,对我们也形成了新的挑战。

今天,工程热物理学科正面临着新的考验!

坚持科学发展，谱写力学辉煌

庄 茁

（航天航空学院教授，党委书记）

清华大学工程力学系和工程力学研究班诞生至今已经走过了半个多世纪的历程，为我国高等教育、科学研究和国家重要行业与领域培养了大批骨干人才。工程力学系的前身为工程力学数学系，于 1958 年在钱学森、郭永怀、钱伟长、张维等前辈的关怀、支持和亲身参与下建立。在大师们奠定的基础上，历经几代清华人的辛勤耕耘，裨益于杜庆华、黄克智、过增元、杨卫等著名学者半个世纪的精心创建，工程力学系在知天命之年已成为中国力学界、工程热物理界的栋梁，在国际上颇具影响。在 50 多年后，评估创办工程力学系和工程力学研究班的作用及其对国内外力学学科发展的影响，可以概括为三点：凝练力学学科的平台，创新力学科研的基地，培养力学人才的摇篮。同时，我们思考这样一个主题：工程力学系的发展必然存在着立系之本，她的辉煌必然遵循着科学发展观。

1. 教授治学，建设学术团队

在解放前，我国的高等院校没有力学专业。解放后，面临力学人才短缺的困境，以钱学森院士为首的力学发展领导小组提出建议并得到国务院的批准，由高教部与中科院在清华大学建立工程力学研究班，从 1957 年起前后办了三届，共培养了 324 名具有研究生水平的力学人才。1958 年，工程力学数学系成立，后更名为工程力学系，建系初衷是为了两弹一星工程培养人才。1982 年基础课力学教研组并入工程力学系，成为力学学科的又一支重要力量。工程力学研究班和工程力学系自诞生之日起就注重教授治学、培养力学人才和建设学术团队。

大学是知识的殿堂，是大师治学的地方。梅贻琦校长在 1931 年曾感言道："所谓大学者，非谓有大楼之谓也，有大师之谓也"。今天有了大楼，如何培养站在学科前沿，具有创新精神的大师，关键在于建设一流的教授和博士生导师队伍。我们注意到大力培养、引进有发展潜力的优秀青年教师，为他们创造必要的学习和工作条件，把他们培养成才。当他们在学术上具备一定实力时，为他们创造在学术上一展所长的机会。从学科创始人张维院士到黄克智院士，都坚信"青出于蓝而胜于蓝"的亘古不变的真理，他们把自己的国内外学术职务尽量推荐给年轻人去担任，让年轻教师引领新学科的潮头。同时，也注意对骨干教师的鼓励和引导，强调立德树人的学术责任和示范作用，抓好创新团队建设。一个学术团队总是面临和谐与发展的两个主题：和谐是发展的基础，发展能够促进和谐。从固体力学创新团队的发展中，总结其成功的经验有：①学术带头人的榜样作用，如黄克智院士敬业如山，胸襟似海，学为人师,行为示范;②奋发向上的团队,该学科培养了余寿文教授、杨卫院士和郑泉水教授等一批学术带头人;③行之有效的利益协调机制,在国内外学术组织中分工合作,形成团结稳定的人际关系氛围。

经过半个世纪的耕耘,工程力学系已经构建了固体力学、流体力学、动力学与一般力学和工程热物理,以及生物力学等主要学科方向,形成老中青年龄结构合理,职称比例适当的学术团队,在 30 多位教授和 30 多位副教授中,有 3 位院士,9 位长江特聘教授(含海外两名),3 位中国青年科学家奖获得者(含提名奖 1 名),5 位中国青年科技奖获得者,一批杰出青年基金获得者。这支团队已经形成团结合作、竞争向上、在国际上有重要影响的学术群体,2002 年和 2005 年两次获得国家自然科学基金委员会的优秀创新群体资助。

2. 因材施教,培养创新人才

人才培养是学校一切工作的出发点和落脚点。我们以培养学生基础实、动手强、为人正为根本目的。院士、教学名师和教授都要给本科生上课,将高水平的研究成果与教学内容相结合,形成对课堂教学的有力支撑和创新源泉。在本科生的课程建设中,理论力学、材料力学、弹性力学和流体力学 4 门课程为国家级和北京市级精品课程;计算力学为北京市级精品课程。至 2010 年 1 月,工程力学系(2004 年以后包括航院)共培养了 4195 名本科生,1427 名硕士研究生和 553 名博士研究生,他们在国家的重要行业和领域施展才华。在他们中产生了张涵信、吴有生、何友声、过增元、冯士筰、高金吉、高玉臣、杨卫、李天、范本尧和戴浩共 11 位中国科学院和中国工程院院士;加拿大多伦多大学机械系主任,加拿大工程院院士祖武争;还有原中国一航总经理、党组书记刘高倬,中国人民解放军 63820 部队副司令员桂业伟少将,我国整星出口尼日利亚和委内瑞拉的卫星总设计师周志成和民营企业家夏靖友等一大批杰出系友。

2009 年,以著名科学家钱学森先生命名的力学班招收了首批 29 名本科生,他们多为高考状元和各省市理科前 10 名。钱学森力学班被列入清华学堂人才培养计划,其目标是以提高人才培养质量为核心,建立高质量、高水平的国际化创新培养模式,培养具有扎实力学数学基础、全面综合素质和突出创新能力的力学潜在顶尖人才。2009 年,进入航院本科生的平均高考分数位列清华各院系前五名(实考分为第一名)。在 2009 年全国大学生周培源力学竞赛中,清华大学代表队获得团体赛唯一特等奖。

我们坚持创新性人才的培养,不仅广其基,而且增其厚,提高拔尖人才的创新能力,不断探索提高博士生培养水平的途径。2003 年,参照国际一流大学的模式,完成了博士生培养体系的全面革新,提出了博士生专业课程的学分要求。新课程体系在深度、广度和与本科教学衔接方面做了大幅度调整和全面规划,在深化专业课程的同时,还增列了辅修课程。对博士生的资格考试、开题、预答辩和答辩等关键培养环节提出了高标准的要求;对于论文选题要求"顶天立地":"顶天"是指要求研究学科前沿、热点和重要理论的课题,"立地"是指研究事关国防和民生的重要工程课题。培养高水平、具有创造性的博士生,还需要形成优良的学术氛围,如创办于 1978 年的固体力学讨论班,30 多年来每周一次从未间断。参加这些讨论班,博士生可以聆听国内外著名学者的报告,对论文选题和科学研究、乃至学术生涯产生了重要影响。作为讨论班的延拓和深化,开展国际间的实质性交流和博士生导师之间的密切合作,力争在国际力学最具影响力的杂志上发表文章。在 1999 年开始评选全国百篇优秀博士论文以来,清华大学的固体力学和热物理 11 篇论文获得优秀博士论文。同时加强学术道德规范建设,要求研究生诚信为人、严谨为学,注重立德树人。

在毕业生工作中,如何做好国防生和定向生的就业引导,完成党和国家赋予我们的国防生培养任务,履行对航天、航空和航海单位的定向生培养承诺,对思想政治工作队伍和研究生导师提出了挑战,有目标的定向引导远比多目标的随机指导难度大得多。近几年,我们从学生入学教育、过程培养和就业引导三个关键环节着手,提出了入学教育的事业引导、培养过程的滴灌指导和就业环节的精确制导的"三导"模式。并举办了各种爱国奉献的教育活动。2009 年有 95.7% 的毕业生选择到国家重要行业和领域就业,其中 60% 以上的毕业生去了三航和国防单位。在毕业生中形成人人立志上大舞台,成大事业,有大作为的可喜局面,涌现了参加北京国庆 60 周年阅兵荣立二等功的乐焰辉同学,在酒泉航天城荣立三等功的王新峰硕士,携北京籍夫人赴酒泉航天城光荣参军的薛辉博士等。2008 年在神七发射现场和北京指挥控制中心,都有我院近几年的毕业生受到党和国家领导人的接见。另外,我院还承办了航天员工程硕士班,在役 13 名航天员,包含费俊龙、聂海胜、翟志刚、刘伯明和景海鹏等,于 2010 年 1 月全部获得清华大学工程硕士学位,为培养我国高层次的研究型和复合式航天员做出了贡献。

3. 拼搏进取,跻身世界一流

在力学一级和工程热物理二级学科中,有固体力学、流体力学、一般力学和工程热物理 4 个博士点,以及力学和工程热物理 2 个博士后流动站。力学是 1980 年建立的全国第一批博士点之一,1993 年获全国高校优秀教学成果特等奖,1994 年获准成立了教育部破坏力学重点实验室。2001 年和 2006 年,获得全国力学一级学科评估第一名。2007 年获准为国家级力学实验教学示范中心。在 2009 年,SCI 论文 204 篇,位列全校第三;自然科学基金项目数 23 项,获准项目数位居全校各院系前茅,科研经费达到 7060 万元。截至 2010 年年底,工程力学系已获国家级奖励 40 项,其中国家自然科学奖 9 项,国家科技进步奖 13 项,国家发明奖 13 项,国家星火奖 2 项,国家教学成果奖 3 项。

这些成绩的取得凝聚了几代清华人 50 多年来在力学学科建设和力学教学领域的心血,不仅奠定了极其坚实的学术基础,而且铺垫了厚重而又独特的精神和文化底蕴;不仅对力学系,乃至对航院而言,都是永恒的财富。今天,我们传承这笔财富,并将其融入世界一流学科的建设之中,使学科建设生机勃勃,充满活力。

4. 传承发展,谱写力学辉煌

在 20 世纪 50 年代,力学是研发两弹一星的技术基础,是吸引优秀学生的热门学科,大师荟萃,众生向往。建立工程力学系的初衷,主要考虑为航天工业服务。然而,力学、热物理的学科定位属于技术科学的范畴,她既不等同于以产品为对象的工科,也不完全是纯粹的理论研究,而是面向工程的技术学科。2004 年,工程力学系并入航天航空学院,在从事力学研究的同时,更紧密地与航天航空工程结合,为力学学科的发展开辟了更广阔的时空舞台。在国家的航天航空工程中,提出了许多新的重大力学问题,机遇与挑战同在,航天航空与力学并存。

如果将力学系的发展划分为 3 个阶段,在 1958—1978 年,她经历了初期的创建和"文革"的劫难；而当 1978—2004 年，她经历了拨乱反正，迎来了快速发展、成果丰硕的时期；从 2004 年至今，位于航天航空学院中的力学和热物理学科，其技术科学的使命更加明确，发展空间更为广阔。从工业中提出力学问题，诞生了力学学科；为国家亟须发展的工业部门做出贡献，又回到了力学系诞生的初衷。

在科技史上，力学曾经辉煌过，引领科学技术的进步。力学发展到今天，面临一个巨大的转型和发展机遇。创新是大学的灵魂，基础研究是创新的动力。在今后的 10 年乃至更长时间，引导力学理论、计算和实验的创新方向是什么？基础与应用基础研究的重点在哪里？在发展中寻求发展，这都是我们需要不断探索的问题。

总结工程力学系的发展经验，坚持科学发展观，发展力学、热物理学科的优势，创建航空宇航科学与技术学科，只有实现双赢，才能引领航院的未来。这是清华大学跻身世界一流大学的重要组成部分，在这个目标中凝聚着几代清华人的夙愿，寄托着清华师生使祖国富强、民族振兴的梦想。昨天的奋斗迎来了今天的辉煌，今天的奋斗奠定了明天的发展。在全校人才培养体系中不断创新和发展，在国内高校中发挥更大的示范作用，在国际学术界产生更大的影响，我们深感任重而道远。

发挥学科优势助推航空航天学科发展

梁新刚

（航天航空学院常务副院长）

工程力学系的诞生源于"两弹一星"的发展。"两弹一星"既代表了我国自主建设国防的决心和意志,也是高技术的代表。清华大学蒋南翔校长高瞻远瞩,在钱学森、钱伟长、郭永怀、张维、杜庆华和黄克智先生等前辈的关怀支持与亲身参与下,在清华大学创办了工程力学研究班,继而成立了工程力学数学系。当时的科研教学主要是面向航空航天,在课程设置上当时强调力学与航空航天相结合。科研队伍的主力是刚留校不久的青年教师和学生,凭着满腔的爱国奉献热情,力学系的前辈们开始了艰苦的创业。他们完成了小型超音速风洞建设、实现了液氧煤油火箭发动机点火成功,建设了振动实验室、高温蠕变实验室、低速风洞及一个小型超音速设备、发动机实验基地等。张维先生亲自带领各个教研组的骨干力量前往各地,签订了一批飞机、潜艇及鱼雷方面的科研任务。

在改革开放之后,由于受到行业分工的限制,教师们迅速地确定了新的学科发展方向并努力赶超先进水平,以行业和领域中共性的力学与热物理基础问题为研究对象,并与相关领域的应用紧密地结合,逐步地形成了既重视基础理论、又密切与工程技术科学相结合研究的特色。在基础理论研究方面始终瞄准国际前沿,勇于面对挑战,不断创新,努力攀登世界前沿高峰;与此同时,又将理论与工程相结合,解决了一批工程上的难题。并取得了一大批科研成果,人均获奖数为全校第一。

学科优势源于人才,在力学系的发展过程中,始终注重师资队伍的建设。从力学系的创始人张维院士到黄克智院士、过增元院士等学长,都非常关注教师队伍的建设。他们非常关注物色优秀人才,积极地做引进工作,并且引进之后在业务上给予指点、在生活上给予关心,为他们创造必要的工作条件。他们为年轻教师创造机会,使年轻教师在国内外崭露头角。当年轻教师在学术上具备一定实力时,他们又把自己在国内外学术机构的任职推荐给年轻人去担任,为他们搭建舞台。特别重要的是,他们以身作则,为立德树人做出了表率。在学长们的引导下和关怀下,力学系的师资队伍得以不断壮大。工程力学系的师资队伍是一支在国内外有着重要影响力的学术群体。在历次重点学科评比当中,力学学科始终在全国重点学科排名第一,固体力学、流体力学、工程热物理在二级重点学科评比中名列前茅。

2004 年,航天航空学院成立,学院主要是以力学的师资队伍为班底,仅从其他院系引进了少数的几个人才。没有航空航天方面的领军人物,缺少航空航天方面的师资,借助力学与热物理的学科优势发展航空航天学科成为必然的选择。学院提出了"发展力学和热物理学科的优势,创建航空宇航科学与技术学科"的发展理念。为了实现航空航大学科的快速发展,学院将工程动力学研究所划入航空宇航工程系,从工程热物理研究所当中动员了一批老师进入了推进与动力技术研究所。因为没有航空宇航科学与技术博士点,为了培养高水平的博士研究生,在工程力学以及学科方向中设立了飞行器力学与工程二级学科方向,推进与动力技术则借助了工程热物理学科方向。与此同时,还有一大批力学与工程热物理学科的教师参与到了航空宇航学科的学科建设和人才培养,并积极参与航空航天的课题申请和项目研究。在力学与热物理学科的支持下,航空宇航学科科学与技术学科实现了快速发展,并将在 2011 年年初获得一级学科的博士学位授予权。

力学系的成立源于国家航空航天的发展,如今再次与航空航天携手更是顺应了国家航空航天快速发展的大好时机。力学与热物理学科为了支持航空航天学科发展做出了巨大的贡献和付出,但是与此同时,也迎来了发展的大好时机。航天航空学院成立以后,力学与热物理的技术科学的特色也保持了良好的发展势头。从 2004 年至今,共获得了国家自然科学二等奖 3 项、国家科技进步二等奖 2 项,以及一批省部委奖励。每年新增国家自然科学基金项目数名列全校前茅,并且获得全国首个力学学科国家自然科学基金的优秀创新群体资助。在 2006 年的教育部一级重点学科评估中,力学学科再次名列全国第一;固体力学、工程热物理、流体力学在二级重点学科中名列前茅。特别是在人才培养方面取得了非常显著的成绩,在全校 91 篇全国百篇优秀博士论文当中,力学系占了 13 篇。

特别值得欣喜的是,航天航空学科的发展也极大地推进了力学与热物理专业的毕业生在重点单位的就业,面向航空、航天、航海的就业突飞猛进。如今在航空、航天、航海的主要研究单位、设计院所都有了我们自己的毕业生,并且参与和承担了重大、关键科技项目的研究,我们还为空军、海军、二炮、航天发射基地等部队单位输送了一批人才。相信在不久的将来,他们将成为我国在航空、航天、航海领域的创新骨干,为清华大学争光。

希望力学系与热物理学科继续保持和发扬基础理论研究与人才培养的雄厚优势,更进一步地与航空航天等高新技术领域方向相结合,在推动航空航天学科建设的同时,不断提升自身的水平,向着世界一流前进。

清华力学的机遇和挑战

郑泉水

（航天航空学院工程力学系系主任）

力学的核心内涵是物体的运动和变形。如果要把力学在人类文明史上承担过的大使命作区划，我认为有两个：①科学的根基（Foundation of Science，如牛顿力学、量子力学、相对论等）；②工程科学（Engineering Science，连接科学与工程技术学科的桥梁，帮助工科实现定量化和可设计等）。第一个使命已经基本上完成了；第二个使命兴起于20世纪初，至今方兴未艾，而工程科学在21世纪，将具有强烈的多学科交叉特征。

我于今年8月首次斗胆公开阐述了上述观点，第一个场合是"第四届全国固体力学青年学者研讨会"，我面对几十位力学界的后起之秀，做了名为"力学使命的变迁"的40分钟会议首场报告（8月14日）；第二个场合是在作为清华大学探索多学科交叉试点的"微纳米力学中心"的成立大会上（8月26日），面对包括诺贝尔奖获得者、近十名院士和学校主要领导在内的资深人士。

之所于思考和谈论如此宏大的问题，是因为感到必须面对，并渴望听取纯学术的争辩和忠告。首要的起因是清华学堂人才培养计划钱学森力学班的创立。钱老生前最忧虑的是"中国还没有一所大学能够按照培养科学技术发明创造人才的模式去办学"。2009年年初清华大学决定设立"清华学堂创新性人才培养计划"，为解答这个问题做出了新的努力。首届（2009）学堂班学生近百名，分数学班、物理班、钱班和计算机科学实验班四个班，各班首席科学家作为负责人，被学校赋予了充分的自主办学责权。我资历尚浅却担任钱班首席，备感巨大挑战和责任。

钱班的学科定位是工科基础。使命是营造一个平台和氛围，教育和帮助有很大抱负和天分的学生，成长为有巨大创新能力和优秀人文素质的杰出人才。钱班的办学模式结合清华实际情况，并主要借鉴了加州理工、巴黎高工、麻省理工、哈佛大学工学院和剑桥大学工程系等世界一流大学。钱班工作组致力于：引导学生深耕基础，鼓励学生自主学习、个性化发展，注重学生的全面素质培养（批评精神、沟通能力），搭建更高的今后发展平台。2009年和2010年高考进入钱班的学生成绩，名列全校"三甲"，心态和学习均佳。这仅仅是一个良好的开始。我认为办好钱班，微观上的关键因素是激发学生们浓厚的兴趣，并给予和鼓励自主学习和个性化发展的空间。常言道："时势造英雄"，把握好力学今后几十年的核心使命，进而选择相符的教学内容和模式，则是宏观的关键因素。

在历次全国力学学科评估中，清华工程力学系的力学一级学科一直名列全国第一，工程热物理二级学科也长居榜首。力学一级学科于2010年10月完成了首次国际评估，评估委员会以力学大师 J. W. Hutchinson 教授为首，由来自哈佛大学、剑桥大学、加州理工、麻省理工等的 7 位国际著名学者组成。他们写道："这是委员会每位成员熟悉且高度赞赏的中国的一所工科系"。"清华大学固体力学研究的范围和质量可与世界最好水准相媲美"。"该系毕业生是顶尖的西方研究型大学炙手可热的研究生和博士后人选"。此外需要一提的是，力学系的毕业生进入国家重点单位的比率也列全校前茅。

参考评估委员会的意见，我认为今后的 10 年，工程力学系应最优先关注如下几个方面的建设：①顶尖甚至是世界级的学术带头人；②聘请最好的年轻教师并提供有助于他们茁壮成长的环境；③办好钱学森力学班；④大力加强与航天航空和清华其他优势学科的交叉合作，鼓励教师们将研究做开（避免扎堆）、做深（深入、系统、十年磨一剑）。

真正做好上述工作，对于清华大学工程力学系，既是机遇，更是挑战。

基础课理力、材力教研组与力学系成功合并

邵 敏

（曾任力学系党委副书记）

  1982 年基础课的理论力学教研组、材料力学教研组与工程力学系合并。材料力学教研组不变，力学系的一般力学教研组与理力合并为理论力学教研组。理力、材力此前属学校基础课部。基础课部下属还有数学、物理、化学、外语、体育等教研组。基础课负责全校的基础课教学工作，不接触专业课程。科学研究工作也在本学科的教学与理论范围内。教研组的教师对本学科的合并有顾虑，担心基础课教学得不到重视，削弱学生工作，基础课教师的权益被忽视等。系里也有教师对合并有不同看法。合并后力学系的领导集体充分重视这些情况，工作中尽量做到兼顾系与基础课不同的特点，创造条件使两支队伍在工作中得到交流，工作中照顾基础课教师的意见和要求。事实上，合并后系的工作运转很有成效，完成了校党委为合并决策下达的任务。

  作为理力与材力教研组党支部的负责人，我和钱雪英参加了系的党政领导班子。系里成立了领导核心小组。我和钱雪英参加系的工作，也是为系里充实了干部。党委书记李德鲁对搞好合并后的团结工作，指导思想十分明确。我"文革"后恢复工作时间不长，对力学系的工作不熟悉。李德鲁对我很照顾，系的一些情况随时给我通报。系领导核心经常一起研究重要工作，有不同意见时也进行讨论，但都能以诚相待，没有门户之见，集体工作的气氛是和谐的。系里曾安排我和李德鲁一起去上海交大力学系访问，了解教研组的设置情况。又曾安排我和余寿文、解沛基一起应邀到绵阳中国空气动力研究所参观。我过去长期囿于基础课的教学工作，参观访问使我增加了对力学系各专业的了解。

  系的工作中，最难做的是评审职称工作。学校考虑到过去长期形成的历史情况，基础课与力学系在教学与科研方向条件不同，决定两支队伍给名额分别进行评审。职称提升工作在"文革"开始之前两年就已停止，十多年没有进行职称评审，工作积压下来。分配名额评审，粥少僧多，形成职称提升的瓶颈。有些教师多年来工作勤勤恳恳，教学工作有水平有成绩，却因科研成果方面的条件不够而不能提升，这种情况于基础课教师尤甚。我负责职称评审工作，为此非常焦虑。系主任王和祥认为我工做出于公心，是"无懈可击"，对我大力支持。我除向人事处多争取名额外，只能多做有关教师的劝慰工作。无论是系里的或是基础课教师，对不能提职称虽然感到委屈甚至不满，对我都表示理解，这对我实际是极大的鼓励。

  对搞好两支队伍合并工作的指导思想，在系的职能机构中也得到了很好的贯彻。基础课教师有事请系机工车间或有关科室帮助，总能得到热情的接待和服务。我有事向系党委办公室和系人事科科长纪全英请教，她常主动向我介绍情况。我办离休时，她还告诉我应申

请什么级别,应如何办相应的医疗证等。

力学系与力学教研组合并,实现融为一体,还体现在大家热热闹闹地参加全校的系级歌咏比赛上。材料力学的孙汝劼是文娱骨干,她发动组织了系的合唱队。材力的周春田是原校军乐队指挥,担任合唱的指挥。系里部分资助合唱队在全校首创制作了演出服装。热心的积极分子为服装选择,精心设计,督促加工。演出服装还要台上、台下两用。演出的当场,整齐漂亮的阵容,一曲"在希望的田野上"赢得满堂掌声。演出活动带动了系文娱活动的开展,也培养了全系的整体观念。后来合唱队还代表学校参加过北京市的演出。

力学系于1958年建立。此前,学校从理力、材力抽调教师留苏或参加工程力学研究班的教学工作。回来后有几位参加了力学系的工作。建系时调材力教研组主任杜庆华到系参加创建工作,系成立之后与理力、材力教研组也常有工作交往和协作,直到1982年合并。现在迎来力学系成立50周年的喜庆节日,我回顾记述亲身经历的这二十多年有意义的历史,以表示纪念与庆贺。

工程力学系建系前后的力学教研组

谢志成

（工程力学系固体力学研究所教授）

热烈庆祝清华大学工程力学系建系 50 周年！

新中国成立后，我国正处在一个蓬勃发展的建设高潮。根据教育事业大发展的需要，我校于 1958 年成立了工程力数学系。

清华大学工程力学数学系建系前即有力学教研组，是为了应对力学教师严重缺乏，并在当时学习苏联的背景下，于 1952 年秋成立的。教研组主任是杜庆华教授。教研组中老一辈留学归来的教授有张福范先生、万嘉鏒先生，还有几位解放前毕业的老师，再加上三十位由机械系、土木系抽调出来的二年级学生，组成一个相当庞大的教师队伍。除了完成大量的基础力学教学任务外，力学教研组还要承担培训这三十位年轻教师，使他们能很好地完成当前的教学工作，以及将来在力学学科中能有进一步的发展。为此，教研组除了依靠自己的指导力量外，还聘请科学院李敏华先生、郑哲敏先生、唐山铁道学院孙训方先生等参加教研组的学术指导工作。科学院力学所每周的弹塑性力学文献报告会，也成为力学教研组参与工作的一部分。与此同时，教研组还安排力量，逐步建立力学实验室。

1956 年，钱学森先生、钱伟长先生、张维先生、杜庆华先生等几位力学前辈，为了提高我国力学学科水平，适应全国教育事业发展需要，创办了工程力学研究班。力学研究班的工作取得了丰硕成果，为我国培养了一批高水平的力学学科的骨干。力学研究班在行政上是独立的，但在办班期间，力学教研组部分教师参与了当时力学研究班的教学工作。以此为契机，教研组花了很大力量，利用部分国家办班的资金建立一个比较完备的共用的高级力学实验基地，为后来实验力学的发展打下一个重要的基础。

1958 年，为了适应我国军事工业的发展，清华大学在办工程力学研究班的基础上成立了工程力学系。力学教研组分理论力学和材料力学两部分，与物理、数学、化学等组成一个系级的基础课部。教研组以基础力学为主，科研工作任务不重。"文化大革命"结束后，全国科学界都在努力工作，追补十年来学术上的损失。力学教研组在钱伟长先生等老一辈学者领导下，也大力开展科研工作，并向校外举办了"广义变分原理和有限元"、"穿甲力学"等大型讲座。到了 1982 年，在改革开放的形势下，清华大学为了恢复理学院，物理、数学、化学等学科纷纷复系，力学教研组并入工程力学系，两家合成一家，共同为我国的工程力学与基础力学课教育事业努力奋斗！

热物理专业创业回顾

陈兆玲

（原热物理教研组教师）

我 1953 年考入清华大学动力机械系热能动力装置专业。于 1958 年 2 月被提前抽调到新成立的热物理教研组，并担任党支部书记，亲历了难忘的专业初创时期。

蒋南翔校长 1955 年到苏联考察之后，国防部领导人向蒋校长表示：希望清华大学能为我国国防工业发展做出贡献。其后，学校领导对发展清华的战略思想作了重大调整。1956 年、1957 年相继成立了工程物理、无线电等处于科学前沿为军工服务的新系。而当时热学是我校的薄弱环节，学校对建立热学专业进行了探索。1956 年春，派动力系热工教研组主任王补宣带领 1955 年从热五班毕业留校的青年教师朱明善、朱文浩前往东北工业基地考察。他们访问了鞍钢等大型企业后向学校递交了考察报告和建议。学校研究决定在动力系成立工业热工专业，为充实该专业筹建队伍，从热七班提前抽调了金德年和赵晶晶。与此同时，又从全校各系抽调了 1956 年入学的 59 名新生，组成工 11 和工 12 两个班。1957 年 5 月 17 日，高教部来文"同意停办工业热工专业"。学校领导研究了苏联莫斯科动力学院热能系和列宁格勒工学院物理力学系热物理专业的设置情况后，决定在动力系成立有明确学科方向，为军工服务的热物理专业，保密代码为 410。与此同时，上述五名教师转为 410 专业筹备小组。1957 年 9 月，从工程物理系抽调 1955 年入学的 20 名学生组成 410-01 班，后来，又从动力系汽车和热能专业抽调 10 名学生插入该班，此时 410-01 班学生达 30 余人。从工 11、工 12 班抽调了符合保密专业要求的 16 名学生，加上从工程物理系抽调 1956 年入学的 22 名学生，共 38 人组成 410-11 班。工 11、工 12 班的其余 43 名学生则返回他们入学报到时的专业。1958 年 9 月又将工物系 1957 年入学的一个整班调入动力系，班号改为 410-21。

1958 年 2 月热物理教研组在动力系馆正式成立，当时共有教师 10 名，除上述筹备小组成员外，还有 1956 年南京工学院毕业的林文贵及从动力系热八班提前抽调的我和刘才铨、徐用懋、卞伯绘 4 人。系党总支书记蒋企英在成立会上宣布：（1）由王补宣兼任（他一直担任着热工教研组主任）教研组主任；（2）专业方向为反应堆传热和火箭发动机燃烧；（3）学校聘请吴仲华教授和科学院力学所研究员吴承康、林鸿荪为热物理教研组的顾问。校、系领导对新建的 410 专业给予了很大的支持。1958 年 7 月学校拨出 100 万元专款（1960 年 5 月热物理专业转系时，结余近 90 万元，分割后转账入工程力学数学系及动力机械系，作为全系的公共经费），用作新专业建设，并将生物馆三、四层拨归 410 专用。系领导将动力系唯一的八级钳工李永禄调到 410，还逐年给 410 专业补充青年教师，至 1960 年年初已有 21 名教师，5 名实验员，还调了一名资料员，让她筹建 410 专用的资料室。这个全新的专业是在非常规运作中启动的,教研组成立时已有了三个年级的学生。然而,1958 年时教师中除王补宣主任是传热学副教授,程久生 1957 年毕业于北航飞机发动机专业外,其余教师都是基本上没有从事过教学工作的且多数是没毕业提前抽调的年轻人。教研组核心成员感受到巨大压力的同时深感这是学校交给我们的艰难而光荣的历史任务,必须竭尽全力,只能成功不能失败。经过多次认真研究,决定分反应堆传热和火箭发动机燃烧两个专门化,并向全专业教职工提出了几条思路:一、必须坚持 410 专业的培养目标为研究工程师。为实现这个培养目标,要辩证地思维,在看到不利条件的同时要看到有利条件,教师队伍专业知识和教学经验欠缺是我们当前面临的不利条件,然而我们的后盾清华大学有雄厚的专业基础课师资队伍,这正是培养热学专业研究工程师重要的基本保障之一;而我们当前专业知识欠缺等不利条件,是可以通过多种渠道及各种方式,刻苦钻研,勇于实践来改变和转化的。二、全体教职工要有专业发展和培养学生的全局观念,团结一致,服从调配,勇挑重担。三、要以全国大跃进的形势鼓舞自己,解放思想,敢于创新,坚持教学、生产、科研三结合。

要实现培养研究工程师这一目标,必须为学生夯实基础,培养科研调研能力和实验研究能力。因此,教研组对 410-01 班在做毕业论文之前,除了开设专业课外,专门安排了以下重点教学环节。一是,厚实的专业基础课:由彭秉璞、王补宣分别讲授工程热力学、传热学课程;吴仲华讲授流体力学;教力学研究班课程的一位老师讲授粘性流体力学及边界层理论;王敏贞讲授统计力学;徐亦庄讲授量子力学;万嘉镶讲授分析力学。二是,做好专业生产实习。传热专门化的实习地点为北京东郊热电厂,燃烧专门化则在大连空军某厂(米格-15 喷气式发动机修理厂)实习。三是,认真带好专业文献阅读。全班分成六七个小组,各组阅读不同的专题,每组由一名教师指导,最后每人在小组里报告交流。专题有太阳能的利用、材料的热物理性质、热工测量技术等。在专业文献阅读后,学生张君烈在班里建议利用课余时间制作利用太阳能的集热器,大家纷纷响应。由他带领同学自行设计,经过苦干、巧干制成了一个能烧开一公斤水的太阳灶,参加了在北京举办的全国性创新产品展览,他们在现场给观众烧开水喝,有的观众边喝着开水边说:"大学生能出奇招,还会用太阳烧开水!"四是,实验室专题研究,参加校内外研究项目或专业实验室建设。1958 年 3 名教师带领几名学生到南口参加当年学校头号重点项目实验反应堆(代码 806 项目,校内也常称为200 号)的热工回路设计,圆满完成了任务。当年参加此项目的两名学生 1961 年毕业时,被200 号点名选留。又如,传热专门化教师经过调研获知当时国际上对于快中子反应堆尚处于实验研究阶段,为适应我国长远发展需要,决定由教师徐用懋负责,超前建立液态金属传热实验台,经师生日夜奋战,历经十几次方案修改,数百次试验失败,在攻克了几个技术难关后,终于在 1959 年 5 月 18 日,研制成功液态金属试验回路专用的电磁泵。在教研组主任王补宣陪同中科院泵动力研究室几位研究员参观时,他们对此成果颇为赞扬。再如,从国防科工委承接了测定固体推进剂导热系数和比热的项目,由 1 名教师带领 2 名学生,克服了种种困难,按时按质完成了任务。后来,学校校长办公室接到国防科工委写来的感谢信,感谢我校热物理专业"为我国国防和航天事业做出的贡献"。经过这些环节的实践,师生都得到了锻炼,实验室也初步建成。这四个教学环节在以后的教学中一直保持,直至"文化大革命"前。

1959 年春学校决定 591 项目(自主研发火箭项目)上马,组织相关的系和专业围绕这一重大项目联合攻关。410 专业抓住这一绝好的机遇迅速启动。当即由程久生给"0 字班"、

"1字班"合班讲授火箭发动机原理课程,实验室主任王祖键为筹备火箭发动机试车台及时到空军司令部去求助。空军司令部给予了大力支持,无偿调拨了大批航空器材和设备,还有不少退役的飞机发动机,其中两台还能有 20 个飞行小时的使用寿命,很多全新的高压油泵、气泵,控制开关,高压气瓶以及大批气管、油管、各种阀门和接头,还有不锈钢板材、棒材、管材等,外加 120♯航空煤油。这是当年建设火箭发动机试车台的重要物质基础。591 项目启动,使 410 专业面临承担火箭发动机试验的艰巨任务。教研组以只争朝夕的姿态,于该年秋天启动了代号为ГИ-1(取俄文发动机、研究两词的字首)的研究项目,由"0 字班"、"1 字班"共 30 多名学生分成六个小组以及钱壬章、程久生和项目负责人刘才铨等教师组成攻关组,进行技术攻关。党支部要求全体师生一定要打好这场练兵实战。经过在实验室专题实践中磨砺的师生,已有接受大难度任务的心理准备和攻克难关的自信,个个跃跃欲试,意气风发地投入了战斗。项目组师生经过反复研究讨论后,确定了方案:推进剂用液氧/煤油,并采用加压储箱挤压式的火箭发动机试车台。师生经过日夜奋战完成了各子系统和总体设计,紧接着进入加工、组装、局部调试和整体冷试车阶段。在这过程中,他们本着严谨的科学作风和顽强攻关的精神,紧张有序地逐个攻克各种难关。组装推进剂系统时,对每个优选出的航材都经过耐压性严格检测。负责控制系统的同学经过几次更改技术方案,最后终于成功组装出高频控制系统。在各系统进行局部调试的同时,李永禄师傅对机械厂加工的不锈钢推力室的喷管进行加工,他以高超的手艺对喷管的内型线作精加工,使其成为完全合乎设计要求的精品。终于在生物馆完成了整体冷试车。与此同时,攻关组成员选定了ГИ-1 的热试验场所。它是 806 工程实验反应堆初期在后八家废弃的工地,工地上有个一米多深的大坑,大坑周边地区为平整的土地。

11 月初,ГИ-1 整体装置转移到了后八家,我们因陋就简地建起了一个ГИ-1 的"试验基地"。在土坑的东西两侧各搭建一座约 20 平方米的军用毛毡帐篷,东侧帐篷为"控制室",发动机试车台安置在靠近西侧帐篷的土坑边上,让火焰往大坑里喷。当时正值全国进入三年经济困难时期,大学生定量由 45 斤减至 32 斤,伙食中缺少油水,学生们经常处于饥饿状态。而ГИ-1 组的学生于初冬季节在野外攻关,每天早晨列队步行去"基地",全程约 45 分钟,眉毛头发都结了白霜。中午由同学从食堂打饭,用三轮板车送到"基地",送饭的同学常常沿途捡农民在菜地里丢弃的白菜帮子,到"基地"支起锅,和饭一起煮,让大家吃暖和点,吃多一点。尽管条件如此艰苦,同学们依然热情饱满地坚持做好点火之前的一切准备工作。庄允玉同学建起的控制台,工作起来灯光闪烁,继电器噼啪作响,颇为壮观。在生物馆试验时控制台点火的电火花很强大,在"基地"点火时,引导线约有 20 米长,火花变得时有时无,费了几天时间反复试验,才搞清楚:高频高压电流在通过长输电线时沿途衰减掉了,在老师指导下将导线换成屏蔽线后问题就解决了。进入点火前的最后一环,将暖瓶里的液氧向储箱灌注口倒入时,白色蒸汽从灌注口喷涌而出,夹带着大大小小的液滴四处飞溅,实在太危险了,工作陷入停顿。控制系统小组长胡桅林同学经过思考,他想明白了原因,并解决了这个难题。原因在于,储箱温度大大高于液氧的沸点,液氧进入储箱便迅速吸热汽化,体积急剧膨胀,没有其他排泄口,只能从灌注口喷出。最后,他做了一个有两个孔的特制的暖瓶塞和一根长长的 U 字形铝管,将 U 字形管的一端从暖瓶塞插入直抵暖瓶底部,U 形管的另一端则从灌注口插到储箱的下部。暖瓶塞的另一个孔只插一根短短的铝管与为储箱加压的高压氮气瓶接通。他将十几个 7 磅暖瓶里的液氧一瓶接一瓶灌进了储箱,解决了点火之前的最后一个拦路虎。

在一天午夜,进行了热试验。庄允玉同学按下"预备"按钮,警报声起,提醒大家撤离试车台,注意安全;学生党支部书记陈敬平发令"点火",庄允玉按下"点火"按钮,瞬间只见极明亮而耀眼的白色火焰从尾喷管喷涌而出,近两米长,伴着轰鸣声,声震四野,大家欢呼雀跃。但十几秒钟后,吼声戛然而止。原因是不锈钢推力室被烧坏了。ГИ-1热试车的初步成功,表明解放思想的师生具有异常的创造力。天气越来越冷,受当时条件所限,教研组决定停止野外热试验。

1960年5月,学校为了集中力量,便于591项目的攻关,决定将热物理专业调整到工程力学数学系,保密代码由410改为640,于是410-01班号改为力104班。1961年夏,力104班成为工程力学数学系成立后首届毕业班。该班胜利毕业,标志着热物理专业完成初创时期建设,从此翻开了历史新的一页,进入一个新的建设阶段。

清华大学空气动力学教学和研究的发展历程
（1934—2000）

章光华

（流体力学研究所教授）

清华大学的空气动力学教学和研究始于 1934 年。当年学校第一次接受外界资助，设立航空讲座，建造风洞实验室和发动机实验室，同时在机械系四年级设立航空工程组，选录有志学习航空工程且成绩优良的学生。1934—1935 年间，由王士倬教授主持在清华大学设计并建成国内第一个航空风洞，试验段直径为 5 英尺，是当时国内最先进的回流式风洞。1935 年冬，经空气动力学大师冯·卡门教授推荐，系内聘请了美国教授华腾多夫（F. L. Wattendorf）博士担任航空讲座，同时筹备开展航空研究工作。1936 年，由华腾多夫博士和王士倬教授主持，并有助教和第一届毕业的学生十余人参加，航空工程组设计了试验段直径为 15 英尺（必要时可扩大至 20 英尺）的大型航空风洞。该风洞的设计得到了欧美航空界的赞许，曾报道于英国第一流的飞机工程刊物以及国际应用力学报告。当时的航空委员会曾先后拨款 23 万元，于 1937 年年初在江西南昌开始建造。1936 年年底，"国立清华大学航空研究所"成立，顾毓琇教授任所长，庄前鼎教授任副所长。

清华大学航空研究所成立后，其首要任务是在已经积极筹备的基础上，派人员去江西南昌选定地点，兴建试验段直径 15 英尺的巨型风洞（当时远东最大的风洞）。该风洞于 1937 年年初动工建造，华腾多夫博士及教员张捷迁先生受托驻留南昌负责督造。风洞的钢筋混凝土薄壳结构由南昌复兴建筑公司承包，并请基泰工程公司顾问校核；钢结构工程由上海兴中公司承包；风洞马达系向万泰公司订购英国汤逊电机制造厂生产的 500 马力电动机；测力天平则向美国定制。1937 年 12 月初全部土木建筑工程大体完成，马达亦已运抵香港。唯因"七七"抗战爆发，南昌频遭空袭，安装马达等项工作无法进行，乃不得不放弃垂成之功。

1937 年，冯·卡门教授应邀访问清华大学。他于"七七事变"前夕经由莫斯科安抵北平，7 月 9 日经南京转赴南昌，亲自检查风洞建设。冯·卡门教授在华停留两个多星期，曾举行公开演讲两次，后经日本返回美国。

抗日战争爆发后，清华大学航空研究所于 1938 年 4 月迁至成都，1939 年春季又迁至昆明。1938 年，清华大学（已并入西南联大）航空工程系成立。当时的课程设置完全参照美国麻省理工学院航空工程系编制。程本藩教授主讲"流体力学"，秦大钧教授主讲"理论空气动力学"，吕凤章教授主讲"空气动力学"和"应用空气动力学"。教学实验室有试验段直径 3 英尺的直流式木质风洞一座（可惜未能安装完成善加利用），德制双座单翼教练机和双翼飞机各一架，自行设计制造的滑翔机一架。1939 年，清华大学航空研究所迁至昆明后，即着手建造试验段直径 5 英尺的钢制回流式风洞(冯桂连教授和张昕聪教授主持设计建造),该风洞于 1940 夏建成后,承担了航空工程系空气动力学的教学实验以及多项抗日战争急需的专题研究任务,是国内唯一可供试验研究用的风洞。自 1939 年至 1945 年,清华大学航空工程系和航空研究所的同仁,在日寇空袭频繁、辗转迁移、研究经费不足、参考资料匮乏、生活待遇菲薄的艰苦条件下,做出了大量卓越的研究成果。其中,在空气动力学的试验研究和理论研究方面总共发表论文 108 篇,其中多数为英、美第一流航空工程期刊和国际应用力学学报刊载;编译国外先进空气动力学教材及其他相关书籍十余种;在高空气象方面的研究取得了大量实测资料和理论研究成果;研制出中国第一架滑翔机;在国内首次开展了直升机研究设计工作。

在这一时期,尤其要提到的是周培源教授在湍流研究中做出的举世闻名的工作。周培源教授自 1938 年至 1952 年执教于清华大学(含西南联大时期),其间 1943—1947 年曾利用休假年在美国加州理工学院做研究工作。他 1940 年发表于《中国物理学报》第 4 卷第 1 期以及 1945 年发表于《应用数学季刊》第 111 卷第 1 期的两篇论文,为现代高阶湍流计算模式奠定了严密的理论基础,至今仍为被国际湍流研究者广为引用。

抗日战争胜利后,清华大学于 1946 年迁回北京,原航空工程系建于昆明的风洞及所属房舍由云南大学接管使用。在北京重建后的航空工程系由王德荣教授任系主任,并聘任钱学森、顾培慕、宁幌、陆士嘉、沈元、屠守锷、丁履德和王宏基为专职教授(钱学森教授因在国外未能应聘到校)。开设的课程有"空气动力学"、"发动机动力学"和"飞机设计"等,"空气动力学"由陆士嘉教授讲授。系内有供教学实验用的烟风洞、风速每小时 200 英里的风洞各一座,美制、德制和日制航空发动机 8 台。

新中国成立后,于 1951 年全国第一次高校院系调整时,教育部决定将一部分大学的航空系合并,成立清华大学航空学院。后根据中央关于加快航空工业建设和成立专业航空院校的决定,于 1952 年全国第二次高校院系调整时,国务院着手将清华大学航空工程系合并于新成立的北京航空学院(现北京航空航天大学)。

1957 年年初,根据 1956 年制定的"十二年科学技术发展远景规划",在钱学森、钱伟长、郭永怀等老一辈科学家的倡导下,成立了由中国科学院和清华大学合办的工程力学研究班,编制隶属清华大学,钱伟长教授为首任班主任,郭永怀教授和杜庆华教授为首任副主任。工程力学研究班分流体力学和固体力学两个专业。流体力学学科的课程有:郭永怀教授讲授"流体力学概论"和"边界层理论",潘良儒教授讲授"流体动力学",孙天风教授讲授"气体动力学",钱学森教授讲授"水动力学"。从 1957 年至 1962 年,工程力学研究班总共办了三届,为我国培养了大批力学骨干人才,其中流体力学专业毕业的两年制研究生(当时尚无学位制)总人数为 105 名。在空气动力学方面做出重要贡献的中国科学院院士张涵信是第一届工程力学研究班的毕业生;在水动力学方面做出重要贡献的中国工程院院士何友声是第一届工程力学研究班的辅导教师。

1958 年,清华大学创办了工程力学数学系,张维教授为首任系主任,全系设有流体力学、固体力学、计算数学和工程热物理四个专业(1965 年后又增设了动力学专业),当时明确的目标是为我国的航天事业培养高质量人才。在流体力学专业中,空气动力学教学占有重要地位。开设的课程有"流体力学"、"气体动力学"、"边界层理论"(后改为"粘性流体动力学")、"流体力学实验技术"、"机翼理论"和"高超声速空气动力学"等。为进行教学和科研实验,建立了试验段 0.8m×0.8m 的低速风洞和试验段 220mm×220mm 的超声速风洞各一座(后者在"文革"中被移交北京重型电机厂并派出教师协助该厂改建为跨声速翼栅风洞)。70年代后,又建成了现代流体力学量测技术实验室(席葆树教授主持,后改为生物力学研究室)和激光测速实验室(沈熊教授主持)。1976年后计算数学专业并入本校计算机科学系,工程力学数学系改名为工程力学系。1982年,成立了与工程力学系并列的工程力学研究所,下设与空气动力学学科相关的研究室有计算流体力学研究室(沈孟育教授主持)和湍流研究室(张兆顺教授主持);与空气动力学学科相关的研究方向主要有计算空气动力学(沈孟育)、湍流相干结构(张兆顺)、湍流大涡模拟(苏铭德)、湍流模式理论(符松、章光华)、激光测速技术(沈熊)以及气动声学(朱之墀)。1990年,根据国家教委关于拓宽大学本科学科知识面的精神,清华大学工程力学系原流体力学和固体力学两个专业合并为工程力学专业,但在专业内仍分为流体力学和固体力学两个学科方向。经国家教委批准,清华大学工程力学系首批建立了流体力学的硕士点和博士点以及工程力学博士后流动站。从1958年到1999年,总共培养了流体力学学科方向的大学本科生1 000余名,流体力学学科的研究生282名,其中正式授予硕士学位150名,博士学位27名。多数本系流体力学学科的毕业生目前已成为工业、科研、教育等各条战线的骨干。工程力学系流体力学专业1962年的毕业生冯士筰现为中国科学院院士。

1998年,清华大学宇航研究中心成立。随着该中心工作的深入开展,必然为本校的空气动力学研究开辟新的领域。多项与空气动力学学科相关的研究课题已开始进行并有初步成果。

1999年,在本系流体力学教研组的基础上成立了"清华大学工程力学系流体力学研究所",朱克勤教授任所长。目前,教研组和研究所有在职教授11人(其中博士生导师9人),副教授11人。与空气动力学学科有关的研究方向主要是计算空气动力学(沈孟育、吴子牛、刘秋生、王保国4位教授)、湍流研究(张兆顺、符松、章光华、苏铭德4位教授)、气动声学及环境流体力学(朱之墀教授)、涡动力学(朱克勤教授)以及工业空气动力学(席葆树、王学芳2位教授)。

注:

本文是应中国空气动力学学会要求于2000年撰写,曾刊载于学会内部刊物《中国空气动力学发展史》2001年版一期。

本文记述的自1934年至1945年的历史,主要根据庄前鼎教授编写的《清华航空研究所工作报告(1937年至1945年)》一文,清华大学档案室存有1945年铅印单行本。

本文记述的自1946年至1958年的历史,承张维教授校阅并提出重要修改意见。

电磁固体的变形与断裂

（获 2010 年度国家自然科学二等奖）

固体力学研究所　方岱宁、刘彬、黄克智　等

　　电磁固体智能材料由于具有力电或力磁的直接转化功能，在国防安全、现代化工业及医疗健康等领域中发挥着重要作用，相关产品的国际市场巨大。但是这类材料一般很脆，所以在实际使用过程中其可靠性尤为突出。本成果致力于研究力电磁载荷下此类材料的变形与断裂，可为此类材料与器件提高安全性和寿命提供重要的指导性建议。

　　此前，国际上电磁固体材料的多场耦合变形与断裂的科学实验方法和手段不完善，实验结果不足，一些多场耦合变形与破坏失效的机理还不清楚，还没有形成统一认可的电磁固体多场耦合变形与断裂理论，一定程度上限制了提高电磁固体材料及器件性能与效率的优化设计和可靠性评价的工程应用。本成果针对电磁固体材料的力-电/力-磁耦合场变形理论、畴变演化规律及机理、电致/磁致断裂力学及机理、电致疲劳失效等问题，不仅创新建立了电磁固体变形与断裂的新理论、新方法和新判据，还在力电磁耦合场下变形与断裂的实验表征方法、测试技术、科学仪器手段上取得突破。其中自行研制的力电磁耦合的系列实验平台多个技术指标超过国际同类平台，被专家认定为国际领先或先进，并有国内外几十家单位购买或使用。基于这些先进的实验条件，得到一批原创性的实验发现与成果，并获得广泛引用和好评，SCI 他引近千次，并在国际权威的应用力学评论（Applied Mechanics Review）上发表了长篇综述文章，另基于本成果撰写的 *Fracture Mechanics of Piezoelectric and Ferroelectric Solids* 专著正由国际著名出版社 Springer 出版，获得国家发明专利 9 项，培养的博士生有 2 名获得全国百优博士论文，该成果于 1998 年获得教育部自然科学一等奖，于 2010 年获国家自然科学二等奖。

　　这一系列的研究成果的取得是与黄克智院士为首的精良科研团队十多年的不懈努力分不开的。20 世纪 90 年代中期，黄克智院士敏锐地认识到与电磁结合的固体力学将对智能材料等领域起到重要作用，并且是固体力学的前沿，因此清华的固体力学立刻组建相关队伍占领制高点，而刚从海外回国的方岱宁教授的加盟也给这个团队带来国际上最新的信息和动态。经过对国内外研究状况的分析，团队选择以电磁功能材料的力学相关实验为基础，进而开展理论和计算研究。在方岱宁教授回国之初，他还不具有博士生导师资格，但是黄克智

院士无私地安排自己的三四个博士生由他主要指导，在这个集体中，像这类老、中、青三代相互帮助的例子还很多。这种团结互助、并勇于立志向国际前沿攻坚的氛围不仅取得了丰硕的科研成果，而且使得团队的成员迅速成长起来，如该团队有两名博士生（冯雪 2006 年度，裴永茂 2009 年度）获得全国百优博士论文。如今，这个研究团队在电磁固体力学研究领域已具有很大的学术影响，他们正在向新高峰攀登。

热法磷酸生产的余热利用

（获 2008 年度国家技术发明二等奖）

工程热物理研究所　宋耀祖、张冠忠　等

"热法磷酸生产的余热利用"项目荣获了 2008 年度的国家技术发明二等奖。它的核心创新点是以清华大学为第一专利权人，与云南省化工研究院共同提出的发明专利"黄磷燃烧热能回收与利用装置及其热法磷酸生产系统"，它来源于清华大学与云南省的省校合作项目"热法磷酸生产的余热利用"。

由于热法磷酸可以达到 99.99％以上的高纯度，因而它是国民经济中不可缺少的重要基础化工原料，如高新技术领域中的发光材料，抗甲流 H1N1 疫苗"达菲-磷酸奥司他韦（奥尔菲）"等生物制剂都需要使用高纯度的热法磷酸做原料。然而，由于热法磷酸生产中存在着高耗能与 CO_2 的高排放，在国际能源危机以及"京都协定书"对发达国家减排要求的双重压力下导致了国际上一些百年磷化工生产企业（如德国赫斯特、法国罗地亚、英国奥尔布赖特·威尔逊等）从 20 世纪 90 年代开始纷纷退出磷化工产业，将磷化工转嫁到发展中国家。中国的磷矿资源位于世界第三位，云南省是我国磷矿资源大省，蕴藏量约占我国的 51％。随着我国实施西部大开发，1997 年朱镕基总理指示云南省要改变经济增长方式，将资源优势转变成产业优势。这既给中国磷化工产业的发展提供了机遇，同时也把高耗能与 CO_2 排放的危难转嫁给了中国。因此，对中国磷化工企业而言，机遇与危难共存。要使磷化工企业获得可持续发展的关键是"节能减排"，彻底改变热法磷酸生产高耗能的现状。热法磷酸生产中的余热回收与利用技术已是磷化工行业中共性的重点节能技术之一。针对热法磷酸生产技术现状，从 1998 年起由清华大学宋耀祖教授担任技术负责人的科研合作团队在深入生产第一线进行调研、查阅文献、理论分析、试验研究等一系列工作的基础上，在国内外首次发明了一整套利用自然普通空气燃烧黄磷来回收反应余热并副产工业蒸汽的热法磷酸生产新技术；开发和研制了将化工反应塔结构要素与工业锅炉结构要素相结合的具有独特创新设计的关键设备——特种燃磷塔。原有的热法磷酸生产技术每生产一吨热法磷酸需耗能折标准煤约 188kg，采用本发明技术后，每生产一吨热法磷酸不仅不需要耗能，而且还可以向外界提供能量折标准煤 142kg。使热法磷酸生产装置从高耗能的设备转变为能源输出设备。成为热法磷酸企业技术改造的首选技术方案。2001 年对该项目的科技成果鉴定意见认为："项目成果具有首创性，拥有自主知识产权。整体技术开发属于国内领先，关键技术达到国际先进水平。"

在党中央、国务院倡导的科技创新、节能减排等指导思想的引领下，经 10 多年的研究、开发、工程化的应用与产业化的推广，该项发明专利技术在热法磷酸生产的推广应用中已取得了十分明显的经济效益与社会、环境效益。迄今为止,该发明专利技术已被 22 家企业应用于 44 套热法磷酸生产系统中,利用这些装置生产热法磷酸的能力已达约 200 万吨/年,约占行业生产能力的 67%,已成为热法磷酸行业的主导生产技术。根据企业提供的最近 3 年财务证明表明,采用本专利技术的新增销售额(新增产值)已达 28.6 亿元,还创收外汇 760 万欧元,新增利税 5.21 亿元,节支总额 2.26 亿元,年增收金额 2.45 亿元。同时还取得了显著的节能减排的社会效益。已节约标煤 35.1 万吨,节水 701 万立方米,节电 1425.4 万千瓦时,减少 CO_2 排放 66.7 万吨,为我国节能减排做出了积极贡献。

本项目集成创新的技术已获 8 个奖项:

① 2008 年获国务院颁发的"国家技术发明奖二等奖";

② 2010 年获国家知识产权局颁发的"第十一届中国专利优秀奖",并荣获"新中国成立六十周年百名优秀发明家"荣誉称号;

③ 2007 年获云南省政府颁发的"云南省技术发明奖一等奖";

④ 2009 年获中国发明协会颁发的"第四届发明创业奖";

⑤ 2007 年获中国专利保护协会颁发的"第二届全国杰出专利工程技术奖";并参加了在中国国家科技馆举行的"首届全国杰出专利工程技术展览会";

⑥ 2008 年获中国发明协会举办的"第六届国际发明展览会金奖";

⑦ 2008 年获云南省科学技术协会"第八届云南省优秀科技论文一等奖";

⑧ 2010 年获清华大学科研成果推广应用效益一等奖。

离散型多相湍流和湍流燃烧的基础研究和数值模拟

——从事"多相湍流反应流动"研究的五十年

（获 2007 年度国家自然科学二等奖）

工程热物理研究所　周力行

　　我的一生中有两天是最难忘的日子。一个难忘的是 50 多年以前。那是 1957 年 11 月 8 日。那一天毛主席来到莫斯科大学的大礼堂讲话,我就坐在前面第五排,亲自聆听他对我们年轻的留苏学生的教诲。当他老人家说到"世界是你们的,也是我们的,但归根结底是你们的,你们是早上八九点钟的太阳",我立刻感觉到全身的热血沸腾起来,心中有无比幸福的感觉。同时也深感我们肩负着国家的重任,必须利用在苏联学习的大好时光,在攻克科学研究的堡垒上取得成就。我决心要深入研究燃烧学。不久当我开始在列宁格勒工业大学跟随我的两位导师巴列耶夫(苏联的燃烧专家)和洛强斯基(苏联著名的流体力学专家)学习后,就发现燃烧和流体力学,特别是两相流动有密切关系,当时我就对燃烧和流体力学同时产生了兴趣,开始了我这一生专攻的科研方向——"两相流动和燃烧"的研究。当我 1961 年从苏联毕业回清华担任热物理教研组主任后,更明确了这个研究方向,并且得到当时的工程力学数学系党委和系主任的支持。

　　另一个难忘的日子是 2008 年 1 月 8 日。这一天,我被邀请到人民大会堂,在 2007 年度国家科学技术奖励大会开幕之前,接受中央领导同志的接见。首先是我有幸坐在第一排,胡锦涛、温家宝等党和国家领导人亲切地和我握手,并祝贺我获得国家科技奖励。我的奖项"离散型多相湍流和湍流燃烧的基础研究和数值模拟"获得了 2007 年国家自然科学二等奖。这是 2007 年清华大学获得的唯一的国家自然科学奖,也是被国家奖励办排列在国家自然科学奖获奖项目的头一名。我又是这个项目唯一的获奖人。这"四个第一"是党和国家给予我的高度荣誉,也是对我 50 多年来的科学研究成果的极大肯定。

　　早在 20 世纪 60 年代,钱学森先生和他的导师冯·卡门就倡导用连续介质力学来研究燃烧,称为"空气热化学"或"化学流体力学"。但是当时主要研究了层流气体燃烧。后来发现,实际的燃烧过程是湍流的,而且是在两相或多相流动中。另外,为了研究实际装置中的复杂湍流流动,早在 20 世纪 50 年代,周培源先生就提出了求解雷诺方程的思路,被后来英国 Spalding 和 Launder 发展成湍流模型理论。但是主要限于没有反应的纯流体流动。从 20 世纪 70 年代开始,我继承了钱先生、周先生和 Launder 等的思路,把燃烧理论,多相流体力学和湍流模型理论三者结合起来,开始了"多相湍流反应流体力学"的研究。

我发现了重要的新现象。例如,过去认为颗粒或者气泡的脉动是追随流体而脉动,颗粒越大脉动越弱,但是我根据对颗粒脉动输运和守恒的认识,发现在一定条件下或者在流场的一定区域内,颗粒的脉动比流体的强,而且颗粒越大脉动反而越强。据此建立了颗粒湍动能和颗粒雷诺应力输运理论,得到实验的证实。又如,过去认为扩散燃烧存在皱褶火焰面结构,我发现,只有射流燃烧才有这种结构,而旋流燃烧就缺乏这种结构。以上的发现对了解多相湍流流动和燃烧的机理提供了新的认识,据此构造了新的数学物理模型,用于复杂的多相湍流流动和燃烧数值模拟中取得了比原来的模型更好的效果,已经在解决工程问题中得到应用,取得了一定的经济效益和社会效益。

我的研究结果发表了 1 本英文专著、5 本中文专著和 300 篇以上的国内外期刊与国际会议论文,据 2009 年统计,被 SCI 收录 70 多篇,EI 收录 140 多篇,SCI 他引 570 多次。在国际会议上被邀请做大会报告 5 次,主题报告 5 次。"中国科学引文数据库"(CSCD)收录 159 篇,CSCD 他引 464 次,在我们这个研究领域中得到了国内外学术界的公认。

我虽然已经在 1999 年办理了退休手续,至今我已经 78 岁,但是仍然一直坚持不懈地工作在科研第一线,承担着国家科研项目,担任着国际期刊和国内外会议的学术职务,参加国内外的学术会议,讲学和合作研究。"活到老,干到老",这就是我人生的最大追求。

铁电陶瓷的力电耦合失效与本构关系

（获 2005 年度国家自然科学二等奖）

固体力学研究所　杨卫、方岱宁、方菲、朱廷、黄克智

获奖项目简介：

电子材料和装置的力电耦合问题，已形成一个称为"Mechatronics"的新学科。进入 20 世纪 90 年代以来，固体破坏理论的一个新兴的学科分支"力电失效学"（mechatronic reliability）得到迅速发展并成为固体力学的前沿领域之一。力电失效学把力学理论对材料强度的研究从传统的结构材料延伸至信息材料与微机电构件。铁电陶瓷是最主要的机敏材料，但其断裂韧性只有 $1MPa \sqrt{m}$ 左右。因此，其机敏功能的实现依赖于对其可靠性的认识。这一可靠性问题产生于力电耦合，而描述力电耦合的基础在于本构关系。

本项获奖项目系统地开展了铁电陶瓷的力电耦合失效与本构关系的基本研究，在电致失效力学方面做了奠基性的工作。研究项目在国际的范围内首次系统且定量地探讨了铁电陶瓷在力电耦合加载下以断裂和疲劳裂纹扩展为表示形式的失效过程，提出电致断裂、电致疲劳裂纹控制和电致畴变增韧的模型，为铁电类智能材料的可靠性理论奠立基础，所得到的铁电材料的本构关系成为国际上认可的三种代表性铁电材料本构关系之一。

成果与意义：

将力电耦合失效的系统工作整理为专著《力电失效学》（*Mechatronic Reliability*）由清华大学出版社和德国 Springer 出版社联合出版。英文版在 2002 年出版并在国际发行后一年即售尽，于 2004 年由德国 Springer 出版第二版。

普林斯顿大学锁志钢教授在书序中写到"杨卫教授是这一令人振奋领域的一名带头人。过去若干年中，他及其合作者做出了诸多播种式的贡献。通过他学生的学位论文和若干篇综述论文，杨教授一直在塑造这一年轻的领域。书中描绘了技术背景、物理基础、实验发现和理论进展。将读者从基本概念一直带到最前沿的文献。它是这一新领域的第一部著作。它不仅集两个所选现象诸多研究成果之大成，同时还提供了接近其他现象的透视方法。"

国际著名的 Elsevier 出版社在 2003 年出版的工具书《结构完整性大全》（*Comprehensive Structural Integrity*），获得了 2003 年度国际工程教育学会的最佳工具书奖）收入杨卫、方菲、方岱宁所撰写的一章（第 2 卷、第 2.14 章）"铁电体的失效，Failure of Ferroelectrics"，成为今后若干年国际在该领域结构完整性评价的指导性文件。

国际力学界最权威的组织 IUTAM 任命杨卫作为科学委员会主席来组织 2004 年 9 月的 IUTAM"致动材料的力学与可靠性"国际会议。该讨论会于 2004 年 9 月 1 日至 3 日在

北京清华大学成功召开。IUTAM 秘书长 Dick van Campen 教授在收到会议的总结报告后致电会议科学委员会主席杨卫"I congratulate you with what obviously has been an outstanding IUTAM Symposium and thank you for all your efforts in organizing this important IUTAM event."

获奖人之一的博士生朱廷获得全国优秀博士论文。

张量函数表示理论与材料本构方程不变性研究

（获 2004 年度国家自然科学二等奖）

郑泉水、黄克智

在国家自然科学基金项目的持续资助下，以及国家教委、霍英东教育基金会、英国皇家学会、德国洪堡基金会及法国外交部的资助下，清华大学郑泉水和黄克智经过 15 年的不懈努力，在张量函数表示理论与材料本构方程不变性研究方面，取得一系列重要成果，获得 2004 年度国家自然科学奖二等奖。

自第二次世界大战后理性力学复兴以来，张量函数表示是所关注的重要问题之一，多位世界级力学大师如 Rivlin 等都在这方面做了很多工作，Rivlin 也因此获得了有国际力学最高成就奖之誉的 Timoshenko 奖（每年全世界仅评出 1 人）。张量多项式表示的主要问题虽在 20 世纪 60 年代末就得到了解决，但随着新技术新材料的迅速发展，建立一般张量函数的完备不可约表示的问题变得越来越迫切。到 80 年代末，要解决该问题仍存在很大的困难，特别是没有建立起任何一种各向异性下的相应表示。

该项目的工作系统解决了这个重要问题。首先，他们建立了利用正交张量 Kronecker 幂次性质来系统研究任意各向异性高阶张量的结构的方法。利用这个首创方法，他们首次实现了对任意各向异性的张量表征及对任意高阶张量的各向异性进行完整的分类。这是张量函数表示理论乃至理性力学的一个重要突破，获得国际理性力学界广泛认可。郑泉水获得了理性力学最主要的学术刊物之一，国际工程科学杂志(IJES)的首届唯一"杰出论文奖"；而著名理性力学家、IJES 主编 Eringen 教授则在其新著 *Microcontinuum Field Theories* 中整页引用了郑的成果。

在上述工作基础上，郑泉水提出了建立各向异性一般张量函数完备不可约表示的第一个系统性方法，并用之获得了国际上首批具体表示结果，以连续 5 篇论文的形式发表在 IJES 的 1993 年第 10 期上。在随后的一系列论文中，他还第一次针对所有种类各向异性给出了一般张量函数完备不可约表示；获得高阶张量函数表示的系统性结果；给出了高阶张量正交不可约分解的系统建立方法等。

该项目对现代张量函数表示理论的核心贡献，是为该理论的建立提出了有待于解决的所有主要命题，并彻底解决了这些命题，从而为该理论及其广泛应用构筑了完整坚实的框架体系。例如，命题之一是首次提出并实现了对所有无限多种各向异性的分类，之二是普遍证明了任意各向异性张量函数都可转化为各向同性张量函数（加结构张量），等等。对该项工作，著名理性力学家、英国皇家学会会员 Spencer 教授曾公开评价"该研究为各向异性材料的连续介质力学/物理的统一理性公式化指引了道路"。

　　上述系统性成果普遍适用，为各向异性复杂力学性质研究打下了坚实的理性基础，具有深远影响。除了 IJES 的论文奖及 Eringen 教授的引用，国际最高力学年鉴《应用力学评论》邀请郑泉水撰写以本项目成果为主的长篇综述；郑泉水还应邀作为力学界影响因子最高的杂志 JMPS 的特邀主编，发表了有关最新进展的专集一期。

　　项目成果在国际上被广泛应用于建立了 20 多种复杂材料和行为的模型，包括：损伤力学、损伤诱导的各向异性行为的模型和演化；塑性力学、塑性诱导的各向异性模型；复合材料本构、强度和失效模型；非均匀材料的力学；高分子材料本构模型和演化；生物软组织本构模型；热、电、铁电、粘弹性模型；混合物本构；液晶高弹体；各向异性非线性弹性；优化设计；流体薄膜模型；表面与基体相互作用模型，等等。

　　该项目成果为形成现代张量函数表示理论及奠定其应用基础起到了关键作用。

基于场协同理论的传热强化技术及其应用研究

（获 2004 年度国家科技进步二等奖）

工程热物理研究所　　过增元、李志信、陈泽敬、胡桅林　等

逐步降低我国单位 GDP 的能耗和燃烧化石燃料带来的碳排放是我国的基本国策。由于 70%～80% 能量的转换和利用都需经历热量传递过程，所以，研发高效节能的传热强化技术，对能源节约和能源利用率的提高具有十分重要的作用。

国内外传热强化技术研究和开发已经有相当长的历史，20 世纪 70 年代，因能源危机而得到了长足的发展。然而，已有的传热强化技术大多是基于经验性的，尚存在以下不足之处：（1）传热强化的同时，泵功耗增加过大，能源利用率不高；（2）缺乏一些基于新概念的、原创性的高效传热强化新技术。为此，过增元教授领导的研究团队，在承担国家 973 项目"高校节能的关键科学问题"的过程中，从简单的平板层流边界层换热问题出发，重新认识了对流换热的物理机制，提出了速度场与热流场协同的概念，建立了对流传热优化的场协同理论。并通过导热和导电的比拟，建立了表征物体热量传递能力的新物理量（积）以及表征传热过程不可逆性的积耗散。并进一步应用变分原理，获得了优化对流传热过程的速度场协同方程。对流换热优化的场协同理论不仅能解释现有传热强化技术的物理机制，而且，在场协同理论指导下可发展系列的高效节能的强化换热技术。通过对简单通道对流换热的最优速度场分析，研发了通过一次表面的周期性变化产生纵向涡的新型传热强化技术，如交叉缩放椭圆管，不连续双斜内肋管等。与传统的传热强化技术相比，基于场协同理论发展的强化技术在大幅强化换热的同时，阻力增加较小，因此，具有高效节能的特点。在该项目的研究过程中，与山东大学开展了紧密的校际合作，在新型强化元件的基础上，研发了高效换热设备，获得了良好的经济效益和社会效益。该成果获得 2004 年度国家科技进步二等奖。

对流换热的场协同理论得到了国内外同行的高度评价，促进了强化传热学科的发展。国际著名强化传热专家 A. E. Bergles，Ram. K. Shah，R. L. Webb 均对场协同理论给予高度评价，国内西安交通大学、华中科技大学、华南理工大学等高校的学者应用场协同理论研发了一批高效节能技术。

本研究还加速培养了一批年轻人才，孟继安博士是其代表之一。他原来学的是机械制造专业，2000 年他来清华读博时，对传热学科知之不多，但在其博士论文过程中，不仅在理论上取得突破，而且，研发的多项高效节能技术获得了国家发明专利，从而成为本项目的主要获奖人之一。

近年来，场协同理论在后续 973 项目的支持下，获得了更深入的研究与发展，《对流传热

优化的场协同理论》一书已于 2010 年由科学出版社出版。过增元教授及其团队在热学新理论研究方面又取得了长足进展，2010 年 3 月，由中国科协主办、中国工程热物理学会和清华大学热科学与动力工程教育部重点实验室承办的以"热学新理论及其应用"为主题的第 38 期新观点新学说学术沙龙在清华大学召开，为热学这一古老学科的发展注入了新的活力。过增元教授带领的研究团队必将为热学的发展翻开新的一页。

海洋平台结构检测维修、
安全评定与实时监测系统

（获 2003 年度国家科技进步二等奖）

工程力学系动力学与振动研究所　程保荣　等

获奖项目的核心成果《海上结构物检测、维护与修理——ENSA 计算程序》由动力学与振动研究所郑兆昌教授率领、程保荣教授担纲的科研团队为渤海石油海洋结构物检测公司开发完成。

海洋平台是开发海洋油气资源的重要基础设施，工作环境十分恶劣。除了受风浪、海流作用外，在渤海海域还要考虑地震和冰的作用；平台服役期间还可能受到地基冲刷、海水腐蚀、构件受损；这些都影响到平台的安全。我国海洋油气资源的开发在 20 世纪 60 年代才起步，几十年来海洋平台的设计、检测基本依赖国外软件。

动力学与振动研究所自 1983 年起一直致力于自主研制并逐步完善海洋结构物的静动力分析程序。20 世纪 80 年代中期，作为海洋石油总公司"七五"攻关项目，为渤海石油工程设计公司研制了海洋桩基式平台动力分析程序 POSA；90 年代，作为海洋石油总公司"八五"攻关项目，为渤海石油海洋结构物检测公司研制了海上结构物检测、维护与修理的核心分析软件，命名为 ENSA(OS92)。

ENSA 程序采用了许多具有先进理论基础的计算方法：用模态综合技术划分子结构建立计算模型；用直接谱分析方法进行随机响应分析；用摄动法或特征值降阶法进行固有频率重分析；用既考虑位移耦合又考虑速度耦合的压剪破坏模型研究海冰激起的动力响应。在功能上可以对桩基式海洋平台自动划分有限元网格；建立桩和土壤相互作用的非线性弹簧模型；计算平台结构的固有频率，计算波浪、风、流等各种海洋环境产生的载荷及平台的静动力响应，包括波浪激励的随机响应；用反应谱方法、时间历程方法、随机分析方法进行地震响应分析；建立冰与结构耦合振动的模型进行动力响应分析，配备丰富的资源库和绘图等各种后处理模块。

该成果在 POSA 程序阶段就多次应用于实际工程，结束了我国海洋结构物实际工程设计分析一直依赖国外软件的状态；完善为 ENSA 程序后更应用于渤海 8 号平台超期服役的安全评定，产生了巨大的经济效益。

1985—1989 年，渤海石油公司用 POSA 程序计算了 SZ36-1 导管架平台的固有频率和地震动力响应、BZ34-2EW 平台在冰激励下的动力响应，南海西部石油公司用它计算了南海一号钻井船和南海 W103 导管架。其中南海一号钻井船的计算结果送美国 ABS 验核获认可。这是我国海洋工程界用国产软件进行实际工程计算并获国际检测机构认可的第一例，从而打破了国外软件对我国海洋结构物工程分析的垄断。

1993 年,渤海 8 号平台服役 15 年期满,很多构件有裂纹、腐蚀、被撞凹坑等损伤,本应退役,而该采油区还有较大储量可开采但又不值得再新建采油平台。渤海 8 号平台若按期退役,这些资源将白白浪费;若超期服役,安全运行必须保证。当时占领我国市场的国外软件尚无对受损平台安全评估这一功能,ENSA 程序与国内其他单位开发的检测数据采集、结构寿命预测等模块成功对接,形成一体化软件,渤海石油海洋结构物检测公司以此对平台进行了可能恶劣环境下的静动力分析,依据所得结果进行安全评定,按超期服役三年的目标对平台进行了维修,确保了平台超期服役三年内每年安全产油 3 万吨。

该项科研也促进了教学,先后有几十名本科生和研究生参与了研究工作,并以部分内容作为毕业论文的选题。

压力容器极限与安定性分析及体积型缺陷安全评估工程方法研究

（获 2001 年度国家科技进步二等奖）

徐秉业、岑章志、刘应华　等

含体积型缺陷压力容器的极限与安定性分析及相应安全评定方法的研究，是当前压力容器安全性分析中的前沿课题，它具有十分重要而广泛的应用背景。由于压力容器和管道多数都是用韧性材料制成的，因此采用塑性力学的分析方法研究这类设备的力学特点是合理的，更能挖掘设备承载潜力。

凹坑是最为常见的压力容器体积型缺陷。它可以由腐蚀或机械损伤产生，也可能通过对其他表面或近表面缺陷的打磨消除而形成。凹坑的存在不仅造成局部的应力集中，降低压力容器的极限承载能力，而且可能由于疲劳载荷作用而萌生裂纹，严重威胁压力容器的安全运行，甚至诱发产生容器的破坏事故。

由于目前缺少系统的理论分析，充足的数值和实验结果作为依据，凹坑对容器极限承载能力的影响规律和容器破坏机理尚不完全清楚。我国现有在用压力容器检验规程对凹坑缺陷的容限值规定，总体来看偏于保守。因此，将极限分析和安定分析方法用于研究带凹坑、气孔、夹杂等各类体积型缺陷的容器和管道，从而定量地找到了带凹坑、气孔、夹杂容器和管道的极限承载能力，并提出比较科学合理的缺陷判据和处理方法，使之既能保证在役压力容器的安全运行，又能大幅度减少不必要的返修工作量，是一项有重要意义的工作。

本课题从极限与安定分析数值计算角度，研究了不同形状和尺寸的凹坑缺陷对压力容器极限与安定载荷的影响，探讨了含各种凹坑的压力容器在内压作用下塑性区域的变化过程及相应的破坏模式，给出了极限与安定压力同缺陷几何参数之间的计算曲线，为科学地制定此类缺陷的评定方法提供技术依据。

本项研究，以极限和安定性分析为主要手段，辅以必要的实验验证，全面地研究了各种凹坑缺陷对不同压力容器结构强度的影响。

（1）建立了一个结构高效数值算法和通用工程方法，为复杂结构的科学设计和评估提供了有效手段。

（2）提出了一个降维迭代、逐步渐进等系列高效算法，突破了三维复杂系统塑性极限与安定理论计算量巨大、在工程中无法应用等难题；同时提出了参数化简原则，建立了用极限与安定数值方法解决系列复杂问题的通用工程方法。

（3）研究了含体积型缺陷压力容器的塑性评定方法，在压力管道评定方法上填补了国内外空白。

通过大量计算分析和试验研究,在保证安全的前提下,对现有的规定有较大的放宽,"解放"了 85% 以上的超标缺陷。所获得的多项研究成果已纳入我国压力容器和管道设计标准规范,此方法在应用时取得了重大的经济效益和社会效益。

本项研究共培养了六名博士生,他们是:陈钢、刘应华、徐志锋、杨彬、陈浩峰和王显峰,两名硕士生,他们是:白洁和黄素蓉。这些研究生通过课题的研究,各方面的能力都有了很大的提高,受到了严格的锻炼,其中刘应华毕业论文被评为全国优秀博士学位论文。

由本课题研究结果,可以看出,力学研究课题,一定要和国家需要相结合,要有工程应用背景,在研究过程中,要合理选好分析理论和研究手段,而且要根据需要,发展理论和分析方法,这样才能做出高水平的工作,而且能带来重要的经济效益和社会效益。

大速差同向或旋转射流火焰稳定方法及其通用煤粉燃烧器

（获 1990 年度国家技术发明二等奖）

工程热物理研究所　傅维镳、卫景彬、韩洪樵　等

我国能源的国情是煤多油少，煤炭在我国一次能源生产和消费中的比例高达 70％，但煤质多变，在电站锅炉发电过程中，再加上低负荷调峰频繁，常引起电站锅炉运行的不稳定，如炉膛灭火、"放炮"甚至发生爆炸，造成严重的人员和设备事故，严重影响了电厂的正常发电和我国的能源生产。如果能够从根本上解决此类问题，将对我国的能源供给和使用具有划时代的意义。

为了从根本上解决我国因煤质多变及调峰频繁而引起的电站锅炉运行不稳定，并严重影响我国电厂的经济及安全生产这一难题，傅维镳教授带领的学术团队大胆采用跨越传统燃烧技术的研究思路，与哈尔滨锅炉厂合作发明了一种能够保证各种动力用煤（包括烟煤、贫煤、无烟煤、褐煤、劣质烟煤等）都能正常燃烧的带大速差射流的《双一次风通道通用煤粉主燃烧器》，其燃烧稳定性强，调峰幅度大，较圆满地解决了长期困扰我国电厂及锅炉设计运行中燃烧不稳定的难题。攻克了大型四角燃烧无烟煤锅炉的低负荷脱油燃烧，在国际上首次实现了四角燃烧锅炉与 W 形火焰锅炉一样能正常燃烧无烟煤，其产品已在国内多家发电厂作为主燃烧器使用多年，与 W 形火焰锅炉形成竞争局面。哈尔滨锅炉厂、东方锅炉厂、杭州锅炉厂、无锡锅炉厂、四川锅炉厂引进了此技术，使这项科研成果真正转化成了生产力，实现了产业化，年经济效益已超过 1.5 亿元（1995 年），使我国大型电站锅炉的燃烧技术跃居国际先进水平，为煤燃烧技术做出了突出贡献，经济及社会效益巨大，先后获得了国家技术发明二等奖（1990 年）和中国专利创造发明金奖（1995 年）等国家级奖励及国家教委一、二等奖等多项部委级奖励。该燃烧器在低挥发分煤及劣质煤燃烧方面仍处于世界领先水平，并在原有技术的基础上得到了进一步的改进和发展。

在科学研究过程中，也使得一批优秀的博士、硕士研究生得到了很好的培养和锻炼。研究生既是人才培养的对象，也是科学研究的主力军。研究生的课题选题既是国际前沿的理论问题，也是国民经济发展中最需要解决的难题，这样的选题给研究生带来了更加浓厚的研究兴趣。研究过程又是从基础理论到工程实践，从实验研究到数值模拟研究，也促进了他们独立思考和创新意识的培养，他们的工作能力得到了很好的锻炼。他们走上工作岗位后，一直活跃在煤粉燃烧的研究和工程应用领域，在研究过程中培养起来的敏锐思维、实事求是、科学严谨的作风得到了很好的保持，并进一步影响周围的研究和工作团队，为所在单位和企业技术水平的提高做出了突出的贡献，为国家的节能减排贡献力量，对创新型国家的建设具有非常重要的意义。

多体充液柔性复杂系统稳定性与大幅晃动非线性动力学研究

（获 1997 年度国家科技进步三等奖）

工程动力学研究所　王照林、李俊峰、吴翘哲　等

在我国倡导并开展充液系统动力学与控制的研究，在航天院所、中国科学院、国家自然科学基金委资助下，集中力量主攻我国为了研制大型充液航天器提出的关于"航天器内部液体晃动对控制系统的影响"以及"复杂结构充液航天器晃动动力学与晃动抑制的研究"等工程技术问题。在长期深入研究的过程中，紧密地结合工程实际，取得了系统的创造性成果，做出了突出的贡献。研究成果已成功地应用于"风云二号"气象卫星、"东方红三号"通信卫星等的设计与研制，达到国际先进水平。

光谱法连续测量瞬态温度的装置

（获 1995 年度国家科技进步三等奖）

工程热物理研究所　赵文华、张冠忠、过增元　等

光谱法连续测量瞬态温度的装置采用多面反射镜转轮扫描及四条谱线同时测量的方案，是一个全新的构思。解决了快速过程温度剖面的连续测量问题。单点测量速度可达 10 纳秒，可测量剖面温度分布及其随时间的变化。可用绝对强度法、相对强度法及玻耳兹曼图解法确定温度，并打印出结果。从而解决了 OMA. OSA 等系统目前不能解决的问题。国际首创，具有国际领先水平。获 1993 年国家教育委员会科学技术进步一等奖。经进一步改进与应用，获 1995 年国家科学技术进步三等奖。

自 1987 年开始研发至获奖，直至现在，该发明一直在发展、改进，并成功地应用于不同的研究领域。

1. 1987 年成功地进行了沿污染绝缘表面延伸的局部电弧温度测量。在国际上首次测得了污闪过程中电弧温度剖面分布及其随时间的变化。

2. 1992 年成功地测量了高压断路器中喷口电弧的温度测量。使我国喷口电弧诊断技术进入国际水平。

3. 2001 年完成了锅炉火焰温度测量的研究。

4. 2002 年成功地完成了电弧等离子体射流核脉动及形貌的研究。分析出造成不同频率脉动的因素。结果具有很高的理论与实用价值。由于等离子射流具有上万摄氏度的高温及很高频率的脉动，用一般接触法及光谱法均无法测量。故该研究是一个重大的突破。

5. 2004 年成功地用于固体推进剂火焰温度的测量。在国际上首次采用了两条谱线对一条谱线的相对强度确定温度。从而对相对强度法是一个发展。

6. 2004 年开始应用于卫星推进的电弧加热发动机羽流的光谱诊断。得出的主要结果是：

（1）羽流处于热力学非平衡态。用不同谱线测出的温度是不同的。

（2）电子温度与重粒子温度不同。

（3）用玻耳兹曼图解法可以得出羽流的平均温度。

7. 2007 年，从理论上分析论述了谱线强度法所测得温度的物理意义。在热力学非平衡态下谱线强度法测得温度是该重粒子的激发温度，不是电子温度。而且用不同谱线测得的激发温度可不相同。羽流温度的诊断结果证实了这一结论。

上述工作涉及多项国家重点攻关项目、国家自然科学基金项目。在国内外发表有关论文三十余篇。结合上述工作，也培养了十多名博士生及硕士生。其中一名博士生获清华大学优秀博士论文，一名硕士生获清华大学优秀硕士论文。多数已成为国家有关岗位的重要人才。

"热等离子条件下颗粒的传热与阻力"的回忆与说明

（获 1991 年度国家自然科学三等奖）

工程热物理研究所　陈　熙

"热等离子体条件下颗粒的传热与阻力"于 1991 年获"国家自然科学奖"三等奖，并被列入"八五重大科技成果选"。

相对于常温或小温差条件下的研究而言，温度为万度量级的高温部分电离气体或热等离子体条件下的传热与流动涉及更多物理现象，因而要复杂得多，目前研究远未完善。由于热等离子体在喷涂、新材料制备、航天器热防护地面模拟、废弃物无害化处理等方面有广泛应用，热等离子体传热与流动问题研究既有学术意义，又有实用价值。

热等离子体体系中存在万度量级的温度差，伴随着气体密度、比热、热导率、粘性系数、电导率等的几倍、几十倍乃至几个量级的大幅度变化，传热与流动研究中用到的方程高度非线性，更多地需要依赖数值解，并难以获得通用的无量纲关联式，甚至连一些常用的无量纲数（如雷诺数等）在何种温度下计算才合理都成为问题。由于气体部分电离，离子与电子从高温区向低温区扩散并在低温区部分重新复合为原子将伴随有电离能的释放，电弧放电中电子进入阳极将释放溢出功，这些均构成非电离气体条件下所没有的、新的能量传递机制；等离子体的传热与流动可能受电磁场的影响或和电磁场相耦合；与等离子体接触的物体会带电，并可能影响物体和离子与电子之间的能量与动量交换。根据热等离子体流动、组分扩散和化学反应特征时间相对大小的不同，还可能出现局域热力学平衡与非平衡、局域化学平衡与非平衡等复杂情况。总之，可以研究的新问题很多。

1981 年年初由国家公派，我以 Honorary Fellow 身份到美国 Minnesota 大学机械系 E. Pfender 教授（美国工程院院士）主持的实验室进行了为期两年的热等离子体传热研究，由于是客座人员，我可以比较自由地安排工作与选择研究题目。开始时我要求在实验室待了一段时间，主要是想熟悉一下该实验室相关的研究设备与测试仪器，并了解美国的实验室具体如何运行和实验室当前在开展哪些研究。随后，热等离子体条件下颗粒的传热与阻力规律问题引起了我的兴趣。由于在万度量级的热等离子体条件下任何材料原则上都可以加热到完全蒸发，20 世纪 80 年代初在热等离子体用于新材料制备方面已开展了相当广泛的研究，但许多研究并不能得到预想的结果。当时实验中就曾遇到这样一个奇怪现象：尽管等离子体反应器内的最高温度达到 16000K，供到反应器中的钨颗粒几乎还是原样离开反应器，并未得到有效的加热。为此一位博士生进行了一些颗粒传热与阻力的数值模拟研究，研究中考虑了大温差、变物性的影响，他根据传热学知识，建议在实验中采用较小直径的钨颗粒,然而,尽管按理论估算结果将钨颗粒直径减小到几微米,其加热状况虽有改进,但仍远不能完全蒸发,一时成为原因不明的怪现象。在这种情况下,我向 Pfender 教授提出由我接手来进行这一问题的理论研究。当时我的直观的感觉是,以前的研究局限于传统传热学框架内,未考虑强烈蒸发对颗粒加热与运动的影响,更重要的是未考虑稀薄气体效应对颗粒传热与阻力的影响,而实验条件下涉及颗粒的强烈蒸发,而且因电离气体粒子的平均自由程长度(大气压下已达几微米)与颗粒直径相比已不能忽略,可能明显颗粒加热与运动,研究中应考虑这些因素。随后的工作正是顺着这一思路开始进行的。在着手进行研究的同时,我带着研究所遇到的问题,通过读书和听 S. V. Patankar 教授讲授的计算传热学与 A. S. Berman 教授讲授的稀薄气体动力学的方式,系统地补充了必要的相关知识,并掌握了必需的数值模拟手段。在此基础上,对热等离子体条件下从连续介质区直至自由分子流区的广泛 Knudsen 数范围内的颗粒传热与受力,系统地进行了研究。初期研究主要针对当时实验中遇到的问题,采用分析解与数值解相结合的办法,研究了连续介质区和近连续介质区颗粒的传热与阻力,发表了一组论文,揭示出强烈蒸发与稀薄气体效应可显著减小向颗粒的传热并明显影响颗粒的阻力;由于既存在对流又存在蒸发或稀薄气体效应时颗粒传热与阻力的研究需采用数值解,非常费事,根据研究中获得的有对流条件下考虑与不考虑蒸发或稀薄气体效应时的热流比近似等于无对流条件下的分析解结果,以及热流比和阻力比之间的关联,建议了一套便于工程计算使用的颗粒传热与阻力的简便算法。这些结果受到许多同行关注,被引用过数百篇次。回国以后,又将等离子体条件下颗粒传热与受力的研究延伸到自由分子流区,并得出了若干前所未知的结果,如发现处于稀薄等离子体流中导电良好的金属颗粒与不导电的非金属颗粒,其他条件相同时,由于表面电位分布不同,它们的传热、阻力与热泳力的数值不同,有时作用于金属颗粒的热泳力甚至可以比作用于非金属颗粒的大几倍。这些研究结果已成为我最近出版的专著《热等离子体传热与流动》(科学出版社,2009 年,70 万字)的重要章节。

几位研究生和本科生也曾参加部分研究工作。陈小明在攻读硕士学位期间进行了氩等离子体流射流温度与速度的测量,并进行了小球传热的实验研究;邱健勇在攻读硕士学位期间进行了氩等离子体流射流中小球阻力的实验研究;硕士生陶新和本科生张毅敏进行了氩等离子体流射流中圆柱形丝阻力及外加电压对丝阻力影响的实验研究;博士生徐东艳,硕士生俞岚、苏炳志、陶新以及本科生何评参与推导自由分子流区颗粒传热、阻力或热泳力表达式。他(她)们均有论文在国际期刊上发表。其中有陈小明、邱健勇、何评署名的论文曾作为 1991 年奖项的报奖材料。

人工心脏瓣膜性能体外试验技术与装置

（获 1987 年度国家科技进步二等奖）

生物力学研究室 席葆树、祖佩贞、丁启明、郑永泽、查明华、杨岱强 等

人体的心脏是一个血泵，左、右心室各有两个阀门，医学上叫瓣膜。由于风湿性心脏病的侵袭，瓣膜会损坏，是一种常见的心脏病。从 20 世纪 60 年代开始，科技工作者研究成功人工的心脏瓣膜，用外科手术替换已经病变损坏的瓣膜，使病人得救恢复劳动能力，这是一个很成功的人造器官。

现在世界上已经有数以百万计的人依靠它而存活，一个人工心脏瓣膜就是一个生命。因此对它的质量要求非常严格，世界各国的科学家从血流动力学理论，材料和工艺进行了大量的研究，国际 ISO 和美国 FDA 都制定了相应的技术标准。

我国的心脏瓣膜病的发病率较高，从 70 年代就开始了研究，但是由于缺乏相应的试验技术和仪器装置，因而发展较慢。为此我们在老一辈专家、著名外科学专家黄家驷和吴英恺院长的推荐下，申请了科学基金和"六五"科技攻关项目，运用血流动力学原理和相似理论，进行了研究，研制成功了人工心脏瓣膜动态流动试验仪器装置，它把直线电机用作动力源，与国外广泛采用的液压、气动、凸轮、曲柄连杆传动相比较，其特性能较好的符合人体的生理特性，用计算机直接进行调控非常灵活，在技术上是一个突破。为了满足与生理条件相似的要求，心室和主动脉管是按照人体的形状用弹性透明硅胶管制成，其粘弹性特性可以调节，并且可以进行动态流场的观察和测试。保证了几何相似、运动相似和动力相似。由计算机直接控制输入与生理条件相似的心室容积变化曲线，直线电机按此曲线推动血流流动，其特性阻抗和粘弹性参数均可进行调节，因此满足了血流动力学模拟试验要求，性能很稳定。

通过了国内外专家参加的技术鉴定。"鉴定委员会认为清华大学生物力学研究室研制的人工心脏瓣膜动态流动试验装置，属国内首创达到了国际先进水平，且在装置的相似性、性能稳定性和调节性能方面在世界上处于领先地位"。"鉴定委员会认为，清华大学工程力学系生物力学研究室，圆满地完成了他们接受的'六五'攻关任务，满足了国家的急需，这项工作的完成为我国人工心脏瓣膜质量检验标准的建立，人工心脏瓣膜产品质量控制，现有人工心脏瓣膜的技术改进以及新型人工心脏瓣膜的研究设计提供了一个可靠的基础，这必将大大推动我国人工心脏瓣膜技术的发展，从而产生良好的社会效益和经济效益"。

1986 年 11 月应美国卫生部 FDA 的邀请，参加了"心脏瓣膜性能试验的国际比较试验计划"。试验装置投入了批量生产，产品装备了中国药品生物制品检定所，用于检测鉴定国内外申报上市的人工心脏瓣膜；装备了国内北京、上海、广州、西安、湖南、深圳等地的研究和生产单位；出口美国 CMI 等一些瓣膜公司和日本早稻田大学人工器官研究室。参与我国人工心脏瓣膜技术标准的制定工作。对推动人工心脏瓣膜的发展发挥了很好的作用。

旋启式水阻可控缓闭止回阀

（获 1987 年度国家发明四等奖）

流体力学研究所　王学芳、雷赤斌、叶宏开、汤荣铭　等

发明项目简介：

工业的输液系统无处不在,管道中的水锤事故经常发生。水锤是由于密闭输液的管道中,在某一截面流速突然发生变化,则在该处压力会突然升高或降低,变化值是流速变化的 100 倍米水柱,普通自来水在管道中流速为 3～4m/s,则流速突然截止,将产生 30～40kg/cm^2 的水锤压力波,瞬间传播到全系统,发生水锤事故。1983 年北京水源三厂,由于阀瓣脱落,堵塞流道,引起阀门爆炸,阀盖冲到厂房顶,半小时后,具有 10 台泵的厂房被淹,北京西区断水 10 小时;这种事故之多不胜枚举。

1983 年,清华大学受武汉阀门厂委托,根据瞬变流理论,研究成功新型的旋启式水阻可控缓闭止回阀,经过技术鉴定后投入批量生产。这种新型阀门克服了普通止回阀的缺点,无须附加新的动力装置,结构简单,使用方便。试制的新阀立刻被湘潭钢铁厂买去救急,新阀可用于中,大型工业供水系统,也可用于城市高层建筑的供水系统,安装在泵的出口端。

新阀具有以下特点：

(1) 启泵后,阀门能及时,迅速开启;

(2) 正常运行时,阀瓣有最大的开启角,并稳定在全开位置,不摇摆,阻力小;

(3) 停泵时,阀门有优化的关闭特性,使关阀水锤最小,有效地防止水锤爆管,保护系统的安全。

这种阀门的研制成功,获得了国内外专家和厂家的一致好评。我们的研究也带动了教学,在研究课题中培养学生,提高他们的理论分析和试验动手能力,在实验室做局部性的模拟试验,以确定理论分析的数理模型;到制造厂做产品装配后的试验,调整特性曲线;到用户现场安装新阀,做开阀,关阀,事故工况和稳定运行时的性能试验。与实际研究和生产相结合,教学质量有了很大的提高。

113

新生研讨课的教学实践心得

（获 2010 年度国家级教学成果二等奖）

流体力学研究所　朱克勤

为探索教育改革之路,清华大学自 2003 年秋季学期开始在国内率先设立新生研讨课,多年来取得了良好的效果,一直受到新生的欢迎和好评。我从一开始就参与了新生研讨课的教学实践和课程建设,借此机会谈谈个人的一点体会。

新生研讨课的目的是让新生入学后尽快有机会了解科学、热爱科学和融入科学。与新生基础课的大班上课不同,新生研讨课首先要求将规模控制在 15 人。小班上课的最大优势是能够为课堂上的师生互动提供条件,包括充分的讨论、思想的交锋和活跃的气氛。新生是大学生中最富有生气和热情的群体,新生研讨课给他们提供了一个充分发挥自己优势的平台。由于学生报名非常踊跃,通常需要由计算机随机确定最后 15 人的名单。

2003 年以来,我先后为新生开设的研讨课有"智能流体及其应用"、"生命科学中的流体力学问题"和"元胞自动机和格子气自动机",并为高年级学生开设了专题研讨课"探寻流体力学大师的足迹",这些内容涉及流体力学的一些热点问题。在课堂上,学生对于新生研讨课所表现出的极大热情使我震惊。在老师指导下,他们自己搜寻资料,自己组成团队,自己动手进行演示,并通过课堂讨论,相互学习。通过研讨课,学生们不但增长了科学知识,开阔了眼界,他们还交到了志同道合的朋友,听到了中肯的建议,感受到了潜在竞争的气氛。同学们在网络学堂上自己发布公告,招募组员,发表见解。关于课堂讨论,一位同学的描述非常令我记忆深刻:"我想经过那次课堂讨论的准备,我们都学到了很多关于表面张力的知识,了解到了很多关于它的应用,而且记忆深刻,很难忘记。还记得我们的那次实验,我们晚上在水房试了好几次,还扎坏了几个桶。那次课上听了其他同学的发言对我的启发也很大,最主要的还不是知识方面的,我印象最深的是一个同学对实验的改进,那些实验我们也见到了并且有些也试着做了,但却没有往改进那一步想。还有一个组讲了表面张力在印刷中的应用,我们也查到了这一方面的简单描述,就是我们 PPT 中的那点东西,但却没有想到把它展开讨论。有的时候科学研究也就是这么一步之差,却是天壤之别。所以那堂课下来我的感觉是很震惊,那些东西真的是我们在别的课都无法体会得到的。之后我们都留下了很深的后遗症,看到水就想表面张力,那次我们班出去玩,一路上表面张力,卡门涡街等名词不绝于耳。"这种科学后遗症的出现,正是新生研讨课所期待的结果。

新生研讨课强调启发新思想,接触新领域,新生研讨课向新生提供了检验自己想法,向别人学习的机会。课程强调提出问题、思考问题、课堂表述、论文写作等综合能力的培养,而不是测验和考试。研讨课强调交互式学习,鼓励学生独立思考,提出自己独特的见解。新生研讨课的成功需要老师的精心准备和更多的投入。考虑到新生的特点，课程主要以定性研讨为主，旨在培养学生的科学思维和研究兴趣，强调启发新思想，接触新领域，以培养学生的探索精神与创新能力。通过新生研讨课，老师不仅可以了解新生在学习中的困惑，在课程结束后还能成为他们可信赖的朋友。几年来的教学实践已经表明，新生研讨课为新生与老师提供了一个良好的互动渠道，在大学本科教育中已经展现出了它的勃勃生机，也必将为学生综合素质的提高和今后的全面发展提供有力的支持。

获奖成果：新生研讨课建设与发展——新生与名师互动的研究型教学实践

获奖者：陈永灿，张文雪，朱克勤，史静寰，刘俊霞

获奖等级：国家级教学成果二等奖（2010 年）

坚持改革创新，建设高水平力学教学基地

（获 2009 年度国家级优秀教学成果一等奖）

范钦珊、李俊峰、庄　茁、殷雅俊、陆秋海

1999 年 9 月教育部批准我校建设国家基础课程力学教学基地（备案），2004 年 9 月通过教育部组织的专家验收。我们以基础力学课程改革为切入点，努力创建基础力学课程教学新体系，在力学课程教学中大力培养学生的实践能力与创新精神。从实验设备、实验室环境、实验室管理、实验教学内容与方法以及实验教学效益 5 个方面，建设窗口实验室。取得了一系列创新性成果，在全国起到了很好的辐射和示范作用。2009 年获得国家级优秀教学成果一等奖。

一、建设理念

根据建设世界一流大学的要求，以基础力学课程改革为切入点，创建包括新内容、新体系、新实验、新教材、新方法、新手段、新的考试考核方法在内的基础力学课程教学新体系，在力学课程教学中大力培养学生的创新精神。

在国家和学校的支持下，创建国内领先、世界一流的基础力学实验室，争取成为中国高校力学教育的一个窗口。

立足清华，辐射全国，争取将清华大学基础力学课程教学基地建设成教学改革的示范中心、青年力学教师培训中心、基础力学教学研究成果的学术交流中心。

二、建设成果

在基地的建设过程中，通过体制改革，实现了教学团队的三个结合，即教学与科研结合、专业与基础结合、固定与流动结合，建成了教学水平与科研水平兼备的师资队伍。在教学内容方面，我们对传统的经典内容加以精选，通过贯通、融合以及相互渗透，减少相关课程之间的重叠以及课程内部的罗列现象；应用新的科技成果对某些经典内容加以创新处理，使之富有新意；引入反映近代科技成果的新内容；加强了广义工程概念，引入大量涉及广泛工程领域的工程实例。在课程结构与体系方面，理论力学改变传统的静力学、运动学、动力学的模式，构成以动力学为主线的新体系；材料力学突破了拉压弯扭的传统体系、克服罗列繁琐的现象；工程力学突出了相互贯通、相互融合以及相互渗透。

我们在充分发挥教师的主导作用的同时，尊重学生在学习活动中的主体地位，坚持在课

堂教学中实行启发、引导，实现师生互动。我们实行了多种形式的考试考核方法改革，不以一次考试作为衡量学生学习成绩的唯一标准；重在刺激思维、鼓励创新。

现代教育技术的应用能够引起教学内容深度和广度的变化，能够引导学生从书本和教室走向广阔的外部世界，能够启发、引导学生的思维，激发学生的创新精神。我们出版了一批理论力学、材料力学和工程力学的网络课程和教学软件，建成了我国第一个"工程力学教学资源库"。

在"211"、"985"和世界银行贷款项目的支持下，我们从实验设备、实验室环境、教学内容、教学管理与教学效果 5 个方面建成了 5 个窗口实验室：强度实验室、电测实验室、动力学实验室、光测实验室和工程流体力学实验室。改革了 10 多个传统的基本实验使之具有启发性和思考性。努力将科研成果转化为实验教学资源，开出了 20 多个综合性和研究性实验。研制开发了一批具有原创性的实验教学项目，如碰撞实验、轴承动反力实验、刚性转子动平衡实验、叠梁实验、组合梁实验复合材料杆的大挠度屈曲实验、薄壁结构的性态实验。这些实验教学项目已经被全国 100 多所兄弟院校所采用。

三、成果特色

以学科建设为依托，通过"教学与科研结合、基础与专业结合、相对固定与流动结合"的有效机制，形成了以教授和博士生导师为主体的一流教学团队，长期坚持在本科教学第一线，确保教学质量，确保教学基地在高水平上持续发展。

从面向 21 世纪课程教学内容和体系改革入手，在内容与体系、教学方法、实践教学、考试考核方法改革以及现代教育技术应用等方面取得一系列创新性成果，经过多年的教学实践，效果显著。得到同行专家的认同和赞誉，在力学界和教育界影响广泛。

坚持继承、积累和创新，经过清华几代力学人的接力和传递，不断地将科研成果和教学研究成果转化为教学资源，从提高学术水平的高度提高教学水平，不断地为我国高等力学教育做出新贡献。

高水平创新性博士生培养模式与实践

（获 2005 年度国家级教学成果二等奖）

固体力学研究所 杨 卫、余寿文、徐秉业、郑泉水、黄克智

清华大学固体力学所（简称固体所）博士生培养模式在各个层面的制度或方法上，广泛吸收了国内外著名大学成功的经验，形成了一套完整的体系。该体系适应中国教育和科技的发展、符合国际一流水平的博士生培养规律、突出"高水平和创新性"、兼备目标与过程管理。它在如下四个方面具有突出的特点和创新。

（1）博士论文选题是否具有"顶天"（涉及研究学科前沿、热点和重大理论等问题）"立地"（有关研究事关国计民生的重大工程难题）的特征。鼓励博士生大胆地独立选题和开辟新的研究问题与方向。固体所博士生论文选题的"顶天立地"特征，经历了"从导向到要求、它经历了从个别到普遍"的过程。

（2）良好的学术氛围与高水平的合作交流是形成"顶天立地"选题的沃土。发展创立了"宽、专、细"三个层面的讨论班制度。其次，固体所教师们实现了高水平的国际合作与交流。固体所逐渐形成了著名博导之间密切合作并联合指导博士生的学术文化与特色。

（3）固体所十分重视过程管理，建立并实施了规范化的质量保证体系。对研究生培养过程的各个关键环节（生源遴选、课程、开题、中期考核、预答辩和答辩等）形成了一套成文的制度。全体教师参与，进行了二十多次不同规模的教学研讨和调研会，完成了对博士生教学体系的全面革新。

（4）高质量研究生培养的核心保障是高素质和追求创新的导师队伍。固体所特别注意广纳优秀人才，形成一个具有丰富的学术、教学和人文氛围的内涵的团队。注意发挥研究生的特长和潜力。固体所特别重视通过讨论班制度和导师们言传身教等，培养博士生的学术批判精神，鼓励他们大胆探索、质疑并提出新观点，严格要求他们诚信为人，严谨为学。

固体力学所博士生培养模式，实质上是由上述因素构成的一种引导师生追求卓越、激发创新的学术文化和氛围；自 1999 年至 2004 年，评选的全国优秀博士学位论文，力学一级学科在全国范围至今共评选出 12 篇优秀论文，固体所拥有了其中的一半，这成果标志着固体所对培养高水平创新性博士生的长期探索和实践已见成效。

固体力学重点学科建设与高水平博士生规模培养

（获 1993 年度全国普通高等学校教学成果特等奖）

黄克智、张　维、杜庆华、戴福隆、郑兆昌（徐秉业、余寿文共同参与）

内　容：自从 1980 年我国实行学位制度 12 年以来，清华大学固体力学学科点取得以下成果：

（1）实现高水平博士生规模培养的目标。在十年中共授予博士学位 55 人，硕士学位 197 人，博士后出站 6 人。4 名博士的论文被国际高规格专家级学术讨论会上作为邀请报告。有的博士生论文作为长篇综述论文编入国际著名力学年鉴。有 30 人以上已在工作岗位上获得高级职称，9 人晋升为正教授。1991 年有 4 人获得国务院学位委员会与国际教委联合授予的"在工作中做出突出贡献的中国博士学位获得者"称号，有 3 人获得 1989、1991 年两届霍英东研究基金或优秀年轻教师奖（全国共 7 人），有 1 位博士在 1989—1991 年三年连续进入国际科学文献 SCI 公布的中国学者发表论文前十名，其中 1991 年为全国第 2 名。数名博士生与指导教师一起获得国家与部委级科技奖，多名博士担任校系学术领导或全国学术团体学术职务。学科点培养的一大批博士、硕士学位获得者已在我国教学、科研与生产中成为骨干力量，有的已成为学术带头人。

（2）同时抓好基础研究与面向国民经济主战场。学科点生长出破坏理论、计算固体力学、结构弹塑性分析、机械振动与流固耦合、实验固体力学 5 个研究方向。"七五"期间主持了国家自然科学基金委在数理科学、材料与工程科学这两个学部与固体力学有关的全部两项重大项目，并均被验收为优秀重大项目。在"七五"、"八五"期间结合与国民经济发展关系重大的核能、航天、海洋工程、石油化工、新材料、微电子元件与封装、汽车等技术领域所出现的关键固体力学问题，进行攻关与应用技术研究。获多项国家与部委级奖励。科研的高水平与博士生培养质量互相促进，同时促进了学科点的建设，为积极开展国际学科合作交流提供了保证。

（3）结合高水平博士生规模培养，建立了老、中、青结合的高水平博士生指导队伍和有成效的培养方案与管理体系。

由钱令希、胡海昌院士等共 9 位知名专家组成的鉴定委员会（1992 年 12 月 29 日）认为"该学科点在……（5 个研究方向）方面处于国内领先水平，并已带动我国在这些方面的研究处于国际固体力学学科发展前沿。……上述成果是我国力学学科点中非常突出的成就，该点所取得的经验对我国高校各学科点的建设和发展具有重要的意义。"

部分系友的学习经历和工作成就

润物细无声

冯士筰

（力 201 班学生，中国海洋大学校长，中国科学院院士）

忆江南

清华梦，月醉芙蓉仙。

暮山紫气凝四季，春日紫荆绣蓝天。

能不忆学园？

今岁我们的母系——工程力学系已经走过了整整五十个春秋。五十载结出的满园桃李正迎着春风芬芳着祖国的大地，怀着感恩的心情为母系的五十大寿祝福！满怀豪情地迈着大步迎接母校——清华大学百年大庆的即将来临！"1911—1958—2008—2011"这是一组多么辉煌、多么感人的数字啊！可谓"字字数数是真意，数数字字皆诗情"……

今天母系已由五十年前最初的一个工程力学数学系发展成为包括航天航空和工程力学两个系及其下设的十个研究所与两个研究中心组成的航天航空学院，终于可以名正言顺地为我国航天、航空事业直接培养高科技人才，终于可以作为一个重要的方面军为我国航天、航空科研和开发做出应有的贡献，终于圆满地实现了五十年前建系时的学校宗旨，也终于替我们这些老学生、老系友圆了航天之梦……

母系在 1958 年建系时的名称为"工程力学数学系"。我本人有幸作为首届学生，与老师们和同学们共同组成了这个具有"高、新、尖"特色的新系。我记得当时选入工程力学数学系的同学主要是从工程物理系统一划分过来的。我本人就是工程物理系原"107"班的学生，于 1956 年考入母校清华大学的。"1956"——那是新中国成立后具有特定意义的年代，是党和国家号召人民"向科学进军"的朝气蓬勃、力争上游的年代，也是我们这一帮古稀"老朽""遥想公瑾当年，小乔初嫁了，雄姿英发"中学毕业的年代；正是在那样的一个时代，我满怀着建设社会主义祖国的理想，昂首阔步地迈进了梦寐以求的清华园的大门，进入了以培养现在称之为"两弹一星"为代表的国防高科技之高等人才为己任的工程物理系，当时的兴奋之情是可以想见的。我记得，我入校后被分配住宿平斋。我本属于那种吃得饱睡得着的人，可第一天却夜不能寐——万籁无声的清华园中，不时传来的阵阵蛙鸣唱和着夜行火车远去的汽笛声，引人遐思——是那年的春天，我还在我的故乡天津上中学的时候，是毕业班的最后一个学期了。春假，学校组织来北京春游。颐和园的傍晚，夕阳沐浴着万寿山麓和昆明湖水，我和中学的一位老师和一位同学刚经过排云殿顺长廊向大门方向走去，忽见一群人簇拥着周恩来总理和邓颖超大姐迎面走来。我们师生三人立刻欢呼起来,跑过去向总理问好。那一群人把总理和邓大姐围在了中央。这时,周总理用两手把众人左右排开,大步朝我们迎了过来。当总理知道我们是由天津十六中来北京春游的毕业班同学时,就问:"十六中是不是耀华?"我们答:"是,总理!""南开是不是十五中?""是,总理!"周总理笑着说:"好啊,咱们两个兄弟学校总是排在一起嘛!"总理又问:"你们上大学打算考什么专业?"那位同学说考文学,我说打算考国防物理专业,总理说:"好嘛,文理兼备啊!"总理又问了天津、问了南开、问了耀华的教育情况,问得非常仔细。交谈了半个小时,临别时周总理告诉我们,国家三年过渡时期已经过去了,今后我们要把我国建设成为一个富强的社会主义国家,最后语重心长地说:"同学们,国家的希望就寄托在你们年轻人身上了,学好本领,好为国家服务。祝你们考取你们喜爱的专业,考进你们报考的大学!"我们觉得总理日理万机、千头万绪,百忙之中还这样关心我们,我们非常兴奋和感动! 回校后我立即写了一篇文章,并在文章最后,表示一定要按敬爱的周总理的指示去做——今天我已经沐浴在清华园的阳光之下,我没有辜负周总理的期望,进入了清华大学工程物理系,圆了考上"国防物理专业"的梦!

我记得,我们这一届工程物理系的入校生共组成了十六个班,即使是以1956年全国性扩大招收学生的规模来衡量,这个数字也够惊人的了。当时被告之,我们的培养目标是"研究工程师"。也就是说,其功能是架于科学家和工程师之间的一座桥梁,理工兼顾。鉴于这个培养目标,学制为五年半,比当时清华大学学制五年多了半年,主要用于加强基础理论课。蒋南翔校长特别挽留当时本已内定调到北京航空学院做领导工作的何东昌老师为工程物理系主任,兼总支书记,可见学校对这个新建系的重视程度。当时作为一个一年级的大学生,当然没有机会接触系主任,促膝聆听何东昌老师的教诲,但上天不负有心人,何老师的一个报告却使后来也成为老师的我终生难忘,受益无穷。我记得那是在大一第一学期末即将考试时候的事。问题出在我们这十六个班刚入校不到半年的芸芸众生几乎都是来自全国各中学的尖子学生聚到了一起,入大学后的第一次考试简直成了高手云集的"擂台",谁也不甘心落后,大有拼命一搏的架势。更重要的是,谁也不愿意辜负考入清华大学、特别是工程物理这种先进专业的求学机会和国家、学校与家长的期望。再加上刚由中学升入大学不到半年,对大学的课程内容负担和学习方法以及考试方式(我记得当时是口试)还不同程度地不适应。这就形成了当时一个非常严峻的形势! 如果考试发挥失常怎么办? 如果真的考试不及格怎么办? 如果累病了怎么办? 针对这一形势,作为系主任的何东昌同志亲自登台给大家作了一个考试前的动员报告:不是动员你要再加一把力去做考试前复习的最后冲刺,而是动员你要张弛有度,做到考试前身体和精神上的放松;不是鼓动你"不顾现实、力争上游",而是劝告你要"面对现实、甘于现状";最精彩的部分就是仔细而耐心地分析了"考好"与"考坏","不及格"与"补考",以及"升级"与"留级"的辩证关系。何东昌老师当年这席讲话,在感情上充满了关怀,在理性上充满了辩证法,实事求是,语重心长。我作为一个学生听了以后十分震撼,也非常感动,当时我想:这就是清华! 这就是清华大学的老师! 这就是我们的系主任!

1958年开始分专业,这时候我才知道原来工程物理系包含了如此多的现代化的新专业和新方向,特别是分出和诞生了工程化学系和工程力学数学系。包括我在内的原工物系的一部分同学被分配至工程力学数学系继续我们的学业,这样我们这些同学就成为母系第一届学生,开始了被培养为我国航天、航空高等力学人才的研究工程师的学习历程。我记得当时的工程力学数学系包括五个专业，依序为：流体力学、固体力学、计算数学、热物理和一般力学。每个专业的学生组成一个班，相应次序为：力201、力202、力203、力204和力205。我们班是"力201"，其含意为："力"表示"工程力学数学系"；"2"表示1962年毕业，简称"2字班"；"01"表示"01号专业，即流体力学专业"，其他班级代号可依此类推。由上面这五个相关专业组成的"一条龙"系列也明显地反映了是为我国的航空、航天事业培养力学、数学和热物理高科技人才而设置专业的宗旨。由课程设置和开课的情形看，这一宗旨就更为显然了。尽管那个年代由于"反右"、"大跃进"、"大炼钢铁"、"拔白旗，插红旗"、"教育革命"等一系列政治运动耽搁了一部分本应安排而被挤掉的课程，但有关专业培养方向特色的课程却仍然保留了下来。如我们流体力学专业，挤掉了弹性力学等相对基础性的课程，而保留开出了"高超音速流体力学"和"稀薄气体力学"两门具有专业培养方向的特色课程，就是生动的例子。当时我们这些学生正怀着航天的梦想，当然对这些专业课程充满了兴趣，都学得还算不错。另外，这与教课老师教得努力、教得好也有关系。例如，"高超音速流体力学"这门课是由张涵信老师讲授的，——张老师是第一届力学班毕业的年轻教师，年纪比我们班同学也就长两三岁，徐州人。至今我还记得张老师站在讲堂上操着徐州腔抑扬顿挫地讲课时的音容笑貌。我们班同学对张老师都很佩服，觉得他不仅课讲得生动，而且学习发愤图强、做学问精益求精、治学态度严谨。我更把张老师作为我个人应该学习的楷模！由此看来张老师后来取得显著成就从而做出杰出贡献就绝非偶然了。今天回首当年，张老师与我虽为师生，但实际上是同一时代的年轻人，张老师不愧是体现母校校风"行胜于言"的典范！确实，张老师与我班同学半师半友，大家在课堂上下也结成了友谊。记得几年前，张老师和我正在北京开政协会议，惊悉我班同学陈允文不幸病逝，我们感到非常难过，相约一同去参加她的追悼会。在回程的路上，张老师默默无言、颇为动容。实际上这也可以看做我们这些当年的学生与当时系里年轻教师之间结成友情的缩影。

那时的系主任是张维先生、副系主任是赵访熊先生。我记得，当我得知这一消息后，非常兴奋，一个大力学家与一个大数学家，真是完美的组合！每当我向外人谈到或介绍我们系时，总要向大家强调：我们的系主任是大力学家张维先生，副系主任是大数学家赵访熊先生，充满了自豪感！在校期间，赵先生不常见，偶尔在校园中碰到张先生时，我总是先朝先生一鞠躬，先生一点头，我再退身让路，先生也就走过去了，仅此而已。可谁又能想到，当我毕业后离开母校千里之遥来到山东海洋学院工作以后，经过了漫长的"十年动乱"，又迎来了我国第二个科学春天的时候，却又有机会与张先生重逢并熟悉起来，且有幸聆听了先生一次深切的教诲——那是我跻身于国家教委首届科学技术委员会出任委员而张维先生出任该委员会主任期间发生的事。记得一次会后，由甲所出来，我陪着张先生在夕阳中漫步闲聊，张先生突然问我："你是天津哪个冯家？"我当时愣了一下，随即明白问题之所在了，——原来不久前我刚在先祖父百年诞辰纪念文集上看到过张度先生和张维先生充满感情的题诗，知道张维先生是我祖父的学生——赶忙答道："在北洋大学教过书的冯叔捷先生就是我的祖父，就是那个冯家。"张先生感叹道："像！冯老师要是还在世，该是一百多岁的老寿星了。要是看到今天该多高兴啊！"又问："你是长孙？"我答："不是。""那是？"我忙补充道："是承重孙。"先生笑了。"好，正宗继承人！"关怀之情溢于言表。接着先生把话题一转，问："现在海洋学院的院长是谁？"我答："文圣常先生。"先生想了想，又问："你们那个老校长？"我忙补充先生的话，"您是指赫崇本先生？"先生忙道："对，对。"我说："赫先生已在1985年仙逝了。"张先生感叹地说："唉，赫先生对中国海洋教育和海洋事业可算功高至伟！走得太早了。"我也感慨地说："我们清华老学长赫先生不仅是中国海洋科学的奠基者之一、中国海洋教育的开拓者，更是我们海洋界公认的做人的楷模！"接着张先生询问了我国海洋发展、尤其是海洋教育发展的现状以及在国际上的地位等，问得很具体、很详细，并不时地插入一些自己的感想和看法。其实这场对话最终变成了不是我在回答张先生的提问而是张先生在教育我。先生高瞻远瞩、纵观世界大势，勾画出了自己对我国海洋教育事业发展的宏伟蓝图。老师就是老师，大家就是大家！一席教诲，使自己受益匪浅！我知道先生关心我国海洋教育的发展，但却没想到先生如此关心，真让我们这些海洋圈内的后辈汗颜！最后当我向张先生汇报了当年我们毕业时我班有我、孙文心、方欣华和魏守林四位老同学一同被分配到山东海洋学院任教，并在"文革"中被"革命造反派"斥为"清华来的四个宝贝"时，张先生笑了："我看你们倒真是'四个宝贝'！"接着先生自言自语地说："也在替我了却心愿，近来我一直在想，咱们系是否也应该抓住时机恢复航天方向，再加一个海洋方向，来个'上穷碧落下海洋'吧，"又幽默一笑："当然不是'下黄泉'喽！"先生这幽默一笑给后来带来了深远的影响——廿年后的今天，我们高兴地看到母系已在著名航天技术专家王永志学长率领下，在"发展力学和热学学科优势、创建航空宇航科学与技术科学"的道路上，开拓进取赢得了优异的成绩，正在完成我们的老系主任张维先生"上穷碧落"的遗愿。而为了实现先生"下海洋"的心愿，我们这些走出清华园的学子，既然无才上"九天揽月"，正好可以下"五洋捉鳖"了。

五十年的风雨，五十年的沧桑，母系是在这如梦如幻、姹紫嫣红的清华园中，经几代园丁默默耕耘，开出的一朵奇葩。

最后，让我引杜甫五律《春夜喜雨》作结：

好雨知时节　当春乃发生　随风潜入夜　润物细无声
野径云俱黑　江船火独明　晓看红湿处　花重锦官城

清华校庆时作者（左）与同窗及同事孙文心合影于工程力学系楼前

实验科学札记

袁维本

（工程力学研究班第一届学员，天津市计算机研究所教授级高工）

在五十多年的学习工作生涯中，我基本上都在实验科学技术中学习磨炼。在上海同济职专学过土建。大学毕业于上海交大起重运输机械专业。1956 年年底被选调到清华大学工程力学研究班攻读固体力学专业，毕业后留清华任教，直到 1972 年我离校到天津工作。在清华 16 年的学习和工作是我一生最值得怀念的时期。在一批学术界顶尖大师的言传身教培育下，我学到了科学的思维方法、比较全面的实验理论基础，逐渐成为一个具有扎实基本功的实验科技工作者。机理分析—物理模型—实践再实践，是我在长期的工作中摸索到的实验工作的基本守则。这使得我先后在固体力学、电光学、光电信息处理、记录材料和机械结构传动等多个实验领域取得了一些成功。

在清华我被分配从事实验科学技术工作。有一段较长的时间，为配合航空模拟加热飞行器，领导让我研制碘钨石英加热灯。它与我学的力学专业没有直接联系。当时这种灯只有美国研制成功。它所需设备复杂又贵重，我们力学系也没有这方面的设备，因此既要克服技术难关又要解决设备问题。茫无头绪，困难重重。经过数年的实地研制，我根据在"空气动力学"中学到的边界层原理，用惰性气体层流喷射法代替了高真空排气-充气法，取代了贵重又复杂的高真空排气充气系统设备；用"热应力学"中的体膨胀原理解决了两种线膨胀系数差得很远的石英与钼金属电极的封接技术；用"金属学原理"解决了高温下加热灯丝的下垂问题；以及用高气压充气技术使灯的寿命成倍提高。经过四年的不断实践，最后经鉴定该项成果多项指标超过国际水平。我很怀念当时系主任张维老师给我的关怀和指导。1965 年，此成果刊登于国家科委发明公报。我曾荣获"清华大学实验室优秀工作者"称号。

在很多精密仪器的量测中，都需要有一个隔震性能很高的工作平台，以隔离地面传递的各种振动，即便这是很微弱的振动。国际上普遍采用气垫隔震，但它的致命弱点是慢泄气，价格又很昂贵。另外，也可用金属弹簧做隔震元件，但因它阻尼很小，一直未能被采用。在详细分析了隔震原理后，我决定用摩擦阻尼和金属弹簧做成的复合隔震模型代替单一气垫隔震模型。这不但克服了泄气缺点，还可降低系统的自振频率，提高隔震效果。我又进一步对双质点隔震理论作了推导。结论是，只要对两个质点的质量、阻尼和刚度系数的参数选择适当，其隔震效果比单质点的可提高一个数量级。我很感激杜庆华老师和屈维德教授对我的理论指导。最后，在实际工作中，我研制成了双级隔震结构系统，获得国家科委发明四等奖。

1974年，由于工作调动，我转为研究光全息存储。在光全息中有一个非常重要的指标，即衍射效率。它代表了再现象的亮度。用卤化银做记录介质时，显影后在介质上留下的材质为银。银有一个重大特点就是保存期特长，但它属吸收型，所以它的衍射效率极低。其理论值只有6.3%，实际测量值更小。这样低的衍射效率，远不能达到实用要求。提高衍射效率成为重中之重的首要课题。为了彻底分析衍射效率形成机理，建立正确的物理模型，我进行了一系列预备实验。在试制银盐材料和对摄影潜像显影处理过程中，偶然发现显影后的银层不再如通常那样呈现黑色，而呈现出浅黄色，且它的衍射效率较高。我抓住这一反常现象进行了反复试验，锲而不舍，终于找到了一个非常清澈的物理模型。它就是：（1）原子状态下的固体银，因颗粒极小又紧密，受光反射后呈现银白色，因它成全反射，无透射光，其衍射效率为零；（2）当记录材料上的银层较薄，经显影后，银颗粒处理得比光粒子较大时，由于大部分光被吸收，反射光和透射光都很弱，银层呈现黑色，它呈吸收型，其理论衍射效率为6.3%；（3）当银层更薄，银颗粒又处理得小到光子大小时，则大部分入射光被小孔衍射，结果呈现出微弱的彩色光斑，此时介质仍保持为银。但它已由过去的吸收型变成了位相型。理论上位相型的衍射效率就很高。模型清楚了，处理方法也就容易找到了。经鉴定，当时测得的衍射效率为17.3%。最终，衍射效率达60%左右，比理论值高一个数量级以上。这项发明当时震动了光学界。1981年国家科委授予该项发明二等奖。

在上述基础上，为了使全息存储逐步实现产品化，我主持的课题组前后工作了20年，研制成如激光全息大容量资料存储器，全息缩微成套设备和激光超缩微扫描器等系列产品，其中很多技术指标达到或超过国际水平。例如在1.5毫米的光斑上能存储一整版人民日报，在一张名片大小的银盐薄片上可存储一本词典的信息，其信息还可通过计算机入网传输。全国光学学会理事长王大珩院士多次亲自主持了鉴定会。光学界母国光和徐大雄等院士也将它多次推荐到国际会议。当时机电部部长江泽民来实验室参观后，让机电部发专函到天津市人大希望加强此项工作。钱学森老师在国家科委发明奖评审会后致函给予鼓励。作为一名科技工作者，看到自己的成果最终能得到各方面的支持和鼓励，我十分感激和欣慰。

1995年退休后，我又开展了梦寐以求的自主研究工作。经过两年多的研究，我和我夫人张秀华又将全息银盐材料由单色研制成彩色，并摄制了多种物体的真彩色白光反射全息图。这种全息图在白光照射下，能非常清晰地呈现出与原物逼真的三维立体彩色图像，而在过去只能摄制单色立体图像。当时国际上只有俄国和我们两家能有这种技术。十多年过去了，目前在国内外，我们两家仍保持了独有的技术成果。

在我工作任期内，除获得上述三项发明奖外，我主持的"全息大容量资料存储器"在1983年获天津市科技成果一等奖；业余研制的"机械零件设计算尺"在1984年获国家经委优秀成果奖；"激光全息缩微成套设备"在1985年获天津市经委新产品一等奖；"激光超缩微小型查询机——扫描器"在1991年由机电部鉴定为国际首创。

几十年的工作实践、成就可以记记流水账，但更重要的我觉得是研究过程中的不懈奋斗。面对无数次试验失败需要的坚强意志,在人生逆境中需有的韧性,以及敢于对传统概念提出挑战的创新,这些我愿与实验工作者共勉之。

光学学会理事长王大珩院士与作者(右)

我在清华大学工程力学系工作的五十年

徐秉业

（清华大学工程力学系固体力学研究所教授）

我是 1960 年来清华工作的，来清华后，被分配在工程力学数学系固体力学教研组工作。当年 8 月份我作为留学生又被派往波兰读研究生。1963 年获得博士学位后，又返回工程力学系工作。在清华大学力学系工作的五十年里，我主要做了以下几件事：（一）培养了一批高水平的力学人才；（二）编写了一批适合学生需要的固体力学教材；（三）开展了结合工程实际需要的科研工作；（四）开展了力学学科的国内、外的学术交流；（五）开展了地温空调技术的研究与推广工作。

（一）培养了一批高水平的力学人才

高等学校的主要任务之一是培养高质量的学术人才。早期我培养人才的方式，主要是通过课程的教学，尽量将课堂上的教学内容讲得既精练又通俗易懂。我曾和杜庆华教授一起为力 502 班讲授了弹性力学（三），之后又独立为力 502 班讲授了塑性力学。"文化大革命"后，我先后开出了 7 门力学课程。听过我为研究生所开设的"弹塑性力学"、"塑性力学"课程的学员前后达 2000 余人。

1985 年，我被晋升为教授，并于 1986 年被国务院学位委员会批准为博士生导师。几十年来，我注重培养和实际应用相结合，在使用过程中培养，既重视研究生理论水平的提高，又注意发挥研究生各自原所学专业的特长，培养他们解决实际问题的能力。在给研究生出论文题目时，我特别注意根据他们的实际情况，鼓励他们密切结合工程实际中的力学问题进行研究，发挥他们在原来专业知识的优势，并使他们在原有基础上再提高一步。在认真选择题目的基础上，不断给研究生"施压"。选题求其细致，做题求其精选，在这种情况下，最容易出成果。我和学生们的关系比较密切，平时非常关心他们全面成长，我利用讨论班的形式，每周至少和同学们见一次面，启发大家一定要抓紧学习，打好基础，我认为：要当好先生，就要先做朋友。我经常和研究生进行思想上的交流，了解他们的想法和要求，并及时把自己的想法告诉他们，与他们磋商。在打好力学基础的前提下，注意培养他们搞好与周围人的关系，提高他们的组织能力和与社会打交道的能力。我先后培养了 32 名博士（其中一人为全国优秀博士论文获得者，四人为清华大学优秀博士论文获得者），25 名硕士，27 名进修教师和 10 名博士后。经我培养的研究生，全部获得了学位。清华大学曾 4 次给予我教学工作优秀奖，并聘请我为校数学、力学学科评议组成员，我所在的固体力学博士点获 1993 年国家教委教学优秀特等奖。由我指导的博士生中已有3人4次获得国家科技进步二等奖,且均为第一获奖人。我指导的博士生中,已有3人担任大学的校长或副校长,许多人成为所在单位的学术带头人。学生毕业多年后,还经常返校来看望我,听他们讲到在工作岗位上所取得的成绩时,我特别高兴,特别感到当一名老师的光荣与骄傲。1994年,我荣获北京市优秀教育工作者称号,2001年获清华大学"老有所为"光荣称号,2004年获北京市教学优秀一等奖,2005年又获得了国家级教学成果二等奖。

(二)编写了一批适合学生需要的固体力学教材

我于1979年被晋升为副教授,当时除了在学校讲授一些与固体力学有关的课程外,还应一机部教育司等单位的邀请到外地办力学专题讲习班,当时听课的人很多,每期都有100~200人参加。我深深感到有一本好教材的重要性。

我从此开始积极参与并组织力学专业的教材建设工作。为此我收集了不少国内外文献资料,总结教学经验,开始编写教材。我认为一本好教材应具有以下特点:

(1)概念准确,便于掌握。

(2)基本原理叙述清晰、简练,分析和处理问题的方法清晰。

(3)注意理论联系工程实际和实际应用。

(4)文字要简明且通俗易懂。

在上述指导思想下,我先后编出了《弹性与塑性力学——例题和习题》、《塑性理论简明教程》等在国内颇有影响的教材。其中《弹性与塑性力学——例题和习题》一书获机械工业出版社30周年纪念优秀图书一等奖,发行量达32000册,《塑性理论简明教程》获国家教委高校优秀教材二等奖,发行量达29000册。作为专业教材能有如此大的发行量与影响面,应认为是由于教材本身能很好地适应读者需要的缘故。在此期间,我一共主编并撰写了《塑性力学》等18本正式出版的专著和教材,到2007年,我与刘信声教授所共同编写的《应用弹塑性力学》已经是第九次印刷了。此外,我还主持编译了《接触力学》等四本专著,主持出版了

作者(中)与博士生王晓纯(左,现北方工业大学校长)、潘一山(右,现辽宁工程技术大学副校长)

《塑性力学教学研究和学习指导》两本教学论文选集。这些资料对培养工程型技术科学人才发挥了作用。为了鼓励我在教材建设方面所做的工作,清华大学曾两次聘请我为校教材委员会副主任,清华大学出版社还聘请我为该社的顾问。

(三)开展了结合工程实际的科研工作

早在"文化大革命"期间我便和杜庆华教授、孙学伟、蔺书田、周辛庚等同志一起参加了新港造船厂的200吨造船用龙门起重机的设计、制造、安装、施工等工作。所设计的龙门吊车跨度为66.5米,高度为55米,起重量为200吨。这一大型起重机为全国首次设计。它的强度、稳定和振动都经过反复地计算和设计,并在施工中采用了合理的吊装方案,取得了圆满的成功。这台吊车由于设计合理,施工质量好,在唐山大地震时,虽然一般厂房和设备都遭到严重破坏,它却完好无损,经受住了考验,荣获了1978年全国科学大会集体奖,目前它仍完好地继续在塘沽新港造船厂工作。在担任强四班班主任时,又和强四班约百名师生一起去北京昌平桥梁厂"开门办学",并同大家一起成功地设计了小型的倒三角龙门吊车。在工厂工作的近五年时间里,我深深感到,书本知识同样是非常重要的,只要力学理论基础扎实又能和实际工程问题相结合,力学是能够发挥很好的作用的。

在长期教学工作的过程中,我多次深入生产现场,先后去内蒙第二机械厂、大同煤矿、抚顺西露天煤矿和抚顺石油一厂,国营和平机器厂、第二汽车制造厂、承德矿山机械厂等厂矿企业,接受生产课题,用弹塑性力学的基本理论和方法解决采矿、石油钻探、机械设计、边坡等工程实际问题,获得了一系列有工程应用价值的研究成果。在这段时间里,我主要开展以下一些科研工作:

(1)开展了对含凹坑缺陷压力容器极限与安定性分析

由于压力容器和管道多数都是用韧性材料制成的,因此采用塑性力学的分析方法研究这类设备应是合理的。应用塑性极限分析的方法,针对容器和管道上的凹坑、气孔、夹杂等各类体积型缺陷,进行了研究计算,给出了一系列简便、实用的应力集中系数、极限与安定性载荷计算曲线,提出了多级安全评定的工程方法,这一方法对凹坑缺陷容限值的规定,大为放宽,获得了显著的经济效益。由于社会效益和经济效益显著,该项成果获清华大学成果推广应用效益显著奖、国家教委科技进步一等奖、劳动部一等奖,国家计委和财政部联合颁发的"八五"科技攻关重大成果集体奖,并两次获国家科技进步二等奖。

(2)在矿业开采工程方面所做的分析工作

将固体力学应用于采矿工程,通过对大量取样试验分析,提出了采用脆塑性材料模型对岩土类软化材料进行描述并进行数值计算。这一模型既能反映这类材料的主要性质,而且在分析计算时也比较方便,具有重要的理论意义和应用价值,所计算的数据和实测数据吻合良好。将这些研究成果应用到抚顺西露天矿边坡治理和石油一厂地表变形机理分析和整治方案的研究中,给出了石油一厂厂房的搬迁和整治方案,因而取得了很大的经济效益。利用这一脆塑性力学模型还对采矿时的煤柱合理错距问题进行了研究,也取得了很好的效果。

(3)火炮身管机械自紧技术的研究

提出了采用弹塑性力学的方法和加权余量法来研究机械自紧技术,给出了身管机械自

作者与博士生陈钢（后，现国家标准化委员会　　　　　作者于 2004 年在天津新港船厂时留影
副主任）和博士后朱锋（前）在现场

紧过盈量和残余涨大量与自紧度之间的定量关系，给出了温度、应变率和动力加载情况下厚壁圆管的理论来分析结果，获得了一系列有价值的数据，特别是在分析炮筒机械自紧问题中，获得了工程中有意义的各项参数，为建立我国机械自紧规范，提供了理论依据。该研究成果已发表在兵器工业出版社所出版的《炮筒身管自紧技术》一书中。

此外还主持完成了国家自然科学基金重大项目子课题"机械结构的热弹塑性分析实验研究及其应用"、国家教委博士点基金"塑性组合壳体完全解及广义变分原理的研究"以及"江汉油田定向井轨迹控制的研究"等课题。这些课题对培养研究生和提高教学质量都起到了重要作用。

（四）开展了力学学科的国内、外的学术交流

在黄克智教授的积极推荐下，我被选为中国力学学会常务理事会的常务理事，并被分派主管中国力学学会教育工作委员会的工作，从这时开始，我为这个委员会组织了一系列有意义的活动，团结了一大批高等院校中从事力学教育工作的教师。组织编写出版了 4 本《力学与工程教育》论文集。作为科学委员会主席，我还在 1994 年和张维教授共同主持了"力学与工程师培养"国际研讨会。许多国际上著名的工程教育专家参加了这次会议。我比较重视国际学术交流活动。自 1993 年开始，和日本的德田正孝（Masataka Tokuda）教授在日本津市成功地组织了"新材料细观结构和力学性质的国际研讨会"，这一会议已成功地在中国或日本举办了 6 次。早在 1991 年，我就和香港理工大学李荣彬教授共同倡议发起组织了"亚太地区工程塑性及其应用国际研讨会"。作为科学委员会两主席之一，我和杨卫教授共同主持了 1994 年在北京召开的第二次会议。这一会议先后又在广岛、汉城、香港、悉尼、上海、名古屋等地举行，形成了系列会议。作为大会科学委员会或组织委员会主席我已成功地组织了十次国际力学会议和十二次全国力学学术会议并主持编辑出版了"AEPA'94"等 10 本国际会议论文集和 8 本力学学术会议论文集。

1994年，德国慕尼黑工业大学力学研究所用全额费用邀请我为该校研究生和青年教师讲学一个学期，并合作研究固体力学在机械和矿山工程中的应用，同年受波兰Bumar公司和克拉科夫工业大学邀请作短期讲学和商讨在寻找地下低温新能源的技术中进行合作。

（五）开展了地温空调技术的研究与推广工作

退休之后，我又和清华大学在站博士后及研究生较早地将先进的地温空调技术引进我国。按当时的情况，如果直接从国外购买这项技术需要花费上百万美元的资金，这当然是不可能的。我们采用多学科交叉的方法进行研究，经过艰苦努力，不到一年的时间，即研制成一台样机，并且逐渐形成了一整套利用地下低温热源进行冬季供暖和夏季制冷的技术。该项技术不仅节省了传统锅炉供暖消耗的有限矿物质能源，而且避免了矿物质能源在开采、运输与燃烧过程中对环境的污染。该项技术可用于调节环境温度及各种工农业生产中，在国内外都具有巨大的开发潜力和竞争力。

作者在作有关水源热泵的学术报告

1996年6月24日，国家教委聘请我国热工、开采、地质、检测等方面的院士教授、专家组成的鉴定委员会，对该项技术进行了鉴定。鉴定会认为该项研究成果填补了国内空白，设计中所达到的指标属国际先进水平。

目前，我和北方工业大学合作，使该项技术凸显我国特色。其主要特点为：节能效率高，通过采集地下土壤低温热源，将驱动电能放大至4～5倍，因而是一种节能技术。其机组运行噪声低，占地面积小，运行安全稳定。它可根据室内环境对温度的需求，自动调节向室内供热或供冷的量，而且各种保护功能齐全（如电压过高或过低、温度过高或过低、水流量不足等）调节方便，更重要的是造价较低，便于推广。该项技术在辽阳市大面积推广成功后，清华大学签发了题为"利用地温，取代锅炉，新型绿色产品"的科技简报，环保局还为清华大学颁发了环境保护科技成果证书。该项技术已在我国多个省市推广，北京市发改委等

9 个局委联合正式发文，支持发展这项技术，而且为采用此项技术的单位提供费用补贴。原沈阳市委书记陈政高同志指出："我们必须把这项工作抓起来，一定要下大决心积极推广，使沈阳在建设资源节约型和环境友好型社会的工作中在全国率先突破。"目前这项技术越来越受到各方面的重视。

（六）结语

回想在力学系工作的五十年，我衷心感谢清华大学力学系为我提供的良好工作舞台，我特别感谢力学系老一辈的师长张维教授、杜庆华教授和黄克智教授以及力学系老一代的同仁们，是他们精心创建了力学系，为力学系打下了良好的基础，培养了一代又一代的力学人才，使力学系获得了很大的成绩，我本人也是在这一环境中得到了培养、锻炼而成长起来的。我衷心地期望今天清华航天航空学院力学系年青一代同志，能继承力学系的优良传统，在老一代教师们所打下的基础上，继续为我国培养优秀力学人才和科技发展做出新的贡献。

为力学系奉献的五十年

王学芳

（SMC 清华大学气动技术中心教授）

第一个报到者

1958 年 7 月 27 日，正当我通过了毕业设计答辩后不久，党委组织部部长周维垣同志找我谈话，通知我："组织上决定你毕业后留校工作，分配在新建的工程力学数学系，参加建系工作，这次我们在分配时没有照顾你和你爱人两地分居的关系，将来我们把你爱人吴肇基同志设法调回清华大学来。因为力学数学系是新建系，很需要人，需要为新建系的各个方面配备干部，把架子搭起来，你立刻去人事处干部科报到，之后去找解沛基同志，他会分配你的任务。"

当时我 23 岁，第二天，7 月 28 日，我便很高兴地到人事处干部科报到，穆刚同志接待了我，办了留校到力学数学系工作的手续，他告诉我："你是第一个留校到新建的工程力学数学系报到的教师，具体工作请你去找解沛基同志，他会向你布置工作和任务。"当时解沛基同志身兼两职：清华大学校长办公室主任，兼工程力学数学系的党总支书记，张维同志兼任系主任。

当时新系的筹备组开会都在工字厅校长办公室——工字厅的后厅开会。解沛基同志给我的工作任务是任系里学生组的组长，他告诉我：虽然是新建的系，其实从 1956、1957 年就招生了，学生都放在工物系代管，现在抽回来。流体有两个班：力 201，力 301；固体有两个班：力 202，力 302。力学系的培养目标是对着上天的任务，流体专业面向飞行器外型设计，固体专业面向结构强度设计；上天还要搞控制飞行系统，又从力 201 及力 202 中抽出一些学生，基础课和原班一样，到三年级再按教学计划多学习控制理论和飞行力学，这就组成了力 203 班。之后我们又从 1958 年招收了力 401、力 402、力 501、力 502、力 505，都是六年制。我们系的数学专业建系以后从一、二、三年级开始，从全校各个系去挑选优秀的学生建立了数 0、数 1、数 2 三个班，这些学生毕业后都成了我国计算数学、软件专业的骨干力量。为了上天，又从热能系转来热物理专业搞燃烧理论和动力设计，称为 410 专业，4101，4102，4103。

1960 年国家急需计算和软件人才，从数 0、数 1 两个班提前抽调了 10 名优秀学生到国防科委去工作。

学生组还负责力学研究班一届、二届、三届的研究生工作，我们系最盛时学生达到 1000 人左右。从零开始的学生工作班子要我一点点地去搭建，学生要从各个系去抽调，学生骨干也要一个个去挑选,去培养,挑选政治辅导员、班主任。我们也很年轻,没有经验,要依靠系的党总支、校党委的学生组领导和支持,总之要树立一个责任心和信心:"要爱学生,让他们成为自己的亲兄弟姐妹,凡事要依靠校、系两级领导。"我不敢怠慢,兢兢业业地去做,要培养德智体全面发展的三好学生。

我记得建系不久,全校开展了"红、专"大辩论,依我看就是要学生牢牢树立"为人民服务"的人生观,力301班(孙继铭、叶宏开、杨桐所在的班)评为了校先进集体。在1958、1959年的教育革命中,培养学生重视实际工作和实验研究,各个专业师生一同建立力学系新的实验基地,如流体的102风洞A和B,超音速风洞103。在学生中出现了许多动人的故事,充分展示了他们的聪明才智和实战本领。后来这些学生都成为国家的栋梁和骨干,不少人成为市长、市委书记、总工、总裁、司长,及高等院校校级领导,还有院士、教授等。我将他们的功绩引以为豪,我过得很快活,我的学生始终也是我的好朋友,他们时刻关心着我。

我深爱着我的学生们——绝对不要放弃每一个学生

在那苦难的动荡年代,王学芳出名于"包庇反动学生,打击工农干部"。我经受着没完没了的批斗。由于国际形势的变化,1964年全校学生进行了思想教育运动。我系有一位同学对"政治民主、思想解放、言论自由……"谈了一些思想,看不清资本主义国家所谓"民主、自由"的实质,那时候有些学生干部和思想很"左"的人很紧张,怀疑是不是要培养具有这种"反动"思想的学生。我向校党委主管学生工作的艾知生(当时任清华大学党委副书记,"文革"后任国务院秘书长,广播电影电视部部长)同志作了汇报,学校党委指出,对思想认识模糊的学生和个别人,要做更加细致、耐心、认真的教育工作,不能简单地在学生中扣帽子、抓反革命。我们派了政治辅导员专门亲近她,关心她,和她交谈,指出她看问题的片面性、并轻信国外的宣传,1965年到农村去参加"四清",又专门派了老师带着她,听听农民对许多政治问题的看法,指出立场是看问题的出发点,不同立场会有不同结论。工作很细致,直到"四清"结束,这个学生有了很大的进步。但"文革"中我却因此而遭难,在整个批斗的过程中,这个学生始终关心着我,眼神里的"内疚"时时向我投来。我认为她明白了很多事,有了很大的进步。

"文革"结束有好几年了,有一天,一个学生来我家敲门,我开门一看,是那位同学,还领着一个四五岁的孩子,她说:"老师,我是特意来看您的,我的不懂事给您惹了许多的麻烦和痛苦,我真的心里很抱歉,很内疚。"她告诉我,"文革"后她分配到了保定,在一个机械厂工作,也碰到好人了,车间党支书是个好人,很关心她,不整她,还给她介绍了一个对象,结婚了。后来为发挥她的专长又分配她在保定的一个大学教书,讲理论力学,教学工作做得很好。我聊以自慰,这个车间的支书是她的救命恩人,在那么左的年代没有整死她。又过了很多年,大约是20世纪90年代了,有一年过新年,我意外地收到一张从青岛寄来的贺卡,寄信人称是热爱我的学生,叫薛琳,她告诉我她后来调到青岛建工学院工作,讲授力学课,工作很好。她说两个孩子比她年轻时懂事,表现都很好,都已考上了大学。她说她也很努力地工作,这一年被评为青岛市的三八红旗手。我热泪盈眶地读完了这封信,虽然她改了名叫薛琳,但我坚信她就是不负老师关心的那位学生。2002年5月,力201班(我们流体力学的首届毕业班)在青岛中国海洋大学聚会,庆祝毕业40周年,我和我老伴儿,沈孟育教授和老伴儿应邀去青岛参加他们的聚会,和他们全班相聚了几天。薛琳知道我们去青岛,她早早地就等候在海洋大学招待所的大厅里和我们相见，非常亲热地和我们谈到很晚才回家。我们祝贺她当了市级的三八红旗手，表示回京后，我们要把她的情况报告给艾知生同志。她说："我很感谢清华大学校党委和老师对我的关心与教育，我想去见艾知生同志，但不是现在，等我当了全国的三八红旗手后，我一定会回去向艾知生同志汇报。"这件事很令我感动和欣慰，同时我也难过，因为那时艾知生同志因患肺癌正在治疗，已经是不久于人世了，我把薛琳的表现和她的话告诉了艾知生同志的夫人齐卉荃同志，齐卉荃同志告诉我说她已告诉了艾知生同志，他非常的高兴。这件事告诉我们：学生很年轻，可塑性很大，将来是国家的栋梁，我们要关爱每一个学生，不要轻易伤害和放弃他们。

先做学生，后做老师，在战斗中成长

我是从机械系铸造专业毕业的，1958 年 7 月留校到力学系后不久，学校党委又留下了我的好友杨淑方和夏之熙两位同志，杨是水利系水工结构程专业毕业的，和我并肩工作在校团委组织部。夏之熙是土木系房屋结构专业毕业的，比我们高一班，也在土建系做团的组织委员。从当年毕业留校到力学系参加建系工作后，我们除了担任党政工作外，也要从事教学、科研的业务工作，双肩挑。"服从分配"就是我们的志愿，"在战斗中成长"就是我们的口号。解沛基同志把我分在流体力学专业，杨淑方、夏之熙在固体力学专业。

我当时除了学生工作之外，还兼管一些人事工作，如招聘新教师及实验员等。1959 年，我被派到北航去招聘新教师，我记得当年在北航招聘了徐文灿、周辛庚、董岩三位老师，又在北京航空学校招聘了祖佩贞、王秀琴两位。教研室的业务骨干多数来自 1957 年创立的力学研究班一、二、三届，他们都是从全国各大学抽调来的，相当于研究生的培养，他们毕业留校从事力学系的教学和科研，是各个专业的骨干。有的 1958 年 9 月提前就到力学系报到了。

第一个研究攻关项目是"学习号"。我们这几个从外系转行过来的人业务上也有要求，"先做学生，后做先生，在战斗中成长"。我在参加建系，负责学生工作的同时，要学"流体力学"专业的基础课，我听过解沛基同志讲的"流体力学基础和连续介质力学"、徐华舫讲的"气体动力学"、卞荫贵讲的"粘性流体力学和边界层理论"、张涵信讲的"高超音速空气动力学"，以及"机翼理论"、"流体力学实验"，沈孟育讲的"计算流体力学"等课程。从机械系转专业为流体力学、从工程类学科转为理论性学科，对我来说很有难度，数学基础不够，我又学了"复变函数"、"数理方程"、"数值分析"等课程，党政工作非常忙，很多课是囫囵吞枣咽下去的。

1962 年教育部进行调整充实提高的八字方针，学校允许我做在职研究生，实行半工半读，我也拿到了研究生证，但是苦于找不到导师，就半途停了下来。解沛基同志一直告诉我们要"小人穿大衣服"，"在战斗中成长"，"教学科研要摸着石头过河"。力学系在很短的时间内走完了建系的过程，就是靠这些 23～24 岁的人在党总支，系主任的领导下完成了班子的搭建、专业的教学过河，一套培养学生的教学计划和各门课程的讲授，师生共同亲手建立了实验室。我记得流体力学的基础教学风洞是"102A"，建在西主楼北面一排底层，学生的风洞实验是系里能做的唯一的流体力学实验，有的实验要到水利系旧水利馆去做，如"雷诺阻力实验"、"沿程阻力实验"等。102A 风洞的调速是用改变电流电阻来实现的，土得不能再土了，即把一个极板放在盐水池中，挪动极板，改变电流，调整风洞电机转速，过了不久盐水池积灰，又脏又起泡，我出主意去买了一个手动调速器，又想出了一个办法，去买有轨电车的调速制动器，并主动承担去找。我到了永定门电车厂，求他们卖给我们一个手把开电车的调速器，他们真好，真卖给了我们一个。那东西是铜的，很重，我也忘了是怎么弄回清华的，最终我们的 102A 风洞扔掉了盐水池，调速时开起了电车。

102B 风洞建在旧电机馆一楼，是木质的回避型风洞，八级木工徐师傅负责做调速转动的旋转风扇叶片，房师傅和他一起做。实验段的尺寸可达 0.6～0.7 米，风速可达到马赫数 $Ma=0.2～0.3$，有一套压力排管测量装置，还可以调整夹角，有改变物体攻角的机构和测力装置。102B 风洞解决了"基础流体力学"的许多实验。这从无到有的建造过程，至今还历历在目。1976 年唐山大地震时，我们都从家中逃出来避难，102B 风洞是在清华大学旧电机馆一层，是 1932 年建的老楼，房屋建筑结构比较结实，我们的许多教师暂时在 102B 风洞躲避。亲手建的这个风洞也为我们这个年轻的教研组立过丰功伟绩。1998 年，我们系搬到新系馆，拆掉它是很令人心疼的。至于师生亲手建立 103 超音速风洞的感人故事，就更多了，八年抗战，100 万元的投入，最终的结果真令人挥泪伤感，不忍再谈。

我在学习了流体力学专业的基本课程后，1963 年，又从学生组调回教研组，做了两年党支部书记，开始上辅导课，本系力 501 班，外系许多班，做过流体力学和气体力学的辅导教师。如力 501 班，解沛基同志讲课我是辅导教师，有人开玩笑说，党总支书记讲课，支部书记辅导，课代表应该是党小组长了。

除了建实验室外，我参加的第一个科研题目是 1964 年从航空部 601 所接的"面积律"课题。世界上一些国家发表了文章，即按照马赫角来切割飞机，从头到尾横断面积应是变化最小的，阻力就最小，那么有机翼的部分，机身应呈现为细腰形。开展这项研究可不容易，计算机编程是打孔机，一盘盘的带子要按程序打孔，检查修补，上计算机要到学校计算机中心，当时学校只有一台真空管式的计算机，称为 911 号，在主楼占据了一个大大的房间，运行起来电真空管发热很大，为散热，很多电扇同时在扇。当时 911 号运行速度为 10000 次/秒，与今天的一台笔记本电脑相差上万倍，可见当时的科研工作多么不容易。

出任力学系工会主席

1982 年，时任力学系党委书记和副书记李德鲁同志和邵敏同志找我谈话，希望我能接受党组织的安排，出任力学系的工会主席。起先我是很不情愿的，因为工会工作要做好是要付出不少精力的，而在职称业绩上是不计入的，但是组织上做了安排，我们这一代党员的确是"服从"就是党员的天职。我既然答应了，就一定尽力去做好，力学系工会委员会的全体同志、力学系广大的教职工是支持工会的，这给了我很大的力量。

工会是协助党教育群众又进行自我教育的组织。我们走出去，看看国家改革开放后的新形势、新面貌，看看从农村到工厂到城市的巨大变化。系工会组织参观过："留民营村"、"韩村河村"、"窦店大队"、"长城风雨衣厂"，还得到天津市市长李瑞环同志和市政府的热烈欢迎。全系教师以贵宾的待遇访问并参观了天津的市政建设……这些活动给我们系的教工以深刻的印象，我们深深地被感动着。大家对我们系的工作很关心、很爱护，一种集体主义精神在力学系闪光。我们系的工会第一个在学校被评为"优秀的职工之家"。歌咏比赛最能体现出我们大家的集体主义精神，为力学系争光，一呼百应。很多老教师一召即来，认真听指挥,发挥自己的力量,要在全校歌咏比赛中唱革命歌曲,唱出我们的第二个春天来。力学系教工人数在学校属于中等,不是大系,但参加的人数达120多人。唱革命歌曲使我们意气风发,斗志昂扬。无论是白发苍苍的老师还是年轻的教师,无论是教授还是实验员、工人、行政干部,都齐心协力,团结一致听指挥。从1982年到1989年,我们连续七届歌咏比赛都是全校第一名。为了比赛,大家自费制作服装,有秋装还有春装,这很不容易。我们力学系的工会被评为"北京市优秀工会",从一滴水可以看到阳光,使我们做工会的干部深深地感动。

科研开展的第二个春天

1. 接二连三地承接国家攻关项目

张维院士是我们系的第一任系主任,他是全国科协副主席,两院院士,联合国教科文组织的执委。他一贯地教导我们要为国家的强盛、科学的进步做实际工作,科研一定要结合和促进生产的进步。我很赞同他的意见,聆听他的直接教导,也得到过他许多的帮助,甚至是非常细小的事情。

"文革"以后,由于认识上的差异,流体力学分成了两个教研组,我在流体工程教研组。在教学和科研上我们一定要面向国计民生,在促进生产力发展的方向找题目搞科研。从20世纪70年代末到80年代初,我们在气动技术上走在全国的前列和首位,也做了不少科研项目。1978年开始,我们走访了全国各地的很多科研单位、企业和工厂,进行调查,为生产第一线解决实际问题。1982、1983年和1987年,我们先后获得了三项国家发明奖,编、译、写了三本书,《气动技术》《瞬变流》《工业管道中的水锤》,确定了"瞬变流"的研究方向。1985年,我们获得了国家"六五"重点攻关项目"长输油管线的水锤分析";1986年我们又获得了国家"七五"重点攻关项目"压水堆核电站的水锤分析",继而是"八五"、"九五"攻关项目。"七五"攻关项目经费有40万元,在1986年时,那是全系最多的一项经费。在水锤分析方面,我们的科研水平是全国领先的,为此曾获得国家部委不下十项重大科技成果奖和部级科技进步奖。在这些研究中,培养了一支科研攻关能力很强的青年教师队伍。学生在实际科研工作中也做出了很大贡献,得到了很大的提高和锻炼。

2. 走出国门,开展国际合作,建立世界一流的教学研究基地

自1988年以来,这20年我们与国际上排名世界第一的气动技术跨国集团公司"日本SMC株式会社"商谈进行科技合作,在清华大学建立"SMC清华大学气动技术中心"。意向合作和协议1989年就定下来了,由于当年国内政治形势的原因,正式签约是在1994年4月20日。建立中心的目的是"促进中日人民友好,共同推进技术进步,达到世界一流水平,培养跨世纪人才"。日本方面出资捐助中心的建立和合作的科研经费,并给予学生数额巨大的奖学金。这个合作的确进行得很顺利很成功,20年的友谊在不断加深,进入清华大学的经费已累计达到近5000万元人民币,奖学金已达225万元人民币,有近1500人次学生获得过"清华之友——高田奖学金"。

在力学系建立"SMC清华大学国际合作中心"使教学、研究基地达到了世界一流水平,是力学系第一个供学校来访者对外开放参观的窗口。今年由于这项合作的贡献,对方的总

裁 SMC 株式会社高田芳行会长还捐赠了一座楼（旧西阶教室原址）。2008 年校庆之际，"高田芳行馆"举行了落成典礼。旧西阶这个我们当年上课的教室已无法和今日相比，教师反应这是目前清华大学电化教学水平和设施最好的一幢楼。

2008 年力学系从婴儿开始步入中年，在 50 年后的今天孕育并成立了航天航空学院，力学系作为航院的中坚力量，有着 50 年的经验，一定会有所借鉴，把新建的航院办好。

我 23 岁梳着两条小辫子来到力学系，如今已是 73 岁花白头发的老人了，我把一生中最好的工作时光献给了力学系。我坚信建系时的总支委员们祝解沛基 80 寿辰时所说的话一定能实现，后来者居上，青出于蓝一定胜于蓝，航院一定会前程似锦。

建系时的总支委员们祝解沛基 80 寿辰

无怨无悔的五十年

姚振汉

（力 202 班学生，清华大学固体力学研究所教授）

值此清华大学工程力学系建系 50 周年的大喜日子，作为一名我们系固体力学专业的首届本科毕业生、"文革"前毕业的研究生，之后又一直在系里任教、直至退休的老教师，伴随着我们系走过来的 50 年往事历历在目，好似翻开了一本沉甸甸的厚书。我和许多同事一样，把人生最宝贵的 50 年和工程力学系紧密联系在一起了。如果要我用简短的几个词、几句话来表达我这 50 年的感受的话，首先要说的是我的感恩，由于老师们对我的谆谆教诲和热情帮助，才使我能胜任后来的工作。其次要说的是我和同一代的同事们一起做出了应有的奉献，因此在我们这一代固体力学的重要方向在全国都是位于前列的。经过在清华大学工程力学系多年的学习和工作，在学习和教学、研究各方面得到的一些感悟，有些可能对部分学生和年轻同事还有参考价值。此外还要说的是现在在岗的年轻同事青出于蓝而胜于蓝，使我们力学学科保持了在国内的领先地位，并在国际上产生越来越大的影响，使我感到十分欣慰。最后，作为一名退休教师最令我感到骄傲的是自己的一些学生在各个岗位出色地工作，为我们的国家做出贡献，这也是我最大的幸福。

由于篇幅有限，这里主要写我的感恩这个部分。

我在中学时候也像许多现在的中学生一样，向往清华大学。我原先的第一志愿是考清华的建筑学专业，后来听了清华老师来到我们的中学对工程物理新专业的介绍，就把清华工程物理作为第一志愿。来清华我被分在物 104 班，1957 年反右之后重新分专业，我才分到了不是我当时第一志愿的固体力学专业。本科期间又曾被分配到侧重实验的力 13 小班，重点学习了从电工、电机、电子到自动控制和计算机等一系列电类课程，力学课程则按少学时安排。困难时期之后，随着这个班的解散我才回到了固体力学的班上。1962 年年初宣布了研究生选拔从原来的分配改成考试录取，让大家报名。我问我们的班主任余寿文老师，我从小班过来的能不能报考。他告诉我，当然也能报考。在我报名之后，专业课有的卷子还是为我单独出的题。班上一共 10 人报考，最后我和其他三位同学一起被录取了。秦权的导师是张维先生，王正和江秉琛的导师是杜庆华先生，我的导师是黄克智先生。

研究生时期的学习，使我终身受益，也使我对这一辈子在清华力学系从事固体力学的教学与研究，从内心感到无怨无悔。研究生入学后黄先生问我，将来的论文是做实验方面的，还是理论方面的，或者是两方面结合。我想黄先生是出名的学风严谨的理论专家，我不想挂在他名下主要由实验方面的老师来协助指导，因此我说愿意做理论和实验结合的课题。这样定下来之后，我在理论学习上就必须比其他三位同学加倍努力才行。当时的主要专业课就是两门，一门是弹性理论，另一门是薄壳理论。采用的学习方法是导师指定参考书籍和文献，由研究生自学。刚开始我们四个研究生同学都觉得，以前是一个班一起听课，现在是导师指导一两个同届的研究生，有问题请教起来可方便了。当我们未经刻苦钻研，就找老师答疑时，无论是黄先生、杜先生，还是张先生，都不直接给出答案，而是启发我们要自己刻苦钻研，寻求正确的答案。对于弹性理论课程，黄先生要求我精读诺沃日洛夫的俄文弹性理论一书，基本概念一定要准确理解，公式要逐个推导，如果书上有印刷错误要自己找出来。当时杜先生给他的研究生开了一张有 17 本书的书单，有英文的和俄文的，要求每一章自学几本写得较好的书籍。张先生开的书单虽然没有杜先生的那么长，但是其中有几本是德文书籍。当时他们三位同学是本科一直学的固体力学专业，我是学少学时弹性力学过来的。但是我想自己既然要当黄先生的研究生，就要把原来的差距完全补上，不折不扣地达到固体力学研究生的要求，因此我和他们一样，把三位导师的要求都作为对自己的要求，加以不折不扣地完成。在学习变分原理这部分重要内容的时候，黄先生除了给我指定文献之外，还把他自己阅读文献的笔记借给我看。当我拿到黄先生的这本笔记的时候，我真是大开眼界，才开始认识到怎样才算是深入学习一篇文献。当时还没有复印机，我就把整本笔记从头到尾抄了下来，不仅理解其中的内容，更希望学到一些学习的方法和钻研的精神。当然其中我比同届研究生花了更多的精力，但是我还是第一个完成了这门课的自学任务，第一个申请考试，并取得了较好的成绩。薄壳理论课除自学书籍外，还有机会听了黄先生给有关老师的讲课，讲的是高尔金维泽尔的薄壳理论。当时一般老师和同学都觉得这本书很难，而黄先生不仅深入浅出讲得很生动，而且有自己的见解。对这研究生第一年的课程学习阶段，我们同届的四个研究生一致认为这是使自己在专业学习上进步最大的一年。我想，一些学习比较好的同学可能都有类似的体会：在大学本科阶段以老师给全班提出的要求为目标的时候，学习都是相对比较轻松的；只有到了研究生阶段，由于离自己崇敬的榜样更近，自己能给自己提出高要求了，此时才真正能调动自己全部的学习积极性，才可能废寝忘食地去刻苦钻研。而我们的老师们正是能触发我的这种积极性的好老师。在论文工作期间，黄先生又安排我参加了学习使用学校里的电子计算机，使我有机会很早就接触了计算机，后来与计算力学结下了不解之缘。

由于 1965 年下乡参加"四清"一年，之前已经运动不断，接下来就是"文化大革命"，我们这届的研究生论文工作都没有最终完成。但是在 70 年代关于汽轮机叶片的工作中，我采用了渐近分析的方法来处理扭曲叶片的问题，由于有关这方面的工作，我在 1978 年参加了北京市的科技大会，并受到北京市先进科技工作者的表彰，并且参加的项目还在 1980 年前后分别获得北京市、一机部、水电部的科技进步二等奖。而渐近分析方法还是用的从黄先生这里学到的方法，才使我在科研工作中有一个较好的起步。不仅如此，我在德国做洪堡学者期间用一年左右时间完成了我的博士论文，也是用了对于薄壳的渐近分析，以及出国前也是从黄先生那里学到的张量分析的知识。我把这些知识用在和德国的合作导师感兴趣的领域，才很快获得了德国的工学博士学位，因此对此除了感谢 Wunderlich 教授之外，也要感谢黄先生的教导。没有当年在黄先生指导下打下结实的理论基础，要胜任后来承担的各项工作是不可能的。

我第一次和杜庆华先生近距离接触是在刚考上研究生的时候，和考上他的研究生的同学一起去他家里拜访他。后来在自学弹性力学课程时也按照他开的书单自学了 17 本书，他给我的最初印象就是学识渊博、待人和蔼。从江西农场回来后我曾经被分配和刘宝琛老师一起在实验力学的小组参加了杜先生负责的葛洲坝330大轴研究组，曾随他一起去富春江、新安江等地调研和实测。后来我又被安排到振动组参加汽轮机叶片振动研究。真正在杜先生指导下参加科研、教学工作是从1979年开始的，当时他在国内倡导要开展工程中边界元法的研究，在前一年的国内学术会议上就介绍了国外这方面的研究动向。他亲自问我愿意不愿意一起做边界元方面的研究。当时我考虑到，前几年杜先生也在国内很早提出要开展有限元法方面的研究，但在当时的体制下没有人和他密切合作，过了几年清华在这方面的影响就不如有的兄弟学校那样大。还考虑到，杜先生当时已经60岁了，当时学校里又没有研究生，不可能要求杜先生亲自编程计算，需要有年轻老师密切参与，才能把这一新领域的研究开展起来。因此我就很乐意地同意了。当时没有想到，从此我和边界元法结下了不解之缘。从1979年到1984年，我开始在杜先生指导下开展边界元法的研究、联名写文章，接着又和他共同指导硕士研究生，并协助他指导博士生，随他去武汉讲学，在他指导下和余寿文老师一起编著弹性理论教科书，在他指导下开始上弹性力学课。从德国进修回来后，又参加他负责的国家自然科学基金重大项目，和兄弟学校的老师们合作，并继续开展边界元法的研究，同时还协助他组织边界元的全国会议和中日双边会议，后来还协助他组织北京力学会的有关活动。在我申请破格晋升教授的时候，提供的材料中许多都是和杜先生密切相关的，可以说，我就是在杜先生的指导下逐步成长为清华大学的一名教授的。这些年我从杜先生那里学到了很多：他即使在"文革"还没有结束的困难条件下，都从来没有间断过阅读国际文献，了解学科发展动态；他对他的学生始终满腔热忱，在他们需要帮助时总是热心帮助；他一再强调培养研究生要多为他们将来毕业后的工作着想，面要宽一些；他对兄弟学校的同行总是平等相处，密切合作；他总是积极开拓和国际同行的联系，创造机会开展学术交流。因此他留给大家的形象是德高望重，而又平易近人。我很荣幸许多方面曾经接了杜先生的班：从固体力学教研组的主任、系学术委员会主任、计算固体力学方向的学术带头人、边界元法全国学术交流和国际交流的负责人，直到北京力学会的负责人。我想，任何一个年轻教师如果能得到这样一位前辈的扶持都是非常荣幸的。

我和张维先生的接触没有像和黄先生、杜先生那么多，但是他对我的帮助我也永远难忘。我除了在研究生期间和同学一起去张先生那里拜过年之外，第一次和张先生的直接接触是在"文化大革命"中，我带着几个本科生找张先生了解教育改革方面的情况。他对我们这些研究生和学生，一点没有架子，还准备了一厚夹子的有关文件，耐心向我们介绍。虽然"文革"期间一会儿是风、一会儿是雨，那次的调研也是不了了之，但是张先生给我留下了办事认真、平易近人的印象。在江西农场的时候，他正在接受莫须有罪名的审查，我们曾经在一个班劳动，对于他那样的高龄实在是不易，但他还是性情开朗，我想应该是由于问心无愧的缘故。从农场回来后在参加北京市科技大会时才又见到他，当时他一直很忙。当1983年确定公派我出国进修之后，他建议派我去德国。当知道杜先生为我联系了德国一位边界元方面计算数学著名教授、准备申请洪堡奖学金时，又专门把我找到他在工字厅的办公室，和我详细讨论。他认为出国进修要长远考虑到回国后的长期发展，因此建议我还是去力学方面的著名教授那里。为此，他还在出国到德国办事时专门在途中约见了有限元法创始人之一的Argyris教授，并亲自推荐我申请洪堡奖学金去Argyris教授那里进修。虽然后来德国的洪堡基金会没有批准我去Argyris教授那里，而是建议我换另外一位合作教授，但是张先生在申请洪堡奖学金方面给我的帮助，帮我做出的选择，使我终身不忘。后来在我担任教研组主任和研究所所长期间，张先生还经常把他收到的有关固体力学结合工程的重要研究方向的材料转给我，他在80多岁高龄时还一直关心着我们固体力学学科的发展。

在清华力学系同时得到三位院士的关怀、指导和直接帮助，我是十分荣幸的。当我的一些老师陆续退休，要我来当固体力学教研组主任的时候，我首先想到的是要承担起我们这个年龄段的人责无旁贷的使命：要承上启下，让几位老前辈开创的清华固体力学学科能够继续发展下去，为学校争光，为国家做出更大的贡献。"文革"的干扰使我们丧失了一段最宝贵的时间，因此在国际同行的印象中我们的年龄比实际年龄小了十多岁。经过大家的努力，在我当固体力学教研组主任负责固体力学学科的日常工作的时候，我们固体力学学科在张先生开创的弹塑性力学方向、杜先生开创的计算固体力学方向、黄先生开创的破坏力学方向，以及分别由戴福隆教授、郑兆昌教授为带头人的实验固体力学和振动与动力学方向都在国内处于前列，并都取得了一些达到国际先进水平的成果。我真心希望年轻的一代能从起点开始就和国际同行站在同一起跑线上。曾经有一段时间我们的年轻教师向国外流失十分严重，我们真是心急如焚。因此我和我们这个年龄段的一些老师一样，都把默默奉献放在第一位，尽量多承担些行政杂务、多承担些要把人拴住的教学任务，让年轻人有更多的出国进修的机会、更多的从事高水平研究工作的时间。

我的教育生涯中主要给本专业的研究生开课和指导本专业的研究生，退休前的最后几年才给全校工科研究生主讲弹塑性力学课程。我渐渐感悟到，他们虽然原来的力学基础不如力学系的学生，但是他们将来在各个工程领域可是要起拍板作用的。因此要改变原来开少学时课程的习惯，似乎少学时就是低要求。这些课程讲授力学概念要特别解释清楚，力学模型的建立要作为重点，要告诉学生什么情况下模型不能简化，问题会更复杂，让他们将来遇到此类问题时会继续去钻研，或寻求与这方面的专家合作。对外专业同学，解析解的要求可以适当降低，而要把理论课和数值计算建立起联系。也许这点感悟可以供年轻老师参考。

我感到十分欣慰的是我们的年青一代不负众望，真正是青出于蓝而胜于蓝。我当系学术委员会主任时推荐过的固体力学的三位长江学者在国内均有很大影响，有的在国际上也有了较大影响。我刚开始负责教研组研究生工作时，有一位成绩特别突出的硕士生要报考外专业的博士生，我知道后做了不少工作把他说服留在了固体，现在也已经是我们十分重要的骨干。我们力学系的未来取决于年轻的一代，我们对他们充满了信心，也因此深感欣慰。

清华大学育我成长

薛明德

（力 302 班学生，清华大学固体力学研究所教授）

1957 年秋，我怀着对未来美丽的梦想来到清华园，岁月流逝，不觉已有 53 年。1958 年，我们全班从工物系转至刚成立的工程力学数学系，1963 年毕业后留校任教，从此在清华固体力学教研组中工作、学习、成长。2005 年退休后，遵照蒋南翔校长"为祖国健康工作五十年"的教导，仍为母校做一些力所能及的工作。回顾过去，我有幸在我国三位著名的力学家张维、杜庆华、黄克智一手创建的清华固体力学这个集体中，在各位前辈、老师们的带领、教导与提携下，在教书育人与科学研究两方面都为国家与学校做了一些有益的工作。

教学方面，我先后主讲本科生的"弹性力学"、"板壳理论"与研究生的"张量分析"课程。我主讲的"弹性力学"曾被我系学生评为大学五年中最有收获的一门课；后来该课程由杨卫院士领衔成为全国高校的国家级精品课，我是教学组成员。我给全校研究生主讲的"张量分析"被学校评为第一批研究生精品课。20 多年中，我先后培养了 14 位硕士与 8 位博士，作为副导师协助年长教授培养了 6 位博士；从 2000 年至退休，曾连续五年被选举为清华研究生的"良师益友"。1995 年获"北京市优秀教师"称号，2003 年我国设立教师节 20 周年时，获得首届清华大学"教书育人奖"。我还参编了《张量分析》、《板壳理论》等 4 本教材；在 2009 年与向志海合作，为我校航天航空学院出版了基本教材《飞行器结构力学基础》。

科研方面，自 1974 年起至今，我与黄克智先生合作，将板壳理论、塑性极限分析应用于制定我国压力容器国家标准与行业标准，多项研究成果为其采纳，成为涉及全国十多个行业的法规性技术标准。其中，管壳式换热器管板设计方法与圆柱壳大开孔接管的分析设计方法都是压力容器设计中量大面广的问题，后者更是从 20 世纪 50 年代起国内外许多著名力学家所瞩目而未能解决的难题。我从 1974 年参与制定中国管板设计方法，经过了七块各种结构及参数的大型换热器管板产品的实验验证，得到工程界认可，于 1989 年成为中国国家标准《管壳式换热器》GB151；而与我们同时开始工作的美国机械工程师协会（ASME）课题组直至 2004 年才形成类似的法规性标准。从 20 世纪 80 年代起我们开始着力于寻求圆柱壳大开孔接管的薄壳理论解，经过 20 多年坚持不懈的努力，终于得到了比前辈多位力学家更精确并适用于大开孔的理论解：将解的精度由 $(T/R)^{1/2}$ 量级提高至 T/R 量级（T，R 分别为圆柱壳厚度与半径），适用范围由开孔率 0.5 提高至 0.9。我们在 ASME J. Pres. Ves. Tech. 杂志 1996，2005 年发表的论文先后获当年度杰出论文奖（每年仅一个），2006 年在

ICPVT-11 暨 ASME 2006 国际会议论文获得会议杰出论文奖。该成果已纳入中国国家标准《压力容器》(GB 150—2010)，其精度与适用范围远超现行的各国压力容器规范。20 世纪末，我虽已年近花甲，又投入到我国航天工程的研究中，经过十多年的努力，我们课题组已经自主发展了大型空间结构热动力学耦合这一高度非线性问题的有限元分析方法与具有自主知识产权的软件。

几十年来，是清华大学与固体力学这个集体为我提供了成长的土壤。作为一个光荣的清华教师，努力攀登，做好自己的工作是我应尽的本分。我周围的师长们是我最好的榜样。

热爱祖国、热爱科学是这个集体最重要的精神力量。黄克智先生在 1958 年建系时放弃获得莫斯科大学博士学位的机会回国，在"文革"那样艰难的条件下仍旧孜孜不倦地学习、努力开拓我国压力容器标准自主创新的科学事业。杜庆华先生在解放初期与朱光亚等留美同学毅然回到物质条件非常艰苦的新中国，病重时嘱咐家人在他身后将所得何梁何利奖金捐作力学专业贫困学生奖学金(杜庆华奖学金是我系第一个以个人名义设立的奖学金)。他们的榜样激励着我，一定要为我们国家自己的科学与发展做一点实实在在的事情，淡泊名利，不走"捷径"，要坚持做那些有中国人自己的知识产权、经得起时间与实践检验的工作。

教书育人是教师最重要的工作。还记得大学六年中许多基础课老师如数学老师李欧、胡露犀，力学老师张福范等为我们打下了扎实的基础。还记得黄克智先生为我们班一次又一次开出多门力学系第一遍的专业课。还记得改革开放后张维先生亲自为 77 届本科生讲材料力学课。这些，在我后来几十年的工作中都影响着我。我决心像他们一样，无论什么情况下都要把教书育人放在第一位，要像前辈们一样热爱学生、热爱教学，时时想着青年(不论他当时学习成绩好或差)是祖国的未来，今天的一份努力将带来明天的桃李芬芳。

严谨求实是清华传统的学风。我在大学学习时，按照老师们的要求，书本上现成的力学公式是要自己一步步推导过的，只有这样才能够懂得这些公式在什么条件下适用，中间做了哪些简化。不懂的东西就要提出来问，最要不得的是不懂装懂、糊弄，抄袭是自欺欺人的把戏，作弊被当时的同学们公认是最可耻的。我长期在黄克智先生带领下工作，有些人怕他在学术上的"严厉"、不讲"情面"，我深为自己有这样一位严师而幸运。如果没有这种追求真知的精神，没有对于理论的深刻认识，就只能跟在外国人后面人云亦云，我们就不可能挑战那些国际上通行了几十年的"权威"工程规范，不可能创造出具有我国自主知识产权的设计方法。20 世纪末，航天 863 专家组提出"航天结构的热诱发振动是十分重要的问题，目前国内没人做，你去做吧"；这是一个动力学与传热学耦合的问题，有较大的难度；我仅有的一点传热学知识是大学时黄克智、余寿文老师教的，动力学知识是郑兆昌、黄昭度老师教的；以后几十年中再也没做过此类研究。凭着大学时那点扎实的基础，我才能看懂新的文献，带领学生们做出自己的创新性工作。

按照钱学森、张维先生的教导，力学是技术科学，力学理论必须与工程实际相结合。作为力学系最早的学生，我们班曾跟随老师们参加过较长时间建立实验室的工作。在课程学习中，利用当时十分简陋的手摇计算机做过大作业，记得我是算了一个阶梯轴的临界转速。毕业前在中国船舶研究中心实习了两个多月，学会了从事大型工程结构实验的本领。毕业论文也是一个航空工程中真实的题目。所有这些锻炼使我树立了这样的追求：以我的力学知识为祖国工程界的自主创新做一点切切实实的工作。

在母校建立一百周年之际,我衷心希望年青一代能够将清华大学的光荣传统发扬光大。

2006 年作者(中)与黄克智先生(右)、博士生李东风(左)
共获 ASME J. Pres. Ves. Tech. 杂志 Zamrik 杰出论文奖

力学与机械设计

倪火才

（力 402 班学生，郑州机电工程研究所副总工、研究员）

我是 1958 年入学的工程力学系建系时第一批一年级新生，经过 6 年本科学习，又考上了研究生，到 1968 年 4 月 8 日离校，差不多学了十年固体力学。原本想在力学上做一番事业，可是在这离校的 40 年里，力学是我的业余爱好，机械设计才是我的本职工作。

1968 年 4 月 9 日报到后的第二天，领导交给我的第一项工作就是设计 U 形筒间密封装置，并交给我一张草图，是薄壁结构型。可是载荷条件比较苛刻，需要密封时要承受较大的压力，在设备受到冲击载荷作用时，要能提供足够的变形量。我应用在学校学习的板壳理论、薄壁结构力学等知识，进行设计计算。结果表明，要设计出这样的结构，钢板所用材料的屈服极限必须达到 1300MPa 以上。可是当时我国根本不可能生产出这样的钢材，因此，我否定了该方案，提出了承受密封压力构件与提供冲击位移构件相分离的方案设想。接着到部队农场接受 544 天的再教育。回到研究所正好赶上下厂设计，领导交给我的任务是设计发射内筒，实际上是设计一个带加强肋的圆柱壳体。由于我在学校里的毕业论文题目就是"加强肋圆柱壳的外压稳定性研究"，因此工作非常顺利，在要求的时间内，不仅完成了设计图纸，而且完成了强度及稳定性计算书。当我将设计图纸和计算书交给领导审查，领导感到很惊讶。因为同时到这个研究室的有四位学力学的，其中两位具有研究生学历，可是他们三位连机械图纸都看不懂，更不要说设计了。当领导找我谈话时，我就如实地告诉他，因为在清华力学系学习时，学校开设有机械原理、机械设计、金属工艺学等课程，进行了机械零件的课程设计，学习过复杂的飞机结构图，而且在学校机装车间劳动过 4 个月，车、刨、铣、磨及装配等工种都接触过，另外在新河船厂参加了两个月的生产实习，因此，对机械设计并不陌生。领导为了进一步考验我、培养我，设计图纸下厂后，就安排我驻厂配合工厂生产。在驻厂配合生产期间，不仅处理了生产中的各种技术问题，更重要的是学习了很多生产工艺知识，了解了整个产品，为以后的总体工作打下了基础。经过这段时间的磨炼后，在 1972 年进行专业组调整时，领导安排我担任总体专业组长工作。以后的工作就不言而喻了。

从我对参加工作时的一段回忆，可以明显地看出，在学校里学习的面越宽，越能适应工作的需要，特别在过去计划经济时代更是这样。一个学习力学的能适应机械设计工作，主要得益于母校的教育和培养，得益于母校的教育与生产实践相结合的方针。而与我同时进所的其他学校毕业的力学同行经过较长一段时间才适应工作。

实际上，力学与机械设计是不能截然分开的，力学离开工程实际就变成了经院力学，而在工程实际中往往伴随着大量的力学问题需要解决。在我从事产品研制40年内遇到了大量的力学问题，除了少量问题外协外，绝大部分是在我的主持下解决的，如：发射筒口压力场研究、发射时作用在筒盖上的负荷及安全性研究、减震系统的力学模型及减震效果计算等。解决这些力学问题，主要是灵活应用在学校里学习到的力学知识。

40年来，我一直从事兵器发射理论与技术的研究设计工作。1972年起先后担任总体专业组长、研究室副主任、项目负责人、项目主任设计师、研究所副总工程师等职。主要业绩有：1987年前参加的项目曾获全国科学大会奖1项，国防科委二、三等奖各1项，部级科技进步特等奖、三等奖各1项，国家级科技进步特等奖1项。1992年以后个人获奖项目有：中国船舶工业总公司科技进步二等奖2项、三等奖5项（部级），1996年获得国家级科技进步特等奖1项，2002年获国防科工委国防科学技术二等奖1项。由于业绩突出，贡献较大，多次被评为先进、授予荣誉称号，其中：1982年在某大型试验中表现突出荣立个人三等功1次，1985年荣立集体三等功1次，1988年获中国船舶工业总公司嘉奖1次，被河南省力学学会评为优秀科技工作者。1992年起享受政府特殊津贴。1993年在某大型试验中被中国船舶工业总公司评为先进分子。1996年被河南省国防工办评为1995年度标准化先进工作者等。1995年起任两届中国舰船研究院学位评定委员会委员，当选为河南省力学学会常务理事，河南省振动工程学会常务理事等。1997年当选为中国造船工程学会理事，水中兵器学术委员会和水面兵器学术委员会委员。2001年被中国管理科学研究院聘为特约研究员等。曾任《舰载武器》编委会副主任，现任《水面兵器》编委会主任。在学术成果方面，先后有40余篇论文发表；1998年出版了由我主编的我国第一部《潜地弹道导弹发射装置构造》一书（哈尔滨工程大学出版社），2001年又出版了《科技写作》一书。

这40年来取得的成绩虽然是微不足道的，但这都是与母校的培养和教育分不开的。是母校的教育使我学到了工作能力、献身精神和做人的真谛，是"自强不息，厚德载物"的校训和行胜于言的校风鞭策着我的工作和生活，母校的恩泽难以尽述。

今天，我们庆祝工程力学系成立50周年，这50年来为我国高等教育、重点行业和领域培养了一大批骨干人才，完成了大量科学研究成果。我相信，工程力学系未来将会取得更大的成绩！

倪火才研究员给年轻科技工作者讲授《科技写作》

2002 年 8 月,在承德参加中国力学学会北方七省、市、自治区力学学会召开的学术交流会,倪火才研究员(左)与清华大学姚振汉教授(中)、中国林业大学鹿振友教授(右)合影

回顾走过的路深深感谢母校的培养与教诲

孙在鲁

（力402班学生，长沙建设机械研究所副所长）

今年是我入清华50周年，也是我们工程力学数学系成立50周年，作为我系第一届招生的学生，自然应当好好庆祝我系的生日。但是，当学校向我们发出写点回忆或感想的来函时，开始我又觉得自己的经历平平凡凡，没有多少可写的东西，故迟迟动不了笔。但后来我细细一想，自己一生经历，也很坎坷曲折，作为清华学子，今天也有所成就、有所贡献，而这些都离不开母校的培养与教诲，这点感慨还是值得讲一讲的。

我在清华待了十年多，六年本科，三年研究生，加上"文化大革命"的冲击，延迟离校，就有十年多了。清华给了我很深刻的教育，给我打好了人生的基础：一方面是那时学校领导经常给我们作报告，讲形势、讲政治、讲品德、讲理想，教我们怎么做人，最核心的是世界观和人生观；另一方面是工程力学系的专业教育，使我在以后的科技事业上有了一个比较扎实的理论基础，我用所学的理论与我从事的工程机械相结合，也就在事业上有了较好的进展。

20世纪60年代，我们国家还很落后，按理说，那时候国家自己培养的研究生是很少的，应当爱护、应当得到重用才合理。然而，一场"文化大革命"，把许多新老知识分子搞得没有一点地位，我正是在这种情况下受到沉重的打击。当时，我自己并没有犯什么错误，就是因为我哥哥当时被打成走资派，一份黑材料寄到学校，完全改变了我的命运，使我本应去航空研究所工作的，就不能去，尽管系里做了不少工作，经历了种种曲折，最后还是进入了重型机械行业。"文化大革命"期间，我在农场和工厂共待了10年多。说句实话，一个年轻人，刚出校门就受到这种打击实在是太沉重了，我就见过和我们一起劳动过的因出身不好而自杀身亡的学生，我与他的亲人谈过话，内心的同情和感受是伤心到极点的，我也想过自己该怎么办，但最终还是想到人生的意义，要经得起考验，我挺过来了。在工厂工作时，我没有因为那里没有科研条件而悲观失望，而是认真学习实践知识和工艺知识，用我较好的理论基础，搞发明创造、搞技术革新和技术改造，使工厂生产效益大大增加。厂里职工尊重我、喜欢我，我获得了满足和快乐。在那十多年，条件不容许我在科技理论上有多大突破，但是我觉得过得还值得，我学到更全面的知识，体会到人生奋斗的乐趣。我想我能这样挺过来，与清华大学的人生观教育是分不开的。我记得"文化大革命"后，有一次我回校，余寿文先生见到我时对我说："你回来了，你是大难不死，必有后福。"可见我离校时所受的苦，我系的老师都有很深的记忆，我得好好感谢我的老师们。

1979年，"文化大革命"结束后，国家落实知识分子政策时，我从工厂调到了建设部长沙建设机械研究所，这是中央直属的研究所，主要从事工程建设机械的研究。说实话，那时我离开理论研究工作已经有十多年了,回到研究岗位,有些知识已有些生疏。但是,当我经过对工程机械的构造和组成的一段了解以后,我很快就把所学到的工程力学理论用到机械结构研究中去了,而且进展比较快。我接受国家的第一个研究课题是"汽车起重机伸缩臂的研究"。汽车起重机要起吊重物,臂架又受压又受弯,而臂架是由薄钢板焊接成的,怎样设计能使臂架受力能力又强而重量又轻呢?这就是工程实践中提出的问题。我马上想到飞机结构、想到机翼理论、想到飞机也是既要可靠,重量又要轻,解决问题的要害是板壳理论和薄壁理论,而这些正是固体力学的主要专业课程,我学得较多。于是,我就利用这些理论,又抓住了汽车起重机臂架破坏的主要机理是臂架根部板的局部失稳屈曲,而不是断裂。因此,我利用板和壳的组合,尽可能提高臂架根部抗局部失稳的能力,进行优化设计,研究出大圆角吊臂、五边形吊臂、六边形吊臂、八边形吊臂及它们的优化组合参数,对提高汽车起重机承载能力,起到了很好的指导作用。1984年,我的课题研究成果获得国家科技进步奖,我在行业内的影响也大大提高。此后,我担负了研究所的科技主管工作,那时,又正好碰上科技体制改革,我的精力不得不抽出很大一部分从事行政管理工作。但我在科技理论上的设想始终没有放松过。后来我又从事塔式起重机的研究,那时不但要搞计算,还要搞方案设计、搞开发、搞产品试制,参加检测,处理问题。不管怎么忙,我仍然得到过多次省部级科技进步奖,对行业做出了应有的贡献。这些工作成功的要点是我抓住了结构系统局部失稳的研究,把理论和产品设计很好地结合。

在科技体制改革中,凡从事应用研究的科研院所,国家是要逐年削减事业费。从1984年起,每年削减20%。当时,我正担任科研副所长,压力大极了。这么多人要开展科研工作、要生活,没钱怎么办?我们虽然尽力多开发一些科技成果,但是,单靠成果转让是难以满足需要的。记得当时我们所每年的成果转让收入,也不过1000万元左右,而这些成果为企业创收可以达40亿~50亿元。于是慢慢产生了科研成果产业化的设想,我也有了科研成果与产业相结合的想头。几年以后,我从管理岗位又转到科技一线岗位,我带着这个思想也开始产业化试点。后来我们院(也就是原来的研究所)正式成立了院一级的产业公司,就是中联重型机械科技发展产业公司(简称中联重科),把院里的成果挑出一些搞产业化,我就积极参与和支持。老实说,一开始是非常艰难的,是需要信心和见解的。我们抛开了小集团的利益,追求科技发展的大利益,使我们公司发展得很快,后来很快又成为上市公司。那时,我不仅承担了国家的重大课题,而且为中联重科上市写出了可行性论证报告。记得在北京会审时,我们邀请了清华的几位教授参加,我们系的李有道老师也参加了。我们上市成功了。现在中联重科成立已经有15周年了。15年来,我们由原来的长沙建机院6000多万元资产、500多人的一个小的科研单位,已发展成身价接近500亿元、职工达1.4万多人的一个集团公司,2007年我们的总营业额达到120多亿元,净利润超过15亿元,国内外到处都有中联重科的产品,为国家经济建设做出了突出的贡献。看到这些,我们内心感到无比欣慰。尽管公司现在的发展主要是靠后来人来实现,但我一想到也包含着自己的一份努力,在发展过程中,也得到清华老师的支持和帮助,今天自己的设想和追求已经实现了,这在人生的道路上,不能不说是一件大快人心的事。我们中联重科的文化理念是:"致诚无息,博厚悠远。"作为清华学子,我常常联想到清华的"自强不息,厚德载物"。一个单位要想搞得好,精神文化是重要的一环。

现在,我已年近古稀,身体素质也不是很好,能做的事越来越少,使我时有空虚感。但我也知道：人总是要老的，事业上的发展还是要靠后来人。在我退休后的几年，开始我还在返聘，为我们单位做些力所能及的工作，主要是做技术顾问。同时我也看到：我们这个行业内由于缺乏知识，人员素质培养不够，而出了不少大事故，我深感培养人的重要，也深感理论与实践相结合的重要。我在职期间，由于条件所限，没有做很多的理论研究工作，而只是结合工作实际，发表了30多篇论文，对此我感到没有辜负母校的培养教育。退休以后，我利用空余时间，回顾整理了工作中的一些体会，并使之系统化，完成了两本专业科技著作，受到业内人员的好评，现已多次再版，我也深感安慰。我能这样做，是与母校对我的教育分不开的，人要追求人生价值，总希望自己的知识经验能留给后人。我常常想：我们清华大学工程力学系有许多有名的教授、院士，他们有高深的学识，有广泛的交际，这是宝贵的财富，我们要好好珍惜。我也期望我们系在培养人才时，在注重理论探讨的同时，也要注意引导大家深入经济建设一线，要多探讨各行业、各单位常常出现的大量实际问题，要用理论去指导、去提高。清华大学在科技上品位是很高的。我期望我们系还能多创造一些应用成果、一些专利，能用到经济战线上去，用到产品创新开发上去。如有可能也可以和像我们中联重科这样的科技型企业建立更密切的联系，共同攻克科技难关。我们公司在产业科技化的大道上，很希望得到科技界的支持。科技为生产服务、科技为经济发展开路，这是我几十年来深刻的体会。

清华母校伴我成长

刘高倬

（力 701 班学生，中国一航集团原党组书记、总经理）

怀着对祖国航空事业的向往和追求，1961 年我如愿迈进了清华大学工程力学数学系学习。斗转星移，转眼已是四十七载。今年我们迎来了工程力学系建系五十周年，也是离校奔赴工作岗位四十周年。

去年校庆，我们班老同学聚会，年龄最小的都六十多岁了。大家畅谈各自毕业后的风雨历程，感慨万千。我们是在那个特殊年代，由工宣队分配工作的，无一例外都去了边远地区，接受再教育。几十年来我们每个人都经历了曲折、坎坷、不凡的人生。面对逆境，同学们牢记母校的教诲："自强不息，厚德载物"，认认真真做事，老老实实做人，在各自的岗位上做出了无愧于清华人的业绩。

我能成为这个班集体中的一员是幸运的，母校给了我很多很多，同学们也给了我很多很多。在我们班的同学中我也是幸运的，虽然我也和大家一样，常常面对曲折、坎坷和挑战，但是，总有机遇与我相随。

我是我们班仅有的几个能在祖国航空工业战线把所学的力学知识应用于飞机设计的幸运者之一。但是，我毕业分配却是去了祖国的西北高原青海湖畔的水中兵器试验场，而且第一份工作是食堂炊事员，一干就是两年多。是母校教导的"要健康为祖国工作五十年"，使我能有还算强健的身体，克服了高原反应和在西北高原凛冽寒风下超强度加班工作的劳累，顺利坚持下来；又是学校里既学工又学农，还经常参加各种社会实践，使我能很快适应不同要求的各种工作；更是清华教育的要敢为人先，努力奋斗的精神，使我干什么一定要努力干得最好。同事和领导都说"清华毕业的就是不一样！"这段特殊的经历（但在我们这一代人看来一点也不特殊），使我一参加工作就经历了艰难困苦的磨砺和锤炼，陶冶了性格、意志和品质，为日后面对挑战和机遇积攒了勇气和信心。

年届三十我才有机会真正接触所热爱的空气动力专业，那一年我调到了昌河飞机制造厂设计所工作。非常感谢也是清华学长的老领导，在那个特殊的年代，他总是尽量创造条件使我能专心从事直升机空气动力研究。我如饥似渴地努力学习和工作，凭着在清华数力系学习时打下的坚实的数学、力学基础，使我很快成为业务骨干。

我亲历了我国自行研制并交付用户使用的第一个大型直升机"直-8"的研制全过程，从最基层的设计员做起，直到担任直-8 型号总指挥，亲手把直-8 送上蓝天，交付部队。其间历经坎坷，项目几上几下，是我的老领导在最困难的时候，顶住压力坚持下来，才有直-8 的浴火重生。从中我领悟到但凡正确的事情，一定要有锲而不舍、永不放弃的精神和毅力，才可能最后走向成功和辉煌。

我最初是负责直-8飞机的操纵性稳定性计算,刚接触这个专业,本来是可以按现成的方法计算就行了,但清华培养的"不要吃别人嚼过的馍"的进取精神,使我在认真学习并研究国内外有关文献的基础上,自主研究出一套直升机运动与分析方法,并按欧美规范的要求评定直-8飞机飞行品质。这项成果受到了业内专家的好评,也使我第一次收获了创新的喜悦。

在直-8研制的关键时刻,突然遭遇了全机静力试验失败,尾梁被折断,致使整个研制工作陷于停顿。尽管当时这并不是我分管的工作,但在强烈的责任心和自信心驱使下,我主动请缨担负起了攻关破难的重任。在深入了解和分析相关情况后,大胆提出应摒弃过去按苏联规范用静态平衡的方法计算飞机载荷,而采用能更真实描述飞行状况的动力响应方法给出飞行载荷。在思路被肯定后,我又在条件十分困难的情况下夜以继日地努力工作,经过大量理论分析、计算和试验研究,终于给出了正确的飞行载荷,使全机静力试验顺利通过。这一成果经专家鉴定认为"具有当代欧美水平",我本人也因此获得航空工业部科技进步二等奖。在初尝胜果,享受成功的时候,我由衷地感谢母校清华,她不但给了我知识,更培养了我学习、创新的意识和能力。

正当我专心业务,在科技领域奋力攀登的时候,命运却总是喜欢捉弄人,你明明要进入这个房间,却偏偏要把你领到另一间。当时正时兴尊重知识,尊重人才,要选拔"四化"干部。组织上一纸调令,把我调到中国直升机研究所担任所长。这可是晴天霹雳,一个从未在真正意义上担任过管理工作的技术人员,一下子要到一个完全陌生的研究所去当一把手。熟悉我的同志说:"他干技术是块料,干吗非要他去当所长,这不是硬把人放在火炉上烤?"而研究所的同志们则说:"我们2000人的研究所,67届毕业生有的是,干吗非要从外面派个人来当所长?他有什么背景?有什么后台?"其实我既无背景,也无后台,倒是清华毕业的"背景",给了我一些勇气和自信。当时这个研究所各方面都非常困难,长期没有型号任务,搞民品是只亏不赚,班子不团结,人心涣散,怎么办?一点底都没有,真担心竖着进去横着出来。好在在清华时我一直担任学生干部,班长、团支书——双肩挑的实践,加上有过到农村搞"四清"担任工作队长的社会实践经历,使我在冷静思考后给自己定了个"约法三章":"当一把手一定要胸中有全局,系统思考;处理问题一定要一碗水端平,公平公正;要求自己一定要勤奋廉洁,服务员工。"正是这个约法三章,加上领导的关心和同志们的支持,使我在担任所长第一年就实现了"新机上天,收益三百万"的目标,在研究所站住了脚。之后在大家的共同努力下,作为中国唯一的直升机设计研究所,不断有新的研究成果,不断有新的直升机型号研制成功并交付用户,研究所科研条件和经济效益也不断提升。研究所被评为"航空航天工业部有重大贡献单位",我本人也因此荣获"航空

2003 年在清华大学演讲

航天部一等功"、"科技进步一等奖"、"优秀领导干部"等荣誉。

担任六年所长之后,领导又调我到北京航空航天工业部工作,先后主管直升机、民用飞机和军用飞机的研发。我有幸直接参加了歼十战斗机的研制。歼十飞机是我国自行研制具有自主知识产权的第三代先进战斗机,其成功研制并批量装备部队形成战斗力,将标志我国航空武器的研发、制造能力跻身于世界先进行列,同时也将大大提升我国的国防实力。不言而喻,就当时我国的基础和能力而言,其难度是非常大的。我正是在歼十研发遇到重大挫折的关键时刻受命担任型号总指挥,并受党组委派,到一线靠前指挥。当时不少资深的老同志告诉我,国外在三代战机研制过程中没有不摔飞机的。我想这一方面是告诉我新机研制遇到困难和挫折是正常的,一定要挺得住,百折不挠,才能成功;同时更是提醒我一定要特别重视质量和安全,我们国家穷,摔不起呀! 就这样,我和一线的广大干部、科技人员和工人一起,以报效祖国的激情、排除万难的气概、科学严谨的作风,努力攻关,战胜了一个又一个困难,终于胜利实现首飞。又经过 2700 多个起落的定型试飞,向祖国和人民交出了一份合格的答卷。歼十飞机研制工程荣获国家科学技术进步特等奖。在颁奖典礼上我眼前一幕幕地浮现着一起并肩战斗的战友的形象,他们中有些人已经为项目的成功贡献了毕生的精力,甚至宝贵的生命。这是一支十几万人的团队,几代人奋斗了十几年。可是他们中绝大多数人都不能走上领奖台,而是在默默地、无私地奉献着。他们才是最伟大的! 我将永远记住他们的奉献,他们的丰功伟绩,"丰碑在我心中"。此时我也想起了母校的教诲:"自强不息,厚德载物。"每一个清华学子都应当以此为座右铭。

1999 年政府机构改革,中国航空工业拆分为两大集团,我受命担任中国航空工业第一集团公司(简称中国一航)党组书记、总经理。当时的航空工业全行业亏损,加上历史形成的大而散、小而全的结构性问题,以及改革带来的阵痛,人心浮动,十分困难。也正是在此时,中央决策,要加强军队和国防建设。中国一航接受了最为繁重的航空装备研发生产任务,并且要求在规定时间内全面完成。"军中无戏言"、"第一责任人负全责"。面对史无前例的机遇和空前严峻的挑战,我和党组一班人,带领集团 20 多万员工,坚持践行发展中国航空工业和创造价值两项基本使命,自觉适应转变,狠抓集团文化建设和管理创新,发扬"航空报国,追求第一"、"激情进取,志在超越"的集团理念和精神,不畏艰险,奋力拼搏,呕心沥血,日夜奋战。经过近七年的持续努力,同志们付出了极大的汗水和心血,奉献着忠诚、热爱、智慧、才华乃至生命,硬是创造了奇迹,圆满完成了祖国和人民交给的神圣任务。军用飞机成功完成数十个型号的研发、生产任务,实现了军机由第二代到第三代的跨越,军用航空发动机由第二代到第三代的跨越,空空导弹由第三代到第四代的跨越,机载设备更新换代。与世界最发达国家相比较实现了由"望尘莫及"到"望其项背"的跨越。民用飞机方面,在认真总结经验教训的基础上,开创了崭新的局面,我们的新舟 60 支线飞机,走出国门取得了百余架订单,自主研发的 ARJ21 新型涡扇支线飞机研制顺利,2007 年完成总装下线,并获得了一百七十多架订单。与此同时,整个集团实力和经济效益也不断提升,集团在世界航空航天一百强的排名前移了 34 位,由 1999 年的第 54 位提升到 2005 年的第 20 位。中国航空人又重新找回了尊严和自信。面对累累硕果,我衷心感谢领导的培养、信任和关怀,感谢战友和同志们的齐心合力和拼搏奉献,同时我也感谢母校清华,感谢工程力学系,是母校老师的谆谆教诲和清华优良学风的熏陶,令我受用终生。

现在,由于年龄原因,我已经退出了领导岗位,但还在继续为祖国的航空事业做些力所能及的工作。值此工程力学系建系五十周年，作为老校友回顾总结自己几十年的人生经历，愿意和年轻的同学们分享几句肺腑之言：一定要珍惜在清华学习的宝贵时光。要学好基础课，练就扎实的基本功，并注意培养自觉学习的能力；不做书本的奴隶，要敢想敢做前人没有做过的事情，提升创新能力；要德智体美全面发展，重视各种知识和能力的积累，主动参加社会实践的锻炼。同学们，努力吧，机遇一定会眷顾有准备的人！

2003 年 祝贺"山鹰"高教机首飞成功

技术创新源在母校

蒋家羚

（力 704 班学生，浙江大学化工系教授）

往事如烟，阔别母校、离开清华园已经整整四十个春秋。这些年来，无论身处北国海滨城市葫芦岛的石化企业，还是工作在秀色江南西子湖畔的大学校园，闻亭的钟声时而会在耳边响起。

人生的道路很难完全由自己掌控，前进的步伐总会刻上历史的印记。1968 年的初冬，清华骄子的光环刚刚退去，化工厂的操作岗位已经在向我招手。当过司炉工，操作煤气发生炉、工业锅炉；在动力站掌控过压缩机、水泵；做过管道巡检工，肩扛大管钳在厂区梭巡。三年间换过六个岗位，一线工人干什么，我就干什么。数年与设备打交道，结构熟悉了，设备内的流动、燃烧、传热以及设备的机构运动、承载与传动，都变成活的东西，与书本上的知识结合了起来。在煤气站改造了除灰装置，从设计到施工完成动力车间一台 20 吨工业锅炉的技术改造，提出建议：改造蒸汽管网实现环状供汽。当时厂子一位副总师问我在清华学的是机械、动力还是化工，我回答说清华七年里四年学的是基础课、三年参加两次运动（"四清"与"文革"），专业课没学多少，基础还算扎实，来厂后干什么学什么，能够适应。副总回了一句话：到底是名校的学生。其实当时心里有一句话不能说也不敢说，清华教会我勤奋工作与学习，努力进取，永不言败，正是这种精神力量在支撑着我的生活。

后来调入厂机动处管理生产设备。偌大的万人企业，五十多个生产车间，上千台套设备装置，一个大舞台展现在我眼前。努力向工人师傅和技术人员学习，努力在实践中工作与进步。参与解决大型卧式储罐变形失效问题、磺化反应釜传热效果不佳的问题，参加球形储罐建设，学习厚壁设备焊接工艺设计与焊后热处理技术。我一步步从工程力学系的一名学生向化工机械技术人员转变。经过数年学习与实践，应该说比起来自大连、上海、北京化机专业科班出身的同行们并不逊色，每每设备事故分析或制订设备技术改造方案，我的见解和主张均得到认可和赞许。当时我和一些同来该厂工作的清华同学被厂里的师傅们戏称为"清华小老大"，意指清华的同学肯吃苦、工作有水平、潜力大。

1978 年金秋，35 周岁的我，带着满身油泥与烟尘进入浙大化工系攻读化机研究生学位，经导师王仁东教授的悉心指导，系统学习了化工机械相关工程理论和技术课程。这样，母校打下的扎实基础、养成习惯的进取精神、化工企业的十年实践、浙大化机专业的系统训练，支撑我走上化工装备技术创新之路。

20 世纪 80 年代初，我国制药、啤酒生产迅猛发展，关键装备生化反应器（俗称发酵罐）$70 \sim 500 m^3$ 一批批从德国、意大利等国家进口，国家立项组织有关单位攻关未能取得成果。

获知有关信息后,我决心攻克这一难题。深入现场开展调查研究,发现主要存在两个技术难点:①发酵过程产生的热量必须通过夹套内流动的冷却介质及时带走,否则发酵液过温变质,这是一个组织流场实现强化传热的问题;②大容积发酵罐金属罐壁要尽可能薄,一方面有利于导热,另一方面可大幅度降低造价(金属罐都采用昂贵的不锈钢制作)。在夹套冷却介质压力作用下,必须避免发生薄壁罐壳的失稳,这是一个力学问题。找到关键问题所在,通过反复试验和探索,开发成功一种蜂窝结构螺旋绕板式冷却夹套生化反应器,采取在带状外夹套上压制出呈三角形排列的蜂窝形坑,坑底打孔后与罐壁塞焊在一起。这样把外夹套与罐壁联结在一起,加强了罐体抗外压的能力,同时每个蜂窝点引起冷却介质的扰动和局部湍流,实现总体流速不高情况下的强化传热机制。新式发酵罐一经推出,传热系数高于进口设备,造价不及国外同类产品的一半。1987年列为国家重点推广产品,数年间三百多家企业、四千多台此种设备投入运行,创造了重大经济效益。

1992年承担国家计委重点开发项目,组织浙大、吉林工大等五个单位联合攻关,开发可连续生产的大型接触式干燥设备。大型装置的开发需建立工作过程的简化理论模型,形成工程设计方法。针对这一装置抽象出两个问题:①固体料床中运动金属壁面与湿物料颗粒间的传热系数分析;②大跨度、大直径转子复杂载荷下旋转的强度与刚度计算方法。在实验研究中我们认定,料床中每个物料颗粒与运动金属壁面的接触次数及每次接触的时间都是偶然的,但对总体颗粒群而言存在一个宏观统计平均接触次数和每次接触的宏观统计平均时间。获取这两个宏观统计均值就有可能根据静态传热系数测试结果来推算动态真实传热系数。关键问题是通过实验和分析得到突破,开发换热面积达数百平方米的旋转管束式和旋转圆盘式干燥机,成功地在上海宝钢、内蒙包钢等数十家企业取代进口设备,投入使用。实践表明,新装备操作简单,运转平稳,节能效果显著,实现长周期连续生产。

这些年,还成功地开发了废轮胎热裂解生产燃料油和工业炭黑的装置、超高压食品加工装置、旋转式加压过滤机等新装置。因为这些工作,获得国家技术发明奖一项、国家科技进步奖一项、省部级科技成果奖六项,授权发明专利四项。围绕这些产品开发中的技术问题,发表学术论文120余篇,其中20多篇被SCI、EI收录。面对这些工作我深深地感到,每一项都打上了"清华力学"的印记。事实是每一种化工装备的开发从根子上讲就是解决一个特殊条件下的强化传热问题和一个力学分析问题(强度、刚度有时还涉及疲劳、振动分析)。这两个问题解决了,结合化机专业专长的密封设计、防腐设计、机构与传动设计等,新装置得以完成。从设备开发中抽象出核心问题和解决这些核心问题是我的长项,一些同行佩服我的这种本领,实际上就是清华期间打下的传热学和力学的扎实基础在起作用,也是十年企业实践的结果。更重要的是在清华养成的一种作风,努力去做,创造条件去做,没有克服不了的困难。这种优势也就是清华学子"后劲大"的一种缩影。清华读书期间,成绩较好,当时自认为将来搞理论与学术研究比较合适,命运跟我开了一个玩笑,把我送到一个工厂,几经磨炼,走上了化工机械工程师的路子(虽然挂名是教师),有过几分无奈,但我并不后悔,因为国家经济建设同样需要我们为此而工作。

进入新世纪,应母校过增元院士、宋耀祖教授的邀请,参加母校为我国热法磷酸工业节能减排技术改造而进行的新的研究工作,项目初见成效,发明了一种新工艺,开发成功一种关键设备。对于能有机会与母校老师共同工作,特别高兴,确信一定能够取得重大成功。生命不息,创新工作永无止境。

西部有我的事业

邢永明

（力博 97 班学生，内蒙古工业大学校长）

2004 年，清华校友会的老师到内蒙看望校友时找到我，邀请我在同学们的毕业典礼上发言。我说："清华有那么多杰出校友，我算哪棵葱，怎敢代表校友发言？"随行的陈希老师说："清华校友中是不缺科学家、政治家、企业家，但是我们也很看重那些在艰苦地区默默奉献，在平凡的岗位上做出不平凡的业绩的校友，他们同样是清华的骄傲。"我被这句话深深感动了，这就是清华的文化。正是这种文化不仅为国家造就出了许多杰出人才，同时也培养出了一大批各行各业的业务骨干。

我出生于内蒙古武川县，在小学、中学学习的十年正是"文革"的十年，高中毕业后又到农村插队一年半。1977 年恢复高考时，我能考入内蒙古工学院就高兴得不得了，清华是做梦也不敢想的地方。所以，当以后有机会进入清华学习时，我十分珍视难得的机会，拼命吸收着清华这片沃土中的营养。我先后在 1986 年和 2000 年在工程力学系获得硕士、博士学位。博士毕业时，获得了清华大学优秀博士论文奖。1991 年，我被教育部公派到英国牛津大学做访问学者，博士毕业后到法国和日本做了两年博士后。不少人问我："你在清华拿了硕士、博士，又有在国外著名高校和研究所工作的经历，在内地找一个位置应该很容易，为什么又回到内蒙古呢？"事实上，外面的确有很多机会。国内的好几所著名高校也曾向我发出邀请，我也曾经犹豫和彷徨，但最后还是坚持下来了。第一次出国结束后，导师已经帮我申请到 ORS 海外奖学金，他也答应给我一个 RA 的位置。那时国家还处于改革开放初期，各方面条件和国外有很大的差距。在英国市场上中国的产品还很少，只有一些手工艺品之类的低档产品。看到这种现象，我当时想："国家送我们出来很不容易，靠那些手编竹筐、竹篮的，多少人的劳动才能换回我的留学费用？我得回去，向国家，向推荐我出国的内蒙古工学院有个交代。"有些朋友认为我的这种想法有点冒傻气。我想：即使是冒傻气，这种傻气也是清华培养出来的，"厚德载物"、"爱国奉献"、"以国家利益为重"这些清华精神早已刻入脑海中。现在回过头来看，我觉得当时的选择还是正确的。这十多年，我们国家，包括内蒙古经历了巨大的变化，我能赶上这种创业时代，并且参与其中，是多么幸运的事！以后离开内蒙古的机会也被我一次次地放弃了。我想：我是一粒适合当地环境、气候的种子，又经过清华的品种改良，如果把我放到大兴安岭，也许会成长为一棵大树。但那是无数的大树中间的一棵，少一棵两棵也没什么关系。如果把我放在沙漠中，我只能生长为一棵草，而沙漠是多么需要绿色的草啊！让我就做这棵草吧！

大家也会关心在西部能不能做成事呢？答案是肯定的。西部有西部的困难，同时也有更多的机遇。国家西部大开发的政策提供了一个大舞台。我是学力学的，在内蒙古也有一个较好的研究氛围。大家知道，发射神舟系列飞船的酒泉卫星发射中心（也叫东风航天城）就在内蒙古的额吉纳旗境内，回收基地是在内蒙古四子王旗。研究固体发动机的航天六院就在呼和浩特，生产重型坦克的一机集团就在包头，总经理缪文民就是我们清华学子。内蒙古这几年经济发展很快，一些经济指标排在全国的前列，不仅是畜牧业大省区，而且工业发展很快，为我们清华学子提供了广阔的舞台。在内蒙古，新一代的清华人我认识的不少，大家都干得很好。

我科研方面的起步是和航天六院合作开始的。也许是命运故意考验我吧，当我们进行第一个合作项目时接连出现两次意外事故。一个新设计的固体发动机部件需要现场测试耐高温、耐高压性能。这个实验有一定的危险性，如果发生爆炸后果不堪设想。我想我是项目负责人，这个任务理所当然地应该由我承担，我让所有的人都退到安全地带，只留下我一个人在现场。结果，试验时真发生了意外，压力一下超出正常值40％，部件从试验台上一下弹到了地上，离爆炸只差一点点，所有在场的人都吓出了一身冷汗。还有一次进行热容器实验时发生了误点火，我正在现场测试，幸亏装的推进剂药量比较少，没有发生大事故。事后，航天六院的同志和我说："每在关键时候都有你，你很像我们航天人。"从此，我和航天六院的许多同志都成了很好的朋友，合作越来越多。现在我不仅和国内的清华、航天六院等单位保持合作关系，和法国、日本也有合作项目，科研方面的路子越走越宽。近年来负责国家自然科学基金项目、科技部重大基础研究预研项目等10多项课题，获得了省部级科技进步奖、优秀教学成果三项，发表论文50多篇，被引用40多次。2003年，经过大家的共同努力，我所在的固体力学学科点成为内蒙古工大首批博士点之一，实现了工大人多年的梦想。

这些业绩说起来也很平常，比起我们清华的许多校友来差得很多，只不过是在比较艰苦的地方干出来的，所以，受到党和政府的充分肯定，给了我很高的荣誉。多次受到国家和内蒙古自治区的表彰和奖励，1995年被破格提升为内蒙古当时最年轻的教授，2007年又被任命为内蒙古工业大学校长。

回顾自己的成长历程，对母校清华对我的培养感激不已。清华的精神、清华的文化、清华老师的高尚的师德、严谨的学术风气，清华人对事业至善至美的追求，脚踏实地、谦虚谨慎的作风是我一生中最宝贵的财富，她将永远激励着我不断进取。无论在什么环境中，什么岗位上，我都会兢兢业业，把自己的工作做好，无愧于清华人这个称号。

回忆和感悟

令人难忘的年代

——忆 1962—1966 年间年轻的热物理教研组

周力行

（清华大学工程力学系工程热物理研究所教授）

那是 1961 年年底，我在苏联列宁格勒工业大学（也叫加里宁多科性工学院，即现在的俄罗斯圣彼得堡工业大学）物理-力学系研究生部取得副博士学位，毕业后回到清华。我出国进修是 1957 年动力系派出的，回来时，学校已经成立了数学力学系，我被分配到由动力系归并到数学力学系的 640 教研组。那时还处于国家经济困难时期，不过国民经济形势已经开始好转，党中央提出了"调整，巩固，充实，提高"的八字方针。640 专业由原来为针对火箭发动机和原子能传热培养具体工程技术人才的专业转变成技术科学性质的热物理专业，我正是在这种情况下被委任为 640 即热物理（一开始没有"工程"两个字）教研组主任。这时，专业的教学计划是借鉴于苏联列宁格勒工业大学的热物理专业（偏重于喷气技术热物理）和莫斯科动力学院的热物理专业（偏重于电站和原子能传热）。我记得，热物理专业有三个专业方向：燃烧、传热和热工测量。

当时的教研组全是由年轻教师组成的，比较年长的是我、朱文浩和吴学曾老师，我们三个 1932 年生，到 1962 年才只有 30 岁。主要的骨干教师是 1958 级和 1959 级提前抽调出来和 1961 级的毕业生，小于 28 岁，担当着教学和科研重担。党支部书记是陈兆玲老师，教研室主任是我，副主任是刘才铨老师，党支部委员有刘才铨、过增元和顾毓沁老师，共同组成教研组核心组。为了提高教师的业务水平，教研组核心组选拔出三位研究生，按原苏联副博士（相当于西方国家的博士）的要求培养，在职的有过增元老师和刘才铨老师，脱产的有顾毓沁老师。他们都是一边承担教学、党或行政工作，一边学习和进行科研。当时国家还没有学位制度。

在学术方向上，系里当时提出，各个专业要有自己的"王麻子"。教研组核心组经过研究，并经过系里批准，确定学术方向为"两相燃烧和两相传热"。在这个方向指导下，我们确定了科研任务。记得当时过增元老师的研究题目是"边界层发汗冷却"。顾毓沁老师的研究题目是"液雾两相燃烧"。我还指导两位脱产研究生，都是围绕两相燃烧的方向来培养，一位叫杨炳尉，他结合航空发动机研究液体燃料喷嘴后方的浓度场分布，毕业后去 5 院 11 所工作；另一位叫王南时，研究燃气轮机燃烧，后来因病休学，肄业离校。

系里给予年轻的热物理教研组很大的支持。系主任张维先生亲自带领我去找钱学森先生，请教如何进行燃烧学和燃烧技术的研究。系里在物质条件方面也给予我们很大的支持，专门拨给我们建设三套科研实验装置的经费。张维先生和王和祥先生带领各专业的老师到上海复兴岛7院5所去调研科研任务。我和顾毓沁老师接了一个407科研任务，是关于改进鱼雷发动机燃烧过程的问题。

在本科教学方面，我们年轻教师承担了主要专业课的任务。我记得，力204（1962年毕业的班级）的燃烧学课程是傅维标老师主讲的，力304、力404、力504和力604的燃烧学课程是我主讲的，由陈兆玲老师辅导。我指导了力204班谈洪（毕业后去科学院力学所工作，后来定居美国）的关于湍流燃烧的毕业论文，乐瑶（毕业后去科学院力学所工作，后来定居美国）的关于热棒点火的毕业论文，以及力304班周晓青关于液雾燃烧的毕业论文等。

为了提高教师的业务水平，教研组核心组让我给教研组全体教师讲授流体力学和燃烧学的基本知识。

在实验室建设方面，朱德忠和胡桅林老师负责热工测量技术的建设，胡桅林、谢玲和孟桂蓉老师对实验室的基本建设付出了很大的努力。傅维标、陈熙、赵继英和吴学曾老师等先后对气源和燃烧室实验台的建设做了不少工作。可惜"文化大革命"后，这些实验台都荡然无存了，否则对我们今天回到航天航空领域是重要的物质基础。

当时社会上对"热物理"这个名词的含义不够了解。记得当时我们有10位毕业生一开始被人事部门错当做"热处理"专业分配到武汉锅炉厂，后来通过我们的工作才改分配到上海汽轮机锅炉研究所的锅炉研究室和汽轮机研究室。力304、力404和力504班的毕业生中有相当一部分被分配到航天航空部门，成为他们的业务骨干。

当时，我们专业是全国第一家热物理专业，对全国产生了重要的影响。党中央号召向科学进军。我曾代表我们专业前往参加制定周恩来总理主持的国家十年科学规划，和热物理学术界的老一辈科学家吴仲华、史绍熙、宁晃先生结识，并和科学院力学所吴承康先生以及林鸿荪先生一起制定了燃烧学和化学流体力学方面的规划。我还受到北京大学孙天凤教授主持的"近代流体力学讲座"的邀请，报告了"燃烧流体力学"的进展。我代表我们专业参加了著名哲学家于光远主持的"坂田昌基本粒子物理学"的关于自然辩证法的座谈会，发表了我对燃烧学发展史中哲学思想的看法。

到了1965年社会主义教育时期，在北大开展了社会主义教育运动。为避免中央也派工作组进入清华，学校派出了自己的工作组进入我系进行整风，批判了"重理论轻实际，重业务轻政治，重专家轻群众"的倾向。何东昌同志提出科研不能只吃中段，要深入实际"抓老虎"。我们教研组的金德年老师和我去重庆考察，接受了"天然气燃烧制乙炔"的科研任务，后来我又到新疆克拉玛依油田参加"火烧油层"的研究任务。正在科研工作颇有进展之际，1966年年初"文化大革命"开始了，我当时的科研任务和教研组主任的使命也就结束了。

回想这一段风风雨雨的四年，我们这一代年轻教师共同创建热物理专业的日子，确实令人至今难忘。

1962 年的热物理教研组

感受恩师风采

贾欣乐

（工程力学研究班第一届学员，大连海事大学教授）

杜庆华老师　杜老作为清华大学工程力学研究班班务委员会的副主任委员，对力学班的建设和教学做出了巨大贡献。

杜先生于 1951 年在美国斯坦福大学获工程力学博士学位，师从著名学者 Timoshenko 教授和 Goodier 教授，后两位学者在 20 世纪 50 年代出版的名著《Theory of Elasticity》风靡世界。杜先生学成后（1951）当即回国为新中国效力，历任北京大学教授兼力学教研组主任，清华大学教授兼力学教研组主任。

杜先生为我们开设了固体力学课（包括弹性力学、塑性力学、强度理论等），教学内容丰富多彩，涉及当时学科前沿领域，大大深化了我们的学识，开阔了我们的视野。当时他只有 38 岁，高高的个子，梳着平整的分头，通常着便装（几乎未看到他穿西服），脚蹬褐色皮鞋，一副干练潇洒的样子，平凡中仍透露出西方教育所带来的气派，让人产生敬意。杜先生讲课有些特点，那就是声音重后轻，讲到最关紧要处，就几乎难以听到了。时间长了，我们都知道，杜先生的声音一低，得马上提高注意力，才不至于错过最精彩的内容。

杜老爱读书在清华是有名的。他退休后仍继续学术研究，终于在 1997 年 78 岁高龄时被评选为中国工程院院士，重新回到科技创新第一线，实现了其"老骥伏枥，志在千里"的夙愿。

在撰写此文的过程中，突然从清华传来杜先生逝世的讣告，心中甚为悲痛。回忆一下，我们这批杜先生用心教授过的力学班学员，都不负他的教导，各自都做出了应有的贡献，以此略可告慰先生在天之灵。

郑哲敏老师　郑老 1924 年生于山东济南，1952 年获美国加州理工大学博士学位。留 CIT 工作两年后，于 1955 年回国，一直在中科院力学研究所工作，历任副所长、所长、力学学报主编、中科院海洋工程中心主任等职。郑老是爆炸力学的学术权威，为我国的经济建设和国防建设做出了重大贡献。1980 年当选为中国科学院院士，1993 年被选为美国工程科学院外籍院士。

郑先生的《分析力学》课惠我良多。他讲授的《非线性振荡》课使我们对力学系统动态特性的多样化有了深刻的理解。郑老说："对于非线性系统，你不要问都有哪些解，而是要明确你究竟需要什么样的解。"这句话我至今记忆犹新。

1980—1982 年，我在挪威工业大学做访问研究时刚好郑老率中科院代表团访挪，在 NTH 的 MTS 大厅里我一眼就认出了分别多年的郑老，师生见面分外高兴。在 MTS 官方的欢迎会上，郑老作为贵宾讲完话后，还特地让我说几句话，在场诸多中国留学人员中，唯我获此殊荣，足见郑老对力学研究班弟子的偏爱。记得我讲的是对挪威人性格特点的认识过程，当时似乎还得到某些挪威朋友的认同。

2005年，在纪念清华大学第一届工程力学研究班创办50周年大会上，荣幸地再次见到郑老，只见他精神矍铄，身体健康，看起来比我们还要年轻，这是中国力学界的福分。

潘良儒老师 潘老1943年毕业于西南联合大学，1955获美国康奈尔大学空气动力学博士学位。长期从事低温等离子体磁流体力学研究，做出了突出贡献。他在力学研究班为我们开设了理论流体力学课，非常精彩。大量的课外作业让我们把数学工具和流体力学原理紧密而巧妙地结合起来，题目完成后感到无比的痛快，收获颇丰，印象深刻。

王文佳老师 能把我们这样一批英文基础薄弱的学子在一年之内培养成可以熟练地阅读英文科技书刊，是王老的一大功绩。这来源于她厚重的学术造诣和高超的教学艺术。课堂上王老似乎对我关照有加，一旦遇到较难的句子，她就会说："贾欣乐，你来翻译。"此时我便尽力翻译得流畅、得体一些，过后自己也觉得很舒畅。一年的科技英语就是在这种气氛和心情中度过的。这样的学习生活再过一次该多好呀，可惜时光无法倒流，但封存在脑海中的往事是不会忘记的。

在王老铺设的英文基础上通过教学、科研实践和专门培训，我的英语听、说、读、写能力都有了提高，应付通常的论文撰写、参加国际学术会议、一般性技术翻译、主持国外学者来校讲学活动，已是轻车熟路；用英语讲授控制类专业课程，也不感困难。一些国外朋友对此经常赞誉有加，显然王老功不可没，我感激她。

2005年我到清华参加力学研究班创建50周年庆典时，见王老已是风烛残年，行走也需别人扶持，我祝王老身体逐步康复，长命百岁。

马约翰老师 马老1883年出生于厦门鼓浪屿，圣约翰大学毕业（整整读了7年）。马约翰教授毕生献身于体育事业，从1920年到1966年逝世前，一直担任清华大学体育教研室主任之职，历时46年。马老称得上是中国体坛一代宗师，他大力提倡在体育教学中重视"使学生身体健壮成长，对学生进行品德教育"。这实际上也是德智体全面发展方针的体现。

从清华毕业的许多"大人物"都受到过马老的直接关怀和教导。著名作家梁实秋是清华1923年毕业生，他在毕业前的体育测验中，游泳未能及格，按规定要在一个月后补考。在此期间，他天天练习，最后补考时费了九牛二虎之力总算游完了规定的全程，这才获得了主考老师马约翰的首肯："好啦，算你及格了。"著名科学家钱伟长是1931年考入清华的，当时进行体检复试，钱先生的身高不够标准，差1厘米，但他跑400米很拼命，主持考核的马约翰教授说："就凭这种拼命精神，钱伟长的复试合格。"

1956年马老为我们力学研究班全体作题为"体育运动之重要性"的学术报告，只见他头顶光亮，白髮围在后脑勺周围，白衬衫、黑领结、裤腿包在长筒袜里边，脚蹬黑皮鞋，一副英国爵爷的派头，其优雅之风度至今记忆犹新。马老提醒我们：要锻炼身体，这样才能"有劲儿"；要全面发展，这样才能"长寿"，成为一个健康的学问家，为社会多做贡献。这些高见使我们大受启发，终生受益。我本人长久以来一直坚持身体锻炼，这与马老的教诲息息相关。

感谢清华力学班给予我的一切

孙 珏

（工程力学研究班第一届学员，太原理工大学数力系教授）

在离开清华力学班将近半个世纪之后，回忆当年在力学班的学习生涯，我感到最想要说的话就是这篇短文的标题——感谢清华力学班给予我的一切。

两年时光对于人的一生来说并不长，但是在清华力学班学习的两年时光却不仅给予了我扎实的基础，让我懂得要获取成果所应具备的锲而不舍的精神，还让我知道应该牢记于心的严谨的治学态度。四十多年来，我就是在力学班所学到的力学基础知识上，不断学习，深入探索，努力工作，以期做出一些成绩，为我们国家的建设贡献上自己微薄的力量。现在回头来看，与其他同窗相比，还是做得很不够，但是我已经竭尽全力了。

我能有机会在清华力学班学习并非易事。我是在1956年暑期的一个材料力学教学经验交流会上，从杜庆华老师的报告中获知将要办这么一个研究班的。对于一个刚从机械制造系毕业而要担当力学教学工作的年轻教师来说，这无疑是一个能使自己得到深造，走出对前途迷茫的极好机遇，可惜后来获知我们学校并没有学习名额。但是，我极不死心，乘寒假回家探亲之机，贸然去高教部，想找有关领导，为自己争取到这个学习机会。几经周折终于在一个宾馆找到正在参加会议的负责此项工作的领导。感谢他从还在进行的会议中抽空出来听完了我的迫切愿望，和一个在教育不够发达的山西省工作的年轻人，因为社会关系不能从事自己所学的专业（当时我甚至不能去当地的纺织机械厂参观），而只得从事力学教学工作。他肯定了我迫切要求上进的想法，答应给予考虑。这样我才有机会进入力学班学习，只是已迟到了半个月。

到了力学班后，见到授课教师都是当时在力学界享有盛誉的著名力学家，在此学习的均是从全国各著名重点高校抽调出来的年轻教师和学生。自己下决心一定要加倍努力，聆听老师的教诲，学习同学的长处，努力、努力、再努力。感到只有这样才能不辜负领导给予自己的这个难得机会以及老师的精心教育和同学们的帮助。

在毕业后的几十年间，在各种会议上经常能遇到力学班的同学，大家都在各自的工作岗位上做出了出色的成绩。力学班的确培养了一批在科研、教育、设计等方面的力学人才。通过这批人又培养了一拨又一拨建设我们国家所需的人才。我认为当初创办力学研究班的目的——培养一批有工程专业背景的力学工作者——达到了。

我认为之所以能取得这样的成绩，是因为当时我们力学班具备了下面三个条件：

（1）雄厚的师资力量。当时任课的主要教师都是国内顶尖的、有真才实学的科学家和教授。他们知识渊博，学识精湛，思路严谨，态度认真，使我们受益匪浅。

（2）良好的学习风气。我刚到力学班时就深受班上那种勤奋好学、刻苦钻研、孜孜不倦的精神所感染。遇到疑难问题,先在同学间展开热烈的讨论。一般通过这样的讨论都能使问题得到解决,而且还往往能对问题的理解深化。通过讨论还学习到其他同学考虑问题的思路和解决方法,对如何深入学习有所启发。

力学班的课程对我来说都不是很容易的,经常需要在课后通过自学,参考其他书籍才能真正理解和掌握。在此过程中,也使自己大大地提高了自学能力。

（3）团结奋进的集体。力学班的学员来自四面八方,年龄上有一定的差异,但当时都是朝气蓬勃、充满对未来憧憬的年轻人,不论在学习中,参加实践活动中,还是在劳动中都团结、互助。把时间和精力都投入到紧张的学习、认真的体育锻炼中。时隔几十年,当时在二里沟宿舍挑灯夜读,在诚斋房间中热烈讨论和每天必须进行的体育锻炼的情景(还记得我生平唯一的一次万米长跑是在清华力学班时参加的)还历历在目。

最后,我还要再说一遍:感谢清华力学班给予我的一切。

1959 年 1 月将离开清华时高温蠕变专题组同学与辅导老师照相留念

后排:陈文起、金贤明、林钟祥(辅导老师)、王勖成

前排:×××、顾学甫、曾秋苇、孙珏

1958 年暑假力学研究班一班同学在颐和园

回忆钱学森老师讲授水动力学

魏良琰

（工程力学研究班第一届学员，武汉大学教授）

上海交通大学出版社去年出版了钱学森先生 50 年前为力学班讲授水动力学课程的备课手稿。面对熟悉而亲切的字迹，钱老师当年在课堂上谆谆教导的身影又重新浮现在我眼前。

钱老师从 1958 年年底至 1959 年年初为流体班讲授水动力学，这是我们在力学班的最后一门课。1958 年 11 月 27 日开始每周在新水利馆讲一次，每次 4 节课，共讲 8 次。那时力学班的学习生活已接近尾声，正忙于毕业前的各种安排，但钱老师的课却使同学们耳目一新。钱老师广阔的视角、严密的论证、深入的分析、生动的语言，娓娓道来，深深打动了大家。钱老师经常在课堂上临时发挥，层层揭示模化思路，将讨论引向发展的前沿，使学生们如醍醐灌顶，终生受用。

这里举两个例子：

钱老师在导出平面波波长与周期的关系之后接着说："这个关系值得大家想一想：波长与周期有关系，与液体的密度没有关系，不经过这番分析是不敢讲的，譬如水银波。另外，与表面压力 p 也没有关系，空气抽空或再加入些空气都不影响，有影响的是重力常数 g。g 越大周期越小，g 越小周期越大。在人造卫星上，失重了，周期就很大，在月球上、火星上又不一样了。"钱老师的分析没有局限于地球表面的环境，他超前的思想早已飞向天际！在嫦娥一号环绕月球轨道运行的今天，钱老师 50 年前的论述，仍然历久弥新。

在总结和展望水动力学研究时，钱老师说了一段话："水动力学过去的研究还只是限于潮汐、波浪和管道水流。泥沙和水工中许多其他问题，力学工作做得很少。力学家都跑到航空中去了！当然，这里面还应有重点，在一段时间内，重点多半还在天上，不在地下，在水的方面花的力量比较轻些。在水工建筑中所用的工具也缺乏力学工作，工程师什么时候都用平均速度，速度分布、流场的概念不大用，但在航空中就必须用。正是因为不平均，所以产生升力，平均速度只管飞行的快慢。现在看来有一些问题：对于泥沙、水轮机、管道流动，压力分布的问题再用平均速度不解决问题了。宣传一下，做这方面的工作多注意流场。"时至今日，尽管力学研究队伍格局的问题依然存在，而水利工程师在大多数情况下依然用平均流速，但钱老师对于加强流场研究的期望已经产生了深刻的影响。

钱老师的讲课风格与郭永怀老师不同。两位老师对教育后辈同样投入了巨大的热情，但郭老师的讲课更像是同行之间的学术讨论，有时跳跃较大，不容易跟上他的思路，笔记也不大好记；而钱老师的讲课则更像是逻辑严密的文章和精雕细刻的艺术品，只要完整地记下来，几乎无需修改一个字，就可以当做一份正式的讲义。

钱老师讲课中有两件事使我深受感动：那时清华新水利馆的条件不是很好，有一次钱老师上课时暖气坏了，我们记笔记手都冻僵了，但钱老师却毫不在意，像平时一样坚持三个多小时边讲边写黑板；另一次是辅导老师要我与钱老师联系，想请他为力学班作一次关于人造卫星和宇宙飞行的讲演（那时我受命任流体班班长），钱老师当即拱手表示实在没有时间，他还说为我们上课都是晚上准备直到深夜两点。我们在享受大师课堂上的精彩时，却想不到钱老师对备课的重视和所付出的心血。

感谢钱老师！

附录1

钱学森　论技术科学

1957年6月15日　于清华大学大礼堂
（根据魏良琰个人非完整原始记录整理，未经审阅）

人自古以来就从事劳动生产，将取得的经验用以改进生产过程、生产方法。也可以将经验加以整理提炼，再用来提高改进生产。

一切自然科学与工程技术都是为生产服务的，只是所采取的方法不同，二者是密切联系的。早年如牛顿同时是科学家又是工程师，Euler也是一样；后来科学家与工程师分手了，有人认为主要是分工，但这种理由并不充分。

所以分道扬镳的主要原因是当时自然科学发展并不成熟，如热力学当时就是建立在牛顿力学基础上的统计力学，但它得出的结果是荒谬的。工程师因而只有求助于经验。在20世纪，自然科学发展很快，新起的电机工程与航空工程是新的没有先例可援的，他们利用当时已较完备的自然科学（电磁学、力学）获得了成功，这就又一次地证明了自然科学与工程技术的密切关系。

现在自然科学又向前发展了，除了原子核以外，原子、分子世界……我们已有了比较有把握的研究，一方面吸取了航空、电机与自然科学合作的经验，又由于自然科学的发展，有人认为工程技术可以建立在自然科学的基础上。

美国麻省理工学院前两年学自然科学，后两年学工程专业课，但并不成功。主要是自然科学还不能包罗万象，还没有完全达到完美无缺。一方面我们承认，我们掌握的自然科学比以前完美多了，但还有一些东西没有完全包含进去。因自然科学是将问题加以提炼简化的，而工程实际是各种因素都要碰到，它并不由人选择，因此必然有一些成分不包含在自然科学的体系内。要说工程科学就完全可以由自然科学推演就过于简单了。工程科学不能看做只是自然科学的尾巴，它应有同等重要的地位。自然科学的全部成就都可以用到工程技术中，但还不能解决全部问题。

因此，介乎自然科学与技术、实践经验糅合在一起，这门科学就不能光是推演，也不是和在一起，而是要起化学作用，成为一门新的东西，这就是技术科学，它是为一般技术服务的。如一个流体力学家就是技术科学家，但不等于工程师，他的成就可以用在各方面，空气动力学、水力机械、水工结构、气象预报可以利用这些一般理论，但它并不代替这些技术，而是将这个一般理论特殊化创造自己的理论。

将与自然斗争的科学分类：(1)自然科学，(2)技术科学，(3)工程技术。三者的界限并不是一成不变的，随着科学的发展三者的划分可以变。现在作为技术科学的力学以前是属于物理学的领域的，在其中做研究的人，也可以同时从事几个方面的。技术科学家有时也应去摸一摸实际的问题，帮助工程师解决点问题，对自己有好处。

技术科学的研究方法

数学非常多，用到很高深的数学。因为要研究复杂的问题，它常常比基础科学用到更深入的……数学，技术科学的发展常常要等到某门数学发展了才有可能。一个技术科学家必须能掌握数学方法。

由于数学多，常有些青年同志就把问题看歪了。我们要注意数学是一个工具，工具使用得好固然省点事，数学工具差一点也不是不能工作。力学工作的主要部分并不是数学。一篇论文，工作的主要部分是看不到的，往往是开头的几句话和最后的结论，这里是它有创造性的地方。

自己做研究时处理实验数据最重要的就是掌握其中的机理，哪些是起控制作用的，哪些是次要的因素，这要从试验或现场观测数据出发，这个帮助就是自然科学的基础规律。可是必须承认，工作是暗中摸索的，科学工作是不能依靠死的形式逻辑的推演方法，它有它的创造阶段。帮助你工作的一方面是基础科学的规律，因此技术科学家必须对基础科学有透彻的了解，要让这些规律成为思考问题时一个很自然的部分。另一个很能帮助我们的是社会主义优于资本主义的，这就是辩证唯物主义与历史唯物主义，如果我们真能掌握这些理论，我们就可以避免许多错误。看看在资本主义国家有成就的科学家，我们会发现他们的方法是多少自发地符合辩证唯物主义与历史唯物主义的。这个工具如果我们不能掌握是很可惜的。

想通了道理之后就是制造模型，这就是将原来的问题简单化，但还保留其中最主要的部分。那些因素，它们之间的关系怎样。因为是模型，是简单化了的，它在另外的坏境里(问题里)，可能就不是原来的主要因素。如空气在流体力学看来是连续体，而且，其中也还有区别，在低速时可认为是不可压缩的，在高速是可压缩的；在研究与固体接触时的情形又视为有黏性。这是不同情形下的模型。一个问题的模型是有其局限性的。制造模型在技术科学家来说是重要的，是家常便饭。

模型建立好之后，便是数学分析，得出结果，与实际比较。这就是在一篇技术科学论文中占了95%的部分。真正创造性的部分在引言中，许多精力是花在这上面的。这就说明技术科学的本质是掌握机理，数学计算是必需的，但不是主要的。

技术科学的内容

它是由比较古老的部门而来的，比较完善的是力学。力学是一门技术科学(以现在的眼光来看)而不是基础科学，在北大与莫(斯科)大(学)数力系都有力学专业，但也不影响我们的看法。因莫大……是与我们的看法一致的。

力学过去几十年的发展与航空工业的发展是分不开的。它们是相互提携的一个典型例子。理论联系实际对力学家来说是自然的，不联系实际就不成其为技术科学家。飞机由原来笨拙的三层翅膀发展成为近代的轻翼结构，是与流体力学与弹性力学的工作分不开的。

力学绝不是自然科学的简单推演，如强度理论必须用到塑性理论，但塑性理论现在尚未定型。技术科学家并不等待基础科学完全将资料给他，利用实验和弹性力学，就创立了结构强度理论。这是很好的例子。

技术科学不等于工程技术的理论，它是具有一般性的理论。流体力学发展受航空的影响，但并不限于航空工程，在燃气轮机、水轮机等领域都可以应用。技术科学是汲取了各种工程技术中共同的东西，它们之间是交错的，一门技术科学可以用……

还有其他的技术科学，如以前研究流体力学不考虑化学变化，但若要研究燃烧、……冶金，就有化学变化和高速流动，古典流体力学不能解决。于是有了化学流体力学。

近代物理，物理化学的成就是很大的，物质性质的理论可以建立在这个基础上，但要解决工程材料性质的理论，也还要利用经验，可称为物理力学。

航空技术中由于超高速（超过声速 10 倍）产生高温的问题，空气的分子不但分离而且电离，他们必受外界电磁场的影响，因此将电磁学与流体力学结合起来，这就是电磁流体力学。

流变学是很早就提出来了的，它研究与水不一样的流体黏性，黏性系数与流速梯度不是线性关系。如油漆……，过去只是偏于测量系数，但如果要使刷油漆后不留刷痕，需要什么样的性质。这些是新的……

大爆破……

原子反应堆的工作应属于技术科学。

自动控制和自动调节。

计算技术。现在是一个数学家、一个精密仪器学家、一个电子仪器专家合作，但只能说是一时的……

工程光谱学。利用光谱测物质系统，如高温气体。

运筹学。研究怎样使用，怎样规划厂基和交通系统，研究规划的理论基础。

这并不包括所有技术科学，只是举了一些例子。其实现在物理学家所研究的半导体也可称为技术科学。

工程控制论和运筹学在自然科学中是没有祖先的，它们是由实际工程技术中提炼出来的。

怎样成为一个技术科学专家

考虑到技术科学的目的性，它的方法、内容，显然是跨越于基础科学与工程技术之间的。技术科学家原来有的是搞基础科学的，也有的是从工程技术方面来接近技术科学的，这是历史。现在应该怎样？应该看技术科学本质。它既有自然科学又有工程技术。技术科学专家二者都得懂。我们需要有基础科学知识，而且要掌握得很好。但这不够，还要知道工程师的想法，把它变成技术科学的提法。

不能跟着工程师，这样你就变成工程师了。但要懂得他们的想法，懂得这一套门路。

我们一再强调技术科学是为工程技术服务的,它是面向工程技术,目的性很强的科学,但它的建立对基础科学也有所反馈,如工程控制论,它是由自动调节技术提炼出来的理论。但我们发现它不限于人为的系统,生物就是复杂的控制系统。人的走路,如果闭着眼准会碰壁,因为腿不是精密仪器。不断用眼测量,在脑子里决定误差修正,由腿来执行。这是一个反馈控制系统。人为什么长成这个样子而不长成圆球?……

运筹学,工厂怎样安排,公路、铁路怎样安排,这已打入社会科学领域。它要利用社会科学已有的成就,再加上运筹学的方法。由此可见技术科学对社会科学也有所贡献。

所以,最后我们看到,技术科学虽是新兴的科学,但它具有很重要的地位,对国民经济起着很大的作用,对人类的知识也起着很大的作用。

附录2
钱学森　关于工程力学班学习的意见

1958 年 1 月 4 日　于清华大学科学馆 213
（根据魏良琰个人原始记录整理　未经审阅）

这次是把上次所谈的"论技术科学"具体到力学班。

技术科学是为工程技术服务的学科。力学是技术科学,所以也要为工程技术服务。力学家并不直接解决工程技术问题,他并不是工程师,但是在工程师后面帮助他,是工程师的朋友。

举些例子:

一个大的领域是航空技术。力学的发展很大程度是由于它的刺激:怎样增加飞行性能,增加飞行速度?

关于超声速飞行所带来的空气动力学问题,不能仅满足于一般超声速问题($M=1,2$),而要进入到高超声速的问题。

在飞行结构方面,也需要力学工作者来解决。在高速飞行,结构不仅受到一般的负载,在附面层内受到很大的热量以及温度不均匀情况下的热应力变形。

关于推进机的设计问题,一些是关于流体力学的问题:介质在推进器中流动,燃料的流动。也牵涉固体力学:在高转速下应力的问题。推进器寿命一般不长,故又牵涉短寿命构件的设计。

颤振问题:空气弹性动力学。

力学在工程技术中当然不限于航空一面。

在动力方面:水轮机、汽轮机、燃气轮机。

水轮机:我国与别人不同,经常碰到高水头问题。减少金属使用量,尽可能达到高转速,这就引起解决空蚀的问题。决定采用哪种水轮机:桨叶式、Francis 式还是斗叶式。苏联水头低,采用转桨式较多。

在动力机械中,高温转动机械问题。

船舶流体力学:平静及波浪情况下,减低阻力的方法。水翼船(高速运行)也牵涉空泡问题。

机械结构设计：大型机械部件本身的重量就不能忽略，它必须由许多材料的部件拼起来，它的应力应怎样分布？

这些当然是很重要的问题。

中国的力学工作者要帮助解决这些问题。力学工作者应该是什么样的人才呢？不是与实际漠不相关的人才，而是要能体会了解实际问题，要自己把实际问题变成力学问题来动手。工程师提出的问题绝不是具体化了的力学问题，需要力学工作者自己来研究，在了解他的问题时，需要用他们语言，不要坚持自己的行话。问题解决了，也要用工程师的语言讲给他听。做力学工作的人，不要空谈，要有数据。我们的成果不能限于泛泛原则。因为只有数据，是唯一可以被工程师拿去与实验及现场观测的结果核对。不符实际的理论不能算是理论，那是假的。

解决问题还有时间性，有些问题是不能等的，这就要把问题分割，哪些部分现在已可解决，哪些问题虽清楚但通过实验可以较快解决，哪些现在条件还不够，只能做实验得到数据。如流体的黏性问题，常需解决黏性系数。如何找可以通过实验，从理论上只能对较稀气体的黏性有一些了解，对较浓气体乃至水就很模糊，只能量一量。

对有时间限制的情形，就需将理论分析、计算技术、实验技术结合起来。要作为一个国家有用的力学人才，必须三方面都会。力学班就要达到这三方面，这是一个标准的要求。当然，不能一两天就会，只能算是一个基础，一个好的起始，必须毕业后在工作中再逐渐提高。

通过习题及专题，培养计算及实验的基础，结业后的工作不应是脱离工程实际的工作，只有通过解决工程实际的问题，力学水平才会提高。因此到力学班不能看做转业，这是不对的。由各专业抽调出来就是先有一个工程底子，知道工程师的语言、方法，将来还是回去工作，但是以力学工作者身份参加本行有关力学的问题，目标还是为专业服务。

关于学习上的一些态度。

要能做到上述要求，要逐渐建立独立工作能力。这和过去在高等院校学习是不一样的：讲出的问题是经过加工的，不重要的部分已经剔除了，而且是现在科学已经清楚了的问题。但实际问题是原型，是还有没有弄清楚的问题，要解决它与做课堂练习是不一样的。要解决哪些因素是重要的，有时可能会猜错，以为重要的不重要，以为不重要的反而是重要的，这要再来。

第二年的专题，要大家自己想，要查文献，看看别人怎样处理。要自己想，动手整理提炼资料，不要依赖导师。

专题给的时间很多，为的是准备大家碰钉子。

看文献是帮助你解决问题，而不是看文献去找问题。解决问题不会一试就成功的，由于对问题的认识缺乏经验，可能一、二个礼拜白花。

十几年前我搞薄壳稳定，具体是圆柱薄壳两端加压稳定问题（非线性），经典理论临界载荷相当于试验的 4 倍，我走了很多弯路。

起初研究经典理论，以为什么地方漏了，结果都不对，后来才走到大挠度上去。我常常吃晚饭后想出一个主意，做了三四天还是不对，就去请教做实验的朋友。有时候他可能提个意见，有时候他也不肯定对或不对，就做几个实验，很明显就否定了我的想法。和做试验的同事商量觉得可以有希望了，晚上又干，有时干四五天、一个礼拜，结果发现又错了。我的计算有 700 多页，统统不对，全错了。经过较长时间最后才摸到是一个什么样的问题，才把问题具体抓住。差不多搞了一年多的时间才搞到了结果，心里很痛快，又感到那时为什么那样傻。这是因为在揣摩问题时，问题不清楚，因此一定要错，直到所有道路不通，最后只有一条可走，这条路才对了。碰钉子，一碰就对，那倒奇怪。如果我当初不走到实验室去看，最终就不可能对。

力学班就要分专业了，是否流体比固体吃香些？不存在这样的问题。

可能某一时期某一领域内固体力学较突出，而过一些日子可能流体又突出。如航空在 20 世纪 30 年代主要解决薄壳结构，因此固体力学突出；等到这问题解决了，流线型问题出来了，过去 15 年空气动力学就很突出。以后直到现在二者都有很困难的问题，所以应以解决实际问题作为我们的目标，而不应以哪个吃香做目标。

力学中的问题是一天天丰富起来的，不是一成不变的。它是逐渐多样化，不断有新的部门出现。一生做力学可以肯定，但是否在某一小部门做一辈子，就不一定。因为实际需要是变化的，那就应该转移阵地。现在是一个起始，将来需要有变化，就要改变重点，而不是学究式地死守一个问题。

力学是非常活跃的，是追随新的问题、跟国家发展情况有密切联系的学科。

力学工作者要有开辟新天地不怕困难的精神。

杜庆华先生与力学教研室

朱祖成

（清华大学工程力学系固体力学研究所教授）

材料力学和理论力学是清华大学大多数工科院系学生必修的两门基础技术课。这两门课程长期以来都被评为全校"一类课"和全国"精品课程"，这是和多年来一直担任这两门课程的教师重视教学、努力工作分不开的。

力学课在院系调整以前是由各系自己开课的。1952年成立了力学教研室，杜庆华教授从北京大学调入清华大学，任力学教研室主任，万嘉镛教授任副主任。为了加强力学的师资力量，从各系刚念完大二的学生中抽调了30名年轻人来担任力学课的辅导教师。杜先生是1951年在美国斯坦福大学获博士学位后回国的，在他的领导和培养下，"力学教研室"从无到有，担负了全校的"理论力学"和"材料力学"课的教学任务。

当时的办公地点是在科学馆一楼，除了杜先生和万先生外，还有张福范、钟一锷、罗远祥、黄克智、吴明德、方萃长等几位老教师，其他成员就是刚从学生中抽调出来的年轻人，刚成立的力学教研室共有54人，教师50人，职工4人。杜先生在培养力学师资方面可谓功不可没，他先抓了中间这一层"老教师"，由他们担任主讲教师，成立教学组。1952年后清华在"学习苏联"的大潮下实行了工作量制度，每人的教学任务十分繁重。从1953年起，力学教研室分为材料力学和理论力学两个教研组，杜先生担任材力教研组主任，万先生担任理力教研组主任。我是1954年毕业后分配到材料力学教研组的，同时分来的还有五位同志。

1956年，在"向科学进军"的号召下，杜先生亲自为每位教师制订了科研的方向和题目。我记得当年团支部还请党委书记袁永熙和杜先生给团员们上团课，题目就是如何向科学进军。1957年，第一届工程力学研究班开办，杜先生除了力学教研组的事，还要管力学研究班的很多工作。他还为力学研究班学生主讲"固体力学"课。在他的主持下，我们和力学班的部分教师一起，成立了"塑性力学研讨班"，定期阅读文献，每周由专人作报告，最后由杜先生作总结。杜先生除了担任机械系"材料力学"课的讲课任务外，他作为主任，在培养青年教师方面考虑得十分周到、仔细。1956年，不少科学院力学所的研究员来清华兼课，杜先生就利用这个机会，让年轻教师在科研上直接向他们请教，如卢文达向郑哲敏老师学冲击，金永杰向李敏华老师学塑性力学，杨宗发向唐山铁道学院孙训方教授学金属疲劳等。这些教师现在都已年过古稀，但回想起杜先生当年对年轻人的培养，还不禁从心中涌起一片深深的感激之情。

1956年可称为力学教师的"黄金时代"，人人心情舒畅，记得每年春节前我们都要举行聚餐，有一次还进城参观了义利食品厂，去"东来顺"吃了涮羊肉，杜先生也高兴地参加了。

每年"五一"、"十一"进城游行时,力学教师的队伍里显得格外热闹,工会主席方萃长反串女的,邵敏扮男的,在长安街上跳起了"双人舞",引来不少观众鼓掌。

1957年由杜庆华教授主编的《材料力学》教材正式出版,成为全国很多院校选用的教材。在此以前,用的都是苏联教材。

1958年工程力学数学系成立,杜庆华调离了材料力学教研组,调入力学系,先后担任过固体力学教研组主任和副系主任等工作。他还要兼顾力学研究班的工作。材料力学教研组由张福范担任主任,力学教研室从图书馆又搬到了立斋。1959年组建了力学师资培训班,从各系大三青年学生中抽调了20名提前参加工作,作为力学师资的后备力量。

"文革"后期,1973年基础课解散,力学教师分到各系,以连队为编制参加"开门办学"。那时,下到工地或农村,从基础课到专业课,什么课都得讲,摸爬滚打,什么活都得干。1979年,学校决定恢复基础课,重新成立力学教研室,材料力学和理论力学的教师们纷纷从系里回到主楼,当时的教研室主任是郑思樑。

历史上常有"分久必合"之事,1982年根据学校决定,将基础课中的力学教研室与工程力学系合并。材料力学和理论力学教研组都设在同方部后的"动振小楼"。由于继承了严格要求、坚持教改和教书育人的优良传统,教研组曾多次在全国、北京市获奖。如:1989年材料力学组获国家优秀教学成果一等奖,同年又获北京市优秀课程称号;1993年又获北京市优秀教学成果一等奖。杜庆华教授于1997年被评为中国工程院院士,并多次获奖。

1999年,工程力学系从旧电机馆搬至主楼前的逸夫技术科学楼后不久,材料力学教研组合并到固体力学研究所;理论力学教研组合并到工程动力学与振动研究所。从此,力学教研室的历史也就此画上了一个句号。基础课力学教研室(包括实验室)的教师从此完全融入工程力学系各研究所的工作体制,用新的教学体制为全校大多数工科学生开设材料力学与理论力学课程。

五十五年前的力学教研组

查传元

（清华大学工程力学系工程动力学研究所）

1952 年 10 月,刚刚欢度了国庆,清华大学决定从机械、土木两个系抽调 30 名刚读完二年级的学生,到力学教研组当助教。如此大规模地让二年级大学生当大学老师,这在中国高等教育史上是罕见的。

缘起

1952 年夏,随着高校教师思想改造运动的胜利结束,众说纷纭的院系调整终于尘埃落定。清华、北大、燕京三校的工科各系合并成新的清华大学,并按照苏联教育模式改造成为多科性工业大学。当年招生 1600 名左右,按照苏联经验,按专业分成 51 个小班,其中本科班 27 个,专科班 24 个。每班人数大体在 30 人左右,除大课外还开设了小班讨论课,当时称为习题课。按照苏联教学计划,工程力学(分理论力学和材料力学两门课)为所有工科大一学生的必修课。1952 年时北京钢铁学院和北京石油学院全部大一学生在清华借读,由清华负责其全部教学工作。他们大一本、专科合在一起有 27 个小班。同时上力学课的还有清华二年级的工科学生约二十来个班。所以当时几乎同时要为近 100 个小班开设力学的习题课。而新成立的力学教研组原有三校力学教师不过 10 人左右。为了节约人力,大班讲课可以尽量把班扩得大些,但小班习题课的师资如何解决? 于是教务处的领导决定从机械、土木两系抽调 30 名二年级学生充当习题课老师,以解燃眉之急。被抽调的人当中有的当时才只有十八九岁。以后在 1954 年又来了 5 位二年制的本校专科毕业生。

思想大转弯

人的行动是由思想支配的,我们这些二年制新助教经过学校教务处思想动员后,是自愿报名的,身份改变了,但思想却一时转不过弯来。我们这些人有的刚从天津汽车厂实习归来,有的刚从官厅水库的工地归来。我们的理想是赶快大学毕业,参加到第一个五年计划的建设中去。想看到亲手制造的汽车满载物资奔驰在祖国的大地上,亲手参加在黄河上建立起大型水电站,把千年黄害根治,使它能防洪、灌溉和发电,变水害为水利。解放后的年轻一代是追求理想的一代,我们来到清华园这个工程师的摇篮,做梦也想当红色的工程师。可是突然之间变成了高校教师,每天要完成日常的备课、上课、辅导和批改作业工作,有时心里难免有些困惑。就像当时李方泽同学所说：“早上一觉醒来，想到自己当上助教，心里就格外别扭。”然而经过一段时间后，通过形势任务教育，出于对祖国人民的热爱，我们这些人渐渐地热爱起高校教师的工作，并且和学生建立起深厚的师生感情。

真心热爱学生，甘当铺路石子

大学的主要任务是培养高素质人才，作为大学教师，必须要有高度的责任感，精湛的业务水平。我们这些人刚参加工作时，业务水平不高，又缺乏教学经验，工作中困难不少。1952 年因为招生规模扩大，学生入学时程度参差不齐。开学不到一个月，有些学生感到授课内容“吃不饱”，而另一些学生则在课堂上老是听不懂，“坐飞机”，教学工作难以为继。因此教务处立即紧急刹车，重新按程度分成甲、乙、丙三类，然后再将全校程度特别差的几十人不分专业合成一个丁班。当时分在负责乙班和丙班的教师，一点也不嫌弃基础较差的学生，而是认真备课，不厌其烦地对学习困难的同学进行个别辅导。当时助教的工作除了备课，上好习题课外还要每周认真批改和登记每个学生的家庭作业、课外答疑和个别辅导。特别是学习苏联在考试中采用口试形式后，这些新助教还有创新采用的质疑形式，因为一般学习困难的学生心理上总有点躲着教师，不太会主动找教师答疑，于是教师就主动指定学生在规定时间来教研组答疑。如果学生提不出问题，就由教师提出一些问题和同学讨论，这就是所谓的质疑。通过典型问题搞清楚基本概念、基本理论和基本方法，并从交流讨论中发现学生学习方法中存在的问题。因此学生反映通过“质疑”，不仅搞清了理论也改进了自己的学习方法，收获很大。这些教师看到学生的进步，也格外高兴和欣慰。如辅导乙班材料力学的蓝直方老师说：“开始时学生只会照猫画虎，后来呢，学生会考虑自己设计的梁怎样才能既安全又经济，看到学生的进步，自己心里有说不出的高兴。”

经验与反思

常言说得好：“严师出高徒”，“取法乎上，仅得其中；取法乎中，仅得其下”。当时抽调二年级学生来当助教是一种应急措施。强扭的瓜不甜，不熟的葡萄是青涩的。我们这些人虽然热情很高，但先天不足，业务水平不高，而且后来学校政治运动不断，未能系统地进行理论上的补充和提高。因此对于批量培养工程师还勉强能应付，但要培养出创新拔尖人才就难以完成了。从 1953 年开始在我们这些人中为支援各兄弟院校先后调走了 13 名，他们在各自岗位上通过自己的努力，取得了很大的成绩。例如文健老师后来担任了内蒙古工业大学的副校长。黄用宾老师在上海工业大学是行政上的主要骨干。1957 年成立工程力学研究班，副班主任是原力学教研组主任杜庆华教授，秘书黄炎老师和另外二位助教都是从我们30 个人中调出来的。半个多世纪过去了，有些人已经离我们而去，其余的也垂垂老矣。有人说教师相当于红烛，点燃了自己，照亮了别人。我们几十年来努力工作、培养出成千上万的人才，他们中大批人在各种建设工程中做出了很大贡献，有的在各高等院校当老师，培养人才，还有的在国家和地方当各级领导干部，看到我们工作的这些成果真是很欣慰了。

投入　积累　创新

范钦珊

（清华大学工程力学系固体力学研究所教授）

1956 年考入清华，那时清华是 5 年制，正常情形应该是 1961 年毕业。1959 年 9 月，为了适应当时学校迅速发展的形势，包括我在内的 100 名 3 年级学生被抽调到基础课，一面当老师，一面当学生，身份仍然是学生。1960 年学校又从这 100 人中抽调 10 余名作为正式教师参加教学工作，其中也有我。从那时至今，我在清华从事基础课教学工作已整整 50 年。

清华的材料力学和工程力学课程教学工作，包括教材建设、教学内容更新、课程体系改革、教学方法改革以及现代教育技术的应用等方面，都取得了一些创新性成果，得到了力学界和教育界很多同行的认同。这不是一个人所能做到的，而是清华几代人辛勤耕耘的结晶。

"投入、积累、创新"是 50 年来我在这个集体中陶冶获得的切身体会。

投入的重点是教学与科研结合

我给著名的力学家和力学教育家张福范先生当助教，张先生是清华材料力学教研室第一任主任。他对我们讲，只做教学是做不好教学的；只教一门课是教不好这门课的。他希望我们，既要做教学又要做研究。这一教诲使我终生受益。

这么多年的教学生涯，使我体会到，对于一个教师，提高教学效果和教学质量的关键是必须教学水平与学术水平兼备。因此，从事教学工作的同时必须从事科学研究。

开始走上教学工作岗位时，既要上课又要批改学生的作业，每周批改两次，每次 100 本左右，已经是满工作量。这种情形下，还要从事科学研究，就必须投入更多的时间和精力。

教学与科研是相辅相成的

每年我在完成或者超额完成教学工作量的同时，坚持从事"非线性屈曲理论与应用"、"反应堆结构力学"、"结构的疲劳与寿命"、"输电线路铁塔的优化与 CAD 设计"等方面的研究，近期又开展了宇航员在失重和超重情形下骨密度分析等生物力学方面的研究工作，取得了一些有价值的成果。例如，在球壳的屈曲研究中，得到了对于局部点坑缺陷敏感性的数学表达式；在核电站安全壳钢衬里的热屈曲的研究中，不仅提出了锚固钢衬里的铆钉的优化间距，而且设计了局部 1∶1 的实验模型，通过实验得到了大量关于安全壳设计的数据，有的已经应用于援外的核电站设计中。

这些研究成果促使我思考原来"材料力学"课程中关于压杆屈曲的某些结论的正确性。传统的材料力学中认为压杆在临界点的平衡是不稳定的,这就意味着:压杆所受的压力达到临界值后便丧失承载能力。事实上临界点的平衡可以是稳定的、不稳定的和中性的三种情形。压杆临界点平衡的稳定与否,与压杆的细长程度有关。我们应用初始后屈曲理论首次证明了,对于细长杆,其临界点是稳定的。也就是说,当压杆所受的应力达到临界力后仍然能够继续承受载荷。通过典型试样以及工程实际的实验结果,证明我们所得到的理论结果是正确的。这一结果已应用于我国第一条 220 千伏和第一条 550 千伏紧凑型高压输电线路。

这些研究成果不仅应用于工程实际取得了明显的效果,而且还更新了材料力学的相关内容,开出了一个新的教学实验——大柔度压杆非线性屈曲实验,我们还没有发现其他国家开出过类似的实验。

上述研究成果获得了 1 项国家科技进步二等奖、1 项部级科技进步一等奖、2 项部级科技进步二等奖,而且更新了材料力学教材中的有关内容。

传统的材料力学是以钢铁为主体的材料力学,已经经历了 300 多年。20 世纪 60 年代以来,聚合物、复合材料、工业陶瓷等新材料越来越多地应用于各个领域,所占比重与钢铁相比越来越大。这表明"材料的力学行为"在材料力学课程教学中已显得非常重要。为此,我们引入了"复合材料的力学行为"、"聚合物的粘弹性行为"、"材料的非线性粘弹性行为"、"材料的屈服与塑性行为"、"材料的断裂行为"和"材料的疲劳行为"等内容,独立成篇,定名为"材料的力学行为"。这些也是长期从事相关学科的科学研究,开阔学术视野,不断提高学术水平的必然结果。

由于长期从事基础课的教学工作,对力学的一些基本概念、基本理论和基本方法理解得比较扎实,我们在引入上述新的教学内容时,不是简单地引用别人的成果,而是在材料力学传统内容基础上,通过合适的简化模型,得到了关于新内容的某些重要结论。这样做,不仅加深了学生对于传统教学内容的理解,而且教会学生怎样应用基本概念、基本理论以及基本方法去分析和处理新的问题,有利于发挥学生的创新精神。

教学与科研的结合,提高了学术敏锐性,对于工程上的一些重要成果以及一些重大事故,都要从力学的角度加以分析,并且将所得到的结果引入课堂教学,使同学看到力学并不是一些枯燥的概念和理论,而是活生生的现实。例如,某些高层建筑的空心中庭、高层建筑的峡谷效应、建筑脚手架的坍塌事故等。

前几年某彩虹桥的坍塌,其原因当然与官员的腐败有关。但是,某大学的一位教授在庭审作证时说,我们用美国的什么什么程序对彩虹桥进行了计算,结果表明彩虹桥的固有频率与 24 名战士跑步的频率相差很远,因此,24 名战士跑步不是桥破坏的原因。我觉得这个结论有问题:因为振动问题与我所研究的屈曲问题有相似之处,就是对于缺陷的敏感性。也就是说,有缺陷和没有缺陷的结构的固有频率可以相差很多。你所用的程序当然没有错,但是你所用的模型是有缺陷的还是没有缺陷的,你并没有向法庭交代。事实上,坍塌前的彩虹桥已多处出现裂纹。并且,24 名战士跑步过桥时对桥的作用力是一种冲击力,相当于人体体重 3~4 倍。另外,24 名战士跑步过桥是第一次,还是多次,也没有向法庭交代。事实上,这 24 名战士跑步过桥并非一次,因此,不能说没有一点责任。根据累积损伤理论,跑一次虽然不致使桥坍塌,但是会造成损伤,跑的次数多了,损伤就会累积,最后致使结构寿命终结而破坏。

这些工程实例引入课堂教学，不仅引起同学很大兴趣，而且产生很大的震撼。

了解学生 尊重学生 合理而严格地要求学生

50 年教学生涯的另一个重要体会是，要取得很好的教学效果，不仅要深入研究教学内容，而且需要认真了解学生，精心组织和安排教学内容，同时还要尊重学生，提出合理而严格的要求。

尊重学生就是尊重学生在教学活动中的主体地位，引导学生积极思维，激活学生的学习积极性和主动精神。这是我教学工作的一贯理念。在这个理念的主导下，经过多次实践和不断地完善，逐渐形成一套互动式、讨论式的教学方法。1996 年以来，除了在清华，我还在全国 20 多所院校，面向学生作 200 多场示范教学，都深受学生欢迎，也受到同行专家的一致赞誉。

这种教学方法概括起来有以下几点：

首先是要善于提出问题，揭示矛盾，激发学生强烈的求知欲望，加强学生的联想能力、发散思维的能力，特别是要有利于培养学生发现问题的能力。

其次是在课堂讲授中淡化繁琐的数学推导与数字运算，强化定性分析，强化基于基本概念的直观判断，突出分析思路与分析方法。关键是怎样在简捷的数学推导过程中突出思路、突出方法。因此，在数学推导前，首先要定性分析，使学生懂得"问题是什么？""问题的性质是什么？""解决问题的方法是什么？"

第三是引导学生自己思考，并得出某些结论，包括一些重要结论。讲课教师一般都很重视结论，这当然是正确的。但是这些结论包括一些重要结论，可以让学生在思考的基础上自己去得出。当然，学生有时得出的某些结论可能是错误的，但是经过教师的引导，他们会从错误中得到正确的结论。这样得出的结论对他们可能是更深刻、更牢固的。正如有的同学所说的："老师讲得再多、再好都是有限的，而我们自己琢磨出来的知识才是无限的。"

第四是为学生留出充分的思维空间，留出一些问题让学生去想、去自学、去研究，讲好每一章的结论与讨论。

有些问题本来应该让学生去想的，结果老师讲掉了，用老师的思维代替了学生的思维。讲得过多、过细、过全，学生不用思维、不用动脑筋，这种灌输的办法，实际上窒息了学生的思维。老师的愿望是好的，但效果适得其反。

为了给学生留出充分的思维空间，不仅要对教学内容精选少讲，而且要严格控制讲课时数，要改变教师的"一言堂"，展开课堂讨论，活跃学术气氛。

基于上述教学理念，在课堂上我总是鼓励学生参与，鼓励他们要积极思维，不要被动思维，更不要拒绝思维，鼓励他们讲话。

了解学生，对于同学们在学习中存在的一些问题需要加以认真分析，采取有效的措施，对同学提出合理而严格的要求，就能收到很好的效果。

例如，对于学生中存在的抄袭作业的现象，有两方面的原因：一是老师布置的课外作业分量太重，学生无法按时完成，没有办法，于是就"抄"；二是学生的学风问题。于是，我一方面严格控制课外作业的分量：2 课时的课，只布置 3 道必做的作业，1 道选做的作业。并且讲明：实在没有时间，可以先做 2 道，但是绝对不要抄。此外，为了鼓励学生认真独立完成作业，我在开学的第一堂课就宣布：本课程实行资格考试和水平考试：在期末考试前，先进行"资格考试"，考试的内容就是平时的作业题，但是进行闭卷考试，资格考试满分为 100 分，取得 75 分，本门课程就算及格（也就是拿到了期末成绩中的 60 分）就可以获得学分。期末考试属于水平考试，实行开卷考试，是考期末成绩中的另外 40 分。考试方法的改革有效地遏制了抄袭作业的现象，对于加强学风建设起到了很好的作用。

又例如，有一次下午上课，我发现有一些同学打瞌睡，一了解，上午 12：30 分才下课，马上又要上课，实在太困了。于是，我就将课间休息的 5 分钟改为 10 分钟，让大家打个盹。

涉足新领域　再上新台阶

课堂教学方法的改革和创新不仅有赖于不断地将科研成果转化为教学资源、有赖于不断地积累教学经验，而且还需要充分应用现代教育技术，包括信息技术、计算机技术、多媒体技术等。

最近 6 年间我和我的集体，在面向 21 世纪课程内容与教学体系改革以及应用现代教育技术等方面取得了一系列成果。

我们最先出版国内"面向 21 世纪课程教材"；

我们最先在课堂教学中使用课堂教学软件——电子教案；

我们最先出版材料力学分析计算软件——材料力学问题求解器；

我们最先建设成立体化、网络化、精品化的工程力学教学资源库。

随着这些成果的取得，体现了力学教育的重要性：力学无处不在；力学是一种文化；力学教育是一种素质教育；体现力学教育在培养学生工程概念方面的重要作用；体现清华大学高水平力学教育的优良传统：既重视基础，又注重发挥学生的创造性；体现启发式、讨论式教学过程；体现现代教育技术与传统的教学手段的结合：将视频、动画、图形、文本集成为一个完整的系统；体现使用方便、有利于二次开发的原则，使用者以此为基础，形成自己的教学系统。技术的应用引起教学内容深度和广度的变化——一方面过去无法在课堂上讲授的，现在通过视频演播，就能够使学生身临其境；另一方面，通过应用现代教育技术，讲课时间缩短了，从而为引进新的教学内容创造了条件。

技术的应用引导学生从书本和教室走向广阔的外部世界——使学生感受到力学并不是枯燥的理论和繁琐的数学推导，而是具有丰富多彩的实际内涵。

比如，同学们在书本上学习到的桁架结构中杆件的连接点只是一些圆圈，我们通过拍摄到的不同建筑物中桁架的不同连接形式，使他们认识到，这些圆圈实际上可以是销钉连接、铆接，也可以是焊接。又比如，拉杆看起来简单，但是在实际工程中却起着非常重要的作用，这些，只有通过实际结构的视频演示，才能让学生体会到。

技术的应用引导教育者采用更好的教学策略，启发学生的思维，激发学生的创新精神。

随着教育技术的不断进步，我们的教学软件水平也在不断提高，教学效果也越来越好。

缘系清华　情系航天

吕德鸣

（工程力学研究班第一届学员，上海仪表厂原厂长）

1945 年 5 月，我即将高中毕业时，因不甘心过亡国奴的生活，离开日寇占领的上海，到淮南抗日根据地参加新四军，不多久日寇就投降了。本来以为经过八年抗战，我国人民需要休养生息，但以蒋介石为首的国民党政府坚持要打内战，解放区军民被迫进行自卫战争（以后改称解放战争）。又打了三年多，在全国人民的支持下，打败了美国支持的、全副美式装备的蒋介石 800 万军队，把蒋介石赶到台湾，解放了除台湾等少数岛屿外的全部国土。在这场战争中，我们吃尽武器落后、特别是没有制空权的苦。

1951 年，我在华东局组织部任机要秘书。1952 年年初，中央基于高等学校经过院系调整，为适应经济恢复和发展的需要，要扩大招生，但应届高中毕业生数量不够，通知要从全国党政机关、部队抽调具有同等学历的年轻干部两万人经过短期补习进入高等学校。我向部长提出要求，他同意了。6 月初，先到华东区进入高等学校补习班学习了 100 多天，国庆节后我被分配到在南京的华东航空学院（这是院系调整后新成立的一所航空高等学校）。选学航空，是我们几个在战争年代吃过没有制空权苦的人，下决心要有自己的飞机，要有一支强大的空军而选择的专业。1956 年夏，我校从南京搬到西安，改称西安航空学院。开学不久，学生科长告诉我，高教部通知：科学院力学研究所和清华大学在北京开办了一个两年制的工程力学研究班，招收大学学过三年以上的理工科学生，给我校 2 个名额。我正好符合通知规定的要求，就去向院长提出来，他同意了，我按通知于 1957 年 2 月到北京向力学班报到。

1958 年 8 月初，因为反右，力学班没有放暑假。正紧张的时候，党总支书记何友声同志对我说："力学所要组织一支技术队伍放人造卫星，要力学班去一些人参加，由你带队。"于是，在一个下午我按时把有关同学带到力学所参加大会，会上宣布力学所要搞上天任务，成立一个设计院，专搞运载火箭的研究、设计和试制，把由地球物理所搞的人造卫星送上天。由郭永怀副所长兼院长，研究员杨南生任专职副院长，先设总体、结构、控制和发动机四个研究设计组，并宣布了各组成员和领导干部名单，还成立一个以杨南生为组长的技术核心组作为全院的技术领导，我是成员之一。我的职务是总体设计组临时负责人兼初步设计（小）组负责人。还宣布设计院将集中租用西苑大旅社一个楼两层楼面，住在那里搞研究设计。很快我们就搬到西苑 10 号楼，并紧张地开展了工作。但对我们来说这是一项全新的工作，没有搞过，究竟如何着手？为此，有一段时间，我们技术核心组成员几乎每天下午都被科学院党组书记兼副院长张劲夫同志召去讨论问题，例如，选用推进剂要怎样考虑？发动机热试车弄不好会炸，要注意些什么问题？采取什么措施？等等。参加的还有钱学森（力学所所长）、杨刚毅(力学所党委书记兼副所长)等,其中钱学森是关键,因为他是唯一的内行,既有理论又有丰富的实践经验,会上提出的问题,他都提出看法和意见(这实际上是张劲夫同志采用这种提问式的、比较随便的形式请钱学森同志给我们上课)。也就是在这个会上,确定了我们起步的火箭 T-3 以液氟作为推进剂的氧化剂,虽然大家都知道液氟有两大关键:强腐蚀和超低温,因为当时领导明确我们只搞高能(推进剂)、不搞常规(国防部第五研究院负责搞常规推进剂),而高能推进剂或则剧毒、或则强腐蚀、或则超低温,都有很大困难。这样决定了,大家据此开展工作。有一次核心组成员在张劲夫同志那里,他说:我昨天晚上和上海市委柯老通了电话,告诉他我们为上天组建了一支技术队伍,准备搬到上海,利用上海的工业基础和条件,再由上海市委抽调一批党政技术干部补充充实,把这项在国家 12 年远景发展规划中没有列入的上天任务搞上去。柯老同意并热情地欢迎我们去,还说到上海后给我们"毕卡地"(现在的衡山饭店)作为办公场地。同时,力学所党委书记杨刚毅则去"周游列国",去天津、沈阳、长春、哈尔滨、西安、重庆、成都等地向当地高等学校和科研机构游说,动员他们派技术人员参与这个全国大协作的伟大工程。当我们还在北京时,天津、东北、西北等地的技术人员就陆续到来。10 月底,杨刚毅、杨南生两同志带队,我们一行 4 人打前站到了上海,找市委落实我们迁沪后的具体问题。由于我们从北京来的只有百把人,"毕卡地"太大了,就改为淮中大楼和一些宿舍,我们打前站的人没有再回北京,设计院全部人马(包括我们的行李)11 月初就搬到了上海。在上海,我们受到市领导的高度重视,根据我们的要求,专门给我们安排了加工厂(壳体和总装在 5703 厂,发动机在上海柴油机厂和四方锅炉厂,控制系统在上海机床厂等),这些厂都划定专门的封闭保密车间为我们加工。我们是中国科学院的单位,市里又把我们看做是市的单位,归口市科委,并很快为我们配齐了一整套领导干部,调来了大批技术人员,有老专家,也有提前毕业的大学生和中专生。到年底我院已有约 600 人,不久还正式命名为"上海机电设计院",把体制从"院—组—(小)组"改为"院—室—大组—小组"设置。我所在的总体设计组改为一室(总体设计室),下设初步设计组、空气动力设计组和轨道设计组,我是一室的技术负责人兼院的技术核心组成员。各方面人员集中到院,经过动员和教育,迅速投入工作。技术核心组对迁沪后的工作作了认真讨论,认为液氟方案在抗腐蚀和低温方面尚无把握,尤其是我们对火箭技术还没有感性认识时就孤注一掷搞液氟火箭太冒险,确定暂放一边。为了锻炼队伍,先搞一个采用常规推进剂的较小的探空火箭 T-5。由于有了 T-3 的初步经验,T-5 搞得很顺利,大家热情高涨,工作日以继夜,完成设计就送加工厂加工,进度很快。我记得,到 1959 年年底,在 5703 厂接待过刘少奇、邓小平、陈毅等中央领导同志参观已经完成的 T-5 箭体 1/3 段。后来,整个 T-5,主要是箭体结构和发动机系统都做出来了,因为没有试验和试车,根本不能发射。当时我国正面临三年严重自然灾害,经济十分困难,各地在"大跃进"中组织起来的"上天"研究设计机构都纷纷下马。我们怎么办?院党委书记带着十分不安的心情去请示市委,柯老说:"队伍既然已经组织起来就不能散伙,暂时有困难搞不下去,可以组织大家学习。"他回来传达以后,大家认为:我们多数来自学校,已经学了多少年,再从书本到书本不行,要学就从实践中学,大的搞不了就搞小的,试验设备没有就自己搞。当时我们正在酝酿搞一个比 T-5 更小的探空火箭 T-7,推力 1 吨多,预计可上升到几十公里。但是,我们毕竟没有实践经验,第一次就做这么大,把握仍然不大,决定先做一个缩小 10 倍的模型火箭 T-7M,又称"小 T-7"。这是一个很小的火箭,外径只有 25 厘米,发动机推力只有 200 多公斤,预计能升空 8 公里左右。当时我们认为：只要能上去就行，但地面试验要做充分，包括发动机热试车。从 1959 年 9 月开始，T-7M 的工作进展很快，特别是搞发动机的同志干劲十足，不仅自己设计了发动机热试车台架，还靠自己的劳动硬是把江湾飞机场内已废弃的防空洞改造成临时试车台，进行了发动机热试车，而且非常成功，这给了全院人员以极大的激励。又苦干一个月，到 10 月就不得不考虑发射的问题。但火箭发射要冒风险，弄不好要炸，上去了有可能掉下来，因此要慎重选择发射场。考虑到 T-7M 很小，发射高度低，就选在海边，掉下来只要掉到海里，又不落到公海，周围没有人就可以了。几个人沿着东海边从吴淞口跑到南汇芦潮港，终于找到南汇县老港镇东南，这地方周围人少，附近还有空军的雷达站可以配合。和空军部队联系，他们十分支持。回来报市领导批准后，一方面平整场地，一方面设计加工发射架，很快就完成了，运到南汇装起来，第一次发射定在 1960 年 1 月 25 日。那时因为经济困难，大家都舍不得多花钱，发射场设备十分简陋，为了保险，推进剂只加注了 3/4。但是还是失败了，原因是发动机和箭体的连接构件强度不够，在点火时崩断了。经过改进，2 月 19 日就发射成功了。这次成功，使大家看到我们走的路是正确的，信心更足了，并加紧了 T-7 的设计和研制工作。为了取得实践经验，T-7M 的生产和发射试验继续进行，以后推进剂加注满了，还设法用降落伞回收和加装固体助推器，也放进过小动物。中国科学院张劲夫、裴丽生、钱学森等和市委陈丕显、曹荻秋、刘述周以及市委、市府部分部门的领导同志都曾去南汇视察和参观过发射。

1960 年 2 月，院办公室主任调走，院党委要我负责办公室工作，没有想到从此我就离开了技术工作。在 T-7M 发射成功以后，我们更信心百倍地加快了 T-7 的研制。1961 年 1 月，我又调任计划处副处长。1961 年 4 月 2 日，T-7 发动机首次热试车成功。4 月 18 日，再次进行发动机热试车，聂荣臻副总理，科学院张劲夫、武衡、杜润生、钱学森和市委刘述周等领导同志都亲临视察。设计院领导要我到宾馆去迎接，并引导他们直接到江湾机场，在宾馆上车时，张劲夫同志特别要我坐到聂总车上，把我们的研制情况和 T-7 的设计参数等向聂总汇报。到了江湾机场后，领导同志们都兴致勃勃地看了热试车；在试车成功后，聂总高度赞扬了大家自力更生、艰苦奋斗的革命精神。事后谈起聂总视察这件事，有同志问："你们胆子也真大，万一出了事怎么办？"当时确实没有这样考虑，后来一想，还真有些后怕。当然这个试车台是临时的，在取得初步经验后，在上海西郊佘山附近另建了一座专供 T-7 发动机试车的试车台。

T-7 发动机热试车成功意味着 T-7 上天已无大问题，关键是发射了。但 T-7 不同于 T-7M，要升空几十公里，在市郊、海边发射都不合适，为此院党委书记早于 1961 年 3 月就拿了市委的介绍信去找安徽省委，得到省委和省军区的大力支持，选定皖南广德山区、离公路只有 8 公里的地方，这个方案还得到南京军区的支持和批准。从 3 月开始，建设者们以饱满的热情在这里平整土地，修公路，造试验室、控制室、推进剂储箱和加注房等，并设计了 52 米的发射架，由江南造船厂突击加工出来运到广德安装，6 月底全部完成。7 月 1 日首次发射由于管路爆裂又失败了；最后于 9 月 13 日再次发射成功。

我从 1958 年开始搞航天，到今年刚好半个世纪。我今年已经整 80 岁，虽然已离开航天工作岗位多年，但仍然密切关注着我国的航天事业，我坚信：伟大的中国人民在发展航天事业中必将一往无前，坚定地沿着自己的道路走向光辉的目的地。

力学班倡导的工程力学理念

刘延柱

（工程力学研究班第一届学员、上海交通大学工程力学系教授）

自收到"欢迎来到工程师摇篮"的清华录取信的那一天开始，就暗暗将当好一名土木工程师作为自己未来的努力方向。可是三年半后土木系秘书同我的一次谈话却彻底改变了我生活的道路。抱着对力学的一知半解赶到动物园报到，拖着行李搬进西苑旅社附近的小平房，成了第一届力学研究班的一名学员。至于未来的道路应该如何走，心里却是一片模糊。

在植物研究所拥挤的大教室里，正是钱伟长、杜庆华、郭永怀、郑哲敏、李敏华等大师们为我们培植了扎实的基础理论知识，打开了力学学科的大门。更重要的是力学研究班使我们牢固地树立了力学来源于工程、服务于工程的工程力学理念。从工科专业中选拔学员的制度，在简陋条件下对实验课程的重视，以及面向工程第一线的毕业专题实践等都贯穿着这一理念。在毕业实践阶段，在杜庆华先生和陈大鹏先生指导下，我们参加了大连机车车辆厂的高压容器强度实验。就是在贴电阻应变片和检测数据的实验过程中和实验后的塑性力学计算工作中，以及在随后参加的"上天工程"的奋战中，逐渐懂得了力学研究班所倡导的工程力学理念的深刻意义。

从力学研究班毕业以后，我有幸参与了清华大学工程力学系的建立和上海交通大学工程力学系的恢复工作。在此过程中，力学与工程的密切结合始终是两校工程力学系共同的指导思想。由于建系规划的需要，我的专业方向从固体力学改成了一般力学。在莫斯科大学应用力学教研室进修期间，虽然莫大的严谨的数学力学基础教育使我受益匪浅，但莫大的基础理论研究与原苏联航天实践的密切联系却给我留下了更为深刻的印象。即使莫大的力学属于理科，即使一般力学学科的理论色彩浓厚，大量的研究课题也来自于航天实践。苏联第一颗人造卫星的上天标志着力学与工程结合取得的辉煌成果，也从另一方面证实了工程力学理念的重要性。力学属于工科还是理科曾是一个引起热烈争辩的课题，最后以工科理科"双重国籍"结束。理科和工科之争其实并无本质矛盾，它代表了力学学科的两个方面：基础性和应用性。无论是在工科或是在理科，不断向前发展的工程技术都是力学研究取之不竭的源泉。来上力学研究班以前，我曾有幸在大礼堂聆听了钱学森先生的"论技术科学"报告，力学与工程的密切联系正是技术科学的共同特点。

力学研究班创办至今已经经历了半个世纪。时光飞逝，当年的青年学生今天都已年过七旬，多已退出了教学科研的第一线。力学研究班虽然只办了三届，但是力学研究班所积累的办学经验极其宝贵。自"工程力学"作为专业名称在工程力学研究班出现以后，工程力学系和工程力学专业在国内许多大学如雨后春笋般纷纷出现。各地的工程力学专业为我国力学学科的发展培养了大量人才。不过关于工程力学专业培养目标的讨论也始终没有停止过,归属问题、课程问题、科研方向问题、实践环节问题、就业问题等方面存在着许多矛盾。在纪念工程力学研究班创办 50 年的今天,认真总结力学研究班的办学模式和办学经验,对于今后力学人才的培养该有多么重要的意义。

20 世纪 80 年代作者任上海交大工程力学系主任期间与来自清华的硕士生交流

没被遗忘的往事

顾学甫

（工程力学研究班第一届学员，华南理工大学教授）

  第一届力学研究班班主任钱伟长老师已经离开我们，然而得益于他教导的学子们都会深深地怀念他，会回忆起许多往事。在 20 世纪 50 年代就读于力学研究班的两年中，我们不但学到了许多知识，还从老师们的言传身教中领悟到做人的准则，也奠定了后来的人生轨迹。

  日月如梭，光阴荏苒，今天在欢庆清华母校百年华诞，工程力学系成立半个多世纪之际，回眸往事不胜感慨，特别令我难以忘怀的是钱伟长老师对广东省力学学会的创建和关怀以及对我着手组建工作的鼓励和指点，着实使我对他更加崇敬。

  20 世纪 80 年代，改革开放的春风吹拂着南粤疆域，各行各业犹如含苞的花朵渐次绽放，纷呈自己蕴涵的能量。当时，我走出校门到京津沪一带参加与力学相关的会议并参观学习兄弟院校的经验和成果。其间，有幸与钱伟长老师面晤，他给我的印象仍然如以前在力学班时那样的祥和、谈笑风生、和蔼可亲。他以询问的口气问我："华南地区的科普工作如何？有没有成立省级力学学会？"我如实地回答："由于没有哪个单位肯派员出面做牵头工作，所以到现在还没有成立力学学会。"他听后语气深沉地说："华南地区有其特殊的地理位置，应该尽快地把松散的科技教育界的人士组织起来，让大家为发展当地的社会经济、人才培养出力，没有人肯牵这个头，那就由你们华南工学院来牵头，你多跑跑腿，做点联络和组织工作。"我面有难色地回答："这行吗？"钱老师看出了我的畏难心理，就鼓励我，并说："你回去跟你学院和系领导说说，并且要向广东省科技协会、广东省民政厅等上级领导机构提出申请，按照他们的要求一步一步地去做，就一定能办成。"钱老师的一席谈话非但使我茅塞顿开，更让我感悟到他那胸怀祖国大业，诲人不倦的崇高人格魅力，同时也使我感到很是幸运，从清华力学班毕业后，时隔二十余年，竟然还有机会获得一次受惠的机遇。回到学院后，我向系及学院领导汇报了上述情况，很快就得到领导的答复，并把组建广东省力学学会的具体工作交由我来操办。我当时的心情是既高兴又担心，高兴的是组织上的信任放手让我去干，担心的是怕做不好，误了大事。但是，只要想起钱老师的真情企盼和鼓励，就又有勇气和谋略，踏踏实实地干起来。

  改革开放初期，百业待兴，电信事业尚不发达。自家没有电话，想打个外线电话，要到系办公室去，说明办公事，才让使用外线，有时对方单位的电话还无法接通，公共交通线路又少，所以要与外单位取得联系，多半靠自行车。如果事情不太急就靠写信联络，特别是深圳、东莞、珠海、韶关、佛山等广州以外相关单位的联络都得靠信件来往才能办成事情，可见效率是很低的。令我高兴的是第一轮联络的结果，居然都表示愿意参加并支持拟成立的力学学会，真有一呼百应的大好态势，这就极大地鼓舞了我有决心把这件事办好，也更证明了钱老师那高瞻远瞩的眼光和胸怀。那个时期，我除了自己的教学任务和科研项目，需保质保量地完成外，其余的时间和精力都花在力学学会的筹建工作上，事无巨细都亲力亲为，大约花了近一年的时间，在广东省科技协会、广东省民政厅等单位的指导和协助下，广东省力学学会终于成立了，组织机构也定下来了。学会下设的固体力学、流体力学、机械强度、爆破工程、南海海洋开发、实验力学等多个专业组，经常开展活动，虽然学术水平不高，但都能结合生产实践，所以很是活跃，我们这个力学学会还曾得到省科协的表扬。我总算完成了一份合格的答卷，也以此作为向钱老师酬谢的礼物。

1982年秋天，钱伟长教授应香港大学张校长的邀请去作变分原理及有限元方面的讲学与学术交流，我们得知此消息，就以广东省力学学会及华南理工大学的名义邀请他提前来校，为我们的会员及力学系的师生讲一讲他的新研究成果——变分原理的新进展，他欣然应允，表示支持广东省力学学会的学术活动。我是当时的接待人员，所以又一次和钱老师"零距离"接触，在他下榻的专家招待所里促膝长谈，得益匪浅。

俱往矣，原先那激情四射的岁月已不复重现，只留下美好的回忆，敬飨各位。

1982年秋钱伟长院士（右）应邀为广东省力学学会会员和华南工学院工程力学系师生们讲授"变分原理的新进展"

感怀读大学和研究班时老师的讲课风格

章光华

（工程力学研究班第一届学员，清华大学工程力学系流体力学研究所教授）

我在清华水利系读了三年半，1957年年初被抽调到工程力学研究班学习，又读了两年。在这五年半时间内，听过许多位老师讲授的课程。这些课程学习，为我打下了较坚实的理论基础，也让我对技术科学的研究对象和方法有了较清晰的了解，在以后的工作中受益匪浅。

在我看来，大学老师的讲课有两种不同的风格。一种是严格按照教学大纲，老师备课充分，在课堂上完全不看讲稿就能用严谨的语言出口成章。学生只要做好笔记，课后复习时不用多看教科书，就能很好地掌握课程内容。另一种是在教学大纲的框架内，老师凭借自己宽广深厚的知识面自由发挥，讲得生动活泼，趣味横生，但学生课后复习要花较多时间翻阅教材才能掌握课程的基本内容。很难说哪一种讲课方式更好，因为这要看课程的性质和授课的对象。对于低年级的基础理论课，可能应该采用第一种方式，而给高年级（特别是研究生）讲课，我想以第二种方式为好。

大学一年级，程紫明老师给我们讲"数学分析"，李方泽老师给我们讲"理论力学"。他们的讲课都属于第一种风格，条理清晰，重点突出，语言严谨，几乎没有主题以外的话。对于特别重要的内容，他们都会恰到好处地重复和强调，让学生加深印象。记得有一位同学对我说，听了这两位老师讲课如果还不懂，那就只能怪自己了。大一上学期有一门"画法几何"课，是沈力虎老师讲授的。沈老师的讲课非常风趣，经常引得学生哄堂大笑。记得偶尔有一次他在黑板上写错一个字，即时更正后当即给我们讲了张维先生讲过的一个笑话。他说，人经常会犯这种的错误：心里想的是"1"，口里说的是"2"，手里写的是"3"（同学们笑了），其实应该是"4"（同学们笑得更厉害）！关于如何徒手画好一个圆，沈老师介绍了一点经验。他说，如果你是用右手写字的人，圆的左上方要逆时针画，右下方要顺时针画。这个经验我一直遵循到现在，确实有效。

从大一到大三，我们学了一系列基础课和专业基础课，除上面提到的之外，还有夏学江老师讲授的"普通物理"，黄克智老师讲授的"材料力学"，李丕济老师讲授的"水力学"，陈仲颐老师讲授的"土力学"和黄万里老师讲授的"水文学"等。所有这几位老师的讲课都给我留下了深刻的印象。这里我只想谈谈听黄万里教授讲课的感受。黄万里教授有深厚的数学、力学功底和极为丰富的治水工程经验。他早年在美国康奈尔大学、爱荷华大学和伊利诺伊大学获得硕士和博士学位，回国后先后在四川、甘肃、东北等地的水利局和水利总局担任过总工程师或总顾问，对我国的水文和气象有既全面又深入的了解。他的讲课除了把基本内容交待清楚外，还给我们传授了大量书本上没有的知识。听他的课就像听一个个有趣的故事,但有时不一定真听得懂。例如,有一次他在讲到统计理论的时候说:有统计数据表明,X时刻武汉长江的流量与 Y 时刻长春的风速和 Z 时刻杭州的雨量有一定关系(大意如此,不是原话)。当时我觉得这近乎神话。直到 20 世纪 90 年代我对"混沌现象"有兴趣,看过一些文献后,才知道这并不一定是不可能的。我想,混沌学中的"蝴蝶效应"(即对初始条件的敏感性)和"相空间大尺度结构的相干性"也许有一天就能解释这一类的统计结果。"蝴蝶效应"是美国气象学家 Edward Lorenz 在 1963 年发表的,后来他用一个通俗的比喻来解释这个效应:"巴西的一只蝴蝶扑动翅膀引起了美国得克萨斯州的一场风暴。"混沌学的系统研究公认是从 20 世纪 70 年代初开始的,而黄万里教授给我们讲课是在 1956 年的上半年。

1957 年年初,我被调到工程力学研究班学习。力学研究班的讲课老师有很多是国内外著名的教授。他们的讲课风格大都是我前面说过的第二种,没有太固定的教材和讲稿,在课堂上围绕一个主题可以讲得海阔天空、深入浅出。说实在的,一堂课下来不少内容我没有听懂,课后要花很多时间自学。但是,回想起来,力学研究班的老师教会了我们许多书本上学不到的知识,也给我们创造了许多独立思考的空间。印象最深刻的是钱伟长教授的"应用数学"课和郭永怀教授的"流体力学概论"课。

钱伟长教授的课没有现成的教材,内容也与传统的数学课大不一样,但我在后来的教学和科研工作中却越来越体会到这些内容的重要性。钱先生在课堂上像是在同学生谈心,旁征博引,讲得娓娓动听。例如,讲到量纲的概念,钱先生说:"一个写对的方程,其每一项的量纲都要相同;这个道理虽然很简单,但过去有些工程中用到的经验公式却不是这样的,这种公式毫无意义。"由此展开,他为我们讲授了"量纲理论"这一探求物理现象中各种参变量之间关系的重要方法。又如,在讲到量级的概念时,钱先生这样说:理论上导出一个方程,其中各项的量值往往会相差几千倍、几万倍……;如果忽略那些小量级的量,一个无法求解的方程往往会变得容易求解。力学中许多有名的近似解就是这样得到的。关于后一个话题,钱先生曾一再举例说明,但我对它的深刻理解却是在后来的工作中才领会到的。

郭永怀教授的课选用了 Ludwig Prandtl 的 *Essentials of Fluid Mechanics* 作为主要参考书(当时没有这本书的中译本,英文版在图书馆也借不到)。Prandtl 是近代流体力学的奠基人,他的最大特点是注重从对物理现象的观察出发,而不是从抽象的数学概念出发来研究力学问题。我想,郭先生选用这本教材的用意是要我们学会这种研究方法。在这门课程中郭先生只讲物理概念,很少在黑板上写数学公式,更不要说作数学推导了。对于讲授流体力学这门数学物理性质很强的课程,这似乎难以想象,但郭先生确实是这样做的。例如,关于Kelvin-Helmholtz 不稳定性,他以一面旗子在风中飘动为例:当旗子有微小的波动时,凹面的压力增大而凸面的压力减小,于是波动越来越大,最后终于导致了不稳定状态。几句话就让初入门的学生了解而且记住了 Kelvin-Helmholtz 不稳定性的机理,如果当时从数学方程出发来分析这个问题,恐怕讲一两个小时我们也不一定能理解。

在清华读书期间,我也抽空去旁听过苏联专家的讲课。大二时旁听过巴巴诺夫专家讲授的"普通物理",去力学研究班以后又在北京大学旁听过格里高良专家讲授的"高超声速气体动力学"。苏联专家的讲课堪称第一种风格的典范。老师根本不带讲稿,在讲台上表情严肃,语言严谨,没有一句"多余的话",有点像"人艺"的著名演员演话剧时在说台词。听了他们的讲课,我首先是钦佩,钦佩老师对课程内容的娴熟,钦佩他们讲得如此条理清晰。后来,我又觉得这种讲课的效果似乎与自学一本写得好的教科书差别不大,而且少了些对学生独立思考的启发。1989 年我去列宁格勒工业大学（现称圣彼得堡工业大学）访问，出于好奇，在那里也旁听过一堂"流体力学"课，老师的讲课风格亦是如此。

　　力学班毕业后，我自己也当了教师，先后给本科生和研究生讲授过"流体力学"、"边界层理论"、"黏性流动"和"湍流的数值模拟"等几门课程。我首先效法的是第一种讲课风格，得到过学生的好评。多年之后，我开始学习第二种讲课风格，但效果始终不很理想，主要原因是我的知识面还不够宽。

回忆和感悟

沈观林

（工程力学研究班第一届学员，清华大学工程力学系固体力学研究所教授）

工程力学研究班创办和工程力学系建立已经 50 多年了，清华大学建校也将近 100 年了，为庆祝和纪念，我回忆起一些经历并谈谈若干感悟。

（一）上工程力学研究班

我 1953 年秋考入清华大学土木系工业与民用建筑专业（房 83 班）学习，1957 年春与同系刘延柱同学一起被推选到第一届工程力学研究班学习，由清华同去力学班学习的还有其他系的张涵信、章光华、钟奉娥、林逸、尹祥础、何积范、陈九锡、李纯儒、李德昌等 12 名同学以及郑兆昌、裴宗濂、张如一 3 位青年教师。

在力学班有幸得到清华大学和中科院力学所各位学术大师的教授，钱伟长先生讲授应用数学，杜庆华先生讲弹性力学，郑哲敏先生讲动力学，郭永怀先生讲流体力学，钱学森先生讲水动力学并作关于技术科学的报告，李敏华先生讲塑性力学等。当时我们在学习上很努力，因此给我们打好了坚实的理论基础。

1957 年冬我们力学班学员到十三陵水库工地参加了 9 天劳动，那热火朝天的日日夜夜锻炼了我们的思想和身体，让我们接近了工人和农民。1958 年夏开始做专题，我、张行和张登霞同学在嵇醒老师指导下到锦西化工机械厂研究化工容器的强度，在工厂车间参加容器的制造部分劳动，并做了几个压力容器的水压试验，用电阻应变片测量容器的应力应变，有的容器还一直打压到爆破。后来回校上课不久我和王勖成、张兆顺、李德鲁、张涵信、章光华等提前被抽调到清华工程力学数学系参加建系工作，1959 年 1 月研究班毕业后正式到系里任教。

（二）工程力学系初期教学工作

第一次当老师讲课至今难以忘怀，记得那时白天参加建系科研工作到晚上，夜里通宵备课到天亮，洗漱后到食堂吃早饭，早上 8 点到教室讲课，内容大概是应力应变电测技术，印象是上了两节课。

以后值得回忆的教学工作是先后三次跟三位学术大师辅导塑性力学课，第一次是李敏华先生给二届力学研究班讲塑性力学课，由我辅导。第二次是黄克智先生给力 3 级讲塑性力学课,由我辅导,当时黄先生先出习题让我做,然后给我讲解解题方法和如何引导学生做题,最后我去上习题课,他去听我上课,课后给我指出问题。第三次是钱伟长先生给力4级讲塑性力学课,又由我辅导,记得我多次到照澜院钱先生家聆听他的教诲,感受他治学作风的熏陶。这样先后给三位学术大师辅导同一门课,恐怕在国内外都是罕见的,实在荣幸至极。

(三) 同工农兵学员在一起

1972—1975年大学招收工农兵学员,在这特殊的时期,培养特殊的学生。工农兵学员文化基础较差,但有实际工作经验和饱满的学习热情。我们有幸与强四班同学到昌平桥梁厂开门办学,在车间参加生产劳动,结合工厂生产搞技术革新,做龙门吊车设计计算和试验,还上数学、英语、材料力学、机械制图,结构力学等课程。强四班毕业做专题,我和庄汉文师傅与学员魏新华、李惠祥、赵光显和胡俊昇在1977年12月到上海闵行电厂,同上海发电设备研究所的几位工程师一起做电厂再热管道焊制三通在热态工况下的高温应力测试。我们在学校研制了焊接式高温应变片并做了性能实验,由学员研制了点焊机(安装应变片和热电偶用),在电厂大修期间把高温应变片和热电偶安装在三通管道上接上电阻应变仪和电位差计,在电厂锅炉点火启动时测量管道三通上的应力、应变、温度,直到再热蒸汽550℃高温,满负荷压力下电机并网发电,试验得到圆满成功,得到大量试验数据,是当时国内第一次成功的管道热态工况下高温应力测试。这段时期培养的大量工农兵学员在后来的各种工作岗位上做出了不少成绩,其中有相当数量的学员经以后的深造和工作中成长成了专门的高科技骨干或管理的领导干部,为祖国做出了卓越的贡献。

(四) 科研工作和其他

我参加了机械强度和振动国家重点自然科学基金课题及其他各种课题,主要是实验力学中的应变电测技术研究和应用,参加了若干重要工程结构特殊条件下应力测试,例如彩色显像管玻壳热态应力测试,核电厂重要结构件热态应力测量,超导磁体超低温(−269℃)应力应变测试技术研究等,获得科研成果和多项奖励。在科研工作中学习创新,虽算不上辉煌,但也算有成绩。

此外,我按工作需要和组织安排曾担任过力83级班主任、级主任(今年也是他们毕业20周年纪念),工程力学系科研科科长3年,以及系工会主席多年直到退休。看来经大学和研究班培养不只在专业技术方面应掌握坚实的理论知识和具有解决实际问题的能力,而且要善于团结同事,组织团队完成各项工作,我们培养的学生不能只做专业技术工作(专业范围也要扩展)而且应能做组织、管理工作。

(五) 主要的教学工作

自1959年1月任教以来,经过多年学习和工作实践,主要担任实验应力分析和复合材料力学课程教学,其中实验应力分析课参编了《实验应力分析》教材,到1999年还主编出版了《应变电测与传感器》教材,最近又参加主编了《实验力学》高等学校"十一五"国家级规划教材,已经由清华大学出版社出版。

复合材料力学课是1982年开始按科技发展需要开设的必修课和选修课,1983年研究班陈烈民同学(在航天部工作)在北大讲"复合材料力学"课,我也去听课学习,后来编了讲义,到1996年正式出版了教材,这门课讲了十几遍,1996年后还给系里本科生讲过几次。2003年我与北京理工大学胡更开教授合作编写新版的《复合材料力学》教材,2006年9月由清华大学出版社出版,2007年已用于我系本科生教学。非常令人高兴的是,现在上这门课的刘彬老师正是十多年前我教这门课时的学生,当年是用讲义上课的。

(六)退休后的学习和工作

我1996年年初退休后回聘为我系本科生上实验力学和复合材料力学课多次,同时在校外应聘做些专业技术工作至今已近15年。到2008年我已经为祖国健康工作50年。

退休后我即报名上清华园老龄大学学习书法、国画——花鸟、山水至今也已14年了,祖国几千年文化艺术博大精深,我能在退休后学习了解,并能写出较好的祖国书法作品(还送给不少老同学和同事们)。学画一些花鸟和山水作品,既丰富了精神文化生活,又促进人的全面发展,实在是老有所学、老有所乐。

退休后,党委安排我做院系离退休工作,联系和关心离退休教工,组织离退休教工参加文娱体育活动(如快乐健身操、太极拳和趣味运动会等),增进教职工们的身体健康。在清华大学建校100周年的时候,我感谢清华大学和老师们的教育和培养,使我能在清华大学做出一些成绩,为培养人才尽一份力。衷心希望清华大学能早日建设成世界一流大学。

1957年在动物园照
前排：尹祥础、沈观林、张涵信
后排：李德昌、李纯儒、章光华、何积范、刘延柱、陈九锡

2006 年夏作者在北京交通大学作技术报告

怀念第三届工程力学研究班

段祝平　靳东来　陆明万　吴翘哲

（工程力学研究班第三届学员）

20 世纪 50 年代我国开始实施第一个五年计划,祖国的经济与国防建设对力学人才产生了迫切的需求。在中国共产党中央向全国发出"向科学进军"号召的鼓舞下,由著名力学家钱学森、钱伟长、郭永怀、张维、杜庆华等教授积极倡议和组织,并获得中科院与清华大学领导批准,于 1957—1959 年在清华大学共开办了三届"工程力学研究班",迅速为国家培养出一批具有研究生水平的、从事力学教学与科学研究的优秀人才队伍,为促进和推动我国力学学科的发展起到了重要作用。很多从力学班毕业的学员后来都成为全国各个单位的力学骨干和中坚力量。

1959 年 12 月第三届工程力学研究班的 130 余名学员怀着激动而兴奋的心情来清华园报到。我们来自全国各地,其中约有一半是从工作岗位上由各单位推荐来深造的,有的是各大院校中品学兼优的青(中)年教师,有的是来自机械、水利、航空等科研院所的研究人员,还有一位是曾经参加过抗美援朝的英雄战士;另一半则是从全国各工科院校选拔上来的即将毕业的四五年级学生。学员的年龄也参差不齐,最大的已有 46 岁,而年轻的只有 20 岁。学员们都认识到能有幸得到这样好的学习与深造机会是十分珍贵的,下定决心要努力学习,又红又专,不辜负党和人民的重托与期望。

第三届工程力学研究班分成流体力学和固体力学两个班,由郭永怀教授和杜庆华教授担任正副班主任。他们精心地拟订了教学计划。杜庆华教授亲自为我们讲授了固体力学的一系列课程,包括分析力学、弹性力学、塑性力学、机械振动、板壳理论等。黄克智教授讲授了热应力。郭永怀教授因当时在力学所有重要科研任务而没有亲自授课,但他聘请了中科院力学所的卞荫贵研究员来讲授流体力学。钱伟长教授讲授了气动弹性力学。从第一届力学班毕业的张涵信老师讲授了高速空气动力学。从北京大学数学系毕业的卢开澄老师讲授了数学课程,他从线性代数、微积分,一直讲到数理方程,为我们今后从事教学科研工作打下了系统而坚实的数学基础。老师们的授课均深受学员的欢迎,使我们受益匪浅。力学班一方面十分重视数学、力学理论基础的教学,另一方面也十分重视实验和工程的基本训练,开设了力学实验和电工电子学等课程和实践环节。力学班还十分重视综合素质能力的培养,毕业前对每个学员都安排了"毕业专题",分成许多小组,每组三四人,在教授们亲自指导下开展科研专题研究。学员们来自不同专业,有不同经历,在研究中可以优势互补,互教互学。毕业专题的题目大多来自实际工程问题。最后写出研究论文,并按组进行口头答辩。老师们渊博的科学知识、严谨的治学态度和崇高的敬业精神深深地铭刻在我们每个学员的心中,他们不仅通过传授知识把我们引入了力学学科的神圣殿堂，而且身体力行地教会了我们如何做学问和如何做人。当我们后来成为老师或科研骨干时，也努力把这优良传统传给自己的学生。

我们经常怀念力学班期间紧张而充实的学习生活。虽然当时国家正处在三年经济困难时期，生活十分艰苦，但大家都坚信困难是暂时的，相信党和国家有能力克服困难，祖国即将迎来新的大发展时期。大家都清楚自己所肩负的重任，十分珍惜这难得的深造机会。上课时专心听讲，下课后认真复习与钻研，有了问题在学习小组中热烈讨论和交流，在理解的基础上独立完成课外作业。班上形成的人人刻苦钻研、集体互帮互学的优良学风深刻地融入了每个学员的心中。由于全身心地投入学习生活，有些学员直到毕业前夕才发现自己还没有去过近在咫尺的颐和园，才聚集起来以畅游颐和园作为临别纪念。

1962 年 2 月第三届力学班全体学员顺利完成学业，时任副校长兼系主任的张维教授亲自给每个学员颁发了毕业证书。大部分学员被分配到全国各大院校和科研院所，担任繁重的力学教学和科研工作。大家发扬力学班的优良传统，为培养力学人才、承担科研项目、解决国家重大工程问题努力工作，成为各单位教学科研和管理方面的骨干和中坚力量。据不完全统计，有 1 位学友被评为中国科学院院士，42 人晋升为教授，其中 15 人为博士生导师。有 1 位学友担任省委副书记领导职务，5 位担任校级领导职务，21 位担任系级领导职务。大家兢兢业业为我国力学事业的蓬勃发展做出了自己的贡献。

转眼间毕业 46 年了。在此期间大家都忘不了力学班期间建立的友谊，通过通信相互鼓励，在工作上相互帮助支持。文革后还曾先后在济南、广州、上海和北京等地聚会，重温旧日情谊，共叙人生经历。随着时光的流逝，学友们都已进入古稀之年，绝大多数学友已经退休，但对力学班那美好而难忘的时光我们将永远怀念。

清华大学和中科院力学所，是力学班师资力量的主要来源。在这力学系 50 周年的喜庆日子里，我们衷心感谢老师们的辛勤培养和指导，衷心祝愿力学系及扩建后的航天航空学院在教学科研战线上取得突飞猛进的发展，为我国航天航空与国防事业、为优秀力学人才的培养、为力学的基础与应用研究事业做出更大的贡献。

愿把黄昏当早晨

陈建基

（工程力学研究班第三届学员，中山大学数力系教授）

　　离开清华园悠悠几十年过去了，在清华园学习生活的几年，给我留下愉快深刻的记忆，一生难忘。

　　离开工程力学研究班后，我便到广州中山大学数学力学系任教，做过力学实验室主任，力学教研室主任，副系主任。20 世纪 80 年代初，学校因科技发展需要，我奉派移居香港工作，至 90 年代初达到退休年龄，在学校办退休后定居香港，还兼任过两家香港公司技术顾问几年。退休后有时比不退休时还忙。参加一些文艺书法团社，向报刊投些稿，一笔在手，乐在其中。

　　初到香港，另一个社会制度，名利很重的社会。虽接触多是学术文化界人士，也有不少企业界商人。他们的人际关系处理、思维方式和国内很不相同。最初很不适应。离开心爱的力学专业，有失落感，特别那时在科研上刚有点成绩。我们和佛山水泵厂合作，开展水环大气喷射泵的研究，总结出引射系数半经验公式，在国内首先完成引射器设计计算。针对珠江三角洲水轮机水头低的特点，设计大倾斜的桨叶。设计方案应用于广东顺德甘竹滩水电站，在 0.15 米微水头下，便可发电并实现并网。这两项成果在 1978 年同时获得了全国科学大会奖。在 1987 年出版的《广东省志》，新编的《科学技术志》被选载入。有时听说某某同学是博士生导师了，和同班同学相比，自己感到落伍了。

在香港有机会接触到各地区、各国各方面的人物，使我在另一战线上可以继续为祖国做点贡献。有次见到在纽约的邹达先生（国立中山大学创校校长邹鲁的幼公子，邹鲁先生是国民党元老，孙中山总理遗嘱十二个见证人之一），他表示希望能回到广州看看他父亲亲手创建的广州石牌中山大学旧校园和中大近况。我即和学校联系。中山大学书记、校长亲自接见邹先生，中大经济学院院长还提出请邹先生回国讲学（邹先生的经历也很传奇，原是台湾国文系学士（中文系），后是美国一大学化学硕士，已做到主任工程师，之后却是一大金融机构（美国伯克莱）的副总裁），邹先生返美后，活动串联他的哥哥姐姐收集捐赠了邹鲁校长一大批遗物、手稿、字幅给中山大学，成立邹鲁纪念室。2004 年是庆祝孙中山先生创办中山大学80 周年大庆，散居世界各地的邹氏后人数十人浩浩荡荡到广州参加校庆庆典及邹鲁纪念室开幕，邹鲁塑像揭幕及邹鲁奖学金首次颁奖仪式等各项活动。邹氏后人很感激很感动，以后还继续捐赠文物给中大。一些国民党要员高官的后人闻此信息，据说反映很好，说祖国经济发展了，政治上又开放宽容了。

在清华园有一静一动的两种景象，对我以后生活工作影响最深刻，令我终生受用不浅。

静是走进大图书馆，偌大的阅读厅，坐满过百人，大家专心致志在读书，鸦雀无声，你夹着书包进去得蹑足蹑脚走路，有个空位子，赶快坐下。一读便几个小时过去，使我深深学到读书做学问便要专心的好学风。该休息的运动时，便安心放下，尽情去玩。

动的，一到下午课余活动时间，清华园便沸腾起来，各个球场健儿们在练球，林荫道上更充满长跑健将。那时常见体育教研室主任马约翰老师，穿着白短袖 T 恤衫、白短裤，系个黑领结。在操场上走来走去。即便是秋凉入冬，他也是这种标准装，令我们学生羡慕不已。当年有句响亮的口号叫："要为祖国健康工作五十年"，我便以老师和这班同学作榜样，长年坚持运动锻炼，即使到了居住环境差的香港，我也争取每星期有一定的运动量。爬山、游泳、打太极拳。那时在体育馆，周末还有交谊舞活动，还有点强迫性，叫扫"舞盲"，但也培养了我们对文娱体育多方面兴趣。今年（2007）9 月我随香港医学会执业医生协会福建旅游考察团到福建一行（我太太是医生），在厦门鼓浪屿见立有马约翰老师的头像（马老师是鼓浪屿人），下面石碑有荣高棠的题字"体坛师表"。我赶紧在老师像旁拍照留念。我真十分感谢言教身行给我教导的老师。庆幸这些年来，体力精神还可以，我已进入古稀之龄，在福建游武夷山，我和太太还可以登武夷高峰"天游峰"，攀过最惊险的"一线天"。黄忠已老，宝刀尚可。

元帅诗人叶剑英在他的"八十书怀"诗中有句：老夫喜作黄昏颂，满目青山夕照明。我辈无元帅的气魄，更无诗人的情怀。但我很欣赏"愿把黄昏当早晨"这一句，明白人生的自然规律是不可逆的，只期望黄昏之年能保持有点朝阳的心态，则幸矣！

清 华 圆 梦

曹富新

（工程力学研究班第三届学员，大连理工大学工程力学系教授）

20 世纪 50 年代初正是共和国刚刚成立的时期，准备从 1950 年开始利用 3 年时间恢复国民经济，然后有计划地进行大规模的经济建设，当时叫"三年准备十年建设"，特别振奋人心。从 1953 年开始实行第一个五年计划。祖国的面貌日新月异，同时也向青年发出了召唤，号召青年努力学好本领，积极参加祖国建设。

那个时候青年学生的升学志愿也很简单，就是结合自己的实际情况和国家的需要。第一个五年计划的 156 个重大建设项目主要集中在发展工业上面，所以，当时升学的首选专业就是工科或理工科。清华大学理所当然地成为有志青年的向往。我当然也是梦寐以求。不过，那时东北青年学生升学选择学校的口号是"一'清华'，二'哈大（即哈尔滨工业大学）'"，后者就在我家门口，考取的把握性也更大些，就这样不得已而求其次，我选择了后者。1955 年夏天走进了哈大，而清华就成了我心中的梦。

哈尔滨工业大学确实也是一所非常优秀的工科大学，我很热爱她。到了 1959 年，进入五年级（当时学制是 5 年）后，课程学习已全部结束，主要是课程设计和准备毕业论文（设计）。就在"十一"前正在准备国庆十周年的大喜日子里，系领导找我谈话，内容就是保送我去清华读工程力学研究班，征求本人意见。这可真是喜从天降，不用多想，不用多问，我立即表示同意。可是，领导还是让我征求一下家里的意见，主要是考虑家庭的经济条件是否有可能继续深造。我得到了父母和姐姐的支持后就正式填了表。不久便收到通知，定于 10 月报到，后来因故改为 12 月。这就是说，我的"清华圆梦"真的实现了，应该说我是幸运的。

1959 年 12 月 4 日，我乘坐哈尔滨—北京 26 次直达快车带着喜悦和急切的心情奔向向往已久的北京，奔向梦中的清华。那时车速很慢，晃晃悠悠走了二十几个小时，终于在次日清晨到了当时被称为建国十周年的十大建筑之一的北京站。这是我第一次到北京，学校早已派车来接我们，司机很了解我们的心情，他绕经天安门广场，使我第一次看到宏伟的天安门和世界上最大的广场，心情真是无限的舒畅。然后，车回到了清华园，直接送到了我们的宿舍——诚斋。从此就在这里度过了两年多一生最难忘的美好时光。顾不得旅途的疲劳，放下行装便迫不及待地去参观校园。几个新同学一起从诚斋出发，经过大礼堂、图书馆、清华学堂、草坪广场和二校门、再绕到工字厅、经荷花池、我们后来上课和学习的老生物馆，一直走到西校门。然后经北面的学生生活区再到东部新校区，那儿正在盖主楼，等返回宿舍已是大半天了，还只是走马观花地转了一圈。至于照澜院等南部校区，还有那象征清华历史的名人和文物都是后来才去看的。作为中国的最高学府，清华园确实不一般。她像一个有山有水、有林有木的大花园,故有"水木清华"之称;她恬静、优雅、大气,有良好的文化氛围和传统的育人环境,可以说她具有培养优秀人才的各种条件。走进清华园的这第一印象,虽然过去了近半个世纪,却始终难忘。在这以后的几十年里,每次路经北京,只要有时间,有两个地方我是必去的,一个是天安门广场,一个是清华园。

进清华的目的当然不是逛公园,而是逛"迷宫",是知识的迷宫,科学的迷宫,希望当我们离开她的时候,能够找到打开迷宫的钥匙。现在一切还都是刚刚开始。1959 年 12 月 9 日,这是清华值得纪念的日子,24 年前著名的"一二·九"运动,清华是先锋,是一面旗帜,也是清华人的骄傲。就在这个值得纪念的一天,清华大学第三届工程力学研究班(简称力学班)正式开学了。我们的班主任、尊敬的杜庆华先生给全体学员作了首次报告。他介绍了力学班的情况以及教学计划、培养目标和课程设置,一列就是十四五门的力学课(还不包括力学专题课),还有数学课、无线电电子学以及实践性教学环节等。这让我们这些工科出身的学生真是大开眼界,大家都暗下决心一定要学好这些课程。学习确实是紧张的,诚斋的灯光通常总是从傍晚亮到深夜一点,好在我们不受本科生十点前熄灯的限制。最使我们不能忘怀的是我们尊敬的老师们。他们为我们付出了艰辛的劳动。我们的班主任杜先生给我们讲授弹性力学,后来还讲了振动理论课,他的板书绝对的好,讲稿也是一样清晰、整洁、美观、大方,是我一生听课中最好的板书,我后来的教学工作中,主要的一项就是主讲弹性力学课,无论是教学内容还是教学方法都从杜先生那里吸收了许多有益的东西。后来的几门主要力学基础课和专题课都是黄克智先生讲的,包括弹塑性力学,板壳力学(部分),热传导和热结构学等。黄先生讲课的特点是以"深入浅出,分析透彻"而著称,他分析力学问题可以说是"入木三分",他在难懂的塑性力学中讲的"湘利模型"50 年后的今天还仍记忆犹新,黄先生严格,严谨的科学精神,一丝不苟的务实作风给我们留下了极深刻的印象,对我们有着长远的影响。使我不能忘记的还有卢开澄先生,他包揽了我们的全部数学课,从场论开始,包括矩阵、张量、数理方程、积分方程,一直到数值分析和程序设计,共有 12 个方面的分支,光笔记就记了 500 多页,涉及范围如此广泛又在不到一年的时间里完成这么多的教学内容,不是高素质,高水平的教师能完成吗!一般地说,讲这么多的课,至少也需要三四位教师。那时,在中国还没有电子计算机,像矩阵,程序设计都是相当有前瞻性的课程。从 1961 年开始,我们主要是参加实验和科研活动,其中有的是分组进行的。我参加过的有示波仪调试(这是真刀真枪的,调试合格后出厂)、坝体模型电测,人民大会堂挑台光测,最后一项是毕业实践。我的毕业实践课题是研制石英灯,是为热结构实验加热用的热源,这是以技术为主,技术与理论相结合的课题,指导老师是袁维本先生。袁先生技术精湛,精益求精,工作认真负责,他做的石英灯不仅能亮起来,而且寿命也长,可谓石英灯专家。通过课题研究,使我学到了许多书本上学不到的东西。在力学班我们还有机会听到北大的王仁先生,科学院的研究员为我们讲课。总之,在清华,我们有幸接触到诸多力学家,并直接聆听他们授课,使我终生难忘,毕生受益。毕业后我到大连工学院(现名大连理工大学)工作,但是清华情结依旧,去北京到清华看望师友自不必说,他们来大连时也总忘不了关怀我们这些清华学子。记得,有一次张维副校长来我校参加学术会议,同时也看望了我们几位清华力学班同学,问长问短。恩师黄克智先生多次来大连也都热心关怀我们的工作和学习情况。后来熟悉的老师余寿文副校长、岑章志副校长、徐秉业教授、薛明德教授,还有我的同班学友陆明万教授、沈亚鹏教授、李德葆教授、吴毓熙教授、陆佑方教授、倪行达教授等对我也都给予了关怀和支持。在这里我要说一声,感谢清华,感谢恩师,感谢学友。

在清华,学习是紧张的,但是,生活却是愉快的。清华在文体活动方面,是丰富多彩的。在学生中,文艺和体育社团很多,每到节日总有表演或演出,有时还有国家著名歌舞团或文工团到校演出,像我这样缺少文艺细胞的人,虽然直接参加的很少,但是也会受到熏陶和感染。另外,班级也常组织集体参观和游园等活动,我记得最开心的一次是那年夏天游颐和园后湖,同学们游泳、划船、歌唱,真是快乐,每当回忆起此景,就想起了"让我们荡起双桨"那首青春向上优美动听的歌曲,仿佛又回到了美好的青春时代。政治生活更是得天独厚了,记得有一次说陈毅外长要来校作报告,大家都准备一睹陈老总的风采。后来因故陈老总没有来,改为新华社社长。这也是难得的了,当讲到一个关键问题时,他说明天见报,听这样的政治报告真是痛快。还有一次是我们敬爱的周总理陪同缅甸总理吴努来清华参观,并在大礼堂草坪西侧举行了一个简短的仪式,我们有幸在不太远的距离目睹了周总理那迷人的风采,一瞬间作为中国人的幸福感和自豪感就涌向心头,这种心情很自然地就转化为对国家和对党的热爱。那个年代,每年的"五一"和"十一"都有庆典和群众游行,晚上在天安门广场还有烟火晚会,我们都是集体参加的,清华总受到特别的优待,最靠近天安门一列的游行队伍多是清华北大。晚上华灯初上,各队都围成舞圈,我们就在离金水桥不远的地方,过一会儿,节日的礼花腾空而起,五彩缤纷,同学们欢喜若狂,会跳的就跳,不会跳的就看,一直到很晚才能回到清华园,虽然很累,但是大家都非常愉快,现在想起了那真是难得的机会呀。在清华这两年,也正是国家遭受自然灾害生活比较困难的时期,可是全班同学政治思想状态非常好,没有一个掉队的。我班还响应学校号召,发扬自力更生精神,在校园里种地瓜,偌大的清华园闲散地方很多,我们班的林图学友那可是种田能手,在他的带领下大家情绪很高,利用紧张学习的休息时间积极参加,到了秋天大家都享受到一回丰收的喜悦,那大地瓜真是大得喜人呀。这些劳动,使我们身心都得到了锻炼。

总之,在清华的生活是难忘的,不仅学到了知识,还学到了探索知识的方法,更使我们体会到了什么是"清华精神",那就是校训所指出的"自强不息,厚德载物"。

勿 忘 伯 乐

吴翘哲

（工程力学研究班第三届学员，清华大学力学系工程动力学研究所教授）

20 世纪八九十年代，我有幸在力学系兼职人事工作十余年。现在，若问有哪些难忘的往事？往事多多啊！但我想说一件对我系发展颇有意义的事：在学校发展的那个关键时段，力学系集中招聘吸收了一批优秀青年教师，对后来我系的发展产生了积极而深远的影响。许多老教师为此付出的辛勤努力，表现出来的远见卓识，令人难忘。

当时学校教师队伍建设曾面临一种紧迫形势，一批年长教师即将退休，现有的青年教师外流势头不减，教师队伍出现青黄不接的危机。为此，清华大学校务委员会专门制定了一个"关于加速跨世纪优秀青年学术骨干成长若干措施"的文件，我们系当时采取的具体措施是：引进与选留并举，使用和培养相结合，搞好青年教师队伍建设。在那个节骨眼的时段内，选留了一批高学历优秀应届毕业生，吸收了海内外拔尖青年人才十多人。其中有留美博士杨卫；青年科学家郑泉水；在英国深造十年、在湍流模式研究方面做出创造性成果的符松；在改革开放后首批与外国联合培养的博士林文漪；来自台湾的留美博士杨慧珠等。在那个十年的时段内，从海内外吸收青年学者共 15 人，其中海外 12 人，国内 3 人，全都有博士学位。到 1995 年，他们中的 7 人已晋升为教授，4 人成为博士生导师，这年，力学系获清华大学学术新人奖的 3 人，全在他们之中。还有杨卫获得全国优秀教师奖章和青年科学家奖等多次重大奖励；郑泉水获 1994 年国际工程科学联合会和国际工程科学杂志首届唯一杰出论文奖殊荣。这些青年教师很快地就成为教学、科研和管理工作的骨干，优秀的接班人。

回想起来，这批优秀青年人才，绝大部分是通过年长的学术带头人引荐的。例如，杨卫在留美期间，张维和黄克智两位院士多次写信给他，希望他学成回国，杨卫回国后，余寿文教授又把他推荐到研究室主任的岗位上；林文漪留英期间，周力行教授不仅和她通信联系，同时还给她的导师写信，希望他支持林文漪回国；中美联合培养的博士张健，在回国前，打电话给周力行教授商量回国之事，周教授对他说，如果把物质利益放在第一位，目前国内很难达到美国那样的薪酬和物质条件，但若想干一番事业，则回国有利；还有流体力学教研组张兆顺教授对争取留英博士符松所做的努力，以及黄克智教授忍着腰椎疼痛爬四楼去住处看望归国留学人员的事迹等，令人感动。

年长的学术带头人不仅在吸引青年人才上求贤若渴，而且为让这些年轻人能尽快脱颖而出，真可谓是呕心沥血啊！

当时，系里规定，新教师进校后，每人要填一张计划表，内容包括三年内计划承担的教学、科研、担任班主任、辅导员、带实践环节等任务；本人的进修计划；出国进修计划等。教研组主任要审核计划并签字,还要请老教师专人指导,委派系务委员固定联系。在这个计划的实施中,老教师发挥了关键而独特的作用。他们对年轻教师提出了很高很严的要求,在学术研究上要求瞄准国内一流和学科的世界前沿,经常检查督促研究进展。我系几乎每一个教研组都定期举行学术研讨会,破坏理论研究室和一般力学研究室是每周一次。研讨会上,汇报研究进展,平等讨论,活跃思想,发扬学术民主,这种融洽而宽松的学术氛围,如春风化雨,促人成长。

不少教研组建立起老中青结合的学术梯队,发挥老教师的传帮带作用,带领青年教师成长。例如,破坏理论研究室,从年长的黄克智教授,到当时三十多岁的郑泉水教授,包括余寿文教授、杨卫教授在内的完整梯队。既有利于年轻学术骨干的成长,也有利于青年教师队伍的稳定。老教师还带头开展广泛的国际学术交流,把年轻人推向国内、国际讲台。例如1994 年,力学系就主办或参与主办国际学术会议七次。年轻人在会上大展才华,广交朋友,开阔视野,催人奋进。在对待青年教师出国访问进修的问题上,老教师也是充满信任,热情支持,主动帮助联系。

正是年长的学术带头人的高瞻远瞩,辛勤耕耘,使得教师队伍能较快地得到充实,较好地解决了教师队伍可能出现青黄不接的后顾之忧,保证了力学系发展对高水平教师队伍的需求。

今天,那时的年轻教师很多已成了学术带头人,力学系又有了更新更高的发展,又充实了一批批新生力量。真是可喜可贺。但是,我们不要忘记,20 世纪八九十年代老一辈学术带头人在教师队伍建设上打下的基础,做出的历史性贡献。记住他们崇高的伯乐精神!

一个本系首届本科毕业生的回顾

俞昌铭

（力 104 班学生，北京科技大学教授）

值此工程力学系成立 50 周年之际，作为本系首届本科毕业生（力 104 班）之一，我想以一个当年学生的角色，从某一侧面谈谈工程力学系的形成过程。

我是 1955 年 9 月初报考入读清华大学机械系。入校不久，在清华大礼堂听取当年机械系主任李西山教授向新生所作的机械类各专业介绍。其中谈到，在机械系内将新设工程物理专业。有关该专业，系主任只说了两句话。他说："工程物理是将物理学成就应用到工程中去；将工程中问题提高到物理学上进行研究"。李教授的这两句话强烈地吸引着当年志在向科学进军的年轻学生。当天回到新生临时宿舍，我的同室告诉我，这个专业并不是每个新生都可随意报名的，他是在高中毕业时领导已指派他报考该专业。既然如此，我在专业志愿表上也就没有填写工程物理专业。只过一天，在午餐时，听清华广播站广播，"新生请注意，请大家留意明斋前相关布告"。到了明斋，看到竖立着一小黑板。布告说，"下列新生（大约十几名，我是其中之一）于×日到一教×室开会"。我怀着某种神秘而又忐忑不安的心情准时到达一教的一个小教室。（潘霄鹏）老师对我们说，学校决定把你们分配到工程物理专业，你们都是青年团员，希望大家能服从分配。其间也说到，希望大家把毕生精力贡献给国家的军事科学事业。走出教室后，心情是愉快的，也感到自豪。

正式开学后，我被入编到物 02 班（物 0 共 4 个班）。不久，在三院小教室的一个班会上，老师告诉我们，蒋南翔校长目前正在苏联考察，考察如何办好工程物理专业。区别于清华大部分工科专业的五年制，工程物理专业为五年半制（1959 年全校工科学制改为五年半制，工程物理专业改为六年制）。一学期后，物 0 的 4 个班扩大到 7 个班。1956 年，工程物理专业扩大招收新生至 16 个班。

从就读工程物理专业大一开始，学校对我们这批学生就给予了特殊的关注。相关基础课教研室都安排最优秀的教师担任我们的任课老师。我还清楚地记得，当我们上数学课或物理课时，常常有大量其他专业的学生来听课。我们所用的教材也区别于其他工程专业。例如，数学课选用的是斯米尔诺夫编写的"高等数学教程"；物理课选用的是福里斯编写的"普通物理"。

1956 年，工程物理专业脱离机械系，与从电机系里分离出来的无线电专业合并为无线电工程物理系（简称无物系）。以后，又单独成立工程物理系。

1957 年 9 月新学年开学之际，系主任何东昌在大礼堂召开工程物理系学生大会。会上，由张礼教授介绍核物理专业，由高联佩教授介绍核材料专业，由杜庆华教授介绍力学专业,最后,由何东昌代为介绍热物理专业。他说,吴仲华先生与王补宣先生正在苏联考察,他代为介绍热物理专业。何主任说,热科学从钻木取火开始已经有几千年的历史,应该是人类最早发展的科学,但在漫长的历史过程中,力学由于牛顿的贡献,电学由于马克斯威尔的贡献已发展到相当成熟的程度,而热科学至今仍很不成熟。他还特别强调,希望有志青年投身到热科学中来。何东昌的这一席话,相当程度是针对当时学生普遍热衷于核物理而轻视热物理而讲的。果然,在会后填写志愿表时,填写热物理专业的寥寥无几。我在第二志愿中填写了热物理专业,理所当然地被分配到热物理专业。随即,物0各班重新编班,并将热物理专业转入动力系。专业代号为410,我们班的班号为410-01班。当时工程物理系的老师向我们解释说,因为吴仲华先生与王补宣先生在动力系,所以把你们放到动力系去培养。就这件事,在当时学生中有不少不满情绪。转入动力系后,410-01班曾有多次班会就有关核物理与热物理孰高孰低进行热烈的讨论。

转入动力系后的410专业仍以反应堆热工为主要工程背景,在1958年实行教育与生产劳动相结合时,专业内绝大部分课题都是围绕着反应堆工程的,如,电磁泵、电磁流量计、液态金属热物性测量等。本人还参加了名为806的反应堆工程的部分设计工作。1959年410-01班又从动力系汽车制造专业与热能动力装置专业吸收10名新同学,并在一个班级内分成两个专门化。第一专门化为反应堆热工,生产实习地点是北京东郊热电厂;第二专门化为火箭技术热工,生产实习地点为大连空军16厂(米格-15喷气式飞机发动机维修厂)。不久后,全专业又集中全部人员攻克代号为ГИ-1的科研项目(液体燃料火箭发动机推力测试)。从此,标志着热物理的专业方向调整为以火箭发动机为主要工程背景。

1960年5月间,热物理专业(应该还有数学专业)与相关工程力学专业合并为工程力学数学系(简称数力系)。410专业改名为640专业,我们的班号改为力104。合并后的数力系标志着火箭的外弹道学与内弹道学的结合,使全系有一个共同的工程背景,即航空航天技术。几乎在同时,我还参加了由李寿慈、何东昌及解沛基挂帅的一个清华内部跨系跨学科以火箭为背景的科研项目,地点在主楼11区。我参与的是与工化系师生合作研究固体燃料火箭的固体燃料。此后,我毕业论文的题目也是关于固体燃料火箭发动机燃料的端面燃烧。

总之,回顾我在清华求学的经历,从机械系、无物系、工物系、动力系,最终毕业于数力系,这从某一侧面说明了,现今的工程力学系是从1955—1960年历经五年逐渐形成的,是在学校统一领导下在清华大学内部建立起一批新兴学科过程中共同完成的。

小小太阳灶

赵继英

（力 104 班学生，工程热物理研究所）

1956 年党中央提出了向科学进军的号召。为了落实十二年科学技术发展远景规划，1957 年秋，清华大学设立了热物理专业，专业代号是 410，几经辗转，最后归并在工程力学系，专业方向是火箭技术。从全校各系抽调学生组成了第一个班，代号是 410-01 班，我也在其中，并指派我作这个班的团支部书记。时光荏苒，已过去 50 年了。

1958 年是意气风发的一年。经过"红、专"辩论，争取作又红、又专的工人阶级知识分子成了奋斗目标；响应"为祖国健康工作五十年"的号召，每天往返跑一趟颐和园，强化体格锻炼，为建设祖国作准备；年初参加建设"十三陵水库"的劳动，平生第一次干繁重的体力活，知道自己能劳动，加深了对教育与生产劳动相结合的教育方针的体会；知道高班同学真刀真枪作毕业设计（水八同学设计密云水库），把教育、生产、科研相结合，很是羡慕，成为了自己学习的榜样。同学们学习目的更加端正，思想得到了解放。大家互相鼓励，豪迈地说：世界上没有的东西，你干出来不就有了嘛！书上还没写过的东西，你就写一本书嘛！当时我已经上三年级了，总要干点事呀！既然我们专业是"热物理"，就做点利用热的研究吧！班上有几位有胆识，学风严谨、特能动手的同学，在他们的带动下，说干就干。这是 50 年前的事了，许多细节都不记得了，况且我只分工做点局部的工作，许多事情也不清楚。

首先是立项。做个"太阳灶"，利用新能源——太阳能把水烧开。用凸透镜汇聚太阳光，可以把纸烧着，这是常识，用太阳能应当能把水烧开。烧多少水呢？烧很少的水，像个玩具，这不叫和生产相结合；如果烧许多水，需要把设备做大，我们自由选项没有资金支持，我们大部分吃助学金的穷学生是没有钱的，搞不起大设备。最终决定烧一公斤水。有位同学领了任务去设计烧水用的容器了。学过画法几何，但画一个能做成的设备，还真要动动脑筋，况且工艺问题也不是很熟悉，怎么跑加工？怎样和工人师傅说话？也很生疏。反正是露怯、挨批评都有思想准备。要把阳光聚焦起来，做什么样的聚光镜呢？当时也不知道有什么好的反光材料，就选择常用的镜子。也不知道怎样做一个整体的镜子，就因陋就简，割许多不同尺寸的梯形小镜片，拼成一个抛物面反射镜。加工几百片小镜片，要保护反光材料不被弄坏，要保证镜片可以互换使用的加工精度，靠手工操作又没有好工具，也不是一件容易的事。为了使抛物面反射镜能追踪太阳，需要做一个可操纵的支架，就去废料堆找钢管、齿轮、蜗轮、蜗杆。试了不少方案，在工人师傅指导下进行组装，金工实习学的知识也派上用场，外行话也减少了。我记得最困难的是怎样固定镜片。为了保证它整体移动和调姿时镜面不散架，想了不少办法，最后决定做几十根木支架。木架的长短取决于抛物镜大小的设计，而曲面的曲率要一致,才能聚光集中,为此,也做了许多虚工,出了不少废品,费力不讨好!最难受的事,不是被玻璃划破了手,而是组装快完成时,弄碎了一块镜片,大家一起叹息和伤心。因为钱少,几乎没有现成的备份镜片,看着漂亮的抛物镜面上开了一个黑洞洞的天窗,那真是心急如焚。最后用 6 种规格、近 250 片梯形镜片,拼成了反射镜面,终于在老师和工人师傅们的帮助下,做成了"太阳灶",还真的烧开了一公斤水。当时的兴奋心情,事隔 50 年后,至今仍深深留在我脑海中。

大家抬着太阳灶去工字厅向党委报喜。艾知生同志接待了我们(见插图),他围着太阳灶转,摸摸、看看。他说了什么话,我不记得了。只有一个情节,至今记忆犹新。我们用太阳灶烧了一壶开水,请他尝尝。一位同学问他:"您喝了太阳能烧开的水,感觉如何?"他呷呷嘴,抬起头,笑着说:"我觉得,这碗开水与寻常锅炉烧开的水,味道没有区别!"大家笑了,我也笑了,可我心中一片怅然。我有点埋怨艾知生同志。哪怕你违心地说一句更积极一点的话也好哇!譬如说"这水不错!"也能把煤和太阳能区分一下啊!我们这几个共青团员,一辈子第一次干成了一件事,其间打退堂鼓的思想不是没有过,好歹坚持下来,同学们团结奋斗,总算有了点好结果,怎么党委书记还不如我这个团支部书记会鼓干劲?过了许多年,我犯过许多错误后,才慢慢体会到艾知生同志当年那句话是多么符合实际。用煤烧水和用太阳能烧水只是加热方式不同,怎么会对水的本质有影响呢?无论做人,还是做事,都要说老实话,办老实事,事实是不能歪曲的,它使我终身受益。50 年前做成的简易太阳灶,处于什么技术水平,不得而知,没经过专家评论。只记得那年秋天,参加过一个全国性的展览会。太阳已经不很炙热了,但仍能烧开水给观众喝。他们一边好奇地喝着水,一边赞许着大学生能出奇招,利用太阳能,我们很是欣慰。我们干的活能得到社会认可,这已经足够了。

而今,研制太阳灶的同窗好友,都已年过古稀。我们埋头苦干,任劳任怨,有的人搞了一辈子火箭,有的人搞了一辈子核能,有的人教了一辈子书,得到了社会的承认和肯定,我们参与的科研工作也有幸得过国家发明奖。祖国和人民给了我们一切。我们这些吃人民助学金长大的孩子,永远铭记人民的恩情。

小小太阳灶是我们 410-01 班同学创造性人生的共同起点。

前排右起第一人是艾知生同志,其后依次是 410-01 班同学:赵继英、张君烈、陈熙、刘应祯

清 华 六 年

严忠汉

（力 201 班学生，七院七〇二研究所研究员）

日前接函，一下子把我的思绪拉回到 50 年前。在清华学习、生活 6 年，学习知识、成长思想，回忆起来真是心潮澎湃，感受万千。

想我们这一代人出生后，历经抗日时期和解放前的生活，目睹身受国家的衰败，人民的艰辛，幼小心灵中就滋长出长大后要报国为民的愿望。解放后，国家日兴，生活渐趋稳定，一个工人的子弟能拿助学金上大学，直觉得"社会主义好！"。

大学 6 年，正处于国家经历多种变动的历史时期，我自觉接受了磨炼，认定社会进步的主流，给我的一生打下了一个良好的基础。为此，我衷心地感激国家、感激党、感激师长、感激学友。我相信，这不光在清华，在祖国各处，学校、工厂、农村、工地和战场上，同我一样的年轻人都在经受磨炼，为未来"服务社会"做好各种准备。

记得入学时，第一次在"二教"听系主任何东昌老师讲"三个现代"：现代物理、现代力学和现代化学，兴奋不已。1957 年，报了力学专业，想将来自己能搞火箭、造导弹。雄心还真不小哩。

记得 1957 年春"反右"中，我说了句"社会主义那么好，怎么还会有人'反'社会主义"。立即受到团小组长的提醒，知道了有个"政治立场"问题。还记得在"二校门"看到一份大字报，提到"延安整风"问题。印象都很深。

记得 1957 年鸣放时期，有幸在大礼堂聆听钱学森师长的讲话，他讲到在美国积累了治学体会与方法，回国后，学习《实践论》和《矛盾论》后，就觉得自己过去的一点体会太肤浅了。我也跟着去学习这"两论"，初懂了辩证思维和实践的含义。

记得 1958 年，在学校东区参加"大炼钢铁"，黑夜里拿着钢渣一脚高一脚低地赶到"科学馆"，在砂轮机上打出"钢花"后，兴高采烈地向同学报告"好消息"。暑假期间，在物理教研室"磨光学镜头"，说要装"天象仪"。以后参加了：用刚刚学到的一点电子学知识，试制"动态应变仪"，用锡纸做屏蔽，边瞌睡边调试放大器，"通宵大战"；还制作过"热电偶"、气流超声波发生器；挖过游泳池。如此等等，虽说没实现生产活动的目标，付了不小的"学费"，但恰恰还真得到了实践的锻炼，深刻领会到科学态度的重要性。走上工作岗位后，面对科研和生产任务时，似乎"胆子"比别人要大些。

记得"交心"活动，提高了集体观念；天寒地冻时，被同学们护拥着，跑颐和园一个来回，增强了体格，更感受到了同学间的友爱与热情。

记得参加"共产主义大辩论"，给我教育很大。因为有些同学提出"到那时，谁来干脏活"？让我理解到：那时的"新"人，已不是我们现时的"庸"人；人们在改造客观世界的同时也在改变着人自身。让我接受了当一名"普通劳动者"的观念，开始懂得了要尊重别人、尊重劳动，改造自己主观世界的道理。

记得 1959 年下半年，"反右倾"学习中，自己认为大炼钢铁是"得不偿失"，比喻把种子撒在屋顶上，长成草而收成不到粮食。为此，挨到"年级"批判，写了检讨，说自己缺乏亿万劳动人民要尽快改变国家"一穷二白"面貌的感情。想不通，就通宵到王府井新华书店排队买《毛选》四卷，1960 年又读《列宁选集》，认了"真"去寻求答案。

更记得一次在图书馆听时事报告，陈毅元帅讲："你们大学生现今十分珍贵，你们对社会应负有更大的责任！"。这一教导让我终生牢牢铭记。在经济生活困难时期，又曾听到周恩来总理鼓励大家共渡难关的讲话。党四十周年庆时，听刘少奇同志讲他第一次去苏联，乘火车是一路砍树、当柴火，开开停停，才到了莫斯科。说明困难是暂时的，前途是光明的。这样的精神教育，让我和同学们能坚持每天约一小时的适度体育锻炼，坚持学习、完成课程。懂得国家兴亡需要有一股中坚力量，我申请参加了党课学习。

在课程学习中，刘绍唐教授认真地辅导我们进行物理实验。数学王老师（女）在口试中指正我的概念错误，懂得了"无穷小"、"无穷大"是个"变量"，让我理解到微观世界和宏观宇宙之"无穷"，开了眼界。理论力学王烈老师和材料力学老师的教导，让我对机械运动和材料结构强度设计有了事物"可知性"的感触。流体力学绪论让我认识到学科的历史发展，懂得了"压力"、"流场"、"黏性"、"激波（间断）"、"边界层"等科学概念的重要性，它们正是学科发展进程上的标志等，为我的专业学识与技能打下了良好的基础。

更值得一提的是哲学政治老师给我"什么是'觉悟'？"问题作解答：那是对无产阶级历史使命的认识和自觉行动！还给我们讲："物质"是除人类的意识之外的一切客观存在。这种指点对我们青年人是多么重要啊！这种教诲让我懂得了人生最重要的是"自觉性"和"（社会）责任心"，为我树立正确、科学的人生观和世界观指明了方向。很可惜，我没记住这位并不年长的辅导老师的姓名。今天我要深深地向他一鞠躬，表达自己的谢意。在此，我要吁请学校领导，应把对清华学子人生观和世界观正确而科学的引导作为"育人"的首要任务与目标。

记得毕业前的一次"五四青年节"上，我在大操场听蒋南翔校长讲：共产党人讲的就是"立场、观点、方法"六个字；科学知识包括马克思主义先可从书本上学，但更重要的是要在工作和生活的实践中去学习与领悟，这是知识分子走上革命道路、报效国家和人民的有效途径。在数力系 1962 年毕业典礼上，赵访熊老前辈关于既不要"妄自菲薄"；更不要"翘尾巴"的教诲很令人深省。他说：你们只是在学校学到了点基础知识，不要以为自己很了不起了，从生活与工作的实践中学习对一个人的一生更重要。

1962 年 10 月，我肩负着师长们的期望，身怀一些专业知识和技能、心中怀着拳拳报国之情——学校教育的成果，信心满满地走上国防科研阵地，服务了 43 年。退休后，在社区做志愿"义工"，争取干它 7 年，实现蒋校长提出的"健康地为祖国工作 50 年"的目标。以此回报党和国家、人民的培育和清华师长们的辛勤教导。

最后，我想再表达自己的几点体验：

(1) 学校应以"育人"作为教育的首要任务与目标。

(2) 青年学子应以报效祖国与人民为求学宗旨：自觉领悟人生、勤奋学好专业知识和技能、注意锻炼体魄。古话说："少壮不努力，老大徒伤悲"。对此，我也深有感受。如果我在清华 6 年,能更自觉些、更勤奋些、更努力些,我个人对社会的贡献会更好些、更多些。学弟、学妹们以为如何? 我相信学弟、学妹们在祖国发展的新时代,机遇会更多,一定会比我们这代老学友学得更好! 干得更出色!

(3)在力学专业教学中,我希望老师们在教案中能:1.重视专业学科历史演化进程的内容,激发学生探求学科未来方向的动力;2.注重学生对学科知识"物化"——技术创新、发明与应用等能力的训练与培养;3.鼓励学生在科学理论概念的指导下,既能运用数理分析工具——数理模化,也能科学地组织各类"模型"实验——物理模化。要能"两手"并用,才可成器。钱学森和丁肇中等老前辈就是杰出的楷模。

(4)学校院系的专业人员能否同科研单位、生产企业专业人员加强联系,在知识与技术上进行交流、互补,甚至在一定时间里能进行人员交流,学校院系开辟专题讲座或组织有效的专业实习。

(5)"教学要相长",教与学要相互尊重。学生提不出有质量的问题,说明他学得还不深透,对提问题老师应抱鼓励和欢迎的态度。而老师若不能正确对待学生的提问或质疑:有的认为问题肤浅,不认真对待,那会挫伤学生学习的积极性;有的甚至于有失"师道尊严",感情用事,那才真是有违"师道"。师长一定要激励学生追求(学术)真理!

谨用以上寸见,庆贺力学系成立 50 周年。

小议理论联系实际的传统

——兼谈张维院士的实践观

任文敏

（力 302 班学生，清华大学工程力学系固体力学研究所教授）

1958 年前后全国不少大学纷纷创建力学系，我们清华大学也从工程物理系分出了部分同学，成立了工程力学数学系。它与其他大学的力学系有什么区别？这是我们自己经常问，外面也常有人问的问题。系里传出这样的声音，我们的工程力学系要紧密联系工程实际，为工程服务，解决工程提出的问题，而这些问题又是工程技术人员较难回答的共同问题，最典型的一句话是：我们是站在工程师背后出主意的人。这也许就是我当时理解的理论联系实际的我们系的实践观和传统。

回想起建系初期，我们在黄克智院士指导下参加中程导弹弹道的计算，在周辛庚、何积范、刘宝琛等老师的指导下参加建系劳动，筹建实验室，自行设计、制造振动设备，我和班里的同学一起跑加工，安装设备，调试设备。在学校机装车间的金工实习，给了我们很多实践锻炼的机会。这些实践锻炼，对我参加工作后的研究工作起到了很好的作用。例如，我在云南省计量标准局力学室工作时，由于省里检验热处理后钢材硬度的洛氏金刚石压头供不应求，要求生产、修理的呼声很高，局里希望我们解决这个问题。我和力学室、车间里的同志一起研究，制订了研究计划，亲自设计，亲自参与制造，经过反复试验，终于制出了经国家计量科学研究院鉴定合格的洛氏金刚石压头。20 世纪 70 年代昆明钢铁厂生产核算总是亏本，省、市计委要求他们加强核算，首先提出的问题是铁矿石、原煤等大宗原材料的准确计量问题，省、市计委要求计量局解决这个问题。为此，局领导组织我们部分技术人员经过充分调查研究，决定为昆钢研制电子轨道衡和电子自动汽车衡（当时国内只有少数大型企业有自己研制的这类设备，没有成熟的产品），实现原材料的自动称量。会同昆钢计划处成立了会战指挥小组，一位副局长和昆钢一位副厂长担任组长，我担任副组长全面负责技术工作，并抽调了各研究室的精兵强将组成了技术攻关组。自动称量的核心是稳定可靠的测力传感器和电子模数转换设备，我本人承担了传感器的研制，从设计、选材、加工、热处理、疲劳到高低温老化处理等道道工序都亲历亲为，并与中国计量科学研究院夏国泰研究员合作，利用他们研制高精度传感器的经验和条件（主要是高精度电阻应变片和黏结胶），终于研制出了经计量院鉴定合格的测力传感器。负责电子部分的清华自动控制系校友王镇虎也研制成功了电子设备，负责机械的重庆大学毕业的李美成同志相继完成了机械设计和加工，昆钢计划处的同志建议了与正式行车轨道相衔接的轨道设计方案。经昆钢技校技术人员、老师傅合作,大约用了不到一个月的时间就在室内组装成了电子轨道衡,经静态测试和鉴定达到了设计要求,可进一步进行现场动态试验。回想起这些工作,我深感这些都是与大学和研究生学习期间的实践观点的树立和实践锻炼分不开的。

张维院士作为我校副校长,工程力学数学系的创始人之一和首届系主任,他把"服从组织分配,理论联系实际"作为自己的座右铭,对于建系宗旨和理论联系实际学风建设做出了突出贡献。建系之初,他坚持理论、试验一起抓,在建系过程中,在建立教师队伍时,十分重视实验室队伍和试验设备的建设。他在指导研究生工作和主持的科研工作中也充分体现了理论联系实际的思想。记得在我有幸考上他的研究生后的第一次谈话,他对我说:你们这些研究生是三门干部,离家门,进学校门,毕业后进研究院门,常常理论脱离实际,从你的上一届起经高教部批准试点四年制研究生制度,在念完理论课程后要下到工程实际部门去真刀真枪地去实习一年,然后再回校做论文,你的师兄秦权,就已到上海708所去实习,而你可能去沈阳601所去实习一年。这个制度正是张先生的"理论联系实际"一贯思想的体现,也是他通过努力争取来的一个研究生制度层面上的改革的尝试。我本人的亲身体验,也确实感到这样的实践锻炼受益匪浅。1964—1965年实习期间,我在601所参加M21战斗机的理论和试验研究,受到了实实在在的锻炼,对于增加对航空设计部门的了解、巩固理论知识、研究航空构件力学问题和开阔视野等起到了很大作用,可谓受益终身。

我在张先生身边学习、研究前后近30年,一一回顾他的研究工作,几乎没有一件是只有理论研究没有试验验证的,而且绝大多数是用我们自己设计的试验验证的。从我当研究生时的师姐叶清环研究潜艇艇头斜锥壳稳定性,为了进行试验,张先生多方设法从德国进口了一点高均匀厚度的薄铜皮(当时进口这种材料是很困难的!),黏结成斜锥壳。这还不够,他又请设备厂的老师傅几经试验设计成功专用夹具,用普通车床精车出薄斜锥壳试验模型,他还曾多次和我说要找这位老师傅总结试制斜锥壳的经验呢。改革开放后,他指导的第一个博士研究生夏子辉研究圆环壳强度问题时,张先生要求要有试验,夏子辉千方百计通过各种关系请陕西宝鸡机床厂合作,设计制造了环壳的胎具,制成了环氧树脂薄圆环壳模型进行试验。为了把环壳研究成果应用于实际,他提出用圆环壳作为构件箍在潜艇耐压壳的外面替代传统的工字形开口肋骨。博士生王安稳、陈强的理论计算证明从耐压稳定性上可提高15%~20%,而且还有额外的优点,就是可利用环壳的有效空间储存燃料或空气,增加潜艇的续航性,这正是我国军方所要求的。对此张先生并不满足,要求博士生王安稳做试验验证,为此他不惜抽出宝贵时间,亲自带领我们到南京晨光机械厂请总工程师董岷协助,利用他们厂生产的波纹管,通过氩弧焊技术切割下其中的凸波纹,把它们一个一个焊到圆柱薄壳上作为加强肋骨。试验模型完成后,他不顾耄耋之年,冒着高温酷暑,带领我们亲临无锡702所试验现场,指导和观察实际试验(见照片),直至试验完成。此课题后来得到中国船舶总公司的支持,被列为国家"九五"攻关项目,继续进行研究,可惜因工艺问题,目前尚未被工程设计部门正式采用。张先生对试验研究重视的例子还可举出很多很多,但这些例子足以说明他的"工程力学源于实际,服务工程实际"的指导思想。我想我们在庆祝工程力学系成立50周年之际是不会忘记张维、杜庆华、黄克智院士三位元老创建工程力学数学系时所坚持的"理论联系实际"这个老传统的。

张维先生(左1)在702所观察实验后的模型(王安稳教授提供)

师生情　缘一生

鹿振友

（力 502 班学生，北京林业大学教授）

　　Fans 是网络时代的时尚语言，其意指追星族。回想我们年轻时，也是追星族，同样有心中偶像。而且心中的偶像激励我们健康成长，甚至影响我们的一生。那是 1959 年的秋天，我满怀激情和喜悦，怀着对美好未来的憧憬，从安徽一个小县城来到首都北京清华大学学习。那时问我，为什么来清华工程力学数学系读书，回答就这几个字"尖端保密专业"，其他什么也不知。再问我，对清华有什么印象？那可能就会用一个字回答，就是大。校园里有成片的森林，一片又一片的绿地，到处是高楼大厦，甚至还有京张铁路从校园穿过。从化学馆到东主楼上课，课间十五分钟紧走慢跑才能赶上。如果遇上火车通过，那十有八九要迟到，上大课教室里挤满了同学，稍晚到一会儿就难找到座位。大学之大这是我的第一印象。随着学习生活的逐步深入，置身于有深厚文化底蕴校园环境，在老师的谆谆教育和影响下，潜移默化，逐渐领悟到"所谓大学者，非谓有大楼之谓也，有大师之谓也"。而清华就是著名的大师云集之地。大学就是大师们带领我们走进科学的殿堂，教我们如何做人、做事、做学问。

　　我在工程力学数学系固体力学专业学习，最让我们感到高兴和引以自豪的是我们专业里有很多大师，张维、杜庆华，黄克智先生亲自给我们上课，做专题。同时有机会聆听钱学森、钱伟长力学大师的讲座，我们备感兴奋。这些大师的讲课言简意赅、生动幽默、中西渗透、登高远望、博览群书。他们做学问一丝不苟，严谨严密，追求创新；对学生关心备至，循循善诱。是学生的良师益友。如果说听张先生、杜先生的课使我们懂得力学的深刻物理背景和在工程中的广泛应用，使我们明确了学习目标和方向。激发了我们求知的欲望。听黄克智先生的课简直就是一种享受，他能把高深枯燥的力学理论讲得简洁生动，栩栩如生、引人入胜，给我们很多启迪和向往。启发我们如何去学力学，如何做学问。当我们知道这些老师都是满怀爱国激情，放弃在国外的优越条件，克服种种困难，来到清华，报效祖国时，更令我们十分仰慕。黄克智先生放弃在苏联唾手可得的博士学位，接到学校电召回国的通知，卷起行装乘坐六天六夜火车赶回学校，为我们这些年轻学子上课。我们的班主任徐秉业先生刚从波兰学成回国，一家四口住在十多平方米的一间筒子楼内，生活条件何等艰难，但徐老师对我们班倾注很多心血，和我们聊天、谈心，帮助启发我们，鼓励我们克服生活和学习上的困难。如同我们的兄长。这一切历历在目，深深感染着我们每个人。我的老师就是我年轻时心中的偶像。默默地想将来我也要做这样的人。激励着我努力学习，认认真真做事。让我和喜欢的力学专业结缘一生。在清华校园里学习生活了九年，在清华"自强不息，厚德载物"的传统文化熏陶下，在老师的辛勤培育和高尚的人格魅力影响下，培养我成为一个有专业知识的建设人才。走上工作岗位后，不管是在艰苦的三线从事国防科研工作，还是在高等学校从事教育工作，和老师的情缘延续几十年，不断从他们那里得到启发和鼓励。记得20世纪80年代中期，余寿文先生在参加一次国际断裂力学会议中了解到国际上有关木材断裂力学的研究动态，搜集资料送给我，鼓励我。正是这些信息使我逐渐了解木材断裂在国际上的前沿动态，科研工作备受启发。徐秉业老师了解到我担任学院的一些行政工作后，语重心长的一次谈话，使我备受感动和鼓舞。"大鹿，行政工作要努力做好，但不要荒废业务工作，要给学生上好课，做一些科研工作。科技发展快，要不断学习"。徐秉业老师还把他写的多本力学教材和专著送给我学习。杜庆华先生十分关心力学学科和力学教育的发展，在他六十多岁的时候，已功成名就，应颐养天年。然而1986年他又发起组织北方七省、市、自治区（北京、天津、河北、河南、山东、山西、内蒙古自治区）力学学会联合的学术交流会议，并且每两年举行一次学术交流大会。至今已成功举行过十次学术会议。杜先生身体力行，不但自己亲自做学术报告，甚至在80高龄的年纪还亲赴山东烟台出席会议，具体指导。杜先生身体力行，热爱和关注力学学科和力学教育事业的发展，关心培养青年教师的成长，是广大力学工作者学习的楷模。正是杜先生的这种真诚深深影响了大家，激发了广大青年力学工作者参与这种联合力学学术交流活动的热情，并且延续20多年，这对于力学学科的发展和青年力学教师的成长起了积极的促进作用。大家有信心使这种学术活动愈办愈好。我在老师的感召下，在杜先生的支持和帮助下，有机会担任杜先生助手，为联合力学学术交流活动尽心尽职地工作服务近20年，得到很多的教育和提高。感到十分的高兴。

在清华大学工程力学系成立50周年之际，衷心感谢母校对我的教育和培养，真诚地说一声：老师，谢谢您！

重视实践环节教学让学生受益终身

孙学伟

（力 502 班学生，清华大学工程力学系固体力学研究所教授）

1959 年秋，因为希望能为国家建设强大的国防做出贡献，我从西安考进清华大学工程数学力学系，被安排在力 502 班学习。那时是正式建系的第二年，本科学制六年，就学期间系又更名为工程力学数学系。当时的教学计划体现出非常重视基础理论教学，例如，数学系列课程学习了三年多时间，同时注重实践教学环节。入学后不久开设的"力学概论"课给了我们深刻的印象，让我们有幸聆听到钱学森先生，张维先生（时任系主任）等大师和当时的三机部（航空工业部）部长等领导的讲课，了解了国内外航空航天和国防尖端武器发展概况和我们所面临的任务，听课的两个年级的学生学习目的更加明确，使命感进一步增强。学习"金属工艺学"课程时安排有金工实习，车钳铣刨学生样样都动手做，冷热加工都涉及，为培养动手能力打下了良好基础。当时不少课程安排有综合性的大作业，例如"电工理论"课的大作业是设计楼宇的民用电梯控制系统，"机械设计"课的综合训练环节是设计一个 2 级蜗轮蜗杆减速系统，"壳体理论"课的大作业是斜锥壳应力分布计算和应变电测等，这些综合训练使学生的能力切实得到了提高。当时课外安排有航空运动滑翔机飞行和伞塔跳伞训练，让学生亲身体验飞行的感受。

单就实习而言，有低年级的"认识实习"和高年级的"生产实习"。20 世纪 60 年代初，我们班的一半同学，其中有我，被安排到位于河北涿县的"空军第六航校"（又称"首都航校"）地勤修理部门进行认识实习。在那里的一个多月时间，拜解放军干部和战士为师，和他们一起动手修理采用蒙布双翼的初级教练机和具有铝合金蒙皮的中级教练机。我还记得针对机翼上发现的裂纹，师傅让我们在裂纹尖端处打一个孔，然后把一块面积适当大的补强铝板牢固地覆盖在裂纹部位上。这样就把裂尖处原来很高的应力集中系数减小到接近小圆孔处的 3，而且另有补强板分担共同受力。生动表明力学理论在实践中能够得到很好的运用。在实习中从解放军干部和战士身上学到了很多优秀品质，在军队大熔炉中受到了难忘的历练，以至于不愿离开航校，与解放军官兵难分难舍。同时也忘不了航校场站大灶那吃饭不定量的二米饭（大米和小米混合做成的主食）。因为当时国家正处于三年困难时期，清华食堂也从我刚入校时的"包伙制"（主食不限量）改为主食定量的"食堂制"。尽管党和国家给予了大学生特殊的关爱，但由于副食供应异常短缺，在最困难的一年多时间里我和不少男生感觉吃不饱。到航校实习吃饭不定量又便宜，在实践中学习了很多知识，提高了能力，认识了不少新的老师和朋友，结下深厚的友谊，认识实习给我留下了非常深刻的印象。在高年级时,系里安排王笃美、鹿振友、马帮安、黄怡君、吴彦文、孙卿和我共七人组成一个生产实习小组,到当时在上海江南造船厂附近的 702 所(也称解放军总字 908 部队)实习,主要任务是在所里科研人员指导下参加潜艇新结构的模型电测实验分析,真刀真枪的课题,我们动手粘贴了数量很多的应变片,仔细地连接导线,并认真做好高压下的防水保护,实际工作中遇到很多困难,在带队的刘宝琛老师和所里科研人员的指导帮助下,我们克服了一个个困难,圆满完成了科研和实习任务,受到了严格全面的锻炼,做到科研教学和思想双丰收。这次实习就像是对毕业后实际工作的一次真实的演练,组内同学们受益匪浅。

大学最后一年做毕业设计,当时的班主任徐秉业老师把我和张荣芳、马帮安、孙卿分到一个小组,指定我为毕业设计小组长。非常荣幸的是黄克智先生担任我们组的指导老师。黄先生还指定高玉臣(当时是黄先生的研究生)和马玉珂老师(后调离我校,在化工部门工作)作为毕业设计指导组的导师,分别具体负责数值计算和实验研究的指导工作,黄先生做总指导。当时对毕业设计要求非常严格,论文题目真刀真枪,理论分析、实验研究和数值计算都有明确的要求和安排。毕业设计题目是潜艇最佳结构设计研究,与我们在上海的生产实习内容密切相关,技术关键是采用不等刚度环肋加强圆柱壳体,使其总体受压稳定性和各种分段的局部稳定性同时被满足,以达到节省材料减轻重量的优化目标。毕业设计中除理论分析外完成了大量的数值计算工作,并进行了油压下的模型电测实验。我记得为加工好试验模型,我多次到学校设备试验工厂联系工作,并与机加工高级技师邵树发师傅结下深厚的友情,没有他的突出的贡献,试验研究任务不可能完成。那时和黄先生朝夕相处,言传身教,耳闻目睹,受到了严格的训练,为之后从事的工作打下了坚实的基础。从先生身上所学到的为人和为学的道理和实践,难以忘怀和终身受益。

1965 年毕业时分配我留校工作,从此在清华工作一直到 2005 年退休。文革期间,交通部天津新港船舶修造厂是固体力学教研组"开门办学"点之一,在"开门办学"中得知,船厂要建造船台用的大型门式吊车,这在当时是国内空白,要我们教研组参与研究和设计,时任系和教研组领导的徐秉业老师、吴建基老师、刘信声老师等非常重视,积极安排人力参加。杜庆华老师为总指导,徐秉业、周辛庚、丁奎元、蔺书田和我具体参加,与厂里的沈总、王成基等技术人员、工人技师一起攻关。我系还分工承担了倒梯形截面箱形主梁的有机玻璃模型试验任务,为此厂里拨给我们科研协作费 5 千元,在当时是不少的一笔经费。陆粹芬、王克鹏、马兆芳等老师和许多学生参与了这一工作,做出了重要的贡献。这一试验研究证实了剪切滞后(Shear Lag)的影响,为门吊的设计提供了重要依据。经过 3 年的努力,克服了种种困难,终于在 1974 年建成了我国第一台船台用的 200 吨龙门起重机,它在 76 年的唐山大地震中经受住了意外的考验。该项目在 1978 年获得了全国科学大会奖。在参加这项工作中从杜先生、徐老师、厂里干部和工人师傅等同志身上学到很多宝贵的东西。在工作中我也发挥了重要的作用,不论理论分析,设计施工,还是试验研究,现场实测,都能较快的适应工作,可以算是得心应手。我想这与在本科期间受到的全面培养,特别是实践动手和综合分析能力的训练分不开。校系重视实践教学的优良传统让我们学生终身受益。

杜庆华先生（中）、丁奎元（左）和作者在新港船厂建造中的 200 吨龙门吊前

我的航空科技之旅

岳中第

（力 603 班学生，北京航空制造工程研究所研究员）

我能踏上航空科技的征途，应感恩我的母校清华园。我生在巴山蜀水，记得小时候，站在小山头，看着天上的飞机，觉得特别新鲜与神秘。毛主席给山乡人民带来了光明，美丽的大巴山给我童年留下了难忘的记忆。虽然家境贫寒，但进了小学与中学，在 1960 年又以较高分考入北京清华大学工程力学数学系。这样，告别了养育我的家乡，水木清华的"自强不息、厚德载物"的校训，最高学府的优美环境，以及云集的名家大师，使我的大学生活丰富多彩。六年弹指一挥间，我选择了又红又专的道路，加入了中国共产党。把一切献给党，实现祖国的四个现代化成了我的理想与追求。回想毕业时，我的三个志愿全部填写为"党的需要就是我的志愿，党指向哪里就奔向哪里"。这样，我服从党的分配，来到了自然条件差、地处三线的中国飞机结构强度研究所，工作与生活在西北黄土高原的一个小山沟里，直到 1989 年春因工作需要、经人事部门批准而调离。

刚进航空科技的大门时，虽然我的理工基础好，但航空科技基础却薄弱。我的爱人毕业于哈尔滨军事工程学院，所学专业是飞机结构力学；她的学业、她的理解与支持，甚至她的大学教科书，都成了我前进的原动力。在她的支持下，我接受了也胜利地完成了一个又一个航空科研任务，在相关的领域填补了国家的某些空白。那时候，国门紧闭，世界上的许多先进技术（不管软硬件）对中国都是封锁的。为了掌握国内外航空科研的动向与进展，我们往往不得不废寝忘食地查阅资料，走访国内各知名高等学府与院所的专家教授。三线山沟里的生活环境极为艰辛，妻儿老小遇到的困难更难言表；为了与外单位协作，我们往往不得不背井离乡，走南闯北。尽管许多艰难的岁月及惊心动魄的事件，随着时间的流逝在我们的记忆里淡薄或消失了。但是，有些往事今生难忘。

为了承担国家的一项重点科研项目，我们不得不在西安、武汉、上海、北京、胜利油田等地长期出差。为此，我们度过了近十个春秋。从探索基本的计算方法到提出系统的总体设计方案，从完成单一飞机结构件的强度分析到实现整体飞机的机体强度分析，哪一步都需要到大型计算机上反复实践与验证。而当时我国的大型计算机可又是何等的少啊！我和同仁几乎成了大型计算机的候鸟，哪里有先进的计算机设备，我们就往哪里奔。为了研制高效通用的飞机结构强度计算方法，必须开发大型复杂稀疏矩阵的处理技术。我们曾与外国专家进行过座谈，希望合作。但是，他们却直截了当地说，"这是专利，不能谈，也不能合作"。这样，许多国际上已经成熟的技术，我们当时不得不从零开始，在一张白纸上起步。正如一个伟人说过，科学上没有平坦大道好走，只有那些在奇崛弯曲的小路上勇于不断攀登的人，才有希望达到胜利的顶点。我和同仁们先后通过六年的艰苦努力,终于解决了大型稀疏矩阵处理技术这一难题。紧接着的三年,我和同仁们将有关科研成果应用于国内正在研发的四种飞机型号,其计算效率与精度接近国际先进水平,得到了国内知名专家学者的高度评价。20世纪80年代初,我们与美国宇航局代表团在上海进行了两国技术交流,我国在飞机结构强度计算领域取得的进展,同样也得到国外同行的称赞。那些不愿意谈合作的国家也主动地谈了。这直接打破了西方国家的某些技术垄断与封锁。

随着祖国的改革开放,国门终于打开了。1980年3月,我作为中国航空科学技术研究院的一名年轻代表,参加中国航空学会代表团,出席了在英国举行的《第四届国际CAD学术会议及展览会》。同时,我们代表团还参观了英国著名的高等学府牛津大学、剑桥大学,访问了英国皇家科学院及多个国家实验室及CAD/CAM研究中心。第四届国际学术会议使我眼界大开,看到了我所在领域与世界的真实差距。这也使我深深地思考,如何在已有的成果基础上继续前进,追赶国际先进水平。我们既没有理由盲目乐观,也没有理由妄自菲薄。我们20世纪60年代出来的大学生,第一外语大多是俄语,第二外语是英语,有点像哑巴,科技书能看,但不能说,更无法直接与西方专家进行技术交流,存在着语言障碍。为此,我在四十二岁时,迈进了西北工业大学的校门,进了出国人员英语培训班,参加了国家英语水平考试。

1984年至1987年,我作为中国航空技术专家工作队副队长,参加了中国与德国的国际航空技术合作,过了三年半的异国他乡生活。我们中方20多位专家与德国专家一道,在完全对等的合作领域对所承担的繁重任务进行了扎扎实实的技术攻关,取得了可喜的技术成果,并成功地移置和应用到国内外相关的工程项目上,得到了国内外同仁的广泛认可。

1989年初,为了发挥我的技术专长,经航空部及国家人才管理部门批准,我从西北黄土高原的山沟调回了北京。其后近20年,我继续承担着武器装备部、国防科工委及中国一航集团的一些项目,也为国家863CIMS的北京示范工程出点力。2000年底我已办退休手续,但我开展的某些航空科研工作还在继续,先后带了四个硕士研究生,为国家培养人才。2006年我加盟安世亚太科技(北京)有限公司,任行业高级技术专家,继续为我国飞机的数字化设计制造工程及精益研发添砖加瓦。航空科技事业是数十万人的高新精尖产业。我作为这个队伍的一员,回顾40多年走过的科技之旅,我能从大山沟到北京清华,毕业后到西北黄土高原,以及走向国际的航空科技舞台,再返回北京,数十万公里路云与月,真是光阴似箭,岁月如歌。党和人民使我一直有机会立足本职,航空科技报国,为祖国的发展添砖加瓦,这也算人生的一大幸事。

我先后获得了近10项国家级与部级科技进步成果奖,党和人民也给予了很多荣誉:1982年授予省劳动模范称号,1983年被评为省国防工业系统模范共产党员,1984年授予航空工业部先进工作者称号,1993年国务院授予国家级政府特殊津贴专家,随后评为研究员。

今天,我们可爱的祖国正处在日新月异、万紫千红、和平崛起的伟大新时代。民富国强,自立于世界民族之林,正在我们一代又一代人手中逐渐变为现实。母校——清华以及党和人民给我的培养和荣誉,永远鼓励和鞭策我前进。古人曰,"危乎高哉,蜀道之难,难于上青天"。其实,人生的征途比"蜀道"更难。

"春蚕到死丝方尽",我是赞美这种精神的!

感恩·感知·感悟

魏新华

（强 42 班学员，中盐集团上海分公司总工程师）

感恩

记得我刚步入清华学堂时立下的誓言——学成后要在发电设备制造业干成一番事业。但在那个年代、教与学处于两难困境。在我的脑海里，我还能清楚地回忆起 30 年前，黄克智老师为了讲清法向应力，拿了一把也许是有意弄破了的裸露雨伞，并拿着一面小红旗，比拟"小标兵"，形象化地把法线的概念讲了一遍又一遍；刘宝琛老师不厌其烦地给同学们讲授分析力学问题的"三把刀"……在力学系上线性代数的大课上，一位同学突然站了起来，表示不理解老师讲课内容时那让人感到尴尬的局面……不奇怪？那是一个特殊的年代，教育革命不是那个年代"变革"的本意。但老师们却付出了成倍、成倍的心血——好几门课的学时加了又加。我永远不会忘记我的母校——知识渊博的老师们、传授知识时的风采——每次上课前，徐秉业老师不厌其烦而又那么和蔼可亲的谆谆教导，杜庆华老师深厚的材料力学功底，庞家驹老师对理论力学的敬业和那一手熟练而又漂亮的板书，邵敏老师讲授数学基础课时的魅力,简老师在纠正同学们英语发音时那严肃而又可亲、可敬的表情,余寿文老师那有声有色的讲课并让我着了迷的结构力学,丁奎元老师讲授让人感到深奥的机械振动学,吴洁华老师那神秘莫测的偏微分方程以及沈观林老师带领我们几位同学在发电厂实习、在高温高压管道旁汗流浃背地进行高温应力试验时的情景。我仍然能清新地回忆起,在第一教室楼聆听钱伟长老师——对我来说是终生难忘的一次大课,尽管当时钱老师的"混沌"理论,使我听后百思不得其解,但钱伟长老师对数学力学的执著精神却成了我一生崇拜的偶像。我还记得,当时为了在学校能获取更多的知识,我到图书馆、新华书店乃至老师家去借阅参考书和"开小灶"时的情形;在进入专业课学习阶段,为了搞清一个难题我阅读了大量的参考书,并不厌其烦地问老师;为了完成高温应变片焊接仪的制作,我甚至几个晚上在实验室通宵达旦;为了买到一本《有限元》的书,我几乎跑遍了整个北京城——买书就此成了我一生的嗜好;当年老师们辛勤地培育、丰润我们的羽毛,是希望我们能早日插上腾飞的翅膀。借此机会,我要用当年在学校为力学系夺得全校歌咏创作比赛第一名时的激情,用我的歌喉抒发我对老师们真挚的感恩之情:每当我有了创造得到荣誉,啊!老师我总是想起了你、想起了你。想到你那亲切的面容,想到你慈母般的话语。啊!从心里默默地向你敬意。小苗儿结出硕果,怎能忘记园丁的培育。啊!亲爱的老师,我怎能忘记你、怎能忘记你。你时时刻刻常在我的心里,常在我的心里……

感知

毕业后离别清华,正赶上唐山地震后的恢复建设。在我的技术生涯里,我第一次接受了五万千瓦电站锅炉钢结构的设计任务,当时设计计算的工具是手摇计算器和计算尺,完成计算任务后,看着那沉甸甸的计算书,由衷地激发了我想改变落后计算效率的创新欲望。我根据老师们曾经给我们讲授过的结构整体和局部稳定的理论,将三维复杂问题作了结构简化,在当时大型计算机有限的计算速度与存储资源的条件下,开发了二维结构数值分析软件。从此,我对计算机的兴趣和爱好一发而不可收拾。有一次,为了开发计算软件,痴迷到一连几个月都没回家。领导们来慰问时,有的都激动地流出了眼泪……之后,在单位领导的支持下,我通过系统工程研修班等一系列地再学习,每每以优异的成绩,重新更新了自己的知识结构。在电站锅炉鳍片管国产化课题研究中,我灵活地应用了热力学的三个边界条件,建立了鳍片管温度场数值分析模型,解决了用焊制鳍片取代进口焊制鳍片管的技术难题,抵制了国外产品和技术的封锁;在悬吊锅炉抗震试验研究中,我创新性地应用了微振动的理论、解决了大型电站锅炉钢结构固有特性试验分析时遇到的难题,为大型电站锅炉钢结构抗震设计规范的制定提供了试验依据;在引进三十万千瓦电站锅炉尾部烟道产生强烈声学振动的情况下,我应用了"卡门涡流"原理,准确地判断了产生振动的机理,成功地消除了当时外国专家都觉得"no way"的振动难题;以后又在锅筒寿命分析、管组当量应力分析、三通应力分析、压弯梁计算、电站锅炉钢结构 CAD 图形后处理、锅炉管道壁温计算、直流锅炉动态特性分析等课题中,开发、移植和应用了在不同操作、编译和图形处理系统下的数值分析和 CAD 软件……在设计、计算和研究过程中,我有幸负责参与了我国引进三十万千瓦亚临界和六十万千瓦超临界电站锅炉技术的出国学习和设计任务;经历了计算机技术从大型计算机到图形工作站再到 PC 机高速发展的应用年代;同时,伴随着计算机与专业技术的紧密结合,我又经历了从产品设计到产品研发再到 IT 技术在企业管理等的应用领域；20 世纪在 80 年代初期引进、开发并推广应用了 CAD、CAPP 技术。在图形参数设计、工艺知识共享、BOM 自动生成等领域实现了 CAD、CAPP 在 PDM 环境下的 CIMS 集成,使产品和工艺设计效率成倍地得到了提高、工艺得到了规范。在我的学术生涯中,曾撰写了《悬吊锅炉受力状态下的应力测试》《锅炉压弯梁与高强度螺旋连接计算》《大型电站锅炉尾部烟道声学振动》等几十篇论文；获得了所在单位的特等功臣和上海市颁发的科技振兴一等奖,以及上海市讲理想、比贡献先进个人等殊荣并取得了教授级高级工程师职称。在此期间,有一件事至今令我难以忘怀,那是我在清华经济管理学院第二期 MBA 预习班学习期间,在我拜访徐秉业老师时,徐老师语重心长地要我继续学习深造,推荐我就读在职博士。遗憾的是,由于当时有出国重任,未能如愿；回国后,正由于有徐老师的鼓励,促成了我完成了 MBA 的学业,并获得了硕士学位证书。从那时起,我就把注意力转移到了企业管理信息化领域,在行业信息化规划、方案、标准和实施等领域做出了一些成绩……兼任了某大学工商管理学院客座教授；并被上海市政府聘为上海市计算机专业高级职称评委、政府信息化和应急预案专家组成员；如今,在流通现代化管理领域,我仍不断地在挑战自我。

感悟

离别清华这三十年,正是我国改革开放、经济腾飞、知识创新、人才辈出的三十年,我们赶上了好年代,碰上了好机遇。但如今,知识决定命运、创新改变未来、机遇大于挑战。创新来源于学科的交叉,更需要有扎实的理论基础和复合的知识结构。学习的真谛在于：行者无疆、学者无域,努力地去把握重新获取知识的能力和机会,人生执著追求的每一次磨炼都是人生最宝贵的一种财富。

不同的人对成功有不同的答案,我认为清华人的成功在于"做人、做事、做学问"。做人是充分条件,做事是必要条件,做学问是可选条件。清华给我们的不仅仅是启蒙的知识,更重要的是给了我们做清华人的道理——"自强不息,厚德载物"、"行胜于言"。如果做到了这点,你对社会的贡献就会更大,付出与得到必将成正比。

清华是培养工程师的摇篮,力学系培养的是在工程师背后出点子的工程师。但技术永远是促进生产力的发动机,若没有油门、离合作用力的传递和方向盘的把握,再好的发动机也无法发挥其应有的作用。如今的清华学子应该是宝马和法拉利的发动机,应该在我国全面奔向建设小康的社会中、始终发出最强劲的动力和时代的最强音。

我为自己是清华人而骄傲

高淑荣

（强 4 班学员，河北工程技术高等专科学校教授）

1974 年 9 月，有幸进入我仰慕已久的清华大学学习，我就像久遇干旱的禾苗，在美丽的清华园里沐浴着雨露的浇灌。三年半的时间里，我利用一切可以利用的时间学好每一门课程，我的老师都是知名的学者和教授，他（她）们是中科院院士黄克智老师，教授余寿文、徐秉业、孙学伟、邵敏、沈观林、罗学富老师等，恩师们那慈祥的面容，对学生谆谆善诱，诲人不倦的态度，至今历历在目，记忆犹新。我清楚地记得在昌平桥梁厂开门办学期间，教我们数学课程的邵敏老师和我邻床住，我们天天学习生活在一起，她备课那么认真，教案整齐有序，根据讲解的次序，画图时分别使用铅笔、钢笔、红笔，线条清晰，特别漂亮。清华恩师们科学严谨的工作态度，精益求精的作风，永远是我工作的楷模。

1978 年 1 月，我被直接分配到河北工程技术高等专科学校任教，至今整整三十年，所教课程有理论力学、材料力学、工程力学和建筑力学。我牢记清华的校训——"自强不息，厚德载物"。三十年来，为了培养出高质量的学生，我不断学习充实自己，1984 年又参加了由教育部在南京航空学院举办的"高等材料力学教师进修班"，工作中刻苦钻研业务，和力学教研室的老师们积极开展教学研究，不断探索教学内容和课程体系的改革，撰写教研论文，编写适合高工专的力学系列教材，为我校的教材建设和力学系列课程建设和改革做出了贡献。与此同时，也提高了自己的业务能力和教学水平。2005 年我被评为教授。

我把教书育人贯穿于整个教学活动的各个环节。用自己对工作的认真态度、敬业精神和与老师们的团队协作表现去教育影响学生，以自己高尚的人格，良好的师德去熏陶、感化学生。我体会，教师传授科学文化知识固然重要，但是，教师的学识、教态、教法及为人，更会在学生心里留下深刻而持久的印象，教师的人格力量是巨大的。因此，教师育人，最有效的方法是以自己高超的学术造诣和严谨的治学态度对学生进行"言传身教"。因此，我多次被评为校优秀教师，校优秀班主任，1994 年被评为河北省"三育人"先进个人；2002 年被评为全校首届十佳"教学名师"；2004 年被评为河北省优秀教师。

清华"行胜于言"的校风一直激励着我，我为自己是清华人而骄傲，今后我仍为清华人争光。

难忘的清华岁月

夏靖友

（流 7 班，清桦华丰公司董事长）

我是"文革"恢复高考后的第一届学生，1978 年 3 月 1 日进入清华，1988 年 7 月 16 日毕业离开清华。十多年的校园学习和生活，留下了许多难忘的记忆。在母系建系 50 周年之际，承蒙院、系领导和老师的关怀，给我一个回忆当年学习和生活的机会。

（一）辅导员陈克金老师的三轮板车

我进清华前没有到过县城以外的地方，所以接到入学通知书的第三天，就背着母亲给我缝制的大花被子，提着一个网兜，网兜里放一个洗脸盆和一个茶缸及毛巾，步行到县城坐长途汽车离开了家乡。一路上都是跟一个个的陌生人同路，一段路一段路地来到清华大学南门。到了南门，可难住了。因为路上虽然远，但很多人都知道清华大学，很容易找到同路人跟人家走。在南门，问门卫师傅去力学系，师傅听不懂，因为我说话方言口音太重。师傅听了半天，一直告诉我说，清华没有医学系。折腾了半天，最后还是录取通知书帮了我。师傅恍然大悟说，噢！力学系有！于是，他马上帮我拨通了力学系的电话，然后告诉我在那里等着，有人来接。

过了半个钟头，陈克金老师踩着一个三轮板车来到南门，让我坐在他的板车上，把我送到了 1 号楼。陈老师把我带到 139 号宿舍，给我打扫卫生。发现我没有床上垫的被褥，就到高年级那里借来了垫的被褥。告诉我，因为新生正式报到时间是 3 月 3 日，我来早了，所以没有接待准备。

从那以后，陈老师的三轮板车就交给了我，我用它接班里的其他同学。每年的校运动会我用它做后勤。包括后来的搬宿舍，还送过同学去北医三院就诊。那是我骑得最多、也是最熟练的板车。

（二）班主任汤荣铭老师的笑容

我已经记不起汤荣铭老师是从哪个学期开始给我们流七一班做班主任，做到哪个学期了。但是我永远记得汤老师那真诚、可亲的笑容！

我来自农村，无论是知识面还是待人接物，都相当欠缺。再加上地方方言口音很重，开始的一年多时间,很少与同学交流,只是一心投入在学习中。在同学中,表现很不自然,见到老师,心里更是怕怕的。但是汤老师那真诚、亲切的笑容,使我从内心感到了温暖。他说话总是那样的亲切,他是班主任中和我说话最多的老师。

（三）父亲的遗言要求我答谢同学和老师

1982 年 4 月,我父亲胃病做切除手术,刚好是我毕业前夕,课程和毕业实习全部结束,硕士研究生已经被录取,我没有等放假,就请假提前回家了。

我回到家后,就忙着护理父亲。有一天,生产大队的通信员来到我家,说北京清华大学给我家寄来了 87 元钱和 143 斤全国粮票。

开学回校后,我才知道,那是流七、固七班同学,还有部分老师知道我父亲生病捐助的。那个时候,大家都很贫困,女生的月生活费才 7 元 5 角左右,男生的月生活费也不到 10 元。能够筹集到 87 元是很不容易的,比得上现在的上万元。而且,大家都是学生,没有收入来源,一部分人还跟我一样,是靠国家的助学金生活的。

因为已经毕业,有很多同学已经离校。所以我一直不知道具体是哪些同学和老师的捐助,也没有能够一一向他们致谢! 我父亲 1995 年 3 月去世,去世前,他还交代我要感谢清华的老师和同学,他一直说是清华的老师和同学让他多活了十多年。

（四）导师张兆顺老师的严谨学风

我在清华十多年,其中 6 年是跟我的导师张兆顺老师做学问。这个 6 年,对我的学识提升和学风培养有极大的帮助。

硕士研究生时,从零开始做曲壁湍流实验系统。自己动手进行图纸设计、加工、安装、调试、验收等全过程,再把计算数据与实验数据进行比较验证。博士研究生时,做湍流数值模型的设计与计算。张老师在每一个环节都认真把关,谆谆教诲。

我自己一直认为我的文笔还可以,还能够写点东西。可是我的博士论文,张老师帮我修改后让我返工达五次才通过。尤其是第一次,把我的论文用剪刀剪得支离破碎再黏结起来,改得面目皆非。就论文,整整写了 4 个多月。每一句话,每一个标点符号都斟酌推敲。

这 6 年时间的严格训练,使我在后来的工作中收益很大。也正是这种学风使我克服了后来的很多难关。以至于在最近的一次同学聚会中,我说清华的十一年,就专业而言,我们就学习了三个方程组。并且把理想流体、黏性流体和湍流的三个方程组的名字说出来。有的同学很惊讶,说我毕业就放弃了专业,现在还能如此清楚地记得这些方程组,她都记不得了。

回首往事,再看今天,我们所做的、我们能做的、我们要做的、我们做对了的,都是母校教育的结果! 都是母校的精神与理念在支撑着我们! 都是老师、导师的作风在影响、熏陶和鞭策着我们!

　　照片是我们从巴西引进的一种叫针叶樱桃的水果,其维生素的含量是橙子的 60～80 倍。1997 年栽培成功,后来大面积地发展。其中两张照片是我 2003 年和 2005 年在农场劳动的场面,另一张是果实的照片。

我的老师和同窗，我们的工程力学系

邓　勇

（博 85 班学生，中国科学院研究生院党委书记）

一个月前力学系发给我邀请函，半月前沈观林老师又来电话，邀请今年校庆时参加力学系成立 50 周年的庆典活动，并约稿。我爽快地向沈老师保证，一定完成任务。等到打开电脑要写稿时，沉思了许久，却不知从何说起。朴素庄重的旧电机馆、典雅别致的大礼堂、巍峨耸立的东门主楼，还有延绵不尽的河边春柳、鸟唱蝉鸣的湖中荒岛、众口传颂的荷塘月色，还有龙腾虎跃的西大操场、嘈杂喧嚣的金工车间、座无虚席而又鸦雀无声的图书馆大阅览室，还有……老师！

对了，我们的老师，就从老师们说起。

我们是幸运的 1977 级大学生，1978 年初进校之后就得到了学校方方面面的重视。记得刚进入二年级，是张维先生亲自给我们讲授第一门力学基础课"理论力学"，夏之熙老师担任助教。在当时，学校的教授很少，一提起教授就让人肃然起敬。在一开始，只知道张先生是一级教授，已经 66 岁了。一次，张先生在黑板上讲课推演时出了点笔误，同学们先于他发现。没想到张先生一点儿都不介意，一转身乐呵呵地缓缓说道，"什么是老教授，就是，嘴里说的是 1，手里写的是 2，心里想的是 3"，停顿，笑眯眯地慢慢环视一圈之后，才接着说，"其实呐，应该是 4"，整个课堂，哄堂大笑！这个有趣的情景，快 30 年了还清晰记得，恍如昨天。我们后来才知道，正是张先生同钱学森、郭永怀等力学前辈一起，先后创建了我们工程力学研究班和工程力学系，并担任了首任系主任。张先生戴细框眼镜、穿整洁西装，永远都是儒雅超凡、和颜悦色的样子，一直是我们固七班、流七班 65 名同学的崇拜偶像，类似于"今下午见张先生边骑自行车边看《参考消息》"，会成为同学们之间的特号新闻而不胫而走。我最幸运的是，张先生还作为答辩委员会主席，亲自主持了我的硕士、博士两个学位论文的答辩。

1981 年底，在班主任薛明德老师的鼓励下"斗胆"报考了黄克智先生的研究生，此后在黄先生名下苦读 8 年，直到 1990 年博士毕业。黄先生的治学，是出了名的严谨认真、一丝不苟。然而，只有在做了他嫡系弟子的亲历亲为之后，才能够深切感受在他那不苟言笑、不谙世故的背后，还有着深厚的热爱生活、关爱弟子、提携后生的浓浓真切之情。虽然当他的学生不易，有一大堆"饱尝苦头"、"刻骨铭心"的故事；然而，黄先生却是我一生中影响最大、情感最深、得益最多的恩师。在黄先生 80 华诞之际，我写了拙文《德高为师身正为范，仰循严谨受益终生》以贺，并由衷地写了一段话："十几年的光阴一晃就过去了，如今与先生接触见面的机会虽然少了，但对先生的仰慕与亲人般的情感，却一直供奉于心；先生的人格力量和品德师范，以及严肃、严格、严谨的治学精神，既使我受益匪浅，也令我矢志向往、终身追求，万万不敢懈怠"。

薛明德老师是我们本科毕业期间的班主任,也是我后来当研究生时的副导师。正是黄先生的高瞻远瞩、必得若定,薛老师的步步验证、细细把关,使得我的博士论文《圆柱壳大开孔接管的应力分析》这个几十年的"硬骨头"课题,用小参数展开法进行了严格的解析推导和编程计算,突破性地将开孔率适应范围从当时的不足 0.3 提高到了 0.7,并得出了一系列重要的理论解析结论,还初步得出了以精确解析分析为基础的简便实用设计方法。由此,我后来还获得了学校的优秀博士论文奖、优秀博士生奖(该年度仅 10 名),使我有了可以一辈子珍惜的骄人"资本"。至今,我仍能回忆起 3 年硕士生、5 年博士生期间的点点滴滴,十分感激他们对我的指导和帮助。

在 1985 年硕士毕业后,我与张丕辛、潘立功等同窗一起,在进入博士阶段学习的同时,又有了弹塑性教研组的教师身份。睿智机敏的王勖成老师、和蔼可亲的徐秉业老师、不苟言笑的余寿文老师、嗜烟如命的张如一老师、孜孜不倦的姚振汉老师、热心公益的沈观林老师,还有嬉笑间善解难题的岑章志师友、痴迷武侠小说的杨卫师兄,以及忠于职守的刘春阳、纪全英、王锡瑞等老师,他们渐渐都成了我的亦师亦友的同事。特别记得的是,快人快语的邵敏老师,永远干练、利索、整洁,既是我们抽烟人的经常批评者,又彼此同为小说爱好者的知音,成了我至今十分亲近的前辈;还有曾经让我一度"耿耿于怀"的刘信声老师,在"塑性力学"判卷时硬是扣了我 2 分,令我的又一枚 100 分"卫星"落空,且让我有生以来第一次举着考卷的"据理力争",无功而返。从 1978 年初入校后,这些可敬可亲的老师们,一直陪伴、指导、帮助着我们的进步成长和发展,师恩难忘。

我们是工程力学系 1977 级,固七班 35 人、流七班 30 人,在 1978 年初进校后基本上在一起上课和活动;1982 年 9 月,以固七班、流七班、力师七班考取硕士生的同学为主体,组成了 40 名同学的力学系 1982 级硕士研究生班。

我们属于恢复高考后的第一届大学生,同学之间的千差万别,可能是教育历史中难寻的特例。从履历上,进校前有工人、知青、职员、演员、服务员、售货员、未毕业中学生等身份;从年龄上,最大的刘玉民、章柏钢快满 30 岁了,最小的张丕辛、李守彦才 15 岁;从才艺来讲,有贵州省围棋少年冠军周小平、二级运动员贾海东和林建华;从学习程度看,白硕等同学进校不久就通过了"高等数学"、"基础英语"的免修考试,而像我这样 20 岁了才从 ABC 开始学英文的人,又比比皆是。但是,我们所有的人,无一例外的那种刻苦努力状况,恐怕在力学系历届学生中也是少有的。从来没有星期天,只有星期七,恨不得吃饭睡觉都念念不忘读书、做题、考试;几乎人人兜里都揣着几沓橡皮筋捆着的单词卡,随时随地拿出来"念念有词";宿舍—食堂—教室的"三点一线",整天像钢丝一样紧紧绷着,在整个本科学习 4 年半的时间里都始终一直紧紧绷着、毫不放松。当时,"为中华振兴而学习"、"为祖国健康工作 50 年",真正是我们溶化在血液里的志向和追求。

我们住一号楼 135 宿舍的四个同学,还有一件极为幸运的趣事。刚刚进校,大约就在 1978 年 3 月中旬的某一天早上,我们全宿舍的四个人都睡过头了,慌忙起床后匆匆赶到西阶梯教室上课。因进教室较晚,只好在剩下的、没有桌子的第一排座位坐下。开始上课不久,蹑手蹑脚地悄悄进来了一位 30 多岁英姿飒爽的女军人,手持相机、肩背相机、胸挎相机,不声不响地一阵忙活之后,又悄然离去。不久,《解放军画报》刊出了一张题为"七七级大学生在上课"的大照片,我们宿舍四个人和同班 134 宿舍的王钧,都成了照片上的第 排"主角"。随后,在新华社定期向全国发行《新闻图片》的一组中,也有这张照片。按当时的情形,我们可算是出尽了风头。更出人意料的是,在2007年"恢复高考30周年"的回顾浪潮中,这张照片又作为"恢复高考"的标志"老照片",再次广为传播流行。

还记得在那个年代,每天下午4:30校园广播就会准时响起,伴随着激昂的音乐,一个清脆的女声顿时传遍校园的每个角落:"同学们,走出教室、走出宿舍,到操场上去锻炼身体,争取为祖国健康地工作50年!"然后,大家真的就放下手里的一切,纷纷走向操场、马路,或打球、做操,或跳绳、跑步。那个每天4:30准时响起的清脆女声,就是我们班的朱一无同学,她在进清华之前就曾是粉碎"四人帮"后红遍全国的话剧《于无声处》的剧组演员,难怪有一副好嗓音。另外,那个时候的圆明园还是一片荒芜、遍地瓦砾、罕有人迹,我们都把它当做了校园的一部分。夕照时分,只见圆明园里一串串三五成群、络绎不绝在跑步的年轻人,肯定都是清华的学生。

时光如梭、匆匆过去,我们的昔日同窗,如今大多数分布在五洲四海。不少同学随着20世纪80年代的出国潮,定居国外、天各一方;好些同学,至今也已10年、20年未曾相见。但我认为,当年的"出国潮"如同最近这些年的"回国潮"一样,浪奔浪涌、潮起潮落,都是时代使然;我也坚信,无论今天的我们身在何处,当年的那些日子,那些被"三点一线"紧紧绷住的日子,那些用橡皮筋捆住单词卡片的日子,那些在广播声里跑跑跳跳的日子,那些在图书馆大阅览室静悄悄地刻苦读书的日子,已经把"振兴中华"、"报效祖国"刻进了每个人的骨髓,并融进了我们青春年少的热血中,注定要一起流淌在毕生的岁月里。无论何时何地,我们的血一样热、心一起跳,祖国的进步,民族的复兴,是我们这个群体的永远牵挂、毕生追求。

今年是工程力学系创建50周年,我自己也恰好50岁了。回顾自己的前半辈子,高中毕业到农村当知识青年2年半,考进清华力学系学习及后来留系任教共有12年,在清华研究生院、党委学生部共计工作了5年(含出国留学2年),到后来调入共青团中央、中国科学院工作至今。思量下来,还是在清华力学系留下的印象最深,打下的烙印最重。究其原因,可能是延续时间最长、获取知识最多、观念变化最大;当然,也是在这里,我的个人命运形成了最根本的改变。

我从一个普通的下乡插队知识青年,成长为一名共产党员、工学博士,以及随后获得的教授资格评审批准,都是在清华力学系实现和完成的。当我20多岁的青春岁月时,正是清华力学系的这个环境,不仅赋予了我知识,而且坚定了我的信念、锤炼了我的意志、锻炼了我的能力、增添了我的责任;也正是这个环境,深深地将"自强不息、厚德载物"融进了我们的灵魂。

我们上学以后才知晓,清华力学系并不"大",师生规模在几十年间一直属于学校里的"第三世界"。但是,在固体、流体、热物理的3个主学科的建设上,虽然人员队伍精少,但一直位居全国前列;尤其以张维、黄克智、杜庆华先生领军的固体力学,一直傲视群雄。同时,在全国力学界的权威专家、突出贡献人杰中,或是清华力学系的校友,或与清华力学系有着深厚渊源。

还记得20世纪80年代中期,力学系合唱团在全校合唱比赛中连续7年荣登榜首。这骄人的成绩,既有当时系工会主席王学芳老师的忘我付出和辛勤奉献,也有当时系主要领导李德鲁、王和祥老师的重视和支持,却更是全系教师团结一心、众志成城的精神风貌的结晶。今天想来,那何止是一次次文艺合唱的比赛,实质上,更是一种敢为人先、志在必得的精神较量。

去年8月底黄克智先生80华诞的庆典活动,恰逢公务缠身而未能参加。之后,我于教师节专程到他家里拜贺。在与恩师黄克智先生、师母陈佩英老师的交谈中,对力学系几十年的辉煌历程、后生晚辈的丰硕成就,他们难掩喜悦和欣慰;但对力学系的现状和未来发展,他们也流露出了些许的担忧。从恩师家出来,徜徉于水木清华的夜色苍翠,望着满天繁星,不禁静心沉思。我想,也许是恩师有"高处不胜寒"的睿智先知,也许是经历了无数辉煌的清华力学系真需要再有一次涅槃,但是,我祝愿并坚信,她一定会走向新的辉煌!

1977年正在上课的清华学生
第一排左起:王钧、张中民、邓勇、周叮、×××、刘玉民

"力零一"、流体力学及其他

沈　清

（力 01 班学生，中国航天空气动力技术研究院总工程师）

（一）我与流体力学有缘

1977 年，在邓小平的主持下，国家恢复高考制度，我们都有了人生最大的追求目标——上大学。

我初中毕业后，参加了开封市的统一中考，考上了开封一高，那是追求大学学习、塑造人生事业的第一个台阶。当时，并没有想到以后可以考上清华大学。当时上学无外乎两件事情，学习功课、锻炼身体。我对理工科学习有着浓厚的兴趣，除了兴趣，还有一些与其他同学之间的竞争意识以及我的老师们对我的关爱。所有这些有了回报。1980 年，参加了全国统一高考。开封市当时是高考分数下来后再报志愿。我的分数达到了清华大学的录取分数线。出于对理工科的兴趣，以及对神秘的航空航天领域的向往，我毫不犹豫地在第一志愿填上了清华大学工程力学系。我还特别感谢力学系，把我分到了力零一班，这正是我想要学的流体力学。或许，这就是缘分。

（二）五年华彩

五年的清华大学生活是刻骨铭心的。之所以刻骨铭心，一个主要原因是所学习的课程，几乎没有一个能够做到完全掌握。太有挑战性了。我们的班主任是潘文全老师，他反复给我们强调，大学学习主要是培养学习的方法，让我们在今后的工作中能够掌握独立工作的能力。尽管在每一次考试前认真复习，考试一结束，发现还有没有掌握的问题，挫折感的冲击还是很强烈的。

记得有一位老师（具体课程已经不记得了），经常鼓励我们积极的学习态度。他的讲课由浅入深，培养同学的学习兴趣；考试前的辅导具体细致，让同学们都能得到一个体面的分数。记得期末考试的时候，他告诉同学们考试不要紧张，期中考试同学们都打了胜仗，期末考试还能打胜仗。当时体会，这是一个很好的学习方法和学习态度，现在体会，这也是一个很好的工作方法、工作态度和乐观的人生观。

当然，也会有意外发生。我们学习"气体动力学"课程时，老师是苏铭德。当时，他刚从德国回来。我们听说他念书时，是清华的万字号，意思是万名学生中的尖子学生。我们都很喜欢苏铭德老师（起码我是如此），但是听他的课是另外一回事。空气动力学太难了，每次做习题都要花很多的时间,同学们之间的讨论还经常没有结果。记得有一次用特征线法求解流场,花了我们整整一个星期的时间。起初,我们认为苏铭德老师教这门课也很费劲。我们就问他这个问题,没想到他竟然说,教这些课他不用备课。太厉害了。但是,期末考试时意外发生了。全班只有一位女同学严幼幼超过了 80 分。我和另一位同学是 60 多分,而多数都在 60 分以下。于是,苏铭德老师给我们的分数开了一次根号,化腐朽为神奇。类似的事情还发生过一次,那是黄东涛老师教的"计算流体力学基础"。考试的时候,黄东涛老师觉得试题比较难,对我们讲,可以参考笔记(当时这门课还没有教材)。其实考试前他就有准备,让我们考试时把笔记带来。结果是不仅有笔记可以参考,还有一些小的讨论。黄东涛老师的监考也很有特色,那就是不看我们。

五年的清华大学学习,不仅基础课、专业课可以学得多一些,与同学们共同生活也多了一些,与他们一起生活、学习的情境至今依然历历在目。我与崔旭东同学一直是上下铺,经常一起上自习、去食堂、去圆明园长跑。快毕业时,我到他家里去,才知道,他的父亲崔国良是我国的著名火箭专家,后来又成为院士。2002 年,在毕业后 17 年,我从四川绵阳调到中国航天科技集团公司 701 所,又见到了崔国良院士,此时他已是集团公司科技委的顾问。2004 年,我参加国家行政学院的培训,又有幸聆听崔旭东的舅舅、我国著名经济学专家刘冀生教授的讲课。

我们寝室有五位同学,老大哥是吕则陈。吕则陈在学习、生活各个方面都是我们学习的榜样。班上有四朵金花,数量虽然远远少于男生,但是学习却不是男生能比的,邓晓青和严幼幼是两位杰出女生,几乎每次考试都是名列前茅。能和她们比肩的只有吕则陈。吕则陈有个特点,就是学习特别稳重、特别扎实、兴趣广泛。他的英语特别好,经常辅导我学习英语。他还自学法语,对我影响很大。后来,北京市广播电台开办了法语广播教学课程,在吕则陈的指引下,我开始学习法语。4 年级选修第二外语时,我又选修了德语。这不仅仅是外语学习,更是知识面的扩展、文化修养的提升。

我们班是一个很团结的班集体,加之班长和北京同学的组织能力很强,开展了不少体育、文艺和休闲活动。此生有幸与他们成为同学,度过了充实的、华彩的五年大学生活。

(三)流体力学及其他

我自 1985 年从清华大学工程力学系毕业后,到四川绵阳的中国空气动力研究与发展中心攻读硕士和博士学位,师从张涵信院士。在此之前,我们班到四川绵阳实习,并且与张涵信老师一起座谈。那时,我就萌生了师从张涵信老师、到那里工作的念头。为此,系里安排我到四川绵阳做毕业设计。四川绵阳的工作条件非常好,有很好的计算机条件和风洞实验条件,这个条件是大学所不具备的。别人讲,那里的生活很苦,我却有着另一番体会。我有一个爱好,就是摄影,四川美丽的自然景色至今都深深地吸引着我,反倒体验着生活的乐趣。

张涵信老师是清华大学第一届工程力学研究班的学生。力学研究班成立于 1957 年,是当年在钱学森、郭永怀、钱伟长、张维等老一辈力学大师的倡议下,由清华大学和中科院联合举办的。这个研究班后来发展成为清华大学的工程力学系。研究班学习完成后,张涵信老师作为郭永怀先生的在职研究生,进入了下一阶段的学习和论文工作。1972 年,张涵信老师从清华大学调到中国空气动力研究与发展中心工作,并于 1991 年评选为中科院院士。张涵信老师是一位大师,在他眼里没有创新的研究不是科学研究,研究就要做前沿工作。他的科学作风深深地影响着我的成长。此生有幸师从张涵信院士。至此,我就走上了空气动力学的研究道路。

在我的研究生学习期间,遇到了另一位清华大学的校友,高树椿研究员。高树椿老师是1965年数学力学系503班计算力学专业毕业的,数学基础非常好。中国空气动力研究与发展中心于1985年成立研究生部,张涵信老师任研究生部主任,高树椿老师任研究生部办公室主任。张涵信是我的导师,高树椿是我的副导师。两位老师为我精心铺设着成长的道路。我是1986年进入课题研究阶段的,当时的计算机条件在国内是很好的,但是和现在的微机是不能比的。我们使用的VAX-11/780有一百万次浮点运算速度和2MB大小的内存。我的论文课题是航天飞机头部高超声速二维黏性绕流的数值计算,算一个状态常常需要一个星期的时间,一篇硕士论文也就算了两个算例。为了在有限的时间内获得正确的结果,高树椿老师不是陪着我查阅打印下来的计算程序、逐条检查,就是陪着我守在计算机终端旁边调试程序、检查每一步的计算结果。在攻读博士学位期间,又开展了三维高超声速黏性流场的计算、分离流的计算等,两位老师又是手把手教我如何分析、如何写论文。2002年,在庄逢甘院士的直接关心下,我调到了中国航天科技集团公司701所工作。在新的研究单位,涉及的研究范围更宽了,其中一个重要研究方向是湍流。庄逢甘先生早年在加州理工大学李普曼的指导下攻读博士(1950年毕业),研究内容就是湍流统计理论。我们的湍流研究在庄逢甘等老一辈气动专家的关心、支持和指导下,已形成了一个全国多个单位合作的研究团队。正是由于湍流研究,我与清华大学工程力学系又建立了紧密的合作关系。与此同时,清华大学航天航空工程学院诞生了,工程力学系又有了新的使命。空气动力学是流体力学的基础应用领域、是航空航天技术创新的基础和源头。随着国家航空航天事业的快速创新发展,空气动力学和流体力学将会发挥更大的作用。

凝聚力量　持续发展

何　枫

（力博 98 班学生，清华大学气动技术中心主任）

　　清华大学力学系走过了 50 年的历程，这 50 年的发展，尤其是近十几年的发展过程，是我们这些 20 世纪 80 年代、90 年代从力学系毕业，又与力学系一起奋斗的新一辈人共同分享的历程。

　　从 SMC 清华大学气动技术中心成立之日起，转眼 14 年过去，这段岁月伴随着我们老一辈教师的辛苦和兢兢业业，也伴随着力学系年轻教师们不断的奋斗和成长。

　　如今我们是一个集体，是一个团队，更是一个大家庭，王学芳、叶宏开、吴肇基、许宏庆、沈孟育、汤荣铭这些教授一直是我们的开创领路人，我们的后勤支柱刘冬元、李忠芳多年来勤勤恳恳地工作，虽然他们退休了，可是还是我们中的一员。从力学系毕业后，年轻的老师杨京龙、姚朝晖、张锡文、郝鹏飞博士们一直是我们依靠的中坚力量，没有他们默默的奋斗，就不可能有我们今天蓬勃发展的局面。还有我们科研工作中不可缺少的力量杨岱强，他高超的加工技艺是我们科研工作密切结合工程实际的保障。

　　老教师们关心年轻人的家庭幸福、孩子平安、工作上的晋升，年轻人也关心老教师们的身体健康，当他们子女不在身边遇到困难时及时伸出援手。

　　我们在一起同甘共苦，新老教师都共同分享着科研教学上取得的每一项成就，共同解决和分担着在工作中遇到的各种压力和困难。

　　力学与工程结合是力学的根本。SMC 清华大学气动技术中心是在张维先生的关心支持下建立起来的，可以说在清华我们是最早开展国际合作的单位之一，并将国际合作的发展维持得持久稳定。和国际 500 强之一的 SMC 气动大公司的合作，使得我们在探索国际间的产学研合作上积累了经验，也使我们很快地提升了科研和教学的条件，在承担国家项目、开展和国内外企业的合作研究上具有更多的优势和实力，也使得科研成果不断。

　　我们研究工业自动化中的基础之一——气动技术中所涉及的高速可压缩流体力学问题，不仅仅承担国际合作委托研究，由此我们也进入了中国的气动产业界，在该领域的学术活动和与企业合作中都活跃着我们的身影，为促进中国气动技术的发展、促进中国自动化水平的提高，做了许多工作。

　　仅就国际合作使得我们累计为学校和力学系争取了约 5 千万元人民币的科研和教育经费，并为学生们设立了清华之友——高田奖学金。如今由 SMC 会长高田先生 2007 年捐赠的新的西阶梯教室——"高田芳行馆"伫立在美丽的校园，它是我们持续发展、和 SMC 友好合作交流、建立深厚友谊的象征。

如今在开展国际合作的同时，年轻的老师们团结合作、承担着更多的科研项目，其中包括国家科技部"863"项目、国家自然科学基金项目、与航天航空科研单位的合作项目、国内企业委托项目，可以说进一步拓宽了科研事业的道路，也使大家感到身上的担子很重。

我们在倡导团结合作的同时，也鼓励发展每个教师的特长，张锡文在血泵、微血管、血管覆膜支架研究上开辟了自己生物流体力学的研究方向；郝鹏飞在微管内的流动结构与混合传热、表面微结构与液滴运动及流动减阻上得到了重要的成果；姚朝晖在冲击射流大涡模拟与实验研究、射流降噪上也取得了丰硕的研究成果；杨京龙在从事解决航天工业、核工业等工程领域中的实际流动问题走出适合自己发展的道路；杨岱强在机械设计和制造上有着高超的技能，不仅可独立承担工程和科研中的机械设计项目，并在与其他老师合作科研上发挥着自己的优势。

还有值得称道的是我们的教学工作，如今无论是在教师的投入上还是教学效果上，都得到学生们的一致好评，学生对教师给出的评估成绩每年几乎都进入全校前 20%，甚至前 15%。

流体力学是 1991 年在潘文全教授带领下成为清华大学"一类课程"的。之后我们利用 SMC 清华气动技术中心的科研平台，在汤荣铭教授领导下，使流体力学课程与工程密切结合，一直被列为清华大学"一类课程"，并使流体力学被确定为机械学院平台课程，列入学校"985"重点建设计划，2006 年成为清华大学首批精品课。2007 年流体力学课程在流体所内经过整合、凝练提升为国家级精品课，可以说其中我们做出了重要贡献。除此之外我们中心为本科生们开设了生物世界中的流体力学（郝鹏飞）、非牛顿流体力学（杨京龙）、生活中多彩的流体世界（何枫）、自动化中的气动技术（张锡文）等课程，并且不断进行多项教学建设和改革。

值得欣慰的是，近几年我们的许多学生在毕业之后走进了国家航天航空单位，我们衷心期望他们在事业上取得优异的成就，成为国家建设的栋梁之材。

平凡的工作岗位上，要有不平凡的目标，做出不平凡的贡献，这是我们的追求。在当今竞争激烈、工作压力大的环境下，开创自我生存的空间，脚踏实地工作是我们的作风。

值建系 50 周年的之际，谨以此文向我们力学系老教师们——也是我们的老师们致敬，你们永远是我们的楷模！

难忘在清华求学的美好时光

周志成

（硕84班，中国空间技术研究院研究员，科技委型号总设计师）

1984年9月，我从成都科技大学考入清华大学工程力学系攻读硕士学位，师从贾书惠教授，学习动力学与控制专业。

贾书惠老师在清华校园中素有"教学大师"之称。他讲课很精彩，广受学生欢迎和好评。我印象比较深的是，贾先生每周会与我们学生见面，组织大家一起进行研讨。他会认真听取学生们报告自己的学习进展和研究成果。在学生遇到困难或者取得成绩的时候他总会及时给予帮助和鼓励。在跟随贾先生学习的3年时间里，我真是受益匪浅。同时，积极参与各种社团活动和担任班干部的经历也充分锻炼了我的组织和管理能力。想起这些往事时，我总是感慨万千。清华大学优良学风的熏陶，力学系严格的要求和严谨的作风，贾书惠老师的言传身教、悉心栽培，使自己的学业取得了很大进步。

我们班的编号是力研84，全班有42位同学。班集体非常融洽，大家对于我们这些从外校考进来的同学非常关照。学习尖子谢耕、祖武争等许多同学都给予我很大的帮助。王新潮、冯肇荣等同学经常在宿舍探讨变分原理、讨论学术。清华师生待人接物非常热情，记得考研究生时，清华的弹性力学课程是本校编的教材，很有特色，我们这样的外校生复习起来很吃力，就斗胆给黄克智先生写信询问相关事宜，黄老师非常认真地给我回信，明确表示欢迎我报考清华大学，并给了悉心指点。入学时班主任李老师还专门找我谈话，鼓励我要树立信心，做优秀的清华学生。

清华的学生生活是丰富多彩的，"为祖国健康工作50年"已经深深地融入清华人的骨子中。1985年力学系和热能工程系联合组队，取名"动力队"，参加研究生足球联赛，取得不错战绩。世界杯赛期间我们班的足球迷曾经在瓢泼大雨中兴趣盎然地尽情踢球。如今已是人到中年，但是我每次到东操场都能回忆起同学们英姿勃发的身影，还有那左右开弓的劲射破门！

毕业后，面临着读博士、出国或者工作三种人生选择，一时间有些彷徨犹豫。当时自己认为力学这门相对古老的学科只有和工程结合才能发挥更大的作用，而且当时的航天领域已经开始从试验型向应用卫星发展，急需动力学与控制专业的研究生，加之导师贾书惠老师的推荐，所以就选择去了中国空间技术研究院（航天五院）总体设计部工作。

中国空间技术研究院隶属中国航天科技集团公司，成立于1968年2月。经过40年的发展，已成为中国主要的空间技术及其产品研制基地，是中国空间事业最具实力的骨干力量。研究院有钱学森、王希季、孙家栋、杨嘉墀、钱骥5位共和国"两弹一星"元勋，培养出

11 名两院院士、12 名国家级有突出贡献中青年专家和一大批中青年技术骨干。1970 年 4 月 24 日,研究院成功研制并发射了中国第一颗人造地球卫星——东方红一号,开创了中国探索外层空间的新纪元。之后又实现了载人航天和月球探测工程的新里程碑。

自己非常荣幸在这个光荣的集体中,在这个东方红一号卫星的诞生地,从事东方红系列卫星的研制工作,并且担任过北斗一号导航定位卫星(基于东方红三号卫星平台)的总体主任设计师和副总设计师,并从 2000 年开始担任东方红四号卫星的总设计师,这是我国新一代大型静止轨道卫星公用平台,承担着"上水平,树品牌,抢市场,创一流"的使命。2007 年 5 月 14 日,我担任总设计师和总指挥的尼日利亚通信卫星一号成功发射并在轨交付,实现了我国整星出口零的突破。是我国首次以火箭、卫星及发射支持的整体方式为国际用户提供商业卫星服务。标志着我国卫星整体性能达到了国际同类通讯卫星的先进水平,铸就了中国通讯卫星发展的新里程碑。

清华的求学生涯开阔了自己的视野,打下了良好的学术基础,培养了求真务实、坚韧不拔的科学作风。感谢母校的培养,感谢老师和同学们的帮助。

在清华大学工程力学系成立 50 年的时刻,衷心地祝愿力学系蒸蒸日上。在国民经济和国防建设中发挥重要作用。

241

我的力学，我的选择

刘 彬

（1991 级学生，清华大学航天航空学院工程力学系固体力学研究所教授）

在 1991 年进入清华大学工程力学系学习时，我是我们班为数不多的几位第一志愿报考力学的同学。因为中学时期的我，对物理和数学很感兴趣，也比较擅长，所以我最初倾向于报考偏理科的专业。但是我的父亲考虑到当时的就业情况，却希望我的专业偏工程一些。最终我们父子俩在工程力学这个半理半工的专业上达成了一致。当然使我坚定填报该志愿的还有两点，一是我的父亲是一位工科大学的老师，他经常对我说他们单位有一位从清华力学系毕业的同事十分厉害，基础扎实，解决很多工程问题游刃有余；另一个原因是力学系招生简章上一位位熟悉的力学家的名字（当然有些那时我还没听说过，但我父亲都知道），以及所取得的辉煌的确对我的吸引力很大。我最终也如愿地进入了清华力学系。但我的多数大学同学则没有我幸运了，他们多是第一志愿落选被调配来的。但是出乎我的意料的是，在 2006 年我们毕业 10 周年的校庆聚会上，面对我们力学系的本科新生，他们都表示很感激在力学系所受到的教育和训练，尽管他们中只有不到一半的人在从事与力学相关的职业。回首看来，我们在清华力学系究竟学到了什么呢？总的来说，在大学里无非学习了三件事：学做人、学做事和学本领。

清华大学的校训"厚德载物"正是我们清华学子在做人方面应终生追求的目标，而力学系的氛围更是朴实与平和。我们系里的老师，无论学术声望有多高，资历有多深，始终都是那么和蔼可亲，随时愿意回答学生的提问，并十分乐于帮助身边的同学或年轻人。在这样的环境里成长，我们也很快就学会了收起自己入学之初的些许骄傲和自负。而力学系始终班风和系风很正，这让我们在集体中学会了如何与人积极打交道，并培养了团队精神。在大学期间，我们有很多集体活动如早操、"一二·九"合唱等，我们力 12 班的同学总能以一个积极的态度去面对，所以能将其正面的作用充分发挥出来，而如果我们总是抱着抵触的态度去对待，那只能将事物的负面作用放大。在我的印象中我们力 12 班总是能快快乐乐地去参加各种各样的活动，军训、劳动、早晨和下午的长跑，都能听到我们爽朗的笑声。一个好的集体让我们每个人都变得积极乐观，而且在实际行动中能为他人和团队着想。我们的大学时代，宿舍里没有电脑，没有电视，没有电话，但是通过与同学们的朝夕相处让我们相互学会了如何做人。

清华的另一半校训"自强不息"则是对我们清华人做事原则的最好诠释。我们力学系的课很难，而力学系的学生又不是清华校内高考分数最高的学生，所以我们力 12 班的同学不是每个同学都能相对轻松地完成学习任务，也有些同学有过考试不及格的时候，但是在大家的鼓励下我们班里自始至终没有同学选择放弃，而最终全部同学都顺利毕业。今天看来，我想在这个过程中，我们每位同学都学到了做事的一股韧劲，即有了目标，就要坚持不懈地投入来不断追求卓越。而在这一方面，力学系各位老师的严谨踏实的做事风格一直给我们树立了很好的榜样。因此，尽管现在我的很多大学同学不再从事与力学相关的职业，但是他们还是在各行各业中充分体现出清华人自强不息的进取精神。

最后让我们感激的是，力学系教给我们足够的本领使我们能不断前进而为社会做一些有用的事。系里考虑到力学所具备的基础科学与工程应用的两面性而让我们受到了全面的训练，特别是数学与计算机能力的培养。我们在大学期间所学的数学课程在清华仅次于数学系，计算机虽然学的与别的系相近，但是我们大学的后几年相当于一直在强化我们通过数学和计算机编程解决问题的能力。所以我们班有几位同学凭借数学功底好进入经济领域，而还有相当一部分同学在IT领域工作，他们都取得了很突出的成绩。而清华的力学专业训练，在世界范围内也是处于最前沿，这让我们在国内外学术科研界的同学都受益匪浅。就拿我为例吧，了解我工作的人都会同意原子级有限元是我目前最好的工作，因为该工作首次将有限元方法准确高效地用于离散原子系统。其实我心里很清楚，这是由于清华力学系出来的同学对于有限元的本质理解得更深刻，这里要特别感谢邵敏老师、王勖成老师等。其实，我需要感激的是力学系所有教过我课的老师，他们对于教学总是能全身心地投入，将讲课变成一种艺术，使我们在力学各方面的基础都十分扎实。而我的研究生导师黄先生和方岱宁老师始终勇于将研究定位在世界固体力学的最前沿，这更是让我在开始自己的研究生涯时有很高的起点。

今天，我也成为力学系的老师，我和我的同学们深深地感谢清华力学系对我们的培养。我们真心地认为，大学时期在清华力学系度过，是我们无悔的选择。

清华力学系给了我"猎枪"

王　翔

（力 12 班学生，中国空间技术研究院总体设计师）

今年是清华百年校庆，力学系建系 52 周年，航天航空学院也成立 6 年了。作为一名力学系的毕业生和现在航天系统工作的后辈，在此谈一些感想。

我是 1991 年考入力学系，在力 12 班开始清华的学习；1996 年起师从姚振汉教授攻读博士学位，直到 2001 年毕业。在力学系学习的十年对我而言是最重要的知识、见识和能力积累的阶段，也直接影响了我后来的职业选择和发展方向。回想起来，很感激教过我的老师们治学的严谨和对学生要求的严格，也很怀念和同班、同系的同学们共同生活的时光。出了校园，很难再有这样安静的环境能够静心钻研些东西，也很少有那样的年轻、健康而单纯的群体作为生活和学习的伙伴了。

2003 年，在德国马普研究所完成了两年博士后研究后，我来到中国空间技术研究院，成为一名载人航天总体设计师，一直参与神舟系列飞船等航天器的研制工作。飞船的研制是一个很广阔、容量很大的天地。载人航天器除了完成飞行任务之外，还要保证航天员安全，因此对可靠性要求很高，系统组成复杂，涉及的技术和学科领域也很多。作为总体设计部门，要实现众多分系统和设备的有效集成，需要解决的不仅是专项技术的攻关，而且要解决系统匹配性和接口协调性。此外，对于尚处于研制试验阶段的航天器，每艘飞船我们要负责并参与设计、试验、总装集成、飞行控制等全任务阶段的工作，从方案一直走到产品和任务实施。在这些年的工作中，除了设计分析工作，我也参加过很多外场试验，大漠、天空和海洋都曾是我们的试验场。我们最终的成果在神舟飞船的飞行中得到了验证。从事这样的工程项目，需要有宽广的知识面和扎实的基本功，面对复杂繁多的问题要保持思路和工作方向的逻辑性，而以有限资源、在有限时间内解决问题，还需要对重点的把握，在严谨的基础上要有适当的妥协。概括地说，这实际上是多约束条件下的优化问题。在这方面，清华的学习基础使我获益匪浅。数学、力学、数值分析、物理试验直至金工实习都是对知识面的拓展和应用能力的提高。研究生阶段的课题工作，更是做了一个完整的从调研选题、确定技术路线、分析、验证及总结的科研全过程。所有的学习过程只要认真对待、踏实实践，最终总会有有形或无形的东西积攒起来并被掌握，可能一时看不出来，但真正需要的时候就管用了。经常说机遇青睐有准备的人，如果说客观上我选择航天赶上了行业发展的好时机，那么主观上我的准备就是在清华积累起来的。

从事载人航天工作是光荣的。我印象很深的一件事是迎接神舟七号返回舱回家的过程。2008 年国庆期间，我刚刚完成神舟七号飞控任务，休整两天后跟随车队去昌平火车站接返回舱。刚开始只是例行任务，返程时我恰好坐在运返回舱的平板卡车上，一上八达岭高速感觉就不一样了，因为路上的车看到了我们车上的神舟七号！从昌平到唐家岭，一路上无数的车看到我们后鸣笛、减速跟着我们，无数的相机和手机从车窗里伸出来，每一张从车窗中探出的脸都欢快地笑着，人们纷纷向我们招手致意，还有好多车多次超过我们后停在路边，乘车的人下来照相，然后再追我们……一直到进单位大院，沿路都是这样的气氛。我们车上的四个人，司机、总装工人和两个设计师，完全被这种氛围感染了，那一路无比自豪！这样的经历让我们体会到成就感，但也更真切地意识到身上的责任和压力。在短暂的激情之后，我们这个群体日常的工作是极为平凡、非常辛苦的。常年一周 6 天、每天 10 多个小时的工作，赶上大型试验或发射任务经常出差几个月。我所在的团队 2010 年的元旦和春节都是在试验场度过的。不论别人怎么看，既然我们从事了这项工作，也就要做出相应的取舍。载人航天是一项伟大的工程，我能参与其中，足矣。

回想这些，非常感谢清华力学系给了我"猎枪"，使我有了学习和工作的自信。我们的研究工作也一直得到力学系的直接支持，这几年持续的课题合作，不仅解决了我们研制工作中的难题，而且给了我们再学习的机会，提升了我们自身的科研能力。此外，最近几年也不断有航院的毕业生来到五院，他们都表现出很好的专业基础和协作能力，在工作中迅速成长起来。在未来的若干年中，我国的载人航天工程仍将持续地发展，也希望对航天有兴趣的学弟学妹们加入我们的团队。

最后，在校庆来临之际，祝亲爱的老师们身体健康，祝我们的航院有更快更好的发展！

自强求上进，厚德以报国

谷振丰

（航博 06 班学生）

2002 年 8 月 9 日，对于我是一个终生难忘的日子，高中校长亲自把清华大学的录取通知书送到了我家中。这在我们当地引起了轰动——我是河北省临漳县中学建校五十年第一个考入清华大学的学生。

2002 年 9 月 4 日，是一个阳光明媚的日子。乘着校车，穿过南北主干道的阴凉，我来到了美丽的清华园，就读于工程力学系首次开设的飞行器设计与工程专业，开始了大学生活。而且，我是力学系首批国防生之一。之所以选择国防生，是源于从小就有的军人梦，是因为对清华梦寐以求的向往——成为国防生。

入学之后，我在日记里写道："大学生活将是丰富多彩的，但我仍要把学业放在首要位置"。通过不断努力，我本科期间的成绩一直是班里第一，先后获得了学业优秀奖学金、国家一等奖学金、清华大学特等奖学金。这一切，离不开各位师长的教导和同学好友们的帮助。同时，我也深刻地体会到，大学的学习，不仅是知识的积累，更是学习能力的培养和思维能力的训练。

"文明其精神，野蛮其体魄"是我的一个追求。高中时我养成了长跑的习惯。来到清华，在"为祖国健康工作 50 年"口号的鼓励下，我继续坚持体育锻炼。大学期间，我连续四次参加了北京国际马拉松全程比赛。这不仅是对身体的挑战，更是对意志的磨炼。

大一时，经过认真思考，我郑重地向党组织提交了入党申请书。经过党组织的培养和考察，大三上学期我成为了年级里第一批发展的党员之一。

在中学时，我没有做过班干部，性格比较内向。来到清华，我希望参加一些社会工作，在为集体做点事情的同时，也对自己有一定的锻炼。一入学我就主动担任了班上的生活委员，虽然没有经验，但我有为大家服务的热情。本科期间我还先后担任了多门课程的课代表、学习委员、党课学习小组组长、清华大学学生马克思主义理论学习（TMS）协会的分会长、党支部书记。在这一系列岗位上，我一直坚持"要做就做好"。经过一系列社会工作的锻炼，我的能力也得到了提高，而且增强了责任感。

2003 年 10 月 15 日，杨利伟乘坐中国人自己研制的飞船进入太空，圆了中华民族几千年的飞天梦。这好似当年的两弹一星，又一次让中国人扬眉吐气，让我们的腰杆更直了。我学的就是飞行器设计专业，我国载人航天的成就使我萌生了投身航天的意愿。2004 年 5 月 18 日，清华大学航天航空学院成立，我亲历了这件清华历史上的大事。航院的成立，进一步坚定了我投身航天的决心。

在清华,有一句流传很广的话:祖国终将选择那些选择了祖国的人!这句话,深深地影响了我。既然选择了国防事业,就要在国防建设的广阔舞台上施展才华,燃烧自己的青春和激情。选择什么样的工作单位不应只考虑自身的物质利益,而要看所从事的工作是否符合国家的需要,是否能为祖国做出最大的贡献。在大四要确定工作单位的时候,经过和院里老师、班主任、辅导员的交流,我选择了地处西北戈壁的中国酒泉卫星发射中心。

2006年7月11日,在清华大学本科生毕业典礼上我作为代表发言,再一次表示:"立志为国防和航天事业做出贡献!"三天后,我就踏上了西去的列车,奔赴酒泉卫星发射中心。在我国第一颗人造卫星——东方红卫星升起的地方,高大的发射架已经锈迹斑斑,但依然能够让我感受到万丈豪情。

考虑到我已经具备了保送研究生的资格,单位安排我回到清华继续深造。我非常珍惜这次学习机会,结合未来的工作方向,努力充实自己。

在业务学习的同时,我还担任了2006级本科生的辅导员,在学生组老师们的指导和帮助下顺利地完成了各项工作,也受到了很多锻炼。2006年10月,我被学校推荐参加"2006中国大学生年度人物"评选,并最终当选。2007年,我又被评为了"全国三好学生标兵"。在我看来,这些荣誉的取得,是对清华精神,是对航院精神的肯定。

回顾在清华的这几年,我感受最深的就是清华的精神。

清华的精神是校训"自强不息,厚德载物"。正如老校歌里所唱"自强,自强,行健不息须自强!"不论何时何地,我们的人生应该是奋斗的,是进取的。而"德"是一种修养,是一种境界,唯有德厚,方能才高。在我看来,最大的德就是爱国。

清华的精神是校风"行胜于言"。刻在日晷上的这四个字也深深地刻在了我心中。踏实、肯干,这是清华人的传统。

清华的精神是学风"严谨,勤奋,求实,创新"。严谨是科技工作者的基本素质,勤奋是成功的保证,求实更是为人、为学之本,创新才会让我们不断超越,永远前进。

清华的精神是"爱国,奉献"的传统。从最初的殖民学校,到著名高校,清华始终与我们的祖国同呼吸、共命运。国难当头,是清华人高呼"华北之大,已放不下一张平静的书桌",掀起爱国救亡的"一二·九"运动。面对帝国主义的封锁和威胁,清华学子甘愿隐姓埋名,"以身许国",终于共和国爆炸了自己的原子弹、氢弹。正如一位校友所说:"我们是从清华毕业的极普通的学生,仅仅因为我们投身到了一个伟大的事业中,仅仅因为我们把自己的理想追求同国家民族的命运结合起来,才体现了我们自己的人生价值。"这些精神是我一辈子的财富。

在清华,航院是一个年轻的学院,但有着较长的历史。航院的前身工程力学系,自成立之日起,就是为了国家的需要。航院的成立,也是源于我国航天和航空事业的大发展。可以说,航院是和钱学森、张维等老一辈科学家联系在一起的;航院是和我们国家的发展需要联系在一起的;航院是和爱国、成才、奉献联系在一起的。清华曾是"红色工程师"的摇篮,而航院一直是把国家的需要放在第一位。航院的精神,就是清华精神!

而传承这些精神的,正是清华的师长。从辅导员、班主任到院领导,师长们传授知识,更教会我们做人的道理。难忘课上课下各位老师的言传身教;难忘班主任、辅导员在思想、学习和生活上给予的指导和帮助;难忘在选择工作单位的时候,业务办王老师、辅导员老师耐心细致的谈话解开了我的困惑;难忘院党委书记庄老师殷切的关怀和不断的鞭策。

　　回顾几年来走过的路，我对母校和师长们充满感激，对能够在力学系和航院学习、成长感到幸运和自豪。值得回忆的事情还有很多，要感谢的人还有很多，千言万语化作一句话：清华、航院给予了我很多，我惟有将自己贡献给祖国和人民才能回报母校和师长们的培养。

　　我为选择了从军报国、科技强军之路感到自豪！未来的道路上，也许会有很多曲折和困难，但我会以饱满的斗志和矢志不渝的决心坚定、踏实地走好，努力成为一个真正"又红又专"的清华人，为国防事业做出贡献！

历史照片

1957 年秋季,郭永怀教授于清华大学第二教学楼给第一届力学研究班部分学员答疑

郭永怀教授给第一届力学研究班学员讲授流体力学

清华大学工程力学研究班第一届毕业留念.一九五八、十二.

清华大学工程力学研究班第一届学员毕业纪念照

（前排左起第 11 至 19 位老师：解沛基、郭永怀、钱学森、杜庆华、卞荫贵、李敏华、黄茂光、郑哲敏、胡海昌）

1964 年第一颗原子弹试验后场区集体照（前排左四为郭永怀）

清华大学工程力学数学系首届毕业班热物理专业学员毕业纪念照

（第二排左起：林文贵、钱壬章、蒋企英、董树屏、解沛基、庄前鼎、陈士骅、蒋南翔、胡健、张维、杜庆华、王补宣、刘才铨、陈兆玲）

七十年代清华大学固体力学专业创始人张维（右）、杜庆华（中）、黄克智（左）

工程力学研究班第三届学员下乡劳动（方承超学员提供）

刘高倬与"歼十"飞机合影

1987年俄罗斯苏联科学院院士、莫斯科大学教授谢多夫访问我系

1986 年我系教师参加中国力学学会第二届理事会会议

1988 年,工程力学系与工程力学研究班成立三十周年

1999 年，第三届工程力学研究班四十周年留念

1998 年，工程力学系历届系党委书记与主任合影

左起：严忠汉、孙文心、陈允文、张涵信、王燕萍、冯士筰、刘永俭

张维先生 80 大寿

2002年,张维(中)、杜庆华(左二)教授与建系初期干部聚会

2005年10月,钱伟长先生接见第一届力学研究班学员庄表中教授

沈清（左）与庄逢甘院士

黄克智先生和固体力学研究所郑泉水教授、方岱宁教授、方菲教授进行双轴实验方法的学术讨论。图中设备为方岱宁教授和机械部长春试验机研究所合作研制成功的我国第一台双轴 10 吨四缸电液伺服试验机

2006 年 9 月 25 日，美国科学院院士、美国工程院院士、美国艺术与科学院院士、哈佛大学著名力学家 J. W. Hutchinson 教授访问固体力学研究所，并在清华大学公共管理学院报告厅作学术报告

邓勇拜会基辛格

1982 年秋，钱伟长院士应邀向广东省力学学会会员与华南理工学院工程力学系师生讲学——"变分原理的新进展"，图为钱伟长院士与顾学甫教授在华南理工大学专家招待所前合影

SMC清华大学气动技术中心落成典礼高田芳行会长致辞

王永志视察 SMC 清华气动技术中心

2002 年 9 月，力学教研室 1952—1954 年参加工作的同学与师长合影

资　　料

（一）在工程力学系工作的教职员工

在职教工

教授（按聘任时间排序）

黄克智	过增元	杨　卫	岑章志	郑泉水	杨慧珠
符　松	朱克勤	李志信	吴子牛	张　健	李俊峰
梁新刚	施惠基	庄　苗	冯西桥	任革学	谢惠民
崔桂香	刘应华	张　雄	何　枫	殷雅俊	张　兴
李喜德	钟北京	陈　民	任玉新	陆秋海	许春晓
王天舒	姚学锋	陈常青	方　菲	刘　彬	岑　松
邱信明					

其中中国科学院院士：

黄克智	过增元	杨　卫

长江学者：

郑泉水	符　松	吴子牛	冯西桥

杰出青年：

郑泉水	符　松	吴子牛	冯西桥	谢惠民	陈常青
许春晓					

副教授、副研究员（按聘任时间排序）

王旭光	任建勋	郑小平	王连泽	郭印诚	牛莉莎
姚朝晖	王习术	张会强	高云峰	张锡文	闵敬春
侯凌云	杨京龙	陈海昕	葛东云	李　嵩	向志海
徐胜金	宝音贺西	赵虎成	冯　雪	杜建镇	郝鹏飞
彭　杰	曹艳平	杨　春	曹炳阳	李启兵	李　震
徐志平	王　兵	赵红平			

讲师、助研（按聘任时间排序）

徐向华	龚景松	黄伟希	陈　群

工程及实验系列人员（按聘任时间排序）

高级工程师：

| 胡德贵 | 付朝华 | 王 波 | 何裕昆 | 蒋小林 | 彭立才 |
| 孟继安 | 陈泽敬 | | | | |

工程师：

| 周 红 | 车 琳 | 华 心 | 吴新如 | 牛洪涛 | 徐曼琼 |
| 耿红霞 | | | | | |

教育职员（按聘任时间排序）

| 房秀荣 | 王 艳 | 尤 黎 | 邓 宇 | 管楠祥 |

工人（按聘任时间排序）

戴增杰 杨岱强（高级技师）

在站博士后

李争学	管小荣	彭慧莲	杜 婧	张 婷	蒋方华
王永军	李 科	姜广鹏	张俊峰	朱迎春	任淮辉
谢之峰	兰旭东	文 明	李义强	黄旭东	刘 贺
吴 迪	王富平	闫 波	于合龙	秦 亮	谭廉华
张宇飞	杨 帆	祝开建			

离退休教职员工

刘玉珍	徐 凌	吴明德	钟一谔	邵 敏	刘毅朴
王 烈	王淑琴	时学黄	张秀珍	董 岩	关冀华
王秀琴	王和祥	郑思樑	李清佐	查传元	夏之熙
董亚民	杨宗发	李忠芳	卞伯绘	何衍宗	刘春阳
黄 炎	刘荣暄	刘先龙	王韫如	高光里	王玉海
钟国成	周春田	李德鲁	李 旭	王照林	钱振东
朱祖成	张曰连	王勖成	章光华	傅承诵	周 雁
周以静	蔡敏学	刘宝琛	丁占鳌	贾 臻	张良荣
阎秀敏	沈观林	陈铁成	刘瑞祥	洪惠源	李德葆
张如一	章玮宝	阎淑茹	邵 敏	陈景宝	杨凤河
吴翘哲	郑润生	胡桅林	刘信声	王文彬	朱德忠
冯仁贤	张建堂	田 泽	陈正新	史桂英	王文涟
吴建基	赵继英	李 苹	周辛庚	何积范	许宏庆
张怀瑾	施燮琴	李万琼	苗日新	庄汉文	查明华

谢大吉	于金凤	郝树棠	贾书惠	方守学	祖佩贞
戴福隆	蔡乾煌	崔玉玺	徐秉业	傅正泰	丁文镜
段德华	郑兆昌	刘馥清	周力行	沈 熊	王 正
张小璠	丁启明	王克鹏	张元润	薛克宗	赵会全
陆符聪	金艳兰	李英敏	姬春亮	崔筱敏	李玉生
蔺书田	周明德	张兆顺	王学芳	纪全英	朱之墀
顾扣芬	席葆树	沈孟育	诸葛鸿程	陈 熙	樊友三
顾毓沁	谢志成	王金瑞	任文敏	王增梅	傅维镳
金观昌	范钦珊	赵文华	刘冬元	郑永泽	刘春苓
陆明万	姚振汉	陈惠良	张越楠	戴诗亮	刘秋生
薛明德	许利利	苗坤茹	孙学伟	苏铭德	孙镇华
吴建玲	程从明	唐序富	张冠忠	汤荣铭	王世才
黄东涛	余寿文	陈力田	余瑞森	张桂萍	杨凤鸣
王锡瑞	肖桐萱	宋耀祖	王希麟	李荣先	

曾在工程力学系工作过的人员名单

卞祖根	卞洪宽	白洪生	白 钢	薄智泉	曹恒忠
陈 德	陈怀宝	陈振华	陈昌昭	陈远涛	陈玉林
陈大鹏	陈天有	陈永亮	陈克金	陈 潜	陈 荣
陈 珊	陈玉良	陈 勇	陈秉惠	陈 文	陈惠南
陈树人	陈兰芳	陈 怡	陈允文	陈光祖	陈 红
陈福贵	陈 谦	陈兆玲	陈敬平	陈德问	陈季筠
程其喜	程久生	程学吟	程谟仪	崔玉升	崔巍山
程建钢	池宝朝	迟宗陶	才德荣	蔡大用	蔡 坚
常亮明	董春迎	邓 勇	邓重平	邓喜盛	戴尔珠
戴良秀	戴大农	代 平	丁德华	丁奎元	丁 芸
董仕儒	董曾南	德 强	杜庆华	范 荣	冯思健
方宪林	方萃长	方岱宁	房永奎	冯福德	冯如聚
冯思慎	付光辉	高小旺	房华邦	高伟武	高金明
高文远	龚欣耘	勾秋静	顾缪琳	葛占基	郭忠喜
郭大成	顾克杰	光积昌	郭永怀	郭田福	关兆东
关世忠	关金兰	关莫芳	郝中军	韩栋成	韩洪樵
韩锡斌	韩锦珠	韩东晖	韩国申	何尔余	何桂荣
华达浩	何友声	何福保	洪甲三	洪先龙	黄仁广
黄振林	黄晓梅	黄昭度	何宇明	何 浩	黄四方
黄晓晴	黄曙光	胡再谦	胡慧玲	贺 勇	黄茂光
贺锡璋	金德年	焦群英	纪辉玉	景士都	姜连贵

265

稽 醒	姜俊成	江丕权	贾长祥	贾德玉	蒋如金
蒋维杜	靳福有	靳征谟	金永杰	金慧芬	金千方
金佑民	金文织	康凤仪	康 迅	罗远祥	罗晓迎
李洪全	季葆华	李 纯	李庆扬	李富贵	李冠生
李宝山	李春景	李敏华	李敏桂	李方泽	李云智
李秀春	李殿捷	李永禄	李有道	李汉民	李文增
李良基	李如锋	李恩元	李华强	李守彦	李存标
李慕诚	李小春	李朝弟	李建权	李和平	李 旭
李永锡	连永健	陆粹芬	卢开澄	吕映芝	吕宪法
吕 加	刘书田	陆 慈	刘福生	刘汉钧	刘琴声
刘海伶	刘鸿超	刘恒太	刘学斌	刘 富	刘延柱
刘驯龙	刘德祥	刘希珠	刘昭培	刘春生	刘汉钧
刘 欣	刘建刚	刘光荣	刘季稔	刘文政	刘霄峰
刘 森	刘才铨	刘坤林	刘秀琴	刘荣芬	刘建闵
柳西玲	凌均效	林文漪	林敬煌	林钟祥	林文贵
罗伟炜	雷田玉	龙连坤	龙 刚	林英杰	林宏新
林行良	林耀南	鲁长贵	罗学育	罗学富	罗远祥
罗宏瑞	牛莲英	南 海	麻智文	马玉珂	马振华
马兆芳	马福生	马远乐	马文仲	苗天喜	蒋智翔
密小斌	孟宪增	孟桂蓉	孟志一	欧 鸥	庞家驹
裴兆宏	潘安平	潘真微	潘文全	潘立功	秦德才
钱壬章	钱学森	钱雪英	阮梦光	钱伟长	戚克智
任锦骥	时兆祥	石 玲	孙世发	石福庆	石殿芳
孙义国	孙守贵	孙忠律	孙继铭	孙明珠	孙跃庭
孙庆平	孙远慧	孙汝劼	孙宏昌	孙永强	孙建白
邵 斌	盛永宾	佘建伟	苏鹏声	苏瑞舫	石福庆
宋云绩	宋国华	宋 军	沈生义	沈佩娟	沈培华
沈天耀	申震亚	沈文龙	时 文	时爱民	唐祥林
唐 林	汤先照	唐照千	涂铁仙	唐松月	吴学曾
吴季曾	吴翼斌	吴克成	王作尚	王 波	王秀芝
王建华	王作仁	王宪刚	王元举	王文开	王秀根
王玉秀	王光根	王桂林	王有信	王耀芝	王希忠
王笃美	王志岩	王文佳	王宗森	王海林	王祖键
王 杰	王涤非	王守喜	王治国	王天培	王小宁
王少平	王福堂	王志刚	王小青	王沛公	王仁广
王雪娥	王绍忠	王 方	温秀梅	王智平	王慧珍
万嘉镔	文成玉	卫景彬	卫江涛	万锦堃	魏金铎
吴剑友	吴家勋	吴崇德	吴道远	徐通明	吴 嘉

许洪涛	肖清海	解沛基	谢荣发	谢树煜	奚和泉
向家琳	徐云生	徐文灿	徐德林	徐光荣	徐铭昌
徐承国	薛问西	薛伟民	谢玲	杨瑞新	杨学忠
杨子久	严长贵	严蔚敏	夏迺彤	闫海泉	闫国全
闫俊乔	燕渠源	尹洪林	殷荣高	袁维本	袁遐文
袁永盛	袁文国	岳义民	叶宏开	姚晓东	姚允树
于德成	于淑媛	于永江	于和生	俞鸿儒	于建
俞盘祥	俞昌铭	郁吉仁	杨占桐	杨德元	杨海元
杨乍生	杨礼球	杨淑方	杨家福	杨永明	杨泉馨
杨锡芬	游镇雄	杨惠峰	杨报昌	左富汉	邹淦泉
郑人杰	郑品恩	郑哲敏	郑祖光	郑启华	郑秀媛
郑美民	郑植苓	赵敬洲	赵润元	赵文奇	赵伟
赵昌龄	赵山暴	赵致格	赵锦蓉	赵访熊	赵文忠
赵为周	赵兴华	赵春阳	甄造堂	祖武争	钟源忠
钟万鰓	钟德强	宗凤琴	周学甲	周寿昌	周之英
周作元	周承倜	周桂蟾	周兴华	周产龙	周燕生
周敏	朱成瑜	朱颐龄	诸关炯	朱峰	朱善有
朱万财	朱本度	朱宝彩	朱文灏	朱锦林	张维
张旭旭	张林	张玉杰	张德山	张之立	张涵信
张明	张松	张业平	张大鸿	张世勋	张尺荣
张金玉	张希增	张延路	张静庄	张杰	张聚成
张惠敏	张新建	张凤成	张代旺	张贵媛	张福范
张丕辛	张远高	张海戈	张兆芬	张素琴	张祝平
程保荣	程建钢	王瑞五			

历年博士后名单

郝苏	王志刚	王彪	孙博华	陈健	罗锐
徐行	高德利	徐云生	卓曦	王少平	张云祥
伍章健	周俊洋	郑小平	温德超	王家禄	何宗彦
左然	董建令	刁顺	任革学	李俊峰	任伟新
张颜民	杨庆生	张海戈	朱峰	居鸿宾	白廷全
秦庆华	魏建勤	马仲明	程建钢	富明慧	牛莉莎
符力耘	高立新	康红文	庄苗	邬小波	董玉杰
王连泽	陈增涛	郭兴伍	姚学锋	张效羽	刘福江
郭延虎	王习术	陈民	严红	王旭跃	林小竹
毕思文	张年梅	任建勋	王勇	王立群	侯凌云
刘修善	刘想平	黄存军	刘欣	朱建明	李卫东

崔迎春	苏志霄	杨 玫	葛东云	杨京龙	陈 晓
钱炜祺	王晓力	吴 宏	国凤林	黄倦祥	杨东全
王天舒	陈海昕	刘国强	徐小平	宝音贺西	崔振山
韩 立	彭立才	唐靖林	岑 松	王永岗	李新亮
梁 伟	陈作荣	杨爱明	魏 斌	孙英英	吴玉庭
刘友宏	徐建平	李贵涛	程雪玲	赵丽滨	陈建军
黄海明	赵虎成	姜 亮	李志辉	陈丽华	王 劼
林大超	李显忠	雷 洪	陈艳秋	周克民	唐 剑
王建学	王 飞	赵 彬	李启兵	孙喜明	刘 奕
韩秀君	李风泉	吴宇清	张景瑞	王晓春	王 刚
陈焕新	刘文彦	彭 杰	胡瓅元	黄 勇	屈文忠
胡夏嵩	王建军	唐建侯	岳文正	杨 建	寇哲君
黄干云	王海兴	黄 湛	王增辉	赵红平	肖志祥
刘春嵘	谭国文	徐向华	潘立友	吴艳青	刘 辉
曾 涛	曾卓雄	孟凡颢	王建伟	龚景松	汤 彬
张 彤	胥红敏	杨小龙	戴如春	王建民	李永华
程新广	陈昭阳	陈立杰	李 震	曹炳阳	席 军
任 玲	李军伟	张 鸣	张凌新	陈晓明	刘丽坤
郑殿峰	李卫国	石 流	江五贵	谷 宇	程晓军
吕勇军	田连朋	王兆魁	由小川	高凌天	宋雅娜
范华林	杨占龙	闫 肃	甘才俊	王建山	塞德里克
彭一江	王伟明	刘 阳	焦胜才	于明成	孙立娟
缪旭弘	刘 刚	曲传咏	卢 宇	雪 丹	田迎春
隋成城	石小林	张治国	王小兵	张江涛	李成祥
翟 坤	韩前鹏	雷国东	陈 群	马志涛	许 军
龚胜平	熊 超	王 永	张国兵	李典森	刘兴隆
张 雷	梁 鲁	戴隆超	郭保桥	王兆希	

（二）在工程力学系学习过的学生

工程力学系历届硕士研究生名单

清华大学工程力学研究班第一届学员名单（127人）

潘先觉	赵瑛琪	刘蝉锦	邱瑞祺	李赍宜	刘家伦
朱之墀	宋忠保	金贤明	陈 伏	汤福坤	周丽珍
陶乃堃	徐望枢	王勖成	陈炳新	吴锦如	李成喜
杨文熊	李永甲	沈季敏	舒 玮	陈烈民	李康先
袁维本	王福纯	潘文全	符之孝	陈纪鸿	林明华
蔡国炎	庄表中	贾欣乐	吴民权	曾秋苇	顾学甫

周芃生	戴干策	李　炜	潘芬芬	朱有华	庄最清
林培源	寿楠椿	朱毅麟	郑际嘉	陈文起	陈妙福
吴崇德	刘国梁	彭希瑜	汤任基	陈兆浜	李希靖
张　行	程　铨	田常贞	邓振瀛	鲍汉沧	蔡玄晖
张健培	黄惟勤	赵文漪	陈长庚	赵润元	刘公望
孙　珏	宋雅桐	王增华	李　荷	唐佩韦	何泊勋
于希哲	朱学仁	陈　明	于天祺	谢省宗	刘礼顺
许慧己	张炘宇	黄济扶	杨延箧	孙钟英	戴宗恕
范本尧	郑兆昌	张兆顺	张如一	严　震	裘宗濂
洪钟瑜	刘延柱	施玉山	沈观林	高　致	尹祥础
朱正洪	林　逸	张登霞	李毓隽	李志恒	李纯儒
吕德鸣	李德昌	秋长鋆	陈九锡	程盘庆	何积范
周维贤	章光华	蔡念谦	张涵信	孔超群	钟奉娥
王伟复	陈　实	范赋群	洪善桃	徐铭陶	赖国璋
郑百哲	蔡敏学	李永年	李德鲁	匡震邦	刘多明
魏良琰					

清华大学工程力学研究班第二届学员名单（64人）

郑祚馨	王秀根	吴松盛	程兆雪	陈留祥	王升润
罗明晖	连桂森	孙同腓	杨珍华	李永锡	时爱民
闻庆芳	沈天耀	韦绍祥	杜震凡	顾随安	王绍宏
周兴华	吴翼斌	于文勤	胡庆康	高永祥	呼和敖德
濮国宣	朱文重	南永极	胡久清	郎福元	林家骥
冯钧一	张秀明	陈玉良	陈华丽	崔巍山	阮慎基
万锦堃	郭柏坤	王禧田	张　识	彭钧鼎	郭万镇
马淦林	老洪恩	楚崑亮	侯国器	殷家驹	王云祜
李希生	杨友义	廖训照	李文昌	沈根龙	韩最顺
刘青峰	张兆机	张祖枢	杜长泰	余寿文	许鬻中
翁乐陶	吴文林	林源亮	黄庆华		

清华大学工程力学研究班第三届学员名单（134人）

李正秀	张焕泉	王新英	潘依森	王允鸿	李正哲
田玉山	冯振兴	徐金忠	李　镇	孙富春	张秀珍
林忠欣	石明磊	陈月林	李元旦	张文斌	林治楷
万明俭	先大明	吴翘哲	俞士莲	赵昌龄	周作元
朱世国	郑淑诚	江瑜书	陈英石	林圣芬	陈学球
章思炎	边恺元	李善祯	岑人经	王金海	许学咨
冯联植	丁希尧	孙其东	王欲明	陈绍谦	刘惠枝

秦贵治	陈建基	李其华	王凯	梁有余	孙锁泰
江德宁	韩铭宝	陆明万	李运德	赵致中	曹富新
许经民	林克宝	刘润桐	李德葆	倪行达	吴毓熙
章涵红	刘希珠	林图	张伟林	马仲才	吕瀛
卓晓燕	杨爵懋	王德秀	严兆大	常俊民	顾再仁
雷田玉	陈湘震	张国民	董克敬	雷国璞	刘乐善
鲁守来	关伯陶	陆佑方	苑东生	程地润	袁祖培
唐玲敏	李家宝	张润生	刘令瑶	邓宗瀛	胡兆安
刘文秀	张雪宜	李尤之	张延教	靳东来	山永寿
蔡俊官	毕谦	付才高	杨富国	杨双朝	李春华
孟玉铎	孟翔荣	金宗跃	沈亚鹏	初铭祥	段祝平
毕家驹	宣正勇	方承超	潘永皓	高万功	陈才
谢吟秋	叶碧泉	龚伟民	范正翘	段世清	胡同
姚若驹	赵文谦	王重光	党锡淇	付祥炯	谢友柏
孙维江	裔享华	郑泉龙	朱家训	朱渭定	郭梅仪
郭蕃	舒家骧				

20世纪50～60年代研究生名单（40人）

顾毓沁	黄爽凯	周春田	刘宝琛	叶清环	尹岐纲
杨炳尉	江善标	俞宁辉	樊天蔚	王正	江秉琛
秦权	姚振汉	景士都	何宇功	史畏三	高玉臣
朱荣桂	孙树勋	黄宝宗	任文敏	王南时	吴有生
孙在鲁	倪火才	吴用舒	李成喜	沈成武	朱乃励
张大洋	鹿振友	吴清华	过增元	张涵信	王勖成
张之立	王学芳	杨德元	刘才铨		

硕78班（44人）

臧昆	夏子辉	杨卫	岑章志	费志中	陈淦
戴耀	胡林涓	邢京堂	宋国书	倪文炳	潘安平
齐红	郝天护	刘超群	朱锦林	倪诗茂	姚增权
黄东涛	马远乐	刘绍中	刁颖敏	王平子	廖湖声
魏敦崧	施学贵	林文漪	陈焕倬	王克俊	莫欣农
黄士涛	陈保定	陈铣	常亮明	杨锡芬	裴兆宏
于和生	崔桂香	凌均效	陈克金	黄黔	冯思慎
光积昌	陈山林				

硕79班（29人）

| 罗学富 | 程保荣 | 程莉 | 陈志远 | 张若京 | 王明贵 |

文小凡	王福荣	卢习林	单文文	廖兼武	张润甫
王安稳	谢慧才	陈细俤	徐嵩龄	伍 超	陈 钦
杨泽亮	沈湘林	俞文伯	郭乐之	杨新华	燕公溥
刘树功	高奇华	朱建国	张音翼	贾乃文	

硕80班（10人）

| 韩 刚 | 平幼妹 | 孙 穆 | 李启平 | 洪君涛 | 李志信 |
| 蒋 铮 | 刘守圭 | 何 正 | 管晔辉 | | |

硕81班（10人）

| 谭明一 | 韩 斌 | 吴 怡 | 戴大农 | 刘 卫 | 张景怡 |
| 石宝珍 | 乔 云 | 蔡 坚 | 刘 强 | | |

硕82班（35人）

张丕辛	杨嘉实	秦少文	黄应平	樊 辉	靳志和
谢一环	周小平	蒋方辉	钮 麟	潘立功	邓 勇
杨 辉	夏靖友	区国惟	李守彦	窦新玉	蒋 峰
黄晓晴	布卫红	钱力克	郑 刚	周 叮	邓重平
王 耘	王治国	谢 昱	黄 琼	徐志翘	沈 赤
吴岫原	范赫之	高桂华	陈 平	朱 联	

82级出国预备生（5人）

| 张立平 | 但 威 | 郭跃平 | 温 彪 | 安 琪 | |

硕83班（27人）

程 展	潘 宇	李蔚林	叶旭初	王旭光	何晓渝
刘小军	周建华	刘 勇	李祖云	于 建	周青兰
王 亮	雷雨田	章为民	龙志飞	胡 勇	曾凡才
宋维宁	张 健	陈跃山	顾炳武	张燕屏	桂业伟
李华强	郑沧波	胡祖六			

83级出国预备生（2人）

| 时贵敏 | 张 琳 | | | | |

硕84班（40人）

毕克农	钟小林	蔡绵涛	吴金龙	凌 熙	廖柏程
杨京龙	邱建杭	钱 锋	李国伟	邱燕萍	霍同如
朱益民	胡在谦	王成宝	宋 军	卫 欣	高建新

冷永胜	谢耕	祖武争	卫江涛	王新潮	赵春田
冯肇荣	王一鸣	廖敏	周志成	高路彬	刘燕
王丹洪	袁文国	任晓辉	王强	朱超	查为
罗力丰	张䜣	罗晓迎	洪涛		

84级出国预备生（2人）

邓干波	曹京

硕85班（46人）

孙守光	林洪书	殷雅俊	马光	张远高	周健
仲政	汪正兴	袁伯银	辛小江	郭远非	秦飞
朱宏	唐永进	林桥	史红民	袁杰	姚正治
朱新潮	时大春	曹达士	吴南屏	狄原震	吕加
贾世谊	吴学森	严幼幼	蒋立群	康迅	金建华
詹蒇	吴庆生	蔡建林	薄智泉	陈霜立	孟岩
张近	李峰	魏朝	严鸿飞	陈小明	朱南强
吴雅珏	笪越生	张明	陈立红		

85级出国预备生（3人）

吕则陈	张俊杰	刘建强

硕86班（49人）

杨波	洪亦仁	柳振健	董春迎	孙辉	汪勇
李克宇	吴亦男	鲁红兵	陈少忠	刘小虎	杨槐
张勇	武卫东	王玉勇	钟晓光	彭栋木	单信海
卢征	程筑江	邢晓君	刘齐文	赵国桥	徐培民
汪汇	洪学明	倪明亮	葛玲	杨鹏远	尹以灿
张琼	王运平	游洪涛	张越	曾令忠	周晓东
曲仕春	侯宇	何枫	涂海意	柳巨声	卢德松
刘凤山	闫究敦	谢鸿	琚诒光	周莹莹	黄建华
刘志宏					

硕87班（43人）

于加良	张翔	韩谦	丁科	陈文	郭屹
陈细良	陈红	赵新	屈绪艳	王永坚	史帆
周明	邹蒙	刘国奎	沈红年	钟伟	宋援
李菁	王强	王蓉	宋立峰	刘以钢	罗仁凡
陈永亮	周华	赵静野	霍春源	刘国华	姜兰波

商旅生	姚红伟	俞林江	杨永琦	曹 明	李建林
赵向伟	李 欣	邱健勇	赵 岩	邱泰庆	陈正东
杨立群					

硕士生课程进修班（87）名单（3人）

| 丁小平 | 张富强 | 李 珠 |

硕 88 班（40人）

沈晓军	应 明	张国政	程前华	王晓冬	周志刚
张 林	伊 莉	郑顺风	肖 飞	尹卫泽	华 原
金志力	刘 涛	罗 京	张 平	李莉萍	王 兵
刘 欣	曾庆长	闫 宁	孙吉松	国 涛	任玉新
黄振华	潭江成	李立宏	陈 琛	张伟立	赵平华
林 弘	于溯源	周 勇	唐 林	单 玲	刘 鹏
陈国光	胡 山	岳 斌	周利军		

硕 89 班（32人）

陈剑峰	韦 朴	周良道	李朝弟	高虹霞	钱振新
俞基畅	申连喜	胡荣才	高宝奎	周 旭	庄文红
陈孝飞	闫成勇	关兆东	王小宁	童阜仁	董世平
李德玉	许则芳	李立忠	周红海	童风喜	张立新
李 雁	濮存斌	董玉杰	熊国华	毛少林	王仲民
李海云	袁文清				

硕 90 班（37人）

李 全	王 用	李美成	冯西桥	王国诚	张 宏
杨 明	彭 韬	王亚明	龚 兵	潘广和	历 辉
孙敬文	朱 岚	许 葵	徐永福	吴艾宁	寿比南
石 玲	赵 平	倪江南	张敦福	魏乃龙	徐文生
姚朝晖	许春晓	张征明	唐革风	毛献忠	陶 新
朱丽梅	范文汇	童建民	罗伟炜	余卫舵	张宏文
史训清					

硕 91 班（33人）

付光辉	姜建斌	张 英	傅 为	鲁小蓉	徐 凯
尚 莹	陈光厚	王兴国	李明政	张向阳	王惠军
陈登林	程永明	于治宁	王文军	阎东鹏	彭以良
苏 剑	姜云涛	赵文忠	姜 丰	宫国晖	王智平

邹文楠　　夏　冰　　郭晟旻　　唐小伟　　尹基敏　　周宜辉
孙凯梅　　郑双名　　赵茂生

硕 92 班（40 人）

刘祚秋　　杨仓喜　　阴　可　　张承柱　　李学军　　李向阳
周再绯　　谭向光　　雷　昕　　王立群　　詹世革　　虞洪辉
王慧萍　　张　斌　　魏志忠　　张化瑞　　张凛筠　　安国旗
李　政　　连　磊　　陈　超　　向容海　　吴　嘉　　国　瑞
施　鹏　　蔡卫东　　徐巍然　　吴浴辉　　邹大庆　　刘　杰
张　健　　冯升波　　苏炳志　　余立新　　吕　品　　李元元
何　晖　　陈东海　　马占华　　杨　勇

硕 93 班（49 人）

税国双　　白　桦　　何万龙　　窦海波　　邹毓强　　赵洪云
黄晓铭　　陈顺雄　　贺思军　　尹　晖　　林　曦　　詹彤宇
吴宏宇　　杨东全　　曾　丹　　赵坤民　　刘　洋　　蔡笃兴
陆秋海　　孙亚雷　　何世江　　宫常斌　　李建中　　方辉宇
夏　虹　　邵　军　　张　松　　周常虹　　朱方林　　朱雅萍
王小华　　曾　兴　　董轩亮　　陆念文　　刘　磊　　张国华
陶桂平　　李　芹　　陈晓勤　　冯西轴　　张应强　　郭世光
陈泽敬　　姜文剑　　刘　瑜　　张　军　　张明华　　唐明浩
李海元

硕 94 班（47 人）

刘荣胜　　姚建军　　彭定学　　刘　骓　　丁爱民　　柳　春
侯　文　　罗辉阳　　王泽济　　吴正茂　　白建勇　　王格伟
国九英　　王泳波　　陈　曦　　牛晓婷　　张宿林　　蓝富坤
陈天智　　吴强胜　　蔡　涛　　么石磊　　艾华宁　　申晓春
钟　铮　　苏　庆　　董　鹏　　田满仓　　翟志强　　许定刚
康钦军　　郝鹏飞　　徐明灿　　朱万旭　　蒋　键　　白　涛
曾　炜　　赵军龙　　钱　钧　　吴　鹰　　滕树龙　　田　阔
章新明　　朱世炜　　廖　峰　　葛　京　　曲伟林

硕 95 班（48 人）

樊世超　　胡鲁辉　　王刚锋　　吴筱益　　李长青　　谭国文
刘　宏　　余文斌　　俞武勇　　彭栋军　　王　展　　柳进才
任志勇　　陶三明　　潘　登　　杨培杰　　谭桂香　　金晓清
金华敏　　高　昀　　季　芳　　赵　犁　　马宝顺　　叶占银

申聚华	孙吉峰	曾燕农	赵军平	王金龙	韩 标
陈 辉	李 宁	葛 蓉	陈巧宁	林程森	孙天强
郑江洪	黄 敏	廖 理	王庆华	郑明清	肖继东
熊 明	崔龙铉	张红梅	梁 宏	李 丽	张小东

硕 96 班（50 人）

陈 彦	王任童	黄建明	袁卫锋	曹艳平	古 斌
倪正东	杨 强	郭香华	薛 松	刘铁旗	周 东
翟建祥	赵智鹤	尹晔欣	曹 阳	陈 彬	李宏波
周传宇	刘 军	晏 华	张宏斌	赵晓鹏	郑云琪
张永杰	谢 竞	于 森	赵 媛	张昕浩	葛兆生
王志岗	于 峰	陈宇光	丁新豫	赵荣荣	薛彩霞
侯志东	许 阳	刘 宁	李建军	李红松	晋宏师
吴群刚	杨济源	常 辙	罗 纲	施卫伟	张孝勇
宋利军	柳超声				

硕 97 班（46 人）

徐 敏	吴雄华	周兆确	曲绍兴	徐 刚	向 军
郭 然	董朝旭	傅宇旭	车 威	肖虎勤	李 然
邵永波	吴少波	段小华	杨小萌	胡齐阳	唐家才
许 刚	刘 罡	骆晓勇	王丹虹	邓增涛	李秀明
方可燕	安智勇	杨斌泽	彭 涛	陈 炜	林国松
王文浩	郝 鹏	龙新华	曾 杰	雷 勇	姚海军
佘海斌	陆孜平	廉春英	张 卫	谭立彦	王俊华
周 欣	杨懿彰	叶 青	吴 燕		

硕 98 班（43 人）

王介龙	颜林灿	邝岐大	冷旭明	李蕾红	陈春明
樊 勇	王小伟	张 锐	郗 华	周 舟	姚晓波
张世俊	李 强	乐志华	邓 岗	徐进明	李长乐
刘艳华	牛鑫瑞	王 凡	黄 亮	赵 刚	孙东超
孙秀山	黄素蓉	刘广松	李明川	张怀山	黄军万
徐孝根	王靖夫	王雪梅	李冰航	季 旭	徐宏龙
李 平	王 伟	张见明	谢峻石	易 明	杨 巍
胡 超					

硕 99 班（59 人）

| 王宗钢 | 郑哲明 | 李彦民 | 杨志宏 | 谢 巍 | 杜以恒 |

林 原	肖洪波	李 超	李伟明	党道远	谷勇先
邓 兵	陶 敏	李晨锋	陈修怀	刘宏伟	乔 丽
林碧森	孙 震	刘 海	李 杰	王越男	史 波
徐丙雁	刘 国	鱼海洋	侯双全	邓巍巍	张荣海
熊忠伦	丁宏伟	张文毅	黄学军	杨 荔	宁静涛
杜 祥	黄东平	苗红宇	张 准	黄宝陵	赵汝庄
李方太	吴 震	白 洁	陈冰雁	章 沙	张鸿凌
梁晓冬	刘小虎	郑 炜	王庆法	徐 宁	普 勇
周玉勋	李佳音	王永秀	郑清锦	刘 笛	

硕00班（62人）

苏罗鹏	卢剑锋	赵亚楠	范成业	苏继宏	伍敏伟
徐晓云	朱志辉	赵慧娟	张国平	许 蔚	栗 可
李 响	朱随群	王颖晖	姚海民	李文东	王东宝
王晓光	张传勇	程 蕾	陶 刚	甘才俊	阳 雄
段瑞春	谭桂华	何智江	王海涛	张东东	刘 翊
郭铁能	田 智	张 良	马 军	杨建道	何 江
简龙晖	洪 伟	陈迎锋	白 锐	陈丽星	唐 辉
杨东祥	陈志兵	杨海华	许 波	李 娜	李 晶
梁明刚	刘 征	任凯锋	刘晓飞	崔 峰	吴 苹
杨成仁	刘绍杰	刘晓磊	阮修林	张荣钢	朱成凯
王 超	康福铭				

硕01班（59人）

周 宏	郑 岩	刘 波	肖洪伟	路英杰	郝京阳
鲁 异	张 伟	李群仰	熊 霏	张 暘	魏 澍
肖大舟	李江城	胡 炜	赵建兵	付庭煌	鲍爱楠
杨飞虎	凌 峰	林葱郁	杨任刚	郭 艳	孙 麟
沈兆普	黄彦文	朱金钰	李 征	孟 宇	陈 正
梅海霞	林贵斌	王雁昆	黄伟希	石 泳	吴新灿
李 库	阮春怡	潘正海	李显祥	伍 亨	柳爱国
邓燕红	王 恺	王新峰	龚安龙	张 剑	向 屏
李 青	马 林	张占峰	冯 晶	何 鑫	肖 鹏
班书昊	李 尚	贺美陆	王巍雄	周 冬	

硕02班（56人）

程 磊	夏强平	唐羽烨	赵春章	王 健	苏 欣
陈 科	杨 臻	毛贯中	孙宇涛	葛其明	崔金雷

史　航	李任戈	张建平	高　琪	丁海峰	张香春
毕　博	汪华苗	郭增才	李　岩	张锦绣	段传华
吴必胜	马　上	尹伟奇	黄元兵	许　伟	魏　星
徐　锋	傅　强	杨　璞	李新明	王利宏	张海风
刘远铭	吴国民	阎　勇	唐　敏	毕林峰	张　建
常晓环	徐　玫	李宏光	郭　宇	曹连雨	闫卫星
闵建琴	杜宁宁	袁长清	程　鹏	安钟峰	隋晓峰
李锦峰	魏　成				

硕 03 班（62 人）

张永威	张　鸣	张　凡	吴　超	王　侃	余大启
杨　蔓	张丽屏	高　炜	薛小波	刘　闯	万　凯
王　为	郭海成	李自锋	陈安邦	吴　昊	杨　帆
郑　磊	方　楠	尹游兵	叶尚军	苏　铭	邓加耀
段　菲	肖建亮	黄利忠	杨士普	张晓鸽	郑晓川
季少华	滕　锦	王金勇	张　研	彭振宇	刘　永
别俊龙	李　欢	吴　鹏	王　飞	王　慧	张瑞廷
郭　宇	杨　燕	谢志刚	吴晓卿	王国锋	任效明
张明志	杜　华	于尚旺	高立华	李卓毅	任　辉
黄国强	赵治华	尹　杰	陈吉明	秦　乐	刘文川
梁　锋	贾大炜				

硕 04 班（64 人）

曹学奇	侯修洲	刘栋梁	宋德坡	赵志明	周　翔
窦　勇	王　翀	罗世东	王汉奎	曾凡飞	郭　明
张方成	李　昆	余柳平	彭　云	王　璞	彭　晶
张永胜	尹军用	赵绪军	戴婷婷	张志烨	方　乐
杨云柯	庄礼深	胡　彬	焦　健	张　鹏	卢小平
高立虎	周晓舟	杨　琴	燕小芬	岳　宝	吴　瑜
汤家力	花　韬	陈　光	毛志强	杨　弘	于龙江
贾宏涛	胡明涛	魏唯一	吴良柏	薛淑艳	付　明
王建滨	李炎恒	张　琦	邹罗明	赵　波	皮埃尔
谯　鑫	蒋方华	陈建中	王建华	刘政胤	王文丽
张宇飞	邹　雨	陈　洪	慎利峰		

硕 05 班（55 人）

王　彬	吴文旺	朱大鹏	蔡望鹏	曹　阳	曹　洋
房冠辉	钱岳强	李　青	管楠祥	彭　磊	刘　曦

秦建飞	吕存景	周马生	孙 宇	严 环	王 禹
孙学卫	张朝晖	史云斐	刘文广	彭 耀	邬 迪
郭 臻	吴 晖	刘扬扬	陈 浩	殷吉超	印乐奕
崔新光	王宝石	王 鹏	于 娜	华丽君	阳任平
熊铁锤	尹明艳	王 跃	张云鹏	俞 辉	爱 明
徐柯哲	张 钊	宋 昱	肖 震	贾云涛	杜 宇
吴继业	张凯杨	西月贤	宋建丁	林勇文	郭智强
张 亮					

硕 06 班（50 人）

王瑞涵	张 涛	朱来来	何鹏飞	冯冬晖	单繁立
苏 诚	刘 亮	张忠峰	周一帆	杨庆涛	张 垚
张一慧	宋先凯	杨常卫	刘 毅	胡鹏翔	王 维
李 颖	王占莹	胡锦昌	刘兆舒	章 俊	车 征
邝临源	秦 钊	曹红军	程 昊	尚 华	李 森
银 波	陈晓波	梁 峰	刘晓伟	陈 福	陈荣敏
董 垒	徐 然	朱乐垚	马维刚	陈江涛	陈庭燕
杨 帆	张 楷	王继明	王彦奇	宫 淼	汪幸愉
史文卿	龚 纯				

硕 07 班（51 人）

康 强	雷一鸣	戴晓玮	顾 明	张 謇	邓杰馨
闫成琨	杨 慧	申 文	党 帅	贺良鸿	俞 跃
鄢亚东	张 磊	李 震	宋 柏	王 鉴	辛明鹏
张 超	石 磐	向律楷	叶 超	杨 缙	李 木
刘 海	杨 歌	张书谊	胡远思	杨 博	任仲泉
罗 旭	戴 政	宁 波	王 云	李 楠	王 翀
刘玉石	侯 奕	李海军	王俭侠	李 登	田爱平
王 鹏	张露颖	杨献鹏	张洪坤	辛 旺	张卫国
张文锋	马 凯	张冰强			

2008 硕（49 人）

徐 牧	童 崎	汤 文	熊元建	刘富荣	续立军
梁益明	黄 浩	陈志会	曾 庆	黄振庭	杨林畅
姚福印	刘海翔	邵 玥	杨康定	熊鹏飞	陈 云
张兵峰	胡振鑫	刘智勇	顾骁坤	闫 昱	荣成成
金恩泽	张衍涛	张 尧	刘明艳	唐 斐	王增利
赵昌朋	陈 超	马方超	刘 健	张 瑾	金海林

吴　清	王　法	马寅魏	周　婷	彭元峰	许　丹
王　翔	胡盈辉	王利宁	赵　烁	万增然	沈兆欣
欧安华					

2009 硕（70人）

周国华	许艳涛	柯义雄	毕来业	肖光明	尹　航
陈应龙	罗　欢	刘宇涛	陈　杨	吴先康	赵国强
徐英哲	马建颖	回彦年	于　洋	刘枭寅	乐焰辉
王　磊	张添翼	张登宇	彭　琳	常希诺	李旭东
陈建平	李学利	主父笑荷	吴志鹏	杨锐振	刘少杰
王珑祺	黄　攀	沙力塔那提	李　扬	凡明清	程　琳
刘志丰	张文升	伍智超	陈晓飞	段志伟	刘佃贵
曲斌瑞	王诗铭	谢晒明	覃　乐	张春阳	张　蒙
俞　浩	杨　智	王　刚	周海松	朱建军	马庆甜
祝雪娇	蒋东杰	陈柯霖	黄　波	王大奎	宜　婷
卢　思	季湘樱	胡佳楠	李元伟	文　斐	潘鹏飞
崔翰星	王晓军	杨　可	张相雄		

2010 硕（62人）

陈一鸣	褚衍博	侯晓松	李梓嘉	李孔争	岳　阳
张新齐	戴晓洁	张其阳	陈忠莹	孙　晨	梁　斌
魏　巍（女）	肖心龙	崔　文	谭青海	贾晶敏	于四伟
邱广凯	卢彩波	黄岸毅	宋恒旭	王伊南	陈　颖
王文秀	黄　虎	覃　朗	刁丽红	谭　爽	刘跃聪
梁旭东	孔　萌	郭　磊	周洋洋	温　喆	袁　振
魏　巍	庞珂珂	于领军	辛克浩	段　辉	任启鸿
贾　栋	陈　浩	任一鹏	张　毅	姜新建	李　辰
张明华	卜英格	乐　晨	余峻舟	单小东	王　楠
高泽运	牛文博	夏洪恩	董　宁	何仲阳	李鸿辉
刘壮壮	李军锋				

工程力学系历届博士研究生名单

博 80 班（7人）

岑章志	邢京堂	戴　耀	黄东涛	光积昌	夏子辉
黄　黔					

博 82 班（1人）

高　扬

279

博 83 班（3 人）

张若京	谭明一	韩 斌

博 84 班（17 人）

潘立功	邓重平	吴 怡	方 竞	程 莉	谢 昱
靳志和	罗学富	樊 辉	刘 平	戴大农	黄庆平
杨嘉实	夏靖友	区国惟	布卫红	林文漪	

博 85 班（17 人）

桂业伟	程 展	黄晓晴	雷雨田	常亮明	刘文政
邓 勇	胡 晨	孙庆平	唐立强	张丕辛	陈国霖
胡 勇	李蔚林	张燕屏	王安稳	宋耀祖	

博 86 班（18 人）

谢 耕	霍同如	朱益民	任晓辉	雷晓燕	黄 平
徐少红	姜 苇	王 波	樊学军	王玉灵	周 敏
张 健	陈 平	宋 军	刘志宏	高建新	毕克农

博 87 班（19 人）

韩祖南	彭 剑	杨 波	张远高	仲 政	王永辉
赵金平	吴一红	唐永进	尚晓阳	史红民	王大力
全 斌	朱敦智	尚 哲	王治国	洪 涛	袁全超
夏春林					

博 88 班（19 人）

孙守光	李跃宇	李克宇	赵国桥	董春迎	匡金炉
王士敏	张 琼	严幼幼	张 近	琚诒光	倪源滨
谢惠民	汪嘉春	李劲东	廖昌明	张朝民	丁 科
张恩仲					

博 89 班（23 人）

郭田福	魏悦广	彭 勇	高金吉	金泉林	李 磊
任玉新	曾桃芳	邓元凯	张 林	刘国奎	陈 文
沈新普	刘建军	任革学	邬 柱	楚天广	张增产
王晓宇	周 彪	赵向伟	邬晓波	张百立	

博 90 班（13 人）

黄剑敏	芮嘉白	向家琳	黄久林	徐建国	赵国昌

| 王小宁 | 熊国华 | 崔光育 | 侯之超 | 卿新林 | 吕建刚 |
| 郭印诚 | | | | | |

博91班（27人）

陈　强	陈　伟	陈　刚	刘清珺	遽时胜	刘少源
张　明	朱先奎	申连喜	冯西桥	陈夫尧	郭延虎
郑珍平	徐　军	何东明	曾江红	杨宏伟	刘应华
王险峰	严文裔	石　玲	徐千军	姚朝晖	许春晓
祈建伟	周森泉	王德新			

博92班（20人）

程建华	陈明祥	王　耘	张厚柱	兰　钧	赵智军
秦　飞	廖志忠	丁红丽	薛　刚	史训清	涂　建
宋固全	何存富	单　桦	蒋　莉	葛　阳	耿　旭
李德玉	李　勇				

博93班（25人）

张会强	张维智	邹大庆	韩志东	王　辉	谭鸿来
刘　越	庄瑞强	王作宇	鹿晓阳	高蕴昕	孙　佐
张向阳	程永明	朱　刚	曾扬兵	卢作伟	唐革风
徐昌荣	傅　磊	熊大曦	王卫东	杨志强	陈　涛
陆耀军					

博94班（33人）

李铁成	文声敏	阴　可	冯升波	王晓纯	李海东
姬忠礼	张忠孝	杨　勇	马占华	岳宝增	王浩文
陆秋海	宫常斌	杨东全	王国彀	黄建明	童瑞成
吕　炜	陈丹青	陈浩峰	范亚玲	齐　航	李振民
柴天峰	马　兵	廖智杰	张锡文	刘云龙	陈东海
郭英奎	俞　岚	吕田峰			

博95班（42人）

王和慧	郭　丹	李建中	林　曦	王建军	江　冰
李　嵩	古红霞	任建勋	肖金生	郭永进	潘一山
李惠彬	刘文国	冯　峰	刘　杰	刘凤梧	覃成锦
周储伟	朱　廷	王爱民	杜丹旭	尹　欣	朱亚平
王朝阳	白建军	刘光良	翟志强	康钦军	么石磊
曾　东	王　辰	边晓东	汪国庆	王建立	韩　鹏

覃　川	杨　春	王爱俊	戴　波	徐　一	王　崧

博 96 班（39 人）

霍　波	徐志锋	黎水泉	王东伟	杜建镔	贺照明
李　力	杜东兴	蒋长虹	范全林	殷露中	李　滕
刘　彬	姜汉卿	文　铭	裴　民	李　卓	杨　彬
陈天智	潘擎宇	杨　云	宋康祖	周志宏	王　翔
国九英	倪　逸	董　渊	郭　阳	李　栎	唐旭东
杨宇光	胡影影	张志斌	姬朝玥	冯晓利	陈兴隆
王赫阳	王利坡	李和平			

博 97 班（38 人）

戴俊鸿	高重阳	徐　昕	韩　标	冯宾春	尹执中
李志强	向志海	丁　勇	刘　哲	姚艳萍	邱信明
张友生	由小川	刘永健	王福军	沈　松	蒲军平
邢永明	邹文楠	陈　健	金林辉	牛晓玲	郭　庆
李启兵	张晓航	彭　杰	孙喜明	李　亨	吴　嘉
叶晓虎	孙晓毅	王遵敬	郭治民	谢建云	陈黎明
田　阔	夏再忠				

博 98 班（37 人）

孔凡忠	樊世超	任志勇	马新玲	虞　建	王　筑
曲　杰	文　洁	刘　闯	曹艳平	徐向华	冷慧杰
范文亚	马坚伟	程乐锦	周海兵	张旭东	陈永强
万永平	古　斌	陈永亮	刘　松	朱曙光	冯　雪
张信荣	郭高峰	张振科	熊　俊	龚景松	罗小兵
刘　奕	陈俊达	孙卫涛	何　枫	徐东艳	王刚峰
李华祥					

博 99 班（37 人）

李智斌	亚　敏	薛小香	程　源	胡升腾	刘　敏
寇哲君	王明皓	郭　然	程远峰	唐　浩	王沫然
徐　刚	丁英涛	邢向华	傅宇旭	柯文助	郭英涛
张晓峰	张　夏	李东风	郭香华	李明东	杜启振
崔元庆	李明海	张逸凡	孙秀山	王　玮	张　宇
刘　宁	张宏涛	王虎妹	李睿劬	王海兴	沈　岩
马少鹏					

博 00 班（36 人）

张　军	张章飞	任旭春	聂建新	刘仙名	王金照
张见明	施冬莉	雷　霆	李蕾红	陈建国	程　凯
许　磊	云　赟	邓　宇	吴少波	黄伟峰	蒋　平
杜　涛	尚海霞	王宏涛	周　舟	于　勇	郑殿峰
杨立军	汪正兴	张晓东	李　矫	卢小丰	王　兵
李法新	孟利波	李　军	刘森儿	程新广	尚　庆

博 01 班（34 人）

孟继安	孙玉鑫	王朋波	段　进	王立峰	姜玉曦
张　帆	倪　栋	鹿志兴	黄立新	邹　健	刘成文
刘战伟	钱秀清	刘　岩	章湘明	张向荣	曹炳阳
王　宇	王洪涛	潘小飞	王一博	张建鹏	王金库
刁乃仁	张　波	杨武兵	韩茂华	秦挺鑫	容　易
俞接成	唐皇哉	王爱华	王军荣		

博 02 班（41 人）

张治国	汪　敏	卿　海	徐志平	黄世清	张　兆
孟　鑫	杜青海	范华林	郑亚雄	张昕浩	张清光
崔海英	李　伟	耿黎明	王　斌	黄思源	朱宏晔
冯庆义	高令飞	袁鸿雁	裴永茂	冯顺新	任凯锋
吴　坚	徐俊东	李毅谦	方红荣	任　玲	陈　凤
许　蔚	王海涛	卢明辉	杨小彬	郝鹏飞	杨昆仑
喻　丽	张　希	于　洋	时文东	谭百贺	

博 03 班（34 人）

张作启	刘亚男	宋义敏	刘小明	陈　群	杨炜平
陈玉丽	王　亮	桑永亮	唐　陶	薛　辉	王　方
秦　江	林加恩	蒋叶剑	刘建林	李晓伟	袁书生
张吉桥	郭铁能	汤　波	史瑞丰	孟繁孔	阿　里
李晓雁	江　博	柳　宁	甘才俊	兰旭东	于新刚
林　川	王兆希	吕　敬	谭廉华		

博 04 班（38 人）

吕卫帮	曾杜娟	陈明继	李　悦	陈　林	王帅创
潘夏辉	马　明	龚胜平	周　强	季学伟	祝剑虹
杨　帆	陈永丽	袁长清	柳占立	柳雄斌	岂兴明
杨　璞	王巍雄	周　宏	徐珊姝	孙　俊	周　睿

黄旭东	薛 琨	路英杰	潘 兵	冯 勃	吴 晶
陈志强	洪家旺	聂君锋	倪顺江	胡 腾	张洪涛
巴 晶	崔晓东				

博 05 班（40 人）

陈莘莘	郑修鹏	杨蔡进	王庆华	杨 攀	陈中伟
李宏光	孙宇涛	虞 磊	宓铁良	廖剑晖	毕研强
范立佳	黄静波	马显锋	唐 刚	成斌斌	陈 莹
赵晓利	石朝锋	于 涛	李振海	周丽娜	陈美宁
高 旭	苏业旺	郭少冬	马 上	侯泉文	金才勋
唐 文	王 为	高 波	邓 斐	王建立	邢 程
夏 热	林 刚	李艳杰	刘益伦		

博 06 班（43 人）

魏唯一	刘 炯	邓虹霞	高 原	李德昌	于龙江
王 弘	张燕香	杨 帆	裴 钧	王海东	刘 栋
葛铭纬	杨佳瑞	祝开建	徐光魁	薛淑艳	黄拳章
李 君	黄 鹏	赵振军	李炳蔚	杨 帆	段 政
张宇飞	宫伟伟	解 静	田中伟	宋伟明	刘冬欢
高立华	刘玉泉	洪迪峰	胡振兴	吴良柏	谷振丰
徐国亮	夏乐章	魏 东	花 韬	严 辉	程雪涛
单 昊					

博 07 班（50 人）

任春雨	郭铁丁	赵雪川	王汉奎	林治家	尕永婧
杨子轩	蒋方华	汤家力	廉艳平	王 恒	吴韶华
陈立明	姜长青	李万爱	钟力强	冯 毅	庞 杰
阮建力	孙晨卉	屈宝平	蒋 超	张 勤	宋梦谭
李 博	曹 洋	王晓欣	关 新	曾 辉	孙振生
石 可	苏东川	胡锐锋	刘渊博	周志强	朱文鹏
程 勇	周书涛	唐敏锦	谢 博	牛振祺	孙学卫
张朝晖	李 青	孙兵兵	刘 泽	薛梅新	王大磊
吴继业	刘进明				

2008 博（51 人）

贾延杰	杨 帆	王 栋	贾 飞	赵治华	杨鹏飞
董雪林	葛 宋	刘晓东	李韶光	赵颖颖	刘稳文
徐柯哲	贾 真	徐 然	朱建国	许 扶	曹旭东

王向阳	张耘隆	袁　芳	王光远	陈少波	林恩强
肖良华	李　钊	董源	王　缅	胡　斌	张一慧
刘大锋	马维刚	钱晓栋	邢志钢	张军徽	单繁立
高莹莹	曹红军	孙　晨	吴泽艳	尚　兵	祁　峰
孔丽云	曹大志	鞠生宏	王志勇	孙晓雨	曾祥远
丁昳婷	崔潇骁	李金光			

2009 博（51 人）

张　弛	杨　潇	胡开鑫	蔡兴山	张立元	胡帼杰
陆炳卫	杨志芳	成丽蓉	沈文厚	张　照	卢　浩
黄　银	郭晨曦	张洋洋	胡鹏翔	曹梦源	党　帅
刘玉石	吕存景	张　超	周良道	周明珏	王运会
王博斌	熊　伟	朱凯歌	李青峰	雷海军	牛东圣
陈浩森	任曼瑞	郝　峰	张满弓	王　云	缪婷婷
马寅佶	猴百勇	邓冰清	崔一南	邢建伟	陈　凯
魏海鹏	周双珍	郭智炜	张荣钢	谭剑锋	马　旭
王秋菊	凌　雪	贺　晶			

2010 博（59 人）

王相玉	王文华	马　雪	张伊哲	崔颖慧	夏前锦
许云超	冯　媛	冯光烁	姚　瑶	吴兵恒	王怀喜
何新婷	高峰利	白　冰	王浩苏	彭　云	安梅岩
朱晓磊	蒋　丽	李江城	张　瑾	王　鉴	王秀红
沈　治	王　稳	钱　星	章　杰	张东青	水恒森
杨　帆	刘　平	冯金龙	吴　丹	周小玲	王艳伟
王绪桂	杨　皓	许丹丹	陈良家	刘海旭	马　峰
薛　原	贺晓华	郑建城	任彦婷	郝文峰	叶志萍
焦　哲	姚　通	谢伟华	李京阳	于维铭	李　波
段晓亮	王银山	黄　萧	王禾翎	刘锦辉	

工程力学系历届本科学生名单

力 103（1955 年入学）（23 人）

周少柏	郑人杰	许永久	江善标	朱三元	郑琴南
俞宁辉	蒋维杜	马心明	郑启华	朱新元	樊天蔚
刘坤臣	张大鸿	姚传洪	吉凤岗	吕映芝	林行良
柳西玲	童承璞	严蔚敏	严柏岑	李作陨	

力 104（24 人）

孟桂蓉	赵继英	周作民	陈 熙	杨炳慰	庄允玉
吴伟文	金佑民	俞昌铭	田永权	任爱华	樊友三
金咸安	王雪华	刘应祯	石泽全	刘富堂	徐通明
胡桅林	司徒明	吴应白	黄晓齐	陈敬平	俞受训

力 201（1956 年入学）（36 人）

王燕萍	陈宏盘	马春华	张有才	丁启明	冯丕孚
严忠汉	陈允文	王松皋	邢文萍	鲍吉人	方欣华
金德金	杨世保	章以理	张国华	张其威	徐楚雄
刘光伟	夏尚钰	刘永俭	佘泉山	刘士星	吴道全
李停寒	严钟敏	张钰珍	曹琴南	孙化洲	陈可兴
孙文心	冯士筰	魏守林	徐伯埙	刘家聪	张海泉

力 202（44 人）

刘学斌	王 元	郝兆星	王通北	张晓堤	李延平
钱普秦	张秀琴	张黎伟	秦 权	赵 威	徐占九
王嘉新	陈瑞禧	张瑰芬	陈坚林	潘瑞琳	朱祖贤
陈美英	陈全公	王人杰	黄纪文	叶邦础	赵治枢
谢成瑜	姚振汉	李家驹	杨永新	许际龙	江秉琛
王 正	胡金城	魏瑞山	陈启武	米成秋	宗福开
陶崇铸	吴克成	宋 亮	秦振东	张文兴	才德蓉
赵宋昌	钱浩生				

力 203（22 人）

李照甫	董权中	杨秋恒	王 冀	陈光福	孙其善
孙寿民	沈毓琪	俞盘祥	金千芳	李广雪	朱兆明
李清荣	邓自立	王世媛	张镇城	陈光中	周文英
兰厚福	汪 派	顾丽珍	张赞成		

力 204（25 人）

张人杰	张亚夫	刘汉仑	黄殿志	邵慰骏	乐 瑶
谈 洪	汤志贤	赵会全	沈恒权	李树浓	夏昭知
刘承泽	黄良辅	张能力	王世兰	张 政	张世铮
潘忠刚	过九镕	陈日祥	王绥桢	司徒敏宁	张贵媛
陶崇恩					

力 301（1957 年入学）（25 人）

金 铭	于天常	张晓琴	严宗毅	张昌莲	王起河

许晋寿	仲孝恭	叶宏开	朱国瑞	郑启心	王立治
李 天	吴隆海	孙继铭	叶元培	杨 桐	张振国
许伟茂	夏雪渝	蒋镇寰	陈道槐	刘 锋	裘丽芬
杨瑞荪					

力302（23人）

赵彭年	潘真微	韩光民	刘文珽	李 立	李树桢
任文敏	曹致玉	薛明德	袁克敏	杨寿南	郭营川
孙树勋	柴家振	严国清	胡明汉	刘家驹	黄宝宗
朱荣桂	曹山珊	华达浩	林 顺	王茂义	

力303（42人）

章赞成	姜树桥	武占峰	张和文	徐 莹	马如山
朱幼兰	韩明山	刘金火	陈 龙	郭玉佩	赵国泰
蔡大用	张殿钧	何宇功	金其杰	刘赓余	吴 齐
林梦熊	耿普胜	谢绍奎	常乃环	董宝光	谈谷楼
吴永安	孟章荣	王家秀	刘德明	孟庆余	赵立平
陈光南	魏公毅	胡理清	李子才	居绍一	何秉娴
董芳兰	魏义桢	史畏三	张兴志	经荣清	何耀旭

力304（22人）

冯玉孚	姜之励	王保兴	马海良	张中亭	韩洪樵
姚学敏	罗露明	康 滢	任际林	吴观乐	周晓清
徐关彬	赵钦煊	曾庆湘	胡 俊	石双凯	赵文华
赵家枢	许儒铭	曹泰岳	李怀萱		

力305（15人）

陆钦年	李永仓	谈正明	洪景丰	顾金钧	郑善煊
李洪柱	何子健	周 伟	卓曙君	陈肇恒	程丰渊
陈光桐	张幼雯	潘得引			

力401（1958年入学）（26人）

谢志豪	高尚毅	白希增	范庆培	王宗森	钱志高
张俊章	郝佘祖	黄建农	刘季稔	谈德颜	马青轲
张志永	顾彦武	程坤仪	余其文	王德生	屈志成
徐美媛	孙士敏	孙连安	朱元铎	栾长久	李耀宗
翟 鑫	邹淦泉				

力 402（24 人）

徐世丰	倪火才	吴鹤华	李有道	李德谦	张福田
高俊诚	周存和	赵冬敏	韩子健	蔡圣民	翁爱娟
陈奎林	沈德林	邓可顺	许文清	陈元龙	蒋桃清
孙在鲁	汪有前	严宣金	李志全	李华明	张荣芳

力 403（47 人）

郭庆亮	张坚群	赵庆林	李双景	梁华湘	徐祖银
徐强国	王福德	谢道衢	陈国章	谷巨卿	马庆有
黄冠雄	韩濯新	于素花	王力珠	王 勇	石秀坤
张连合	郭浩志	邹景轲	杨 霖	周履铭	史如心
李清和	裴坤寿	丁立华	包有红	王心正	李菊英
洪先龙	王天云	陈 琳	钟文发	韩其瑜	朱本玉
李汉良	刘德俭	曾宪忠	曾锦辉	许有芳	康玉祥
赵 铎	张顺成	杜祥楚	竺瑞廷	聂玉珍	

力 404（43 人）

杨德金	李荫荣	李玉仆	王梓林	王化育	丁连发
张兆明	朱风辉	韩玉玖	李玉山	徐有毅	郝老迷
田润清	王仲义	张志华	谷志刚	崔玉宽	刘荣亮
周 信	吕田恒	王惠农	诸志民	王振缪	张红生
李福云	沈寿福	郑锦亮	陈文芳	陈玉生	刘金鹏
崔子江	罗鸿举	易新亚	张昌权	韩幼平	刘效杰
程惠尔	马 赏	姜华钿	徐明鑫	余其煌	揭筹先
赖裕祥					

力 405（24 人）

陈金陵	习东云	王思庆	侯玉芬	郭瑞璜	宋熙太
金继光	杨汉祥	苏法柴	章盛奇	沈炜良	苏志刚
张洪文	李国华	叶冠吾	王 欣	陈兴岐	张 治
郭 琳	吕新德	裴俊厚	黄信芝	张耀勤	窦润福

力 411（12 人）

钟之明	马怀秀	古 林	王克长	马贵仁	刘志祥
盖春书	郑著成	刘正元	王德崇	王锡文	王培堃

力 501（1959 年入学）（25 人）

苏铭德	温棣祥	赵克云	王仲连	赵溪渤	周其成

陈允惠	梅益超	陆志云	汪炳麟	陈英民	李占国
刘士章	张淑荣	李英敏	苏辉煌	陈金琰	欧阳秋
汪华中	任二云	袁风柏	徐惠林	贾振学	张志信
魏启鲲					

力 502（25 人）

宋友贵	刘时雍	蒋先川	黄怡筠	陶贵源	马帮安
张洛华	程兆雄	吴彦文	李山林	王作民	薛希超
卢延诗	徐建曼	陈文才	徐远超	戴诗亮	成乐中
高怀宝	王笃美	彭如海	鹿振友	孙学伟	朱耀祖
孙 乡					

力 503（52 人）

朱傅志	赵锦蓉	张铸仁	朱焙烨	王承曙	彭秀英
王燕生	华大平	刁惠琴	杨家梅	谢 静	王燕来
丁冬聚	傅鸿沧	张诩钰	王安耕	庄永芳	曹森森
吴炳林	常谦顺	马志安	王亭惠	赵振声	高树春
赵致格	李敏生	吴家林	张开功	龙希文	张大洋
金文斌	王吉善	陈宗泽	章正坤	何太祥	蹇贤福
刘晓迁	劳诚信	肖均祥	向延刚	吴功广	臧盘安
金人斌	宋汉涛	孙宏昌	黄忠祥	李忠源	刘丕德
王祐民	董常诠	徐景尧	李勇锶		

力 504（37 人）

董毓明	田振寰	孙昆文	孙炳华	徐达雯	刘存禄
张风辰	王伯铭	盛荣昌	周明德	黄世乐	王政雄
马有礼	钱癸融	张 谷	刘瑞田	韩淑芳	朱其荫
张万通	陈宏春	郭海林	康铁安	庞炳志	韩寅达
丁美和	刘吉萱	余作生	林正禄	蒲明书	曾妙兰
张存芳	李公仆	刘宪秋	李栓龙	傅国义	杜国樑
罗启宁					

力 505（20 人）

张国安	王庭达	刘志英	朱乃励	周文秀	张景山
陈世恒	沈成武	余翠英	石 泰	刘文豹	李可濬
田德义	官允惠	郎需英	戴泽墩	孟心远	阚家栋
李子君	宋克强				

力 601（1960 年入学）（44 人）

何　诚	吴景春	王文同	童益令	董玉奎	黄春宝
程惠生	段聿建	仲　文	杨振生	王一平	林洪飞
王　琳	周亿裕	刘国强	黄开席	熊筱珍	印晓富
陈　嘉	王淑华	王钟毓	沈俊泉	张建白	杜振杰
郭继周	张永祥	史明泉	庞长战	徐华岑	陈建民
王灿臣	隋国芳	陈康民	崔乃明	严俊仁	廖集抗
吴永春	汪保安	况光裕	管洪轩	陈细栎	陈方俣
陆林生	赵长儒				

力 602（46 人）

张秀娟	田永文	刘维倩	陈鲁生	袁全森	李春梅
王珍珠	屠美容	臧　昆	邵元培	朱允诚	成传贤
李章勋	王立占	刘宗庆	田秀云	杜洪增	赵文秀
许良友	蔡容钦	祁仰仙	陈孝安	胡伯骏	俞仲祥
郑守清	罗时伟	段泽光	莫国兴	卢习林	陈平安
黄绩丞	龙秀先	葛树禄	郗启娃	杨亚弟	段有义
石福庆	何英豪	张　琼	陈焕星	梁永文	屈德荫
葛学宽	姚耀光	蔡德提	蔺书田		

力 603（52 人）

崔　伟	陈楚三	焦梅英	李候飞	薛友义	倪水林
蔡起胜	朱钱山	龚幼伶	徐庆麟	罗金林	范忠林
罗运才	许秉臣	张俊昌	陈道木	王振安	蔡顺富
岳中弟	廖振民	田国兴	陆锦红	燕　英	张翼鹏
陆卫阳	周胜奎	乜宝庆	吴维霞	魏文娟	李恕中
邢竞候	严德顺	顾慰渝	邱希春	林金肥	付鸿慧
朱绍琴	白埃民	邱基文	程德元	程怀远	姚公亭
李延林	王启鸣	曹常恕	廖伦鹏	李镇东	张棠栋
寿学俭	郑则锺	马耀辉	舒反浔		

力 604（43 人）

金一平	来建民	史孝棱	李俊慧	王桂兰	刘良彬
朱海林	王兆元	陈丽黄	李福清	顾学维	黄孝宁
傅乐勇	方国雄	陆显浩	姚家驹	朱静民	章关福
宋云露	邢梯良	成松铭	杨锦甫	刘志武	刘志强
吕洪顺	田二刀	安国乱	杨保善	黄作杰	林天明

魏仁深	林文锡	游冠洲	张方洪	刘又祥	谭伦贤
于志主	关德树	郭祥冰	沙次文	王同生	徐勤连
王学嫒					

力 605（29 人）

高万镛	王铁岑	廖心全	姚兴德	姚一龙	张帮楹
何淑琴	盛奕建	洪嘉振	朱珊霞	赵应作	陆治荣
赵整南	周清江	俞诚	龚雨石	孙敦祥	赵玉莲
王玉瑛	富友义	韩坚	刘良栋	宋华瑛	吴启树
邹文信	张克俊	邹德才	庄鸿棉	孙儒坤	

力 701（1961 年入学）（30 人）

范雨臣	王世凯	丁昭祥	苑广增	马保良	盖庆恭
郑人隽	高志聪	张晞林	马林	周善良	钱俊生
唐敬年	李桂林	沈莹	冯念真	华鹤鸣	赵薰
齐春冬	孔繁文	黄金舜	陈平风	刘明旺	刘高倬
杜先珍	李文白	吴金富	胡美力	刘秋生	彭荣蕤

力 702（45 人）

薛惠钰	于喜才	郭汉伦	徐有光	马珢	于清文
黄仲珏	范贻昭	王思强	罗明德	忽延泰	邢松燕
魏仲生	董方和	李致安	黄诚始	王昌祥	王克俊
张文远	张世华	吴惠彦	王敏其	关裕桐	陆传基
王罗顺	卞凤生	张乃庆	黄铭亮	刘玉宏	赵志岗
王再新	周辰福	王书春	晏平宜	谢仁慈	赵一中
杜德进	高雅丽	赵富春	刘英卫	曾庆华	程金环
牛志之	安树兰	蒋令芳			

力 703（41 人）

崔桐豹	方美琪	李为正	朱敏	詹鹏来	张上珠
吴森	郑纪平	王锦泉	黄鹤鸣	周秀英	陆继良
田勒东	吴猗梅	吴世民	韩世明	吴自美	陶庆华
纪梅丽	周磊豪	田洪生	高金生	徐礼格	刘雪倩
张克明	毕思逊	刘仁溥	张村森	周宗博	黄继纲
孙长君	李培钦	芦尔丰	肖兰珍	尤耀庭	林增媚
付师韫	黄德波	龚传信	肖玉纯	卢祥一	

力 704（32 人）

| 张静娴 | 李志杰 | 吕淑敏 | 张山来 | 陈天引 | 孙文超 |

陈 坚	刘英洲	李 芬	陈广发	张存元	魏敦崧
殷杏娣	袁亚雄	周彦煌	徐瑞琨	蒋家羚	刘霓生
赵麟生	卜国臣	施学贵	林凤英	游金照	徐修远
谭祥驹	李培曰	周建悦	沈明珠	朱蕴珍	杨炳初
刘士达	张 瑾				

力 801（1962 年入学）（34 人）

王方安	张鹤令	冯念真	付钟年	刁颖颖	高奇华
俞赓耕	陈守绵	李培均	张景普	崔永芬	端木晋
贺五洲	杨英昌	张振节	严越然	莫欣农	龚为平
刘超群	王树立	周 娟	徐瑞和	赵勤学	庄 真
黎银华	李 焯	师文谦	李海源	程焱南	冯际让
宋明德	于吉志	况兴裕	陈平凡		

力 802（31 人）

谢仁慈	何立民	宋国书	陈重华	徐克林	郑世培
李东来	费志中	赵 育	陈沉俊	薛 恐	韩贝传
许文信	张元正	王海清	夏子辉	李明莲	吴文华
孟继祖	吴松林	李 镔	雍巧玲	武建华	杨国文
罗国勋	康大陵	梁枢平	王静立	陈 铣	
裴鸿勋（转水利系）	王作石（转水利系）				

力 803（30 人）

陆继良	李燕玉	贾振陆	孙 滨	张守济	陆 恕
俞全宏	陈世昌	冯国胜	范熙天	宋振清	吴亚东
叶正麟	胡功竺	张世雄	祁力群	顾庚林	支孝宽
吕昌其	陈天晴	马宗权	李百令	王贵和	倪惜珍
单怀光	杨鸿章	林金洪	刘明璋	王书彻	刘白玲

力 804（27 人）

汤重添	林文漪	刘语明	徐 瑞	王守一	吴季松
宋宗明	胡 明	龚光义	姚士钟	凌鸿孙	黄纲华
宋自林	吴 菊	杭靖球	吴荣庆	王洪礼	杨忠民
张家渠	陈仲清	陈 镛	丁陵仙	张应举	林意群
娄玉亭	贺耀海	沈明珠			

力 805（23 人）

蒋令芳	孙 铮	梁春沛	田铁汉	郭云琳	郁振益
赵建华	李振民	许宗煌	顾克家	孔繁胜	鲁炎杰

| 沈建华 | 黄世兰 | 于文书 | 刘治民 | 费书平 | 李鸿印 |
| 林 江 | 杨鹤鸣 | 叶黔元 | 徐文龙 | 董钦尧 | |

力 901（1963 年入学）（25 人）

孔 延	许天江	孙常秋	张宝祥	沈仁明	陈桂元
沈台平	陈国光	金福龙	冷纪桐	周 莉	谭小苹
李光正	章曾煜	潘安平	姚增权	胡大邦	朱根伍
刘 炫	黄东涛	伍 超	刘绍中	叶志江	张怀怡
朱 巽					

力 902（25 人）

于子莹	施壮飞	曲丛钰	赵国兴	刘文珂	李维益
黄合宝	席 儒	庄亚仁	徐振海	胡健芝	王新义
陈利颐	李怀湘	金志胜	顾洪福	钟永生	何华欣
贾鸿藻	孙和成	孙国钧	陈 安	文小凡	徐梓炘
沈惠川					

力 903（32 人）

拾景年	周秀英	施兴培	王钧和	徐刚富	沈孝钧
王荃莉	廖章钜	余志和	殷秀清	谢就蛮	刘明璋
李受百	吴雄华	严德崑	张建华	王醒民	丁宝康
蔡源之	赵良臣	刘学贞	王戴工	盛世昌	张龙祥
贺林地	李全一	杨其恩	杨鸿章	常金刚	戴 浩
刘汝林	雷昌瑜				

力 904（28 人）

刘成群	陈玉宙	李希平	林发棋	乔宗淮	胡占芳
李宝荣	李贵林	王志鹏	施泽康	杨松升	秦立森
于洪莲	鲍子初	程允怡	徐伟俊	曹青峰	徐 瑞
张小涵	沈曙炎	周红瑜	曹 峰	吕淑敏	高季洪
何惠平	丁伟之	李 理	黄庆凤		

力 905（22 人）

潘振云	姚布丹	赵秉文	方苹之	赵宗儒	俞泽民
岑章志	刘泉深	胡林涓	王福荣	李 光	姜惠成
王观光	陈邦芙	王胜令	黎贵犹	李传让	瞿万金
陈国胜	李中鲁	吴希曾	沈成武		

力 01（1964 年入学）（27 人）

周天麒	纪学礼	单连臣	王行言	张大成	刘永秋
段春生	朱锦林	姚其言	陈培良	叶寿忠	邹觉先
范 奕	韩纪果	杨秋生	汤荣铭	徐嵩林	武心忠
武怀义	张新建	姜俊成	裴兆宏	张瑞灏	段银珊
吴汝聪	王福来	陈 钦			

力 02（32 人）

赵菊生	廉 贵	邓正春	周耀耀	宋国华	仇健祥
郝建明	刘春煌	吴炳麟	孙 穆	梁明珠	程保荣
曹恒忠	徐品采	单振忠	王立荣	王 武	李敬安
施荣连	张厚奎	王清録	何元斌	郑嫩惠	蔡金铭
魏大名	蒋沧如	廖凯贤	赵长风	程安法	郁吉仁
李树炜	薛伟民				

力 03（30 人）

冯曼曼	李燕翔	冯克庄	张大才	马玉和	郑鸿儒
穆凌云	宋执忠	胡金芳	沈金发	陈秀燕	姚阿六
胡逢淦	徐士良	耿邦英	刘承铭	沈如槐	徐 鼎
刘树勋	边德英	张素琴	徐川育	罗加云	谭大碧
郭益和	张震中	郝中军	徐传德	殷人昆	陆吉康

力 04（25 人）

李天初	李庆华	崔淑英	郭秋敏	何秀风	沈文龙
朱光春	樊正民	曹大林	周忠荣	夏业骏	沈湘玲
沈先寇	王瑞珉	甄造堂	孙明珠	郭仁宽	林克民
马 光	左开才	蔡绍文	凌均效	李志信	张明山
张 骧					

力 05（21 人）

孙 捷	赵景文	刘树芳	张云辉	柏奎盛	王胜利
赵苇一	赵康源	徐均德	毛汉宁	孟志诚	曹如斌
张学深	王鹤凤	刘坤林	郭继展	李松华	刘 泉
朱 洪	罗豫冠	盛珣华			

力 001（1965 年入学）（25 人）

王德春	王新杰	高晓虹	吴知丰	沈可兴	殷荣高
洪永祥	张兆芬	郭大成	陈 方	谢昌明	傅鸿源

高仁琪	于和生	徐 恭	李玉奇	王希麟	王志岩
马远乐	张风成	曾德广	白素巧	吴炜煜	郝 方
汤康恩					

力 002（30 人）

高小旺	范希安	梅东放	张平之	鲍国杰	陈桂永
朱慈勉	何继潮	林道选	施国荃	苏 军	焦群英
李春景	张聚成	张招扬	李作欣	罗学富	王启天
罗有礼	翟松柏	孙仁佳	王 阜	单景德	王法高
赵曼扬	常亮明	翁维云	丁 涛	卜庆顺	王森南

力 003（30 人）

刘家毅	张国锐	周从尧	李柏青	韩瑞年	薛秦春
李大法	朱荷生	黄连生	刘自强	唐六丁	袁一林
钱俊龙	夏承南	刘启栋	林礼忠	谢星明	唐明才
吴恩华	宋树彬	赵焕东	陈宝树	曹琪璋	闫慧敏
陈允璿	富国昌	朱继生	陈育延	周庆福	沈春初

力 004（25 人）

张冠忠	周小燕	杨金英	童 鲁	李建国	刘 建
俞文伯	黄维崎	陆佩忠	孙 秀	周宗彦	罗章寿
李荣先	刘龙成	陈元鸣	陈克金	张少华	李 旭
卫景彬	钱 博	杨泽亮	蒋子刚	张义同	程从明
马跃开					

力 005（20 人）

胡仁隆	郑叔雄	朱德光	高尚礼	沈惠申	乐银成
李玉田	邱志明	蔡利栋	张润圃	商龙生	洪友廉
傅国铸	赵玉林	郑良知	王永梁	邓著达	于文献
赵宗普	姚光龙				

射进 01（进修班）（43 人）

吴振川	吕 波	田雅令	关援朝	董景云	刁小健
阎国庆	刘泊春	王长友	王学莲	高志诚	李绍普
董得道	胡怀德	刘世新	李跟英	王二平	郭世清
陈树桐	张兵军	张立朴	姚胜国	陈治海	张 林
乔振龙	施玉亭	景书盛	周保安	李锡佑	桑增宽
卢继红	李慧珍	赵湘江	李宝起	王坤池	康汉初

| 柳韶东 | 徐文惠 | 宗承志 | 郭明芬 | 尹振坤 | 张新好 |
| 张启英 | | | | | |

强21（1972年入学）（34人）

刘华新	赵源刚	杨惠芳	周望香	黄 江	左 军
郭兆琪	杨大祥	肖 镇	陈兆华	苏秀荣	孙少力
王福义	周清惠	陈梓道	许建华	杨锡芬	王士达
程德春	王兰英	李秀芳	宋阿增	许贻燕	周 折
王玉莲	秦平彦	吕兆华	刘长伶	闫俊乔	张显林
周振德	张淑玲	刘桂兰	周晓惠		

射进21（进修班）（34人）

赵明忠	杨斌华	沈定才	郭悦长	徐潘良	冯玉保
王庚辰	陈 英	李保恩	童俊生	陈少华	陈铁英
钟锦泉	孟永生	黄丽霞	赵建国	董瑞玲	张秉霖
张秀敏	史潮波	高俊一	薛国源	云 飞	李洪运
刘秋庭	赵德玺	刘万禄	李 政	诸葛保	杨锡深
张伯霞	周广钧	赵 彬	梁继胤		

流31（1973年入学）（30人）

张玉敏	郭 江	王莉莉	马惠萍	高永顺	林建民
袁燕生	刘 征	刘培新	李长发	崔桂香	王家楣
郝 丁	陈立斌	孙继瑞	魏黎民	姜鹏明	林文豪
关维国	徐克晶	贾开建	刘中仁	刘志庆	王秋香
许 敏	徐正华	乔品华	何其维	杨培英	王方其

强31（34人）

郭绍东	徐光武	朱俊杰	张晓红	吴本深	周林云
曲 建	张金生	徐志诚	关秀芬	梁醒培	宋卫东
高秋平	马青年	王长明	张建华	李运芝	董承全
胡 荣	赵汉中	梁光珍	李海里	贾秀苑	李燕虹
高伟健	牛子桂	李风萍	张士勋	赵更生	陈修亮
欧真群	董淑琴	杨中伟	张才富		

流4（1974年入学）（45人）

郭继新	王秀彦	姜淑文	李珍珠	张桂自	朱艳丽
张国玲	孙文娟	闫御美	程益风	张春梅	梁博文
张春秀	许邦云	徐雪松	廉铁成	袁永祥	李 勇

姚振岐	吴语柏	刘贵成	许春虎	孟建新	李　新
徐振江	旷卫国	柴　刚	张德全	靳　英	马文海
刁立华	赵祯泰	刘占龙	王世杰	陈林子	耿新民
安维东	戴志祥	秦印玺	朱化南	刘文龙	文兴贵
苟兴全	谢德常	李琼林			

强 41（45 人）

刘宇松	李秀兰	李淑兰	李孝兰	李玉珍	李凤琴
李和平	符庆芬	孟凡梅	刘　晶	徐佩珠	许玉香
杨小林	丁毅丹	丁鲁建	张秀荣	赵亚萍	宋　蕙
戴培月	郑德芳	胡苏侨	李华政	卢光余	卢斗祥
楼肇洪	乔世杰	臧开勤	段守信	丁继勤	张基全
王天祥	耿　云	崔文勇	李国璞	杜品宏	白剑新
宋德亮	徐怀忠	高基田	杨树生	王　利	石泽均
刘文祥	郭留群	王芳杰			

强 42（43 人）

冯金荣	魏海萍	吴玉凤	梁　平	付俊华	柳　军
刘梅勤	金惠清	高淑荣	段淑琴	张邦菊	徐光辉
沈春玲	杨桂英	杨立君	姜占珍	鞠茂林	吴朝斌
王　励	倪洪祥	孔凡让	胡俊昇	宋章元	陈积书
田玉祥	魏新华	吴安忠	李存刚	赵光显	丁玉坤
李雅贵	董树印	王耀辉	李春海	李惠祥	马显忠
李文起	景远福	王长寿	冯　健	杨泽风	杨宗碧
韩永林					

热工 41（40 人）

赵家逊	王新绥	郑宝才	路永才	张天虎	刘敏身
何世杰	刘世伟	于占文	孙恒茂	宿琳娜	王庆英
张凤格	翁蓓华	安凤生	陈兆荣	黄贻德	肖卫平
牛建林	乔枫	张幸临	邓艳秋	杨绍荣	陈　国
李炳南	许连生	魏国庆	尹　松	解维军	刘良元
陈　敏	刘少梅	陈焕悼	德　强	吴树源	梁宗贵
谭东元	朱培世	杨万增	王启顺		

流 5（1975 年入学）（35 人）

刘文华	陈永宁	张和平	卜维平	钱国荣	易景山
颜一凡	郭耀忠	张丽艳	陈风义	马连轩	李晓军

李鸿琴	王维勇	金翠伶	张焕全	徐辉	柳丞和
华平	郑国华	肖庆瑞	宋苗	耿晓音	白珑
王长滨	任喜华	董静	张少清	王速建	蒋贵琴
于洪滨	王艳春	孙玉奎	别莉	李孝宽	

强5（33人）

甘连红	林锋	唐丐凡	王晓云	王玛俐	冯立年
李莉	于德义	王瑞香	李光明	李明	梁艳
张万成	杨丽君	林义琼	邹春华	李惠玲	张尚宽
吴玲	马灵	孙建国	张庆来	鲍桂琴	程永革
陈留安	申涛庆	贺长春	白毅	孙永安	刘九江
祝景媛	韦熙强	何长奇			

热工5（37人）

汪敦鹏	刘显宗	高作木	周绍同	叶志康	徐映芝
胡旷	刘相法	王福源	姚永光	崔保柱	路贵馨
吴开三	王禹生	王素阁	叶培前	王德魁	张显金
陆文金	李茂林	范清	刘明贵	张忠利	许洪金
刘志伦	王哲帛	邢德汾	范南疆	马在存	孙鸿
李雄	郭志勋	张德胜	刘志海	杨维平	陈栋梁
张石卿					

等5（35人）

刘正子	刘清波	陈德才	李茂平	汪烈祥	汤和贵
张汉林	孙文孝	张天麟	孙福期	袁均	王阿水
吕振杰	李文娱	张喜林	夏振礼	胡景林	王树森
陈兴章	宋玉琨	苗文玉	赵静	荆海泉	李申发
张文平	张晓哲	路金城	王茂永	郝维祯	武国生
陈明山	韩援朝	荣海	吴桂宝	荣金龙	

流6（1976年入学）（34人）

张家明	王志航	张旭旭	舒在新	张戎威	刘丽莎
王俊义	段君阳	杨春志	原建新	李怀庆	江峰
杜瑞敏	彭伟	林杰	彭阳春	魏秋	张理良
王春玉	高小宁	赵桂荣	沈锡安	黄国柱	张有涛
方保成	崔京南	苏立克	李启平	谈洪朝	崔军
王智	王磊锐	李矿林	阚兴贵		

强 6（31 人）

魏淑君	李汉文	惠 民	李传宏	许忠良	季洪海
王彩玲	应永强	陆国民	张志安	王耀民	李玉春
岳建平	管晔辉	孙 力	侯 英	张晋萍	施联秀
田 丰	李学瑞	李会峰	刘增田	刘淑敏	李 丹
张华山	唐济良	周洪林	赵辰民	刘明馆	谢永平
霍树堂					

等 6（29 人）

张增建	赵东建	王燕娥	管佩文	许伟江	吴建国
马万钢	赵金旺	马霭芝	武国玉	王红枫	尚亚丽
张青云	于海山	白洪贵	史庆江	曾 鸣	邬瑞仁
唐桂萍	王湛信	梁炳培	尹建东	朱勤先	谌伦辉
陆醒吾	苏显惠	王效泽	顾剑铭	杨久昌	

气进 6（1976 年进修班）（36 人）

王 群	朱路明	赵中曙	邢群瀛	刘殿强	秦龙宝
曹赞生	王怒涛	丁松文	杨惠庭	姚 健	申兆清
王献洲	李秀文	侯俊岐	蔡顺辉	薛敏珍	武新民
高发顺	丁维伦	蔡大威	孙福来	李桂芳	王国华
邵 佳	潘五三	梁满通	陆小冰	黄永恒	伦锦然
黄兆基	周瑞昌	薛英超	殷志良	马 达	韩春禄

恢复高考以后：
流 7（1977 年入学）（29 人）

罗晓林	何晓渝	罗宗平	冯振宇	李守彦	杨 辉
郭跃平	黄晓晴	李蔚林	布卫红	姚一平	佘建伟
陈达卫	周 朦	翁惠芳	夏靖友	李国伟	蒋 峰
邓重平	温 彪	吴兴荣	张景怡	张秋萍	钱力克
黄金辉	郑 刚	刘 卫	杨瑞新	王治国	

固 7（35 人）

谭明一	袁 珩	黄庆平	张丕辛	张 伟	周小平
邓 勇	马若涓	王 均	肖 颖	刘玉民	李 彦
潘立功	邓小铁	但 威	林建华	盛善定	景群智
朱一无	王卫东	肖世忠	周 叮	冯雨生	章柏钢
李 平	张中民	秦少文	王 耘	于 原	安永民
樊 辉	钮 麟	黄民丰	贾海东	王丹洪	

热 8（1978 年入学）（34 人）

杜 晓	俞度立	原遵东	刘 桦	陈 琦	李 东
石 磊	潘 宇	周 杰	李华强	壮 迁	杜兰萍
陈跃山	张燕屏	王晓东	唐科奇	龚为民	张 琳
赵建新	王志民	胡小平	肖金生	赵李铁	桂业伟
周文鸣	顾炳武	王 速	林小燕	符祥群	陈伟康
熊柚民	张 健	周维强	邓树宏		

工程力学系 1978 级进修班学员名单（34 人）

张鸿庆	王良州	赫 方	孙 穆	赵曼扬	李 理
刘守圭	苏 年	何 正	平幼妹	蒋 铮	王安稳
蔡绍文	丁 涛	洪迪安	姜德进	范 力	林文兰
徐嵩龄	周忠荣	沈可兴	伍 超	蔡金铭	杨泽亮
张进平	李树炜	陈志远	钱毓敏	刘德鑫	秦立森
俞文伯	左开才	王福荣	张平之		

力 91（1979 年入学）（34 人）

唐 颖	杨 磊	栾美理	李 铮	赵静野	赵博森
商 平	杨京龙	孙鹏飞	凌 熙	沈 虹	谢玉树
秦 关	胡天羽	马志农	高学军	彭晓星	吕秋强
王文素	毕克农	张 征	钟小林	李 棉	蔡建林
胡春生	刘 淮	丁 元	吴金龙	陈 彬	蔡绵涛
汪 俪	钱 锋	牟晓霞	刘光华	廖柏程	

力 92（33 人）

夏朴淳	张希浩	袁文国	师宏耕	邱燕萍	宋 军
戚克智	蒋 沁	方 兴	杨 明	祖武争	曹 文
王 径	冯肇荣	李琪华	王伟民	金 锋	杨维刚
刘 越	程 星	谢 耕	任晓辉	卫 欣	于 丁
潭 汀	罗卫东	吴承军	胡放群	曲江宁	王成宝
林少波	王一鸣	廖 敏			

力 93（35 人）

丁大江	张 建	李景明	张 谦	王 强	罗力丰
徐京华	李应华	时家增	曹 京	朱 阳	黄亚平
郑维杰	贾 宏	穆 维	石宝兰	张 诉	朱 超
谷连生	魏建国	刘 美	许建新	易维明	何 星
路 波	邓剑华	龚少楠	武志和	凌长明	饶 江
艾沂洪	杨炳奕	杜邦初	查 为	李 浩	

力 01（1980 年入学）（33 人）

刘光华	严幼幼	詹蒾	蒋立群	邓晓青	崔旭东
何 力	陈霜立	龙天行	孟 岩	于 伟	吕则陈
潘剑林	陈楷颐	沈 清	孔晓临	郭四稳	林华勇
钮晋国	黎倩云	谢 斌	沈葆春	薄智泉	康 迅
张春雷	赵旭明	李 峰	郑晓玉	范力群	魏更生
金建华	商 平	张 近			

力 02（32 人）

杨 刚	刘 强	邢 达	曹晓东	汲 泉	叶瑞丽
耿一平	李京玉	马 光	朱 丹	林 桥	卢 平
陈 怡	楼建雄	吴南屏	林仁玉	徐维华	魏国强
刘 彬	郭远非	张远高	段纪成	杨贤平	仲 政
徐如进	张俊杰	陈东宁	张龙英	刘建强	周 强
刘方文	杨金耀				

力 03（30 人）

汪左澜	甘 雨	陈立红	笪越生	刘京平	郭东风
王 炯	段宇宁	沙 明	张 明	陈 力	于 帆
魏 杰	李宝松	杨开满	郑远平	严鸿飞	陈小明
张沁芳	王相锋	吴雅珏	黄 勇	孙 焱	吴毅锋
王涤非	朱南强	朴春成	于 宏	班 珩	何 评

流 1（1981 年入学）（28 人）

徐辰晖	涂海意	游洪涛	李 凯	何 枫	李红源
侯 宇	王东伟	胡金麟	李立宏	曲仕春	刁晨光
张 越	何维龙	鹿有余	金陆泉	赵长葱	马 宇
李伟林	张 琼	赵平华	贺新生	李少俊	曾令忠
赵国龙	陈 何	欧 鸥	倪守忠		

固 1（31 人）

曾 敏	洪亦仁	张质斌	卢 征	张 青	邵励生
方雪平	武卫东	吴大成	吴 蓓	王玉勇	宁 红
庄汉康	崔维成	葛 玲	张 勇	夏良道	潘 瑜
周海鸣	王庆云	江坤生	尚晓天	刘 滨	梅焱祥
刘小虎	王学宗	李克宇	杨 溢	杨 槐	杨新虹
杨 波					

热 1（30 人）

吕志鹏	谢 鸿	黄建华	张玉民	潘 敏	韩晓东
石瑞松	吕东明	刘风山	樊健玲	丘文倩	闫究敦
曲继发	蔡 榕	琚诒光	李 磊	周大冬	周莹莹
王命棋	郑 斌	张天林	周 勇	刘志宏	周乃君
柳巨声	卢祖严	卢德松	马勇前	李 润	刘志坚

流 2（1982 年入学）（30 人）

冯 伟	王继海	陈士方	陈 进	过 鹏	余 真
许京春	孙 泓	丘乔羽	吉兆民	霍春源	徐宇星
黄维通	刘国华	荣吉利	谢 勇	董国平	何福森
熊 斌	谢晓素	徐明杰	姚宏伟	尹 皓	傅立新
姜兰波	周 华	陈永亮	王仲民	杨桂萍	杨 镈

固 2（30 人）

宋 援	张 恺	陈 勇	燕 琳	李东生	姜延平
方 华	丁 侃	代忆戈	钟 伟	秦从群	谢剑璠
张纯钢	李晓东	向家琳	张 翔	郭 屹	王惠军
刘 严	于加良	杜 森	陈细良	丁 科	余朝晖
陈 红	王 蓉	丛百林	张 立	石泽贵	崔 杰

热 2（29 人）

曹 明	邱宇晨	王 菲	林挺宇	杨立群	郭 强
宋鹤童	郑建伟	陈晓东	李晓平	罗美珍	周 信
张和平	顾平道	孟 霞	郑 云	陈正东	米桂新
杨 军	吴 彬	李建林	李 欣	赵向伟	舒志新
魏 力	邱泰庆	段 渠	胡敦燕	石瑞松	

流 3（1983 年入学）（28 人）

王 炎	袁小斌	朱悦辉	李 崎	钮 键	高少柏
阎 宁	周 雷	任玉新	郝 海	孙 彤	李树森
于溯源	魏乃龙	卞良驹	洪申平	吴立新	林 竑
朱丽梅	国 涛	黄振华	陈建华	黄 平	陈 琛
文献波	何春红	杜 强	梁 杰		

固 3（27 人）

肖 飞	华 原	谢劲松	伊 莉	李 捷	许 葵
张 芮	卓 越	张志超	王晓冬	张 宏	沈晓军

王敏杰	张袁备	曾惠晔	应　明	钮祥军	郑顺风
张少雄	孙吉松	魏光远	梅建芳	周志刚	李志山
戴少锋	王　兵	令永卓			

热 3（29 人）

郭　毅	韩兰青	陈　红	许　立	于文杰	陈爱华
叶　茂	卞立群	胡　山	于卫国	孙叶柱	唐　林
单　玲	王　铮	胡海南	陆永前	方兆彬	王义忠
陈国光	吴鹤立	阮班治	童建民	肖　杰	李红云
牟　军	岳　斌	吕怀安	唐庆凯	林建军	

流 4（1984 年入学）（31 人）

付宝华	胡健国	王　勇	潘　驰	朱　永	濮存斌
林　丹	王世东	邵社教	贾宝勇	毕亚文	李宏杰
沈永泉	赵　华	高虹霞	王晓杰	伊炳希	邹文楠
倪文娇	刘　宏	夏　冰	袁文清	谢贤鹏	骆志勇
张志鹏	赵永智	苏玉宏	赵　伟	董玉杰	魏　进
金建富					

固 4（32 人）

关兆东	郑　融	张立稼	郑铁渝	姜建斌	李红伟
王学明	于　超	尚　莹	林文凯	杜维鹏	闫成勇
邵　兵	石春民	陈　东	李　雁	赵国民	洪　滔
齐明超	苏　刚	聂小平	唐雪怀	吴传红	张立新
朱中华	王小宁	李芝兴	张东军	刘宝宁	徐　飙
杨徐洁	李朝弟				

热 4（31 人）

陈　田	秦　烽	王小海	李国龙	阎　鹏	罗　宏
史　茜	胡筱筎	董世平	李宏伟	刘泽龙	王卓岩
茅奇华	宋　扬	钱振新	张　超	解东明	毛向军
姚国强	王　亮	黄红梅	陈勉忠	唐小伟	张霄岭
袁　石	赵庆清	伏亦兵	杨　军	应宏彪	庄文红
庞建平					

力 51（1985 年入学）（28 人）

| 张　磊 | 张征明 | 唐革风 | 陆　柳 | 洪学军 | 黄晓波 |
| 郭东海 | 毛献忠 | 姚朝晖 | 潘文胜 | 许春晓 | 张剑波 |

赵建福	李文军	倪 钧	游浪淘	路 凡	朱静冰
杜向东	王继红	赵力杨	李 黎	李大伟	朱小刚
吴 楠	凌 卫	夏健明	任 斌		

力 52（30 人）

薛 焕	陈 琳	冯西桥	尚东伟	张 刃	吴梓玮
仇卓平	冯晓焰	李 峰	陈 忠	阴 可	陈西峰
张 铮	徐 彤	赵彤彤	顾 斌	张承柱	方辉宇
张同亮	陈在铁	张宏文	徐家驹	李学军	龚 兵
刘 红	杨 明	周 东	田俊良	魏 进	杨仓喜

热 5（30 人）

陈运中	吴 鹰	张 武	刘 昊	韩 梅	陈 岩
罗伟炜	于安辉	周 静	廖春涛	师瑞杰	陈 伟
李云明	楚俊峰	黄晓彦	匡江红	唐建英	俞 玮
余立新	苏炳志	范文汇	钟学智	陶 新	伍朝斌
张应强	王峥嵘	廖 理	余卫舵	杨大昌	

力 61（1986 年入学）（30 人）

潘 岩	胡春林	张 辉	叶定晖	张东晖	黄 力
黄维东	赵亚明	杨永生	孙左令	宋孟海	马胜远
于长红	郭晟旻	丁建祖	何军晓	陈国祥	丁全胜
陈 峰	徐 军	邵 军	单 军	苏小平	鲁小蓉
王智平	肖 晖	黄 涛	郭延虎	姜继光	徐 辉

力 62（30 人）

傅激扬	王志强	马 涛	许 晖	严 明	邓 伟
夏 初	朱 路	何会永	苏 剑	周 军	杨亚政
吴江红	李含忠	李建中	王才岳	邢贤勇	张向阳
陈 扬	胡新煌	唐予生	赵文忠	柳惠忠	罗采奕
陈 伟	刘 宏	李 勇	于西平	黄学军	蘧时胜

热 6（31 人）

端 正	盛纪堂	承 韬	李双燕	王典军	赵 钧
郝 越	李 进	赵铁军	郤殿福	吕春晓	孙海天
孙凯梅	陈宇征	李体志	何东明	陈 凯	董金桃
廖生芳	周宜辉	敖建军	巩桂亮	王向东	吴忠明
陈军民	李 斌	周 伟	姚永明	武亚军	战洪涛
郑双名					

力 71（1987 年入学）（30 人）

汪尉青	单 桦	徐巍然	程 平	仲 阳	张 宥
蔡卫东	贾东华	谭 敏	刘长松	李云峰	傅广宇
朱永勤	王铁民	施 鹏	蒋 莉	刘雁宁	余震宇
陈有芳	张厚柱	魏云梅	石水生	吴浴辉	许 克
何 桢	吴 陶	兰 钧	雷 霆	李 越	孔翿敏

力 72（31 人）

赵智军	诸彤宇	汪下烟	张 雷	周 忠	张凛筠
孙 永	冯升波	朱建新	姜天宏	詹永振	程 煜
鲁 亮	魏志忠	姚建军	王慧萍	牛海辉	张化瑞
谭 伟	陈 超	王 晞	黄智辉	张 斌	钱 刚
肖 忠	安 平	徐 建	薛 刚	王 静	娄 群
吴 平					

热 7（30 人）

蔡 珺	郭连波	熊 音	安 军	许 缨	唐 昊
田文栋	耿 旭	马占华	李 勇	钱 钧	陈东海
李天舒	王 飞	郝玉刚	赵军龙	唐风华	余承健
刘 鹏	李元元	杨 勇	陈 勇	王学力	张毅敏
严俊良	杨建国	何 晖	葛 阳	张 潇	王京秋

力 81（1988 年入学）（28 人）

叶 峰	练子丹	吴蕴新	高溢铭	朱雅萍	卢作伟
孙 佐	宋寒松	陈天翼	韩 标	孟东阳	黄国华
王小华	甘桂丽	王文松	曹江鹏	王旭光	陈 雷
王清理	曾 兴	林耀球	陈 晓	曾扬兵	张锡文
侯万宏	王维东	唐 烈	吕 超		

力 82（29 人）

李京徽	叶 明	张春彤	侯建彤	曹秋良	孙亚雷
王为剑	孙德胜	齐彤岩	张国华	王 发	谭鸿来
王金林	罗 梁	何世江	陆秋海	黄凯赞	赵 力
王 辉	刘 洋	陶桂平	蔡笃兴	庄瑞强	吴 体
章云科	韩志东	腾 冶	龚 遨	鲁华星	

热 8（30 人）

范 庆	赵 民	徐 选	王 翊	李一鸣	唐明浩

古卫明	高 勇	张 军	黄 英	陈 涛	安吉松
董 微	宋晓峰	孙 振	李海元	黄素宏	徐伟峰
杨 彬	徐昌荣	肖继东	刘宝亭	熊大曦	周海新
颜友良	张明华	刘 瑜	王晓刚	徐 进	谢以清

力 9(1989 年入学)(35 人)

田满仓	范心洋	郝鹏飞	张智舟	哲 力	成躬行
吕 炜	范亚玲	崔 珑	马 兵	夏维山	柴天峰
陈卫英	陈 丽	翟志强	许定刚	陈丹青	陈浩峰
牛风雷	黄建明	廖智杰	武宗选	吴强胜	白 涛
蔡 涛	方 晓	张卫国	童瑞成	王国彀	康钦军
陈天智	齐 航	董 鹏	曾 炜	刘建平	

热 9(29 人)

贺 伟	曾蕴涛	葛 京	高 磊	管质旭	原 鲲
曲伟林	刘贵志	刘 宇	郭英奎	郑 洁	刘 政
刘向东	陆惠萍	俞 岚	徐金焕	王 彦	徐 盛
吕田峰	李 阳	官晓胜	叶生洪	章新明	易明强
钟 捷	廖 峰	朱世炜	杨 立	杨 军	

力 01(1990 年入学)(27 人)

曾 东	康子建	陈 辉	曾燕农	李 宁	翁 达
赵军平	尚孟生	范飙飙	李 勇	王建立	王金龙
张建利	汪国庆	张 枫	边晓东	何 浩	林程森
王 辰	孙吉峰	葛 蓉	熊 亮	陈巧宁	李 鸿
成 伟	王战堂	张 勇			

力 02(28 人)

张浩川	杨贵亮	翁广宁	殷 峻	施 泓	朱 廷
张双旺	白建军	王爱民	黄 英	高 昀	陈 菲
许 清	缪荣兵	杨培杰	朱亚平	王朝阳	谭桂香
刘 佳	郭 强	金华敏	郑江洪	潘 登	郭 荣
季 芳	杜丹旭	尹 欣	刘文国		

热 0(31 人)

杨 春	钮小鹏	杨 磊	汪冬宁	张继勇	王爱俊
刘 丰	吴伟光	崔龙铉	姜 涛	冯 震	毛娟娟
徐小平	黄 涛	李红华	杨克镇	徐 一	戴 波

李　丽　　郑明清　　熊　明　　徐志武　　覃　川　　黄晓波
张小东　　梁　宏　　韩　鹏　　郭晓鹏　　董　伟　　徐　鹏
马俊昆

力 11（1991 年入学）（30 人）

吴越涛　　唐旭东　　胡明伟　　阮国辉　　吴　狄　　张　岳
于　正　　李　栎　　霍文旌　　罗　纲　　王赫阳　　于　涛
王玉虎　　施卫伟　　葛兆生　　赵荣荣　　陈　勇　　戴雄军
郭　阳　　于　烽　　丁新豫　　杨　毅　　薛彩霞　　雷小云
黄学军　　刘小波　　苏延川　　易松孟　　刘　晟　　徐　珩

力 12（31 人）

刘　勇　　裴　民　　徐臻青　　胡江涛　　顾克勤　　姚丽霞
杜春雷　　董　渊　　赵智鹤　　于　森　　杨　彬　　顾建家
陈永智　　李荣庆　　潘擎宇　　赵栋伟　　沈海东　　薛　松
李胜军　　宋康祖　　文　铭　　刘铁旗　　周世武　　徐和钦
郑云琪　　李　腾　　刘宁晖　　刘　彬　　王　翔　　马俊昆
袁振军

力 21（1992 年入学）（31 人）

王志岗　　王丹虹　　陈宇光　　张志斌　　由小川　　侯志东
杨宇光　　张会艳　　张昕浩　　郭　庆　　胡影影　　缪　泉
张晓航　　李秀明　　张　强　　邓增涛　　方可燕　　谢　巍
罗　靖　　江先金　　马贱阳　　黄健生　　何玉琳　　刘永健
徐祖军　　彭　杰　　李　亨　　孙喜明　　卢　翊　　李启兵
李　勇

力 22（30 人）

张榕京　　虞海江　　乔　锐　　陈　力　　贾丽丽　　赵晓鹏
曹艳平　　孙明时　　薛振宇　　邱信明　　车　威　　许　刚
王春浓　　陈　彬　　傅宇旭　　张友生　　肖　林　　卞朝东
邓鹿兵　　邵永波　　李洪斌　　许　勇　　何玉怀　　肖虎勤
徐杞韬　　宋小兰　　吴晓帆　　李宏波　　王　欢　　嘎　尼

热 2（29 人）

曹　东　　宋利军　　吴　燕　　王　滨　　龚　彦　　王振东
周　宇　　姚海军　　陈黎明　　王　宁　　李建军　　王立京
徐　丹　　陈志兵　　叶　青　　董林江　　张　斌　　叶晓虎

杨　静	陈　雷	王利坡	常　辙	郭治民	陈兴隆
段新平	李上贵	史小川	冯晓利	周　欣	

力31（1993 年入学）（共 21 人）

胡　滨	彭　涛	李　楠	张　瑾	王　柯	孙尚卿
解时来	倪德迈	陈　健	赵　宇	安智勇	李春铉
杨斌泽	骆晓勇	傅凯彬	金林辉	牛晓玲	张景明
胡振华	陈三超	黄润怀			

力32（共 22 人）

张小虎	胡齐阳	张彦航	徐　瑞	段小华	唐家才
王文浩	罗晓春	陈晓军	林国松	王　英	董朝旭
郝　鹏	王　洪	王小虎	刘　哲	梁　广	杨小萌
江　伟	李　然	张　岩	徐　敏		

热3（共 29 人）

王　冬	张江龙	廉春英	谭立彦	赵　玮	吴斯扬
陆孜平	王俊华	杨春伟	谢建云	何剑波	张　卫
赵　辉	杜宏民	杨懿彰	邵东兵	佘海斌	孙　峻
张奕滔	韩　龙	姚雪丰	黄　辉	胡金辉	刘　泉
曹　政	王遵敬	冯小勇	孙晓毅	朱　辉	

力41（1994 年入学）（共 29 人）

王靖夫	周海兵	杜　岳	李蕾红	陈甬江	李楠舟
王永秀	潘　屹	黄　亮	李明川	安中胜	王　筑
邢秋兵	牛鑫瑞	邓　岗	刘　松	徐宏龙	谢峻石
陈　瀚	熊　俊	张振科	周　舟	王　磊	邴岐大
郭高峰	王金虎	王　勇	郗　华	王雪梅	

力42（共 28 人）

郑赜瑜	陆云开	王　昆	胡　嘉	李柳莺	王利华
程乐锦	乐志华	郑哲明	李兴隆	刘　闯	张　锐
陈永亮	郭英涛	晏廷飞	蒋　毅	王　凡	叶红光
王　伟	黄素蓉	黎志勇	张　念	郑晓鹏	刘广松
王虎妹	高雁飞	徐胜文	姜天慈		

热4（共 28 人）

陈春明	周　维	崔天强	杨　巍	陈　强	史　愿

赵 明	蔡祥元	张旭东	姜汉龙	黄东杰	季 旭
龚景松	张怀山	徐东艳	虞 建	陈正山	朱曙光
李长乐	易 明	岳 敏	徐向华	赵 刚	姚晓波
杨 荔	黄宝陵	马 龙	樊小安		

力51（1995年入学）（共30人）

黄 绯	钱 强	陈 重	盛 诺	陈 雷	梁 兴
李 杰	侯双全	崔志坚	吴 波	张 焱	谢益祥
谢 凡	黄学军	陶 敏	孙 震	汪 浩	黄东平
慕 磊	李睿劭	杨 钧	杨志宏	丁宏伟	林 原
肖洪波	张 准	姚舒怀	刘 国	陈冰雁	魏国欣

力52（共30人）

吴 震	原 茵	李 超	洪 伟	张宏涛	苗红宇
洪剑波	荆沛华	李东风	赵夫增	鱼海洋	薛小香
刘小虎	吕 锋	李晨锋	董 延	张文毅	白 洁
李佳音	李彦民	黄洪辉	李平进	谭 李	郑 炜
张雪松	郝岩冰	刘 海	王庆法	罗晓静	王永秀

热5（共31人）

董 旭	徐 宁	赵光宇	柯文助	李明东	赵汝庄
章 沙	胡升腾	谷勇先	张荣海	唐 浩	刘 敏
黄贝佳	刘 笛	乔 丽	王越男	邓巍巍	张鸿凌
耿 鹏	王沫然	史 波	张大为	宁静涛	普 勇
刘 虹	杜以恒	沈 岩	马利勇	龙 洋	郝春强
李江川					

力61（1996年入学）（共30人）

刘 牧	赵慧娟	王颖晖	伍敏伟	王东宝	何 江
李 矫	武亚威	杨建道	孙学卿	张 涵	保晓嵩
苏罗鹏	张东东	张章飞	李 响	阳 雄	杨 滔
姚 昱	丁馥昊	程 蕾	杨东祥	何智江	王 京
赵亚楠	戴建华	陈丽星	栗 可	刘 翊	崔柏顺

力62（共32人）

姜 伟	张 良	张国平	姚海民	马 军	王宏涛
葛菱南	梁明刚	刘 琦	陶 刚	唐 辉	白 锐
徐晓云	陈迎锋	邵连强	邓 宇	刘 敏	苏继宏

雷 霆	范成业	王澄宇	张晓东	黄 聪	马雪雁
陈 荣	黄伟峰	王宇萍	王海涛	孟利波	许 蔚
骆高燕	梁雪冬				

热 6（共 28 人）

朱成凯	王 萌	李 晶	刘晓磊	刘晓飞	李 娜
卢小丰	王 兵	杨海华	蒋 平	尚 庆	殷 奇
郭靖原	郑必可	任凯锋	吴 苹	阮修林	崔 峰
刘 征	于志军	刘学亮	丁 武	陈 伟	焦天锋
李 毅	刘绍杰	程 凯	许 波		

力 71（1997 年入学）（共 28 人）

刘林岚	陈 远	李 征	孙玉鑫	黄彦文	蒋 渝
刘 洋	杨任刚	黄伟希	徐 云	林贵斌	姚伟峰
路英杰	柴德海	蒯化成	李显祥	金 石	马 炜
张建鹏	季成城	陈 晟	龚安龙	冯 晶	肖洪伟
赵建兵	聂 晶	喻学韬	刘雨青		

力 72（共 29 人）

张 骥	米庆鹤	王 恺	刘 波	尹华良	韦青山
刘晓彤	王雁昆	马 林	李群仰	潘小飞	刘亚龄
成 伟	阮春怡	李 尚	胡 炜	唐 甜	朱金钰
常 新	王立峰	鲁 异	王朋波	吴遨旻	邹 健
李 真	潘正海	章湘明	林葱郁	梁智锋	

热 7（共 27 人）

张 波	鲍爱楠	陈 正	汪新刚	彭宇翔	韩茂华
郝京阳	孙 麟	张 剑	宋 涛	田 辛	杨 濯
刘瑞华	董慧智	张正业	柳爱国	向 屏	肖 鹏
陈颖达	刘岩松	唐皇哉	杨武兵	秦挺鑫	赵君毅
魏 澍	刘 颖	吴新灿			

力 81 班（1998 年入学）（30 人）

刘晨歆	程 鹏	谈思琦	万敏平	瞿 鑫	徐 玫
唐 敏	闫卫星	陈 科	杜宁宁	赵泛舟	石 静
崔凤祥	谭百贺	黄军杰	杨 雯	刘安良	杨飞虎
郭 宇	于 冰	方红荣	吕 键	姜 星	李道正
冯伟斌	邹振亚	何文奇	刘 彬	蒋 剑	洪学知

力 82 班（32 人）

纪朝峰	杨双豹	陆 磊	许宏泰	尹伟奇	杨正东
魏 成	潘恭华	吴 晓	郑亚雄	阳 茜	杨春宇
高 昂	王祝山	刘 军	张建平	寇 征	徐志平
唐羽烨	李莹岩	徐俊东	郭增才	杨 璞	袁鸿雁
郭晓曦	曲贺亮	毛贯中	陈书梅	罗 阳	李勇强
裴永茂	崔 亮				

热 8 班（28 人）

姜 甜	王永刚	崔金雷	胡 哲	葛 锋	魏 星
王 健	朱宏晔	葛其明	陈明相	段传华	周 浩
霍洪强	隋晓峰	张香春	陈 文	任 征	黄思源
宫 玺	苏 欣	陆泉洲	张国平	吴 坚	张 兆
安钟峰	姜微微	洪泽恺	杨昆仑		

力 91 班（1999 年入学）（29 人）

朱 听	谢少龙	黄天林	张博辉	张延琪	熊钊荣
叶尚军	陈安邦	吕 林	尹 翔	张 研	曹宇宁
陈 卓	黄旭光	高 衡	王一非	王 飞	张 喆
薛小波	范 勇	杨士普	李良杰	李 斌	龚道童
胡伟基	虞 钊	吴 超	焦威佳	张 凡	

力 92 班（29 人）

方 楠	秦 江	刘 祎	张 萌	陆 骁	刘 旭
项亦斌	卢 俊	杨 燕	柳 宁	汤 波	周 良
王 为	江思跃	邵进益	支 彬	滕 锦	贾大炜
肖建亮	宋 杰	赵治华	郑 磊	唐 陶	王 侃
赵 顺	杨 帆	杜 华	李旭科	李 欢	

热 9 班（27 人）

胡竞芳	杨炜平	秦 乐	王 亮	任效明	张 星
蔡 江	邓加耀	兰旭东	郑晓川	陈 潇	林 川
万 凯	薛 辉	李晓伟	杨 帆	桑永亮	李卓毅
于新刚	唐 铖	尹丽娟	杨 勇	吴晓卿	余大启
刘 永	刘顺涛	孙小岩			

力 01 班（2000 年入学）（30 人）

郭 明	杨云柯	贾福岩	崔晓东	王东国	周 睿
彭 晶	颜伟达	王轶嵩	杨 阳	陈永丽	庄礼深

方　乐	高立虎	李　杰	张　卫	谯　鑫	周晓舟
胡　睿	汤家力	王　凯	王建滨	张宇飞	苏　诚
陈　耕	贾宏涛	解海鸥	张玉莹	张文献	王利荣

力 02 班（32 人）

花　韬	向　磊	马念科	程　锐	陈明继	林　乐
张　伟	蒋方华	顾　晔	李端阳	席文兵	丛　庆
黄旭东	周　丹	祁　涛	梁明晖	赵　欣	邹　雨
胡明涛	彭港祥	顾清华	王　沛	许　云	王　昱
巩　旻	陈仰光	李　悦	胡　彬	柳占立	刘　旭
李炎恒	成斌斌				

热 0 班（30 人）

吴学松	赵瑞昌	姜长青	季学伟	王文丽	胡　腾
吴　晶	岳　宝	陈卫锋	朱乐垚	欧阳广聪	梁　杰
李建军	杨　弘	赵　波	柳雄斌	李训耕	孙　俊
金　鑫	冯　圆	薛文胥	任启森	谭　宁	陈仁坤
张　鹏	薛淑艳	刘政胤	巫建华	王帅创	张志勇

力 11 班（2001 年入学）（31 人）

刘东良	贾霄鹏	陈　曦	郭智强	李振海	赵晓利
邵　立	李云飞	宋　昱	傅海舟	刘益伦	李　青
余振威	高　波	杨　攀	范圣秉	高　超	西月贤
刘扬扬	王　跃	唐力夫	蒙泽佳	张敬轩	张凯杨
吴　昕	张蓝博	尹明艳	宁　宇	马　睿	崔　雨
周　泽					

力 12 班（29 人）

陈柳君	王　鹏	周　奇	董妮妮	李伟明	蔡望鹏
周马生	杨　荣	温荣华	吴俊杰	闵耀兵	刘　磊
唐振亮	陆　超	史云斐	杜　宇	王　昕	鲁南姝
王　昊	张季枫	马显锋	裴苏洋	姚　灿	黄静波
刘宏宇	唐　文	廖剑晖	张　钊	李　剑	

热 1 班（29 人）

侯泉文	彭　耀	曹　阳	彭　磊	严　环	范　炜
石　磊	刘东韬	阳德志	寇楠楠	李　炜	陈亦铮
陈　羲	徐　钊	华丽君	姚志甫	毛　峰	毕研强

| 宋建丁 | 刘　曦 | 刘凌涛 | 陈　阳 | 高　旭 | 邓柏林 |
| 姚渊铭 | 吴梦柏 | 邢　程 | 国晓慧 | 秦　明 | |

力 21 班（2002 年入学）（23 人）

庄丹硕	徐　然	陶默雷	卢恩巍	秦　钊	段　乐
王占莹	付东旭	朱舟元	刘玉泉	孟　宽	范淼淼
刘　辉	张进军	夏乐章	邓　强	潘彬彬	吴成杰
钟　圆	张　锴	陈　曦	龚　纯	李　瞻	

力 22 班（22 人）

单繁立	曾宪湃	刘　亮	杨清侨	覃庆权	高志敖
张衍晨	遇鉴海	裴　钧	王麒玮	曾　昱	张天禄
张　翀	张　涛	洪迪峰	李德昌	王志行	陈晓波
王　哲	马宇立	赵神殿	叶宇帆		

力 23 班（国防定向班）（21 人）

胡振鑫	王　维	徐国亮	张文钰	李　登	解　静
谷振丰	魏　巍	曾志峰	陈　福	张　垚	车　征
李　森	李　楠	陈江涛	郭　昊	胡　强	彭国良
王星焱	沙长远	宫　淼			

热 2 班（24 人）

齐　瑶	田中伟	程　昊	宋伟明	程雪涛	马维刚
景承涛	胡彦彦	吴肖乐	申亚欧	刘晓伟	魏　玮
李　源	朱德华	苏　甲	冯冬晖	周　瑜	曹　晨
郭　强	王彦奇	江　俊	王人杰	李　菁	王海东

力 31 班（2003 年入学）（22 人）

侯乃聪	郑志星	张露颖	刘启林	李家健	冯乐耕
杨　歌	杨　慧	王晓欣	徐国武	陶静远	李　震
张　萌	赵　越	张汤赟	庄　皓	杨　杰	曾子竞
张心愉	任仲泉	戴晓玮	杨子轩		

力 32 班（22 人）

奎　雯	马　凯	胡晓宁	丁　昆	朱文鹏	王　翙
贾　超	林治家	王大磊	刘骏杰	申　文	雷一鸣
柳晓宇	屈宝平	石　磐	侯　奕	苏东川	张　磊
王翼飞	谢　博	戴　政	王烁道		

固本求源创新　顶天立地树人——清华大学工程力学系发展历程

力 33 班（国防定向班）（20 人）

赵国强	王　恒	李旭东	唐　斐	刘少杰	谭　雍
肖　锋	冯　毅	吕晓军	李江帆	乐焰辉	曾锦骧
王世英	尹　航	程　勇	闫　昱	刘渊博	马庆甜
蒋　超	孙晨卉				

热 3 班（25 人）

韩若安	赵　玥	谭学昊	胡远思	庞　杰	宋　柏
吴宏昌	范　凯	胡宗文	金　鑫	曾　辉	胡锐锋
王　淼	雷恒威	党　帅	叶　超	但　聃	石　可
汤　雷	宋梦谌	符宇强	和巍巍	顾　明	熊耀宇
黄亨丰					

力 41 班（2004 年入学）（22 人）

郑　靓	杨　迪	王　栋	田艺伟	杨剑兰	丁昳婷
刘稳文	汤　文	邹　俊	陈　超	李明鸿	高莹莹
王威扬	顾骁坤	曹旭东	刘　靳	卢彩波	张馨元
陈　馨	莫顺华	兰　乔	王天罡		

力 42 班（21 人）

张顺宇	张　鹏	张斯铭	苏鹏辉	程　琳	杜非易
张　尧	马若腾	邵　玥	孔　萌	黄　虎	杨　文
王　法	林智勤	王珑祺	卜英格	刘安彬	董雪林
陈若玮	张　瑾	祁　峰			

力 43 班（22 人）

胡盈辉	章斐寅	董　源	陈志会	李从辉	刘佃贵
夏洪恩	梁欣欣	李韶光	杨　帆	周克克	周莉雅
李　翔	王玮靖	张文昊	单　羿	黄　晔	张　蒙
葛　宋	巫雨帆	张　弓	杨康定		

力 44 班（国防定向班）（20 人）

王向阳	李　干	陈　浩	杨鹏涛	侯晓松	华校专
刘建波	崔潇骁	庞珂珂	牛文博	王宗浩	黄岸毅
肖光明	程绍驰	强　彧	李军锋	张其阳	崔　文
覃　朗	肖良华				

航天 4 班（航天定向班代管）（18 人）

刘养林	鲍学博	石　全	吴正享	王大勇	安俊海

| 岳自超 | 康　鹏 | 王志玮 | 宋博航 | 周建鹏 | 黄佳彦 |
| 王元元 | 耿　强 | 夏　浩 | 姚　虹 | 盛　洁 | 贾宝秋 |

航 51 班（2005 年入学）（23 人）

俞　浩	李宇恒	谷　雨	王淞立	杨锐振	吴　冬
吴　霆	曹　丰	郭伟伟	白金波	李宇辉	吴彬锋
胡开鑫	杨　潇	季湘樱	王安琪	任一鹏	王艾宁
熊　伟	杨　益	卢　思	刘心远	刘方舟	

航 52 班（23 人）

段志伟	曲斌瑞	李瑾亮	杨天天	杨　智	王　寅
杨昆森	任曼瑞	张相雄	王庆良	潘　攀	张　超
梁耀森	蒋东杰	孟　亮	赵江涛	张　弛	刘启原
王诗铭	陈　伟	陈　杨	马寅佶	张立元	

航 53 班（22 人）

熊伟国	李星辉	贾清虎	邓冰清	陈　凯	施　垚
陈　亮	屈飞舟	陆　琨	贺　晶	邢建伟	霍仕胤
张英丽	张　浩	杨　林	崔翰星	鱼海子	蔡兴山
李高胜	杨　帆	申雪儿	陈煜华		

航 54 班（国防定向班）（20 人）

潘程吉	王　翔	张昊元	白玉凤	钟　巍	刘军锋
刘红卫	张　鹏	朱　磊	王沈泽	黄永虎	冯世鹏
郭　阳	贾　磊	刘　俊	雷　帅	邱月明	李　锦
仝　佩	王　霖				

航天 5 班（航天定向班代管）（22 人）

刘　霰	王　冲	周良松	丛旭光	成　江	徐小明
王志昊	兰乾勇	蒋昊东	车一卓	陆　琨	张博媛
杨丽霞	李世平	白　永	徐钊峰	杨　林	申雪儿
孙　磊	肖贤杰	林　帅	雷　宗		

航 61 班（2006 年入学）（25 人）

杨　宇	方自力	范波翔	崔颖慧	温　喆	梁　斌
刘　嘉	贺余龙	方　昶	谢伟华	林　天	周　菁
张　恺	高　鹏	许丹丹	吴　辉	蒋　丽	姜知亨

| 谢军虎 | 张　超 | 孙　健 | 姜新建 | 蔡丽丽 | 金正凛 |
| 段　辉 | | | | | |

航 62 班（23 人）

李鸿辉	鞠永帅	李保超	郭涵亮	单思聪	王伊南
王禾翎	于　畅	黄　萧	李　辰	张伊哲	杨　皓
黄天翔	詹宇佳	郑利杰	贾晶敏	王　樱	陶　然
赵吉丰	伍　岳	丁伊琳	刘晓雷	任启鸿	

航 63 班（22 人）

黄思皓	于四伟	程寰宇	何仲阳	黄　珊	沈　治
岳　阳	王银山	杨再清	李宇鹏	吴兵恒	许云超
王　楠	孙　晨	邹胜奎	姚　迎	刘跃聪	倪　枫
李玉燕	单小东	程　涛	畅炳东		

航 64 班（国防定向班）（20 人）

蔡文宽	王　杰	郝斐然	李　韬	孙　龙	何家玮
汪　洋	王　恒	李　鑫	洪　建	卢　毅	郭　楚
刘　炬	杨肖峰	杨黎明	李　昊	朱建刚	卫康斌
吴　江	李　昭				

航 71 班（2007 年入学）（23 人）

韩伟杰	朱幸达	林　丽	孙大鹏	惠大亮	王丽莎
巫　勇	汪　露	瓮　哲	石　舟	李博文	徐钦炜
郭丙欣	陈　丹	何孟虎	罗　灿	罗　炯	赵维昊
王子龙	侯　政	刘　畅	孟　敏	吴　博	

航 72 班（23 人）

李　胜	郭　峰	张赛赛	刘迪钦	陈　航	石　越
张长兴	赵广彬	胡如云	孙　健	林孟达	丙昕蔚
冯　杰	董若宇	方旭飞	靳　凯	鲍　臻	王嘉文
刘丹迪	王文斌	乔颖敏	常　诚	蒋科强	

航 73 班（23 人）

宋　洋	李　毅	潘建华	周飞鸿	魏宏夒	杨秋实
刘　洁	赵维杰	任　杰	南　昊	徐艺哲	李秦宜
刘　海	江乐彬	汪丽媛	饶　伟	林　鹏	苏尔大
邱文辉	乔锦秀	牛　健	温品晶	秦君陶	

航74班（国防定向班）（20人）

于新辰	吕瑞辰	张培杰	陈苏宇	洪　达	孟轶男
贾雷明	刘博晓	吴海军	沈　勋	邢东旭	刘　钒
张亚楠	梁　轩	李春永	黄　蕾	王　旭	穆　玉
关　鑫	范　航				

航81班（2008年入学）（29人）

刘　振	崔　杰	孙华卿	王　宇	施徐国	王　旭
邓健健	靳旭红	姜　沂	罗秦川	张宏杰	李诗一
佘丰客	刘云龙	李海锋	王贤宇	陈　典	肖明磊
张秀顾	樊亚男	董　靖	张振毅	张志国	杨祎臣
倪　洋	赵宗权	周志强	曾一非	时晶晶	

航82班（22人）

尤俊彬	潘春雨	吴蓝图	白晨媛	张　韵	高春阳
郑有为	计自飞	方子文	苗志敏	黄成杰	韩　伟
王周宇	徐永超	韩若冲	胡博文	罗希楠	白林亭
蒋挺宇	柯　旭	毕文平	郭永翔		

航83班（27人）

罗堃宇	冯　涛	胡青林	朱　辉	陈　云	陆　蔚
商志昊	邓　帅	莫与明	常新伟	任　柠	陈　祥
王　栋	李　昂	顾永鹏	汪　治	刘天舒	徐　意
刘亚冰	温浩彦	江　斌	万　宇	宋枭雄	艾凌青
胡剑桥	郭昊原	马　强			

航84班（27人）

张　健	王鑫森	张民楷	田　奇	赵海洋	杜知恒
曾庆磊	何　蒙	张志博	张　力	杨　硕	陈科行
朴　敏	赵宇骁	张亚欣	王宁羽	梁骁俊	王君纬
刘立祺	包　屹	景孝杰	杨　超	郭　凯	陶龄浩
陈绍毅	师　东	庄　严			

航91班（2009年入学）（19人）

冯伦天	张明礼	富佳伟	喻明星	许彦昭	刘大骏
李莉颖	郭照阳	韩琦男	马关田	梁晓璐	李　昂
孙元昊	贾轶楠	贾楠非	许之琦	李尚青	陈　猛
梁益铭					

航 92 班（16 人）

王家兴	杜国伟	吕凯雄	张殊峰	樊郎磊	罗亚雷
尹 光	付宗辉	张 璇	陈思盟	王 涛	刘广志
罗 铭	莫 驰	刘 峰	欧大鹏		

航 93 班（20 人）

马 康	胡玉东	何智光	胡泽汐	高 岳	张无央
李潞宁	徐志强	安 洋	李成汉	刘雨喆	吴汉翔
张同力	黄俊涛	华钰超	刘驭聪	孙皖楠	杜林霈
林绍珍	姜宇资				

航 94 班（30 人）

于冬威	王银涛	徐得珍	刘庆宗	王韵杰	孙浩鹏
高大亮	邹美翔	李龙龙	柯 明	白 舸	魏劭杰
刘子源	章 超	邱旭东	陈 俊	张斌哲	陈大全
李家哲	吴国溧	郭晓伟	程 彬	王楚涵	吴 现
马瑞男	韩永帅	艾鹏程	程 振	李万欣	李凌锋

钱学森力学班　力 09（27 人）

金 鹏	钱 亚	陈 享	张婉佳	奚柏立	陈 翔
张 程	刘 彧	罗海灵	张博戎	陈镇鹏	马毅鹏
董延涛	刘 洋	王哲夫	倪彦硕	周文潇	王西蒙
姚天罡	杨 阳	夏 晶	刘佳鹏	周嘉炜	娄 晶
张驰宇	瞿苍宇	赵 甜			

航 01（2010 年入学）（20 人）

蒋梦瑶	高 雅	粟小龙	张 悦	刘瑞环	王永生
李尚泽	高朝忠	梁 峰	陈柏栋	方晓明	李皓皓
孙嘉泰	解 青	刘锦通	朱文庆	丁 涛	杨经书
房圣友	黄登峰				

航 02（21 人）

莫 驰	李天一	邱志祥	高宇驰	罗承成	王双维
李 昂	王 聃	杜旭朕	班韬泽	马靖杰	李国洋
程永新	谢志远	王振英	郝柏函	任 东	陈怡然
刘 飞	方耀鹏	袁永帅			

航 03（19 人）

付荣桓	林三春	李 燕	余 强	徐 越	高武焕

胡　康	李健珂	张　远	陈志强	刘　晟	王昊天
吴承晋	李永翔	唐　高	苏子牧	王若溪	黄翱宇
杨　恒					

航 04（20 人）

李　锋	王鼎蔚	覃　晨	李鹏杰	张腾李浪	李华松
孙　强	胡筠雅	宋　超	王　赫	黎　崎	方波浪
周子寒	张大曦	王浚宇	崔小雨	黄富强	何世熠
王成林	贾晨曦				

钱学森力学班　力 0（30 人）

柴一占	姚宏翔	艾立强	王云杰	刘　幸	邹济杭
王　申	贺思达	黄　杰	孟伟鹏	来　旸	萧　遥
张　迥	姚泉舟	危　伟	孙宇申	王天宝	刘思祎
沈　浩	谢思娴	王梓岩	王宇生	左　珩	厉　侃
杨富方	苏　杭	赵振昊	郭婧怡	李东帅	马曙光